SPARROW

L. J. SHEN

SPARROW

ROMAN

Traduit de l'anglais (États-Unis) par
LAURIANE CRETTENAND

Titre original :
SPARROW

Ce livre est publié avec l'aimable autorisation de Brower Literary Agency.

HARPERCOLLINS FRANCE
83-85, boulevard Vincent-Auriol, 75646 PARIS CEDEX 13.

www.harlequin.fr

ISBN 978-2-2804-9451-9 — ISSN 2271-0256

Note de l'éditeur

Ce roman explore de nombreux sujets sensibles. Il est question de relations toxiques, de violences physiques et psychologiques, mais aussi de consommation de drogue et d'alcool. Ce roman est destiné à un public averti, lisez-le donc avec précaution.

« Bien qu'elle soit petite, elle est féroce. »

WILLIAM SHAKESPEARE

Prologue

Troy

Trinity Chapel
South Boston, Massachussetts

Le silence. Le son le plus chargé de l'histoire de l'humanité.

On n'entendait que le « clic, clic » de mes derbys sur la mosaïque au sol. Je fermai les yeux, m'adonnant une dernière fois au jeu auquel je prenais tant de plaisir à jouer, petit. Je connaissais le chemin jusqu'au confessionnal par cœur. J'étais paroissien de cette église depuis le jour de ma naissance. J'avais été baptisé ici. J'avais assisté à la messe du dimanche toutes les semaines. Échangé mon premier (mauvais) baiser dans les toilettes, juste là. Mes obsèques à venir auraient certainement lieu ici, même si je doutais que ce fût à cercueil ouvert, si je me fiais à l'héritage des hommes de ma famille.

Trois, quatre, cinq pas après le bénitier, je tournai brusquement à droite, sans m'arrêter de compter.

Six, sept, huit, neuf. J'ouvris les yeux. *Je n'ai pas perdu la main.*

Elle se dressait là, la boîte en bois où tous mes secrets avaient autrefois été enterrés. Le confessionnal.

J'ouvris la porte grinçante et clignai des yeux, assailli par une odeur de moisissure et de la transpiration aigre des pécheurs passés là avant moi. Cela faisait deux ans que je n'avais pas mis les pieds ici. Depuis la mort de mon père. Mais j'imagine que la confession, c'est comme le vélo – ça ne s'oublie pas.

Même si, cette fois, les choses allaient se passer autrement.

C'était un confessionnal à l'ancienne, dans une vieille église, pas un salon design à la con avec des saloperies chics et modernes. Il était entièrement en bois foncé, classique. Il y avait un grillage au-dessus duquel était suspendu un crucifix séparant le prêtre des confesseurs.

Je m'assis sur le banc en bois, mes fesses cognant la surface abîmée dans un bruit sourd. Avec mon mètre quatre-vingt-quinze, on aurait dit un géant essayant de rentrer dans une maison Barbie. Je me revis là, gamin, avec mes jambes qui ne touchaient pas le sol, en train de raconter mes petites bêtises insignifiantes au père McGregor, les souvenirs s'enchevêtrant pour former une boule de nostalgie dans ma gorge. S'il savait l'ampleur de mes péchés ces temps-ci, McGregor en serait malade. Mais ma rage envers lui était plus puissante que mon sens moral.

Je pliai ma veste de costume et la posai sur le banc à côté de moi. *Désolé, vieil homme. Aujourd'hui, tu vas rencontrer le Créateur sur lequel tu prêches depuis tant d'années.*

Il fit glisser la fenêtre de bois dans un crissement, puis s'éclaircit la gorge. Je fis le signe de croix, récitant « Au nom du Père, du Fils, et du Saint-Esprit ».

Sa chaise grinça, son corps se raidit au son de ma voix. Il m'avait reconnu. *Bien.* L'idée qu'il allait mourir me réjouissait, ce qui devait faire de moi un psychopathe aux yeux de certains.

C'était pourtant vrai.

J'étais surexcité. J'étais un monstre en quête de sang. J'étais la vengeance et la haine, la violence et la colère.

— Mon fils…

Sa voix tremblait, mais il s'en tint au script habituel.

— Combien de temps s'est écoulé depuis votre dernière confession ?

— Épargnez-moi vos conneries. Vous le savez très bien.

Je souris, les yeux dans le vide. Il y avait vraiment du bois partout dans ce bordel. Je ne m'attendais pas à ce que ça ait été refait par un architecte, mais c'était tellement ridicule. On aurait dit l'intérieur d'un cercueil. On se serait cru enfermé entre quatre planches, en tout cas.

Je fis craquer mon cou et retroussai mes manches avant de lancer :

— On peut avancer ? Le temps, c'est de l'argent.

— Le temps guérit, aussi.

Je serrai les dents et les poings.

— Bien essayé.

Je marquai une pause pour consulter ma Rolex. Le temps lui était compté. Le mien aussi.

Tic, tac, tic, tac.

— Pardonnez-moi, mon père, parce que j'ai péché. Il y a deux ans, j'ai tué un homme. Il s'appelait Billy Crupti. Il a mis une balle dans la tête de mon père en plein front et lui a fait sauter la cervelle, plongeant ma famille dans la douleur et la dévastation. Je l'ai tué de mes propres mains.

Je le laissai digérer ma confession avant de poursuivre :

— Je lui ai entaillé les bras et les jambes, juste assez pour qu'il ne se vide pas de son sang, puis je l'ai attaché et je l'ai forcé à regarder une meute de chiens se disputer ses membres.

Ma voix était d'un calme sinistre.

— Quand tout a été réglé, je lui ai fixé un poids autour de la taille et je l'ai jeté dans la baie depuis un ponton, le corps encore secoué de spasmes, pour qu'il subisse une mort lente et douloureuse, suffocante. Alors dites-moi, mon père, combien de *Je vous salue Marie* pour un meurtre ?

Je savais qu'il n'était pas du genre à avoir un téléphone portable dans le confessionnal. McGregor était trop vieux et trop prétentieux pour la technologie moderne. Il avait beau avoir trahi mon père, il n'avait pas imaginé une seule seconde qu'il se ferait pincer. Encore moins par moi. Et encore moins comme *ça*. Cela faisait deux ans que j'attendais le moment parfait, celui où il serait à découvert, vulnérable, seul à l'église.

Et, m'écoutant confesser mon péché, il sut que j'allais patienter de l'autre côté du confessionnal et lui faire la peau, à lui aussi. Il n'avait aucune issue.

Il garda le silence, calculant son prochain coup. Je l'entendis déglutir péniblement, son ongle grattant le siège en bois sur lequel il était assis.

Je croisai les jambes et pris mon genou entre mes mains, amusé.

— C'est votre tour. Et si vous confessiez vos péchés, mon père ?

Il poussa un lourd soupir, chassant brusquement l'air qu'il avait retenu jusque-là.

— Ce n'est pas ainsi que ça fonctionne.

— Putain, je le sais ça, raillai-je. Mais cette confession est un peu différente. Alors…

Je passai ma main gantée sur l'écran qui nous séparait et le regardai tressaillir de l'autre côté.

— Je suis tout ouïe.

J'entendis le cliquetis du chapelet qu'il avait lâché, puis le grincement de sa chaise comme il se mettait à genoux pour le ramasser.

— Je suis un homme de Dieu.

Il tentait de raisonner avec moi. La rancœur me faisait bouillonner. Il était aussi un homme qui dévoilait les secrets qu'il avait reçus en confession.

— Personne, absolument personne, ne savait où se trouvait mon père tous les mardis soir à 22 heures. Personne à part sa maîtresse et lui. Et *vous*, accusai-je. Billy Gueule d'Ange Crupti a mis la main sur mon père, alors qu'il était vulnérable et non armé, à cause de *vous*.

Il ouvrit la bouche pour se défendre, puis il la referma, se ravisant à la dernière minute. Au loin, un chien aboyait, et une femme criait après son mari dans leur jardin. Rappel classique du sud de Boston, qui ramenait à ma mémoire les gens que je fréquentais ici avant de déménager dans un gratte-ciel et de me réinventer.

McGregor déglutit, essayant de gagner du temps.

— Troy, mon fils…

Je me levai en retroussant mes manches plus haut sur les bras.

— Ça suffit. Sortez.

Comme il ne bougeait toujours pas au bout de quelques secondes, je brandis mon couteau pour ouvrir le grillage. Puis je plongeai ma main dans la cabine pour l'attraper par son col blanc de curé et je tirai sa tête par le trou pour mieux l'observer. Ses cheveux gris, trempés de sueur, partaient dans tous les sens. La terreur que je vis dans ses yeux égaya mon humeur. Il avait la bouche ouverte comme un poisson pendu à un hameçon.

— S'il te plaît, s'il te plaît. Troy. Je t'en prie. Ne répète pas les péchés de ton père, prêcha-t-il, gémissant de douleur alors que je l'attirai tout près de mon visage.

— Ouvre. La. Putain. De. Porte.

Je fis durer chaque mot comme si c'était une phrase entière.

J'entendis un petit clic quand il finit par déverrouiller la porte, à tâtons. Je desserrai le poing pour lâcher ses cheveux, et nous sortîmes tous les deux.

McGregor se tenait devant moi, plus petit de quelques centimètres que dans mes souvenirs. Un homme rondelet, en sueur et corrompu qui prétendait être le messager de Dieu. Une blague de mauvais goût.

— Tu vas vraiment tuer ton prêtre, dit-il avec tristesse.

Je haussai les épaules. Je n'étais pas un tueur à gages. Ma limite s'arrêtait d'ordinaire avant l'homicide, mais là, c'était personnel. Il était question de mon père. L'homme qui m'avait élevé pendant que ma mère s'enivrait des soldes chez Bloomingdale's et de cocktails à ses brunchs du dimanche. Elle avait été tellement absente de mon enfance – sans parler de ma vie adulte – que c'était presque comme si je n'avais pas de mère. Mon père méritait au moins qu'on mette un point final à son histoire.

— Je pensais que tu étais différent. Meilleur qu'eux, asséna McGregor.

Je pinçai les lèvres. Mon travail n'avait rien à voir avec celui des gangs irlandais. Je n'avais pas besoin d'avoir les flics au cul chaque fois que quelqu'un me faisait chier, et leur système de leaders et d'hommes de main ne m'intéressait pas. J'étais un loup solitaire qui engageait quelques personnes pour l'aider si besoin. Il n'y avait pas de tampon entre moi et mes clients, collègues et ennemis. Et surtout, je travaillais en toute discrétion. Je n'avais pas la nécessité de me cacher derrière une dizaine d'exécutants : quand il fallait que quelqu'un disparaisse, je m'en occupais moi-même.

Et le père McGregor devait payer pour ses péchés. Il aurait déjà dû être mort – dommage collatéral. Mais il ne s'était pas rendu à l'endroit où il était censé être quand j'avais éliminé l'homme auquel il avait balancé mon père. Billy Crupti. Ce fils de chien.

J'allais donc devoir le faire dans une putain d'église.

— Que ce soit rapide ? demanda-t-il.

Je hochai gravement la tête.

— Tu as toujours été son fils. Tu as le gène de la mafia irlandaise, cette cruauté dans ton sang. Tu n'avais peur de rien. C'est encore vrai.

Il soupira, puis tendit une main vers moi.

Je la regardai comme si c'était une bombe à retardement, puis je la serrai. Sa paume était moite et froide, sa poigne faible. Je le tirai contre moi et posai mes doigts sur sa nuque.

— Je suis profondément désolé, poursuivit-il, reniflant contre mon épaule en essayant de retenir ses larmes, tout tremblant. C'était une erreur de jugement de ma part. Je savais que Billy les tuerait tous les deux. Mais à l'époque, je pensais rendre service à tout le monde.

— C'était pour le fric, c'est ça ? lui soufflai-je à l'oreille.

Nous nous agrippions l'un à l'autre, tout proches, et je sortis un couteau de l'étui que je portais à la ceinture.

— Billy vous a payé ?

Il hocha la tête, sanglotant, sans remarquer l'arme. Quelqu'un avait dû lui graisser la patte pour qu'il révèle l'endroit où se trouvait mon père. Quelqu'un d'autre que Crupti, qui ne pouvait même pas s'offrir le menu du jour au *diner* du coin.

— Ce n'était pas seulement pour l'argent, Troy. Je voulais libérer ce quartier, et tout Boston, de ton père. Cet endroit a assez souffert sous le règne de Cillian. Nos gens méritaient un peu de paix.

— *Nos* gens ne sont pas vos sujets, putain.

Je fis glisser le couteau le long de son cou jusqu'à trouver sa carotide palpitante et je lui tranchai la gorge avant de pousser son corps dans le confessionnal pour que les projections de sang ne tachent pas le costume que je venais de faire faire sur mesure.

— Vous auriez dû vous mêler de vos affaires.

Il s'étrangla et convulsa comme un poisson hors de l'eau, perdant des litres de sang. L'air se chargea de l'odeur – âcre, métallique et enivrante – du sang, qui me resterait plusieurs jours dans les narines.

Quand les spasmes cessèrent, je posai un genou à terre, plongeant mon regard dans les iris bruns de ses yeux encore ouverts, emplis d'horreur et de regrets, et je sortis sa langue pour la trancher.

C'était ce que les gangs faisaient aux balances. Que la police cherche ce que le père McGregor avait fait pour le mériter et lequel des cent gangs de Boston l'avait tué. Il y en avait trop pour les compter, et ils étaient bien souvent entremêlés les uns aux autres. C'étaient eux qui faisaient la loi dans la rue, comblant le vide laissé lorsque mon père avait été détrôné en tant que boss de Boston alors que j'étais encore enfant.

Ironie du sort, en voulant leur apporter la paix, le père McGregor avait condamné ses paroissiens à vivre dans la peur et la panique.

Le chaos régnait toujours dans les rues – plus que jamais, même, diraient certains –, et le taux de criminalité augmentait à un rythme alarmant. Garder un œil sur la mafia irlandaise était, j'imagine, bien plus simple qu'essayer de mater les dizaines de gangs qui faisaient la loi dans la rue.

Je savais que jamais la police ne viendrait me chercher pour ce meurtre.

Je savais aussi où enterrer la langue du père McGregor : dans son propre jardin.

J'essuyai tranquillement mon couteau sur son pantalon et retirai les gants en cuir que je portais, les fourrant dans ma poche. Je pris un cure-dents et le croquai. Puis j'abaissai mes manches et récupérai mon manteau. En sortant, je jetai un coup d'œil autour de moi pour vérifier qu'il n'y avait aucun témoin.

Le quartier était plus mort que l'homme à qui j'avais fait son affaire. Aller se balader n'était pas trop notre truc, dans le sud de Boston, et surtout pas le midi. Soit on travaillait dur, soit on s'occupait des petits à la maison, soit on se remettait de sa gueule de bois. L'unique témoin de ma visite à l'église était un oiseau posé au-dessus de moi sur une ligne électrique moche, me regardant du coin de l'œil d'un air soupçonneux. C'était un insipide moineau.

Je traversai la rue et montai dans ma voiture, claquant la portière derrière moi. Sortant un marqueur de la boîte à gants, je barrai un deuxième nom sur ma liste.

1 – Billy Crupti
2 – Père McGregor
3 – L'enflure qui a engagé Billy ?

Je soupirai en regardant le numéro trois, puis fourrai le papier jaune tout froissé dans ma poche.

Je découvrirai qui tu es, enculé.

Je jetai un œil par la vitre. Le moineau restait sans bouger, même quand un souffle de vent fit danser le fil électrique, lui faisant perdre l'équilibre. L'ironie de la situation ne m'échappait pas. De tous les oiseaux, il fallait que ce soit un putain de moineau.

Je résistai à l'envie de lui lancer un projectile, fis vrombir le moteur et crachai le cure-dents bien mâchonné dans le cendrier.

Je crus voir le stupide piaf suivre ma voiture de ses petits yeux alors que je jetais un coup d'œil dans le rétroviseur, arrêté à un feu rouge un peu plus loin. Baissant le regard, je vérifiai que je n'avais pas de taches de sang. Que dalle.

McGregor était mort, et pourtant, le vide au creux de mon ventre semblait toujours aussi immense.

C'était inquiétant, car pour tenir la promesse faite à mon père, je devais m'occuper d'une autre personne qui n'était pas sur la liste.

Mais ce n'était pas une personne que j'étais censé tuer. C'était une personne que j'étais censé ressusciter.

Moi, parmi tous les autres, je devais devenir son sauveur.

Tous les autres – les gens normaux, j'entends – n'auraient jamais accepté de sacrifier cette partie de leur vie pour leur père. Mais ils ne vivaient pas dans l'ombre de Cillian Brennan, ils ne ressentaient pas le besoin de se surpasser en permanence pour égaler leur géniteur légendaire. Non, j'honorerais ses volontés. Et je ferais même en sorte que ça fonctionne.

Alors que je m'éloignais de l'église de mon enfance, je n'étais certain que de deux choses :

Mon père avait péché.

Mais c'était moi qui serais puni.

Le moineau est associé à la liberté. À une époque, les marins s'en faisaient tatouer un tous les cinq mille milles nautiques parcourus. On racontait qu'ils portaient chance. Parfois, ils se faisaient tatouer l'oiseau avant de quitter le port, espérant qu'il ferait office de talisman et leur permettrait de revenir chez eux sains et saufs.

1

Sparrow

Trois ans plus tard

— C'est possible de sentir son cœur se briser, même quand on n'est jamais tombée amoureuse ?

Je regardai la femme dans le miroir en me mordant la lèvre inférieure jusqu'à fendre la chair. Je ne me reconnaissais pas.

Le chagrin me frappa tel un coup de tonnerre. Pour l'homme que je ne rencontrerais jamais, pour le premier amour que je ne connaîtrais jamais, pour l'idylle que je ne vivrais jamais. Pour les papillons qui ne prendraient jamais leur envol dans mon ventre. Pour l'espoir, le bonheur et l'excitation, des sentiments que je n'éprouverais plus jamais.

— Je n'ai pas passé trois heures à te maquiller pour que tu mâchouilles ton rouge à lèvres comme un paquet de chips, ma belle, dit Sherry, la maquilleuse, en s'affairant autour de moi.

Au même moment, le coiffeur, gay, bientôt la trentaine, entra dans la pièce avec une bombe de laque à la main. Il vaporisa les mèches sur mon front sans prévenir, m'aspergeant du liquide froid dans les yeux. Je fis papillonner mes paupières pour chasser la sensation de brûlure, à la fois sur mon visage et à l'intérieur de mon corps.

— Vous avez fini de me harceler ? crachai-je en m'écartant du miroir pour traverser la luxueuse suite présidentielle.

Mon premier séjour dans un hôtel cinq étoiles. Et j'avais l'impression d'être une simple prostituée.

Je pris un verre de champagne qui n'était probablement pas le mien et le descendis d'un trait avant de le reposer violemment sur le plateau en argent, résistant à l'envie de m'essuyer la bouche du revers de la main pour éviter que Sherry me tue. Le verre se brisa en deux, et je grimaçai, jetant un regard vers l'équipe choisie par Troy Brennan pour me faire ressembler à une parfaite petite mariée.

— Je suis sûre que M. Brennan ne verra pas de problème à régler la facture pour ça… *aussi*, dit Sherry en agitant la main avec impatience.

Elle avait des cheveux blond platine trop laqués et un décolleté si profond que l'on pouvait presque voir son nombril. On aurait pu croire qu'elle était danseuse dans un des clubs où Pa travaillait autrefois – pas exactement le genre de personnes à qui j'aurais demandé des conseils mode et maquillage, mais bon, je n'avais pas mon mot à dire dans ce mariage.

— Du moment que tu ne t'es pas fait mal, dit Joe, le styliste, en agitant son doigt dans ma direction, récupérant prudemment le pied brisé de sa main libre. Il ne faudrait pas mettre du sang sur la robe. C'est quand même une Valentino vintage !

Je ne fis même pas semblant de savoir ce qu'était une Valentino vintage. Comment une fille du quartier chaud du sud de Boston saurait-elle quoi que ce soit sur la haute couture ? Interrogez-moi sur les coupons et comment frauder dans le métro, là, je saurais vous répondre. Mais la mode ? Non, pas pour moi.

Je levai les yeux au ciel et allai dans la salle de bains pour me laver les mains. Si je m'étais entaillé le doigt, je ne voulais pas risquer la colère de Brennan en tachant la robe de location hors de prix. Éparpillés sur le meuble de salle de bains, du maquillage, des crèmes, des produits pour le corps et pour les cheveux, et mon portable. Je sursautai quand il sonna ; j'avais reçu un SMS.

Jetant un coup d'œil vers le groupe dans l'autre pièce, je fermai doucement la porte.

Lucy : Tu ne viens toujours pas en cours aujourd'hui ? Boris nous apprend à faire du bouillon.

Moi : Désolée. J'ai chopé un virus ou je sais pas quoi. J'ai passé la nuit à vomir. Envoie-moi la recette à la fin du cours.

Lucy : Compris, ma belle. J'espère que ça ira mieux.

Moi : Je crois bien que le pire est à venir. Bisous.

Je posai le téléphone et priai, pour la millième fois ce jour-là, que Lucy soit trop occupée pour lire les pages mondaines le lendemain. Troy Brennan était le genre de mecs à apparaître aux infos locales pour les mauvaises raisons. Il était synonyme de terribles nouvelles – brûlantes, du type incendie instantané sur la cuisinière –, et je savais que dès qu'il aurait dit « Je le veux », ce mariage se répandrait dans les journaux comme la salmonelle via un *food-truck* douteux.

Quant à moi ? Je n'avais jamais trop attiré l'attention. Ma vie sociale était aussi active qu'une tortue morte. Je n'avais pas beaucoup d'amis, et j'avais caché mon mariage éclair à ces quelques personnes-là. Le marié me faisait peur, j'avais honte d'avoir accepté cet arrangement, et j'étais trop paumée pour affronter leurs potentielles (et compréhensibles) questions.

La tristesse me transperça le cœur alors que j'ouvrais le robinet. Mes doigts effleurèrent ma bague de fiançailles sous le flot de l'eau qui coulait. Elle était ornée d'un diamant gros comme mon poing, au centre, et deux plus petits de chaque côté. L'anneau en lui-même était simple, un bandeau en platine fin, mais le poids de ce bijou bling-bling – au sens littéral, figuratif et mental – puait le nouveau riche, l'argent, le pouvoir, et semblait hurler « Regardez-moi ».

Mais il y avait une chose qu'il ne disait pas, pas même dans un murmure – *mon nom*.

Sparrow Raynes. Vingt-deux ans. Fille d'Abe et Robyn Raynes. Fervente joggeuse. Garçon manqué. Amoureuse de pancakes à la myrtille, de chocolats chauds, de l'air doux de l'été et de ses incorrigibles jeans *boyfriend. Celle-là.* La fille qui s'asseyait au premier rang à tous les cours et qui jouait avec son Tupperware du déjeuner à la récréation parce que personne ne voulait traîner avec elle. La femme qui ne s'était jamais intéressée à la mode. Celle qui était pauvre et qui trouvait que l'argent était surfait, que les voitures tape-à-l'œil étaient conduites par des petites bites, et que le bonheur, c'étaient du *Irish stew* et des rediffusions de l'émission culinaire *Opération sabotage* sous la couette.

Cette bague appartenait à quelqu'un d'autre. À une « *real housewife of* Je-ne-sais-quelle-banlieue ». À une femme-trophée qui savait qui était Valentino et pourquoi ses robes étaient si chères.

Pas. À. Moi.

Je fermai le robinet et pris une profonde inspiration, passant mes doigts sur mes cheveux incroyablement raides.

— Fais avec, m'intimai-je à voix basse.

Épouser un homme riche, connu pour être l'un des célibataires les plus courtisés de Boston, pouvait difficilement être considéré comme une punition.

— Tu n'as pas choisi, mais tiens-t'en au plan.

Je fermai les yeux et secouai la tête. Problème de riches ou pas, je n'avais nullement besoin que *lui* s'occupe de moi. On frappa doucement à la porte, et je me retournai : le visage de Sherry, plâtré de maquillage et affichant un sourire factice, apparut dans l'entrebâillement de la porte.

— M. Brennan est là pour vous voir, annonça-t-elle d'une voix sirupeuse, hypocrite.

— Ça porte malheur de voir la mariée avant le mariage, lâchai-je, dents et poings serrés, laissant l'affreuse bague me mordre la peau – la douleur était une distraction bienvenue.

— Crois-moi, ça porte encore plus malheur d'énerver ton futur mari.

C'était lui qui avait parlé depuis l'autre côté de sa voix glaciale, inflexible. Je fis un pas en arrière en serrant mes bras contre ma poitrine pour me protéger. La porte s'ouvrit, et il entra, faisant voler en éclats tous les discours que je me répétais en boucle pour me donner du courage.

Il portait un costume trois-pièces noir et des Richelieus en cuir. Il semblait régner sur la salle de bains, la vidant de tout son air – et de ma présence. Soudain, je me sentis plus petite encore que je ne l'étais déjà. Son regard glacial abattait mes remparts, me montrant telle que j'étais vraiment : une boule de nerfs en train d'étouffer.

— Décroise les bras que je puisse te regarder, ordonna-t-il sèchement.

Je m'exécutai, pas par respect, mais par peur. Les mains pendant dans le vide, j'avalai ma salive. Il n'avait jamais prêté attention à moi jusqu'à aujourd'hui. Que ce soit au cours des dix-huit ans que nous avions passés dans le même quartier, ou pendant ces dix derniers jours. C'était la première fois qu'il admettait mon existence de manière aussi personnelle. *Le jour de notre mariage.*

— Tu es très belle.

Il parla d'un ton détaché.

Je savais que la robe était spectaculaire. On m'avait lancé des expressions telles que « silhouette sirène » et « décolleté Queen Anne » lorsque je l'avais essayé pour la première fois, dans la boutique spécialisée. Non pas que je l'aie choisie moi-même ; Joe, le styliste, avait reçu ses ordres directement de mon futur époux. Tout comme Sherry, le coiffeur dont je n'arrivais pas à retenir le nom, et celle qui avait choisi mes bijoux pour l'événement. Je n'avais pas mon mot à dire dans ce mariage. C'était tout aussi bien, puisque je n'étais pas une « bridezilla[1] ». J'avais envie de me marier avec lui comme d'avoir des morpions.

— Merci, parvins-je enfin à répondre.

Malgré la rage qui bouillonnait en moi, je me sentis étrangement contrainte d'ajouter :

— Tu n'es pas mal non plus.

— Comment le sais-tu ? Tu ne m'as pas regardé une seule fois depuis que je suis entré dans la pièce.

La voix de Brennan était glaciale et impénétrable, mais il avait l'air de s'en moquer.

Je relevai prudemment le menton et les yeux pour le dévisager, sentant chacun des muscles de mon visage se crisper.

— Pas mal du tout, répétai-je sans aucune sincérité.

J'entendis Sherry s'affairer sur Dieu sait quoi dans l'autre pièce

1. Contraction entre les mots *bride*, signifiant « mariée », et « Godzilla », le monstre du cinéma japonais, décrivant l'état dans lequel peut être une future épouse submergée par les préparatifs.

et Joe parler au téléphone, ou faire semblant, du moins. Pendant ce temps, le coiffeur et Connor, le garde du corps qui me suivait partout, gardaient le silence, ce qui, incidemment, était plus parlant que les efforts futiles de Sherry et de Joe pour paraître occupés. La rumeur d'un désastre bourdonnait sous mon crâne.

Il a un passé trouble.

Un avenir funeste.

Et, que ça me plaise ou non, je m'apprête à faire partie de son présent.

— Connor, Sherry, tout le monde – dégagez, ordonna mon fiancé sans me quitter des yeux, intimidant.

Je me tordis les doigts et sentis ma bouche devenir sèche. Ce n'était pas moi. Cette petite nana parfaite manquant de confiance en elle n'était pas la Sparrow que j'avais construite au fil des années. Mais il était dangereux, et je lui causais des difficultés.

Je lui causais des difficultés parce que, dix jours plus tôt, sans crier gare, il m'avait arrachée de chez moi. Oui, ce mec dans un costume hors de prix, avec une réputation véreuse qui n'était pour moi rien de plus qu'un lointain souvenir d'enfance. Il m'avait enfermée dans son penthouse luxueux, et annoncé (deux jours après m'y avoir laissée sans rien ni personne d'autre qu'un garde du corps et le numéro d'un restaurant qui livrait à domicile) que nous allions nous marier.

Troy Brennan était un sacré sociopathe, et il ne prenait pas la peine de dissimuler sa nature en mettant un masque à la face du monde.

Planté dans la salle de bains de la suite présidentielle, il me regardait comme si j'étais une pilule amère à avaler. Je ne semblais pas l'intéresser le moins du monde. Il m'avait à peine adressé la parole, et quand il l'avait fait, un mélange de déception, d'ennui et d'apathie émanait de son regard.

Son attitude me décontenançait au plus haut point. J'avais déjà entendu parler d'hommes riches et puissants s'imposant ainsi à des femmes, mais généralement, ils désiraient celles qu'ils entreprenaient. Ce n'était pas le cas avec Troy Brennan. À le voir faire, on aurait pu penser qu'il agissait ainsi parce qu'il avait perdu un pari.

Je rendis son regard à mon futur époux, attendant qu'il fasse quelque chose. Qu'il me frappe, me hurle dessus, qu'il annule tout.

Je ne savais pas vraiment pourquoi il m'avait choisie, *moi*, pour commencer. Nous avions grandi dans le même coin de Boston, un quartier ouvrier craignos. Le décor de notre enfance était fait de fenêtres à barreaux, d'affiches arrachées, de vieux bâtiments qui avaient grand besoin d'être rénovés et de canettes vides roulant dans les rues. Mais nos points communs s'arrêtaient là.

Alors que j'étais la fille fauchée d'un glandeur alcoolo et d'une mère fugueuse issue de la classe ouvrière, Troy Brennan faisait partie de la noblesse bostonienne et avait grandi dans la plus belle maison du quartier. Son père, Cillian, était autrefois à la tête de la terrible mafia irlandaise. Alors que je n'étais encore qu'une enfant, Cillian était passé à des affaires plus légitimes, et par « légitimes », je veux parler de boîtes de strip-tease, salons de massage, et autres divertissements sordides installés dans le sud de Boston pour des types parvenant à peine à payer leur loyer chaque mois. Mon père, un de ses derniers fidèles hommes de main, avait travaillé comme vigile dans plusieurs établissements de Cillian.

Troy était fils unique, et on disait que la femme de Cillian ne pouvait plus avoir d'enfants. Troy était donc la prunelle des yeux de son père.

Et même s'il n'avait pas repris toutes les affaires de son paternel, ce n'était pas non plus un garçon de chœur. Les rumeurs à son propos se répandaient comme une traînée de poudre dans les rues de notre quartier, et aujourd'hui, on parlait tellement de lui qu'il était presque devenu une légende. On disait que politiciens, hommes d'affaires et nantis de tout l'État le contactaient quand ils avaient besoin de quelqu'un pour faire leur sale boulot.

Et du sale boulot, il en abattait, et il se faisait grassement payer.

Les gens surnommaient Troy « le Réparateur ». Il remédiait aux problèmes, et pas dans le sens « bricolage ». Il faisait disparaître des hommes plus vite que les personnages des livres de Dennis Lehane. Il pouvait réduire votre peine de prison de moitié, et vous fournir un passeport et une fausse carte de sécurité sociale en un rien de temps. Sous quelques jours, il était même capable de convaincre les personnes qui en avaient après vous que vous n'existiez pas. Troy Brennan était un maître manipulateur, tirant sur des ficelles comme si nous étions tous ses marionnettes. Il décidait qui vivait et qui mourait, qui disparaissait et qui faisait son retour.

Et pour une raison inconnue, M. le Réparateur avait choisi de m'épouser. Je n'avais aucun moyen de me battre, ni de m'échapper, ni même de contester cette décision irrationnelle. Tout ce que je pouvais faire, c'était quémander une explication plausible. Je décidai donc de profiter de notre première rencontre seul à seule – sans Connor, Sherry, ou le reste de son personnel – pour le faire.

— Pourquoi moi, Troy ? Tu ne m'as jamais adressé la parole pendant toutes ces années où on vivait dans la même rue.

J'agrippai la tablette de la coiffeuse couleur crème derrière moi, si fort que les jointures de mes doigts en devinrent blanches. Peut-être que l'appeler par son prénom le pousserait à être plus agréable.

Il haussa un sourcil, une expression qui semblait dire *Eh beh, merde alors. Elle sait parler.* Il boutonna la veste de son costume d'une main et consulta son téléphone de l'autre.

J'étais du vent, j'étais un fantôme. *Je n'étais rien.*

— Troy ? demandai-je.

Cette fois-ci, il croisa mon regard. Ma voix devint un murmure, mais je gardais les yeux rivés sur lui.

— Pourquoi moi ?

Son front se creusa, ses lèvres se pincèrent.

La question ne lui plaisait pas, et la réponse ne me satisferait pas.

Mes narines se dilatèrent.

— On ne se connaît même pas.

— Oui, eh bien…

Il baissa à nouveau les yeux sur son écran pour pianoter sur son téléphone.

— C'est surfait, la familiarité. Moins je connais quelqu'un, plus je l'apprécie.

Cela n'explique toujours pas pourquoi tu débarques dans ma vie avec autant de finesse qu'un tank.

Je lui jetai un regard noir sous mes faux cils, essayant de déterminer si je le trouvais beau, au moins. Troy Brennan n'avait jamais été sur mon écran radar, mais il était sur celui de tous les autres. Il était l'équivalent humain des tableaux IKEA représentant Londres et New York accrochés dans les garçonnières, des fast-foods, de Starbucks, des MacBook Air pour les étudiants bourgeois – en vogue et populaire. Du moins auprès de la gent féminine. Succomber à son charme de mafieux *bad boy*, influent et riche était tout l'opposé de qui j'étais.

Et pourtant, même à la lumière peu flatteuse de la salle de bains, je voyais que s'il était un monstre à l'intérieur, de l'extérieur, il était tout le contraire.

Il avait d'épais cheveux noirs – si foncés qu'ils avaient presque un reflet bleuté – élégamment coupés, les contours doux et lisses. Il avait les yeux d'un bleu pâle, glacial, et un teint hâlé qui les faisait d'autant plus ressortir. De loin, il avait une beauté classique. Aussi grand qu'un géant, aussi large qu'un joueur de rugby, et avec des pommettes si affûtées qu'elles auraient pu tailler des diamants. Quand il se rapprochait, cependant, l'expression morte au fond de ses yeux bleu layette vous donnait envie de fuir. Ses paupières étaient toujours à demi fermées, son regard vide de toute émotion. Si vous plongiez assez profond, vous verriez presque passer au ralenti toutes les choses horribles qu'il avait faites à ses ennemis.

Et puis il y avait son sourire sarcastique. Ce rictus de défi plaqué sur son visage vingt-quatre heures sur vingt-quatre, sept jours sur sept, nous rappelant à tous que nous ne valions rien face à lui.

Je craignais et détestais Troy Brennan. Il était presque intouchable à Boston. Aimé au sein de la police et respecté par les gangs locaux, il était capable de tuer en toute impunité.

Littéralement.

Il y a trois ans, Troy avait été le principal suspect du meurtre de Billy Crupti, dit Gueule d'Ange. Il y avait assez de preuves pour le faire accuser, mais on disait dans les rues que ce meurtre était une vengeance. Crupti aurait éliminé Cillian Brennan. Personne ne savait qui avait envoyé ce gangster un peu simplet tuer le père de Troy, ni pourquoi. Le timing était curieux. À cette époque, les activités illégales de Cillian n'avaient plus rien à voir avec le Boston des gangs. Et puis, il y avait l'histoire du père McGregor, que Troy aurait également tué, parce qu'il avait révélé à Crupti l'endroit où se trouvait son père.

Non, Troy Brennan n'était pas du genre à faire des prisonniers.

Je me rappelais encore quand, enfant, pendant que j'attendais mon tour pour faire du vélo avec la bicyclette de Daisy (c'était la seule fille du quartier à en avoir une, et avec des roulettes), je le voyais croiser des policiers. Il se faisait plus tripoter qu'un bébé chiot. Les flics attendaient avec impatience que le jeune Brennan suive les traces de son père. Il se faisait plaquer sur le capot de toutes les voitures de patrouille qui passaient, et tous les agents de notre quartier connaissaient par cœur la courbe de ses fesses.

Aujourd'hui, ils avaient trop peur de lui pour oser le regarder.

Debout dans la salle de bains de la suite d'hôtel, à observer son visage inexpressif, je me rendis compte que je n'avais aucune carte à jouer. Et même si j'en avais eu, c'était lui qui possédait la foutue table de jeu.

J'étais complètement prise au piège, un oiseau en cage avec les ailes coupées.

— Je pourrais quand même travailler ? demandai-je d'une voix étranglée.

Les femmes de mafieux n'en avaient pas le droit, mais Troy n'en était pas un. *Techniquement*. Il fit un pas vers moi, son souffle caressant mon visage.

— Tu peux faire ce qui te chante. Je te laisse les coudées franches.

Je sentis ses lèvres longer le creux de mon cou, et je m'immobilisai. Dieu merci, il ne me toucha pas.

— Mais qu'une chose soit claire : côté mecs, je suis le seul. Ne me mets pas à l'épreuve sur ce point, parce que les conséquences seront graves pour toi… et pour lui.

Il faisait exprès de se montrer odieux, mais ses mots restaient blessants. Je m'efforçai de me concentrer sur la petite victoire qu'il m'avait accordée. Je pouvais travailler. Je pouvais sortir de la maison et l'éviter. Il ne me restait plus qu'à trouver un travail pour m'occuper.

— Si tu me laisses les coudées franches, pourquoi Connor me suit-il partout ? demandai-je en redressant le menton d'un air de défi.

— Parce que je protège toujours ce qui m'appartient.

— Je ne suis pas ta propriété, Brennan.

Je bouillonnai de colère. Oui, j'avais peur, mais j'étais, par-dessus tout, royalement soûlée.

— Le fait que tu portes une robe de mariée et ma bague au doigt indique le contraire, dit-il d'une voix calme. Mais même si tu ne m'appartenais pas, avec le nombre d'ennemis que je me suis fait dans cette ville, quiconque est affilié à moi a besoin d'être protégé. Maintenant, si tu veux bien m'excuser.

Il tourna les talons et s'apprêta à sortir.

Une fois qu'il fut dans le couloir, je pus enfin respirer, libérant l'air qui semblait être resté coincé dans mes poumons pendant une éternité. Pourquoi tenait-il tant à me rappeler à quel point il était dangereux ?

— Tu ne vas pas t'en sortir impunément, tu sais, criai-je en m'élançant vers lui alors qu'il s'en allait.

— C'est là que tu te trompes, Red. Je m'en sors toujours. Peu importe la situation.

Il ne prit même pas la peine de me regarder.

Est-ce qu'il m'a vraiment appelée Red ?

— Oh ! alors j'ai un petit surnom maintenant ? Ce mariage n'est pas réel, Brennan. Quoi qu'il se passe à l'église cet après-midi.

Cela le fit enfin réagir. Il tourna la tête vers moi, et nos regards se croisèrent, ses yeux bleus transperçant mes pupilles vertes.

Petite idiote. Je sentais mon pouls palpiter – frénétique, fou – derrière mes orbites, à ma gorge, dans mes orteils. Battant à tout rompre, mon cœur essayait de s'échapper de mon corps.

Pourquoi le provoquer si tu n'es même pas capable de soutenir son regard ?

Quelques secondes passèrent, puis Brennan m'adressa un de ces sourires qui voulaient dire Je-Vais-Te-Détruire. Un rictus qui me donna envie d'implorer sa pitié.

— Chère future épouse… Si tu penses me causer des

problèmes, détrompe-toi. Je sais de quoi je parle. Car habituellement, les problèmes, je les invoque, je les provoque, je les putain de débloque. Ne mets pas ma patience à l'épreuve, parce que tu vas vite découvrir que je n'en ai aucune.

Mon père s'apprêtait à m'abandonner à l'église catholique du Sacré-Cœur, idéalement située au cœur de la ville. La liste des invités était composée uniquement de personnes que je ne connaissais pas, qui n'étaient rien pour moi. Un méli-mélo d'hommes d'affaires, une poignée de politiciens, un sénateur et une infinité de mondains.

Une file de limousines noires s'alignait devant la vieille église. Des matrones bien habillées sortaient des voitures, aidées par leurs maris, leurs fils et leurs filles. Le *dress code* était formel et puait le pouvoir, et les hommes tiraient sur des cigares en riant et en se tapant sur l'épaule avec bonhomie, appréciant cet événement bien plus que moi.

Avec le nombre d'agents de sécurité qui entraient dans l'église, on aurait pu croire que j'épousais le pape.

Observant l'entrée depuis ma limousine, je me dis que les arrangements floraux qui encadraient les portes avaient dû coûter plus cher qu'un an de loyer pour l'appartement que Pa et moi avions partagé ces vingt-deux dernières années. Un frisson me parcourut l'échine à l'idée d'épouser un homme qui dépensait son argent de manière si obscène et irréfléchie.

J'essayais de contrôler les émotions paniquées qui tourbillonnaient en moi quand Pa prit ma main tremblante dans la sienne, chaude et rêche, et la serra pour me rassurer.

— Tu fais le bon choix, tu le sais, n'est-ce pas ?

L'espoir faisait briller ses yeux.

Comme si je l'avais eu, le choix.

Mais je savais ce que mon père n'avait pas besoin de me dire : même s'il avait refusé la demande de Brennan de me prendre pour femme (car Troy était sans aucun doute un de ces connards hypocrites et vieux jeu qui demandaient votre main à votre père), Brennan aurait fait en sorte que cela se fasse, d'une manière ou d'une autre. « Non » ne faisait tout simplement pas partie de son vocabulaire. Ce qu'il voulait, il le prenait.

Et dans l'immédiat, c'était moi qu'il voulait.

Cela n'avait aucun sens. Je n'étais pas particulièrement jolie ou, du moins, pas assez pour attirer l'attention d'hommes de son calibre. Mon meilleur atout était certainement mes lèvres, roses, fines et en forme de cœur, mais autrement, j'étais, au mieux, ordinaire. J'étais petite et maigrichonne, avec de longs cheveux roux flamboyant tel un incendie, un teint pâle presque maladif et un visage rond couvert de taches de rousseur. Je n'étais pas le type de Troy Brennan.

Je le savais avec certitude, pour avoir parcouru les pages people des journaux locaux de-ci de-là. Il était toujours vu en compagnie de femmes glamour. Grandes, pulpeuses, et magnifiques. Pas timides, aux cheveux rubis et un peu bizarroïdes. C'est pourquoi, alors que j'étais assise dans la limousine, prête à pénétrer dans une église dans laquelle je n'avais jamais mis les pieds (remplie de gens que je ne connaissais pas) pour épouser un inconnu que je craignais, une rengaine tournait en boucle dans ma tête. Son écho rebondissant contre les parois de mon crâne.

Pourquoi moi ? Pourquoi moi ? Pourquoi moi ?

— Nous sommes les suivants, annonça le chauffeur en faisant lentement avancer la voiture.

Mon rythme cardiaque accéléra, mon cœur tambourinant contre mon sternum. Une fine pellicule de sueur se forma sur ma peau.

Je n'étais pas prête.

Je n'avais pas le choix.

Bon Dieu.

L'ironie de la situation ne m'échappait pas : je priais Dieu d'intervenir pour empêcher la cérémonie alors même que j'allais dans sa maison.

Une petite voix, discrète mais persistante, me tanna, disant que c'était ma punition pour avoir été une mauvaise catholique. Pour ne pas avoir donné au Tout-Puissant le respect qu'il méritait. Cela faisait longtemps que j'avais arrêté d'aller à l'église, et, même enfant, la foi ne m'intéressait pas particulièrement.

Toutes ces années à m'assoupir à la messe du dimanche, petite.

Toutes ces années à aller au catéchisme seulement pour manger des gâteaux et pour zieuter le beau jeune homme qui nous faisait la leçon sur les voies merveilleuses du Seigneur. Il s'appelait Tobey, je crois.

Toutes ces années, et l'heure de la revanche avait sonnée. Le karma ? Tout le monde savait que c'était un enfoiré rageur et lunatique. Dieu allait me punir. J'allais épouser un monstre.

— Nous y voilà, dit le chauffeur.

Je le surpris à me lancer un regard curieux dans le rétroviseur, mais je m'en moquais. Autant m'y habituer : une fois que je serais la femme de Brennan, les gens me zieuteraient comme une licorne dans un zoo magique.

— Tout le monde est en train de s'installer à l'intérieur. Plus que deux, trois minutes, m'dame.

Je me retournai vers mon père qui me tendait le bouquet violet. Il se pencha en avant pour m'embrasser tendrement sur le front. Il puait l'alcool. Et pas du bas de gamme. Brennan avait dû le gâter, puisque nous étions tous sur le point de devenir une grande famille malheureuse et dysfonctionnelle.

— J'aurais aimé que ta mère soit là pour voir ça.

Il soupira ; son front ridé se creusa, et ses yeux devinrent deux mares de chagrin.

— Arrête, dis-je platement, soulagée de n'entendre aucune émotion dans ma voix. On n'a pas revu cette femme depuis mes trois ans. Où qu'elle soit, elle ne mérite pas de prendre part à ça, ni à quoi que ce soit d'autre dans ma vie. Et puis, tu t'en es très bien sorti pour t'occuper de moi tout seul.

Je lui tapotai maladroitement la cuisse.

C'était vrai. Robyn Raynes n'était pas ma mère. C'était une femme qui m'avait mise au monde et qui avait déguerpi peu de temps après. Tout cela tiendrait certainement plus à cœur à la plupart des gens le jour de leur mariage, mais a) ce n'était pas le mien – pas le vrai, du moins –, et b) quand un parent vous abandonne, vous avez deux options : laisser cet abandon vous définir et vous contrôler, ou passer à autre chose et montrer au monde que vous vous en tamponnez de savoir où était votre mère.

Je m'efforçais de rentrer dans la seconde catégorie, et je dérapais rarement.

Pa apprécia ma remarque. Fierté et surprise luisaient dans ses yeux. Évidemment, j'avais enjolivé notre histoire. Mais quelque part, je savais que ce jour était tout aussi difficile pour mon père que pour moi. Alcoolique invétéré ou non, il m'avait toujours tenue à l'écart de son travail pour les Brennan, et je savais qu'il ne demandait qu'à me protéger de ces gens.

Quant à ses capacités parentales, pour être honnête, il s'occupait de moi seul depuis que j'étais bébé. Il n'avait jamais été violent ni impatient, même s'il n'y connaissait pas grand-chose et ne versait pas dans les sentiments. J'avais même connu les femmes qu'il avait fréquentées et qui avaient endossé le rôle de mère temporaire jusqu'à se rendre compte que l'amour de mon père pour l'alcool serait toujours plus puissant que celui qu'il avait pour elles. La plupart du temps, il n'y avait que lui et moi.

Enfin, lui, moi, et l'alcool.

J'avais beau l'aimer, je savais que mon père n'était pas un homme bien. Quand j'étais petite et qu'il travaillait pour Cillian Brennan, il revenait trop souvent à la maison couvert de bleus à cause de bastons. Je devais supporter les visites-surprises de la police et lui apporter des vêtements propres et des cigarettes des tonnes de fois, quand il se faisait arrêter. Il était maintenant employé par Troy et remplissait probablement des missions tout aussi illégales.

Pa était un alcoolique et un Casanova terrible, mais c'était la seule personne qui m'aimait, s'occupait de moi, et se brûlait avec la cuisinière en essayant de me faire du bouillon de poule – pas en boîte, du vrai fait maison – quand j'avais attrapé une pneumonie.

Il méritait un peu de bonheur, même si c'était à mes dépens.

— Je t'aime, Birdie.

Il laissa une larme solitaire rouler sur son visage ridé, pressant ses grosses mains contre mes joues.

Je hochai la tête, reposant mon visage contre une de ses paumes. Je lui caressai le front du bout des doigts.

— Moi aussi, je t'aime, Pa.

— Bon-bon-bon. Prêts ? On y va, lança gaiement le chauffeur avant de faire le tour de la limousine pour venir m'ouvrir.

Je sortis prudemment. Le parvis de l'église était presque désert, à l'exception de quelques hommes d'un certain âge dispersés çà et là, encore occupés à parler affaires. Pa apparut à son tour, mais bifurqua à gauche quand il repéra le groupe d'hommes échoués là.

— Je dois dire un mot à Benny. Je serai de retour dans une minute. Que le marié patiente un peu. Je reviens, ma puce.

Il me fit un clin d'œil avant de rejoindre le groupe d'hommes au coin de l'église en pierre.

Je fronçai les sourcils en réajustant ma robe. Il faisait étonnamment frais pour un mois de juin, mais je savais que ce n'était pas le froid qui me donnait la chair de poule. Je jetai un regard vers l'ouverture dans le haut mur en pierre près de moi et repérai un petit jardin avec un banc. J'aurais aimé pouvoir me cacher là.

Puis je l'entendis.

Un homme qui parlait à son fils de l'autre côté du mur. Sa voix était douce, mais rauque et bourrue, aussi. Je ne sais pourquoi, elle s'insinua en moi comme une liqueur chaude un soir d'orage.

— Bien sûr, Abraham n'était pas un mauvais homme, mais il a fait ce qu'il croyait être le bon choix, c'est-à-dire sacrifier son fils à Dieu.

Une goutte de sueur glissa le long de ma colonne vertébrale, et je me penchai vers les voix, tendant l'oreille.

— Mais papa, les papas aiment leurs enfants, non ?

— Oui. Plus que tout au monde, Sam.

— Et Dieu aime ses enfants ?

L'homme marqua une pause.

— Immensément.

— Alors comment Dieu a-t-il pu faire ce qu'il a fait à Isaac ?

— Eh bien, Dieu voulait mettre la foi d'Abraham à l'épreuve. Isaac allait bien à la fin, rappelle-toi, mais Dieu a reçu la preuve qu'Abraham sacrifierait son fils adoré pour lui.

— Tu crois, demanda le garçon, qui ne devait pas avoir plus de cinq ans au vu de sa voix fluette, que Dieu ne fait que tester le nôtre, d'Abraham ? Peut-être que sa fille et M. Troy ne se marieront pas aujourd'hui.

L'homme rit pour lui-même, froidement, et je sentis mon cœur se serrer.

— Non. Ce n'est pas un test, champion. Les gens veulent se marier. Ce n'est pas une punition.

— Tu voulais te marier avec maman ? chercha à savoir Sam.

Un autre lourd silence se fit avant que l'homme réponde :

— Oui. Je voulais épouser maman. Ce qui me rappelle, où elle est, *notre* maman ?

Là, l'homme sortit par l'ouverture dans le mur et me percuta de plein fouet. Je poussai un cri, manquant de tomber à la renverse, mais je parvins à me retenir au mur de la main qui ne tenait pas le bouquet.

— Merde, pardon, s'excusa-t-il.

Je me redressai et relevai la tête ; mes yeux sortirent de leurs orbites, et j'eus la bouche sèche. Il était beau. Non, je recommence. C'était un chef-d'œuvre, dans un impeccable costume noir, qui me coupa le souffle et me libéra momentanément de ma crise de nerfs.

Il devait faire un mètre quatre-vingt-dix, un peu plus petit que Brennan, et tout comme mon promis, il était si massif dans son costume sur mesure que je sus qu'il devait mettre un point d'honneur à aller à la salle de sport au moins quatre fois par semaine. Ses cheveux noisette, doux, ondulés et épais, étaient en bataille malgré ses efforts pour les lisser en arrière. Il m'étudiait de ses yeux gris, plissés et intelligents, en frottant sa mâchoire carrée.

— Tu as dit un gros mot ! lança son fils en sautant presque de joie, agitant le petit camion bleu qu'il tenait à la main. Tu mettras 1 dollar dans le bocal quand on rentrera à la maison.

Mais le père de Sam semblait avoir été envoyé dans un autre univers, à en juger par sa façon de soutenir mon regard. Il paraissait surpris de me voir, et je me demandais ce qu'il savait. Je me figeai sur place, essayant de chasser l'étrange effet qu'il avait sur moi, et dis précipitamment :

— Je ne vous écoutais pas !

Je lissai ma robe, et ses yeux se posèrent à l'endroit où ma main effleurait le tissu de la Valentruc vintage, et je la retirai aussitôt, gênée.

— Je ne vous accusais pas, dit-il, serein.

Cette voix. Cette autorité. Il ne faisait pas partie de la bande de Troy.

— Non, bien sûr, répondis-je en rougissant avant de me tourner vers la porte de l'église. C'est mon mariage, là-dedans. Alors je ferais mieux de, vous savez…

Ma bouche stupide débitait des stupidités. *Évidemment que c'est ton mariage, Sparrow. Sinon, tu t'es pointée avec la robe la plus inappropriée de la planète.*

— Oui. Et je suis désolé, dit-il avec gravité, sans équivoque.

D'autres émotions firent rage en moi, et sa bienveillance me noua le ventre.

Il avait une femme et un fils, me rappelai-je. Oh ! et moi, dans cinq minutes, j'allais épouser un des hommes les plus dangereux de Boston. Cela faisait de ce bel inconnu quelqu'un d'inaccessible. Et de moi une idiote.

Je me passai une main sur le visage, reconnaissante que Sherry ne soit pas là pour me réprimander parce que je ruinais toutes les couches de maquillage qu'elle avait tartinées sur ma peau.

Je haussai les épaules et lui répondis :

— Moi aussi, je le suis. J'espère que votre famille et vous apprécierez la cérémonie.

Il ouvrit la bouche pour dire quelque chose, mais je me sentais incapable de supporter davantage de gentillesse. Je ne faisais pas confiance aux hommes ces jours-ci, surtout ceux qui étaient assez hypocrites pour m'offrir du réconfort.

Je me retournai en portant deux doigts à ma bouche pour siffler mon père.

— Eh, Pa…

Je lui fis un signe de la main sous les regards interloqués des hommes encore attroupés sur le parvis. Ils devaient penser que Brennan épouserait une lady, pas une rouquine bizarre et garçon manqué.

— Finissons-en.

Pa me rejoignit à petites foulées. Essoufflé, il salua l'inconnu d'un hochement :

— Brock.

— Abe, répondit Brock avec un signe de tête. Félicitations pour cette union. Vous savez que je suis là si l'un de vous a besoin de quoi que ce soit.

Il posa de nouveau les yeux sur moi, et la désolation me serra un peu plus le cœur.

Sam et lui se retournèrent pour entrer dans l'église, main dans la main.

Pa fit un pas vers moi et m'attrapa par les épaules.

— Que le spectacle commence. Marions mon petit Birdie.

Objectivement, mon mariage avec Troy Brennan fut un très bel événement. D'un faste obscène et d'une démesure odieuse. Brennan ne regardait pas à la dépense pour ce qui lui appartenait, que ce soit son appartement, ses voitures, ses conquêtes ou son mariage.

Les bougies, les fleurs, le tapis, la soliste, la *wedding planner*, les arches florales et les bancs richement décorés, tout était impeccable et somptueux. À vrai dire, je fus même surprise que l'autel ne soit pas entièrement en diamants de sang et en liasses de billets de 100 dollars.

Quoi qu'il en soit, pour moi, c'était aussi inutile qu'imaginer Henry Cavill avec des habits. Tant de précision et de beauté ne devraient pas être gaspillées sur une imposture. Et c'était précisément ce que Brennan et moi étions – une imposture. Une mascarade. Des condamnés pris au piège d'un mariage bâti sur les ruines d'un chantage et de mensonges.

Nous échangeâmes nos vœux devant quatre cents invités gais et larmoyants. Le père O'Leary mena la cérémonie avec grâce, ou c'est du moins ce que je supposai, puisque j'avais la tête qui tournait et la vision trouble. J'essayai de ne pas suer des litres d'eau d'angoisse et répétai ce que le prêtre disait quand il le fallait.

Brennan ne savourait pas spécialement toute cette attention, mais elle ne sembla pas le déranger non plus. Dans l'ensemble, il eut l'air fermé, impassible, et un peu agacé de devoir perdre son temps sur cet événement mondain.

— Puisque c'est votre intention de contracter mariage, joignez vos mains droites et déclarez votre consentement devant Dieu et son église, dit O'Leary, et mes émotions prirent le dessus.

J'eus un hoquet de surprise quand le marié enveloppa ma petite main dans la sienne, immense, et la serra fermement. Alors que les invités sur les bancs gloussaient, y voyant la réaction attendrissante et authentique d'une mariée nerveuse, des points noirs envahirent ma vision, et je crus que j'allais défaillir. Les yeux de Troy me lançaient des poignards, la mâchoire serrée, et je me forçai à sourire, bien que faiblement, poursuivant la mascarade.

— Moi, Troy Brennan, je te reçois, Sparrow Elizabeth Raynes, pour épouse. Je te promets de te rester fidèle dans le bonheur et dans les épreuves, dans la santé et dans la maladie. Je promets de t'aimer et de t'honorer tous les jours de ma vie.

Les femmes s'essuyaient le coin des yeux, lourdement ourlés de mascara, avec un mouchoir dans lequel elles se mouchaient avec des hochements de tête approbateurs. Les hommes échangeaient des grognements satisfaits, le menton en avant comme si tout ce foin était sincère. Mon visage se vida de toute couleur, de sang et de vie.

À mon tour.

Le prêtre se tourna vers moi et me demanda de répéter ses mots, ce que je fis d'une voix tremblante.

— Moi, Sparrow Elizabeth Raynes, je te reçois, Troy Brennan, pour époux. Je te promets de te rester fidèle dans le bonheur et dans les épreuves, dans la santé et dans la maladie. Je promets de t'aimer et de t'honorer tous les jours de ma vie.

Le prêtre continua à ergoter, mais je ne l'écoutais plus, concentrée sur le fait que j'étais quasiment mariée à cet homme. À un criminel. *Un meurtrier.* Ma promesse envers Troy Brennan me laissait un goût amer dans la bouche.

Une partie de moi avait envie de se lâcher, de hurler sur tous ceux qui étaient assis devant nous, à sourire comme des idiots. J'avais vingt-deux ans. Il en avait trente-deux. Nous n'avions jamais eu un seul rendez-vous galant.

N'étions jamais sortis ensemble.

Avions à peine échangé quelques mots.

Tout cela était un mensonge. Comment pouvaient-ils le laisser faire ?

Ma relation branlante avec les humains dégringola de plus belle quand le témoin de Brennan, un homme dodu avec des yeux méchants, lui tendit ma bague.

— Reçois cette alliance, symbole de mon amour et de ma fidélité. Au nom du Père, du Fils et du Saint-Esprit.

Brennan fit glisser l'anneau à mon doigt.

Quand ce fut mon tour, je crachai les mots en pilote automatique. Cueillant la bague de mon époux sur le petit coussin que me tendait une jeune fille – elle et mes trois demoiselles d'honneur m'étaient de parfaites inconnues qui avaient certainement été engagées pour l'événement –, je passai l'alliance au doigt de mon mari d'une main tremblante.

— Vous pouvez embrasser la mariée, annonça le prêtre avec un rictus satisfait une fois que le mal était fait.

Brennan n'attendit pas que je bouge ou que je reprenne le contrôle de mes émotions. Avec un sourire carnassier, il envahit mon espace personnel et me renversa la tête en arrière, me tenant par la nuque comme s'il l'avait déjà fait des centaines de fois.

Et j'aurais mis ma main à couper qu'il l'avait fait avec autant de femmes qui n'étaient pas moi.

Son goût se répandit dans ma bouche alors que ses lèvres s'écrasaient sur les miennes en un baiser conquérant étonnamment chaud et résolument viril. Un mélange entre bière brune amère (de la Guinness, probablement), douceur d'un cigare et fraîcheur d'un chewing-gum à la menthe tournoya sur ma langue. Je me raidis, pinçant instinctivement les lèvres, ne le laissant pas m'assiéger davantage.

Mais mon nouvel époux ne l'entendait pas de cette oreille. Il m'engloutit dans ses bras, ses larges épaules camouflant nos visages de la foule qui s'était levée et nous acclamait, applaudissait, sifflait et riait, un feu d'artifice de bonheur. L'église explosait de joie alors que je rassemblais toutes mes forces pour éviter de lui vomir dans la bouche. Ses lèvres quittèrent les miennes, laissant des traces de son souffle chaud et chargé sur ma peau, avant de s'arrêter au creux de mon oreille.

— Fais mine d'être heureuse, ou je te donnerai une vraie raison d'être triste.

À ces mots, je fus saisie de panique. Ses paupières étaient encore lourdes du baiser quand il s'écarta et baissa les yeux vers moi. Je lui lançai un regard noir et me retins de lui mettre un coup de pied aux couilles avec mes talons aiguilles, malgré ma folle envie de le faire.

— C'est clair ?

Il inclina le menton, les lèvres pincées. Je déglutis.

— Comme de l'eau de roche.

— C'est bien. Maintenant, allons serrer des mains et embrasser des bébés, avant de retourner à la limousine. J'ai une surprise pour toi.

Pendant l'heure qui suivit, je jouai le rôle qu'on m'avait attribué. Je serrai des mains, fis de grands sourires, pris des gens que je ne connaissais pas dans mes bras et, dès que tout devenait un peu trop réel, j'attrapai un verre de champagne pour atténuer la morsure amère de la réalité. Brennan voulait rendre les invités pompettes avant que l'on rejoigne le lieu de réception – il y avait donc, contre toute attente, un bar avec alcool à volonté sur le trottoir devant l'église.

Pendant que nous prenions un bain de foule, de temps en temps, un photographe interrompait gentiment ce que nous étions en train de faire pour nous photographier. Mon époux et moi nous pliions à l'exercice. Il semblait à l'aise, plaçant une main sur mon épaule et m'agrippant par la taille avec assurance. Moi ? Je regardais l'objectif comme si je suppliais la personne derrière la lentille d'appeler la police et de me sauver. Je savais que j'avais l'air gauche, mon corps semblait être un véhicule de location que je n'avais pas encore bien pris en main.

Mon père se tenait à l'écart des jeunes mariés, choisissant de rester à son poste près des ambitieux bons à rien de notre quartier, des hommes qui, d'une manière ou d'une autre, se retrouvaient à recevoir des ordres de la jeune génération de criminels. Certains parce qu'ils n'avaient pas la capacité intellectuelle d'être des meneurs, comme Connelly l'Étourdi – qui, à en croire la rumeur, ne possédait pas plus de neurones qu'une pomme de terre –, d'autres parce qu'ils manquaient de discipline, comme mon ivrogne de père.

Un sentiment de déprime m'envahissait chaque fois que je le regardais et le voyais trinquer avec ses amis. L'amertume de ma situation, combinée au goût que m'avait laissé le baiser de Brennan et au fait que j'étais moi aussi en train de noyer mon chagrin dans l'alcool, me faisait perdre tout espoir.

Je vis Brock, Sam et sa mère quelques minutes avant de regagner la limousine. La petite famille s'approcha pour nous féliciter et pour nous adresser ses meilleurs vœux, comme tous les autres invités, qui traitaient Brennan tels des sujets s'agenouillant devant leur roi.

Brock étant éblouissant, je n'aurais pas dû être surprise que sa femme soit tout aussi époustouflante. Manifestement hispano-américaine, elle avait la peau lisse et dorée, des jambes interminables et des courbes à n'en plus finir. Debout à côté d'elle, je devais avoir l'air d'une ado. Elle avait les cheveux courts couleur café et coupés en un joli bob, tandis que les miens étaient longs, lisses, et rouge coucher de soleil. Ses yeux, légèrement bridés et engageants, avaient la couleur du whisky, tandis que les miens étaient vert clair et ronds. Elle débordait de sex-appeal – j'avais à peine l'air majeur.

Pourtant, Troy Brennan aurait pu la prendre pour épouse s'il l'avait voulu. Ce n'était pas que Troy avait plus de charme que Brock. Plutôt le contraire, si vous voulez mon avis. Seulement, Troy s'était fait un nom en tant que bulldozer humain.

La femme de Brock s'inclina très bas pour saluer mon époux, ses seins sortant presque de sa robe moulante rouge, très sexy.

— Tu fais un marié sacrément canon.

Elle l'embrassa longuement sur la joue, y laissant une trace de rouge à lèvres.

— Et quelle mariée charmante. Catalina Greystone.

Elle me serra la main avec assez de force pour me casser un os ou deux, m'analysant de ses yeux perçants comme si j'étais une maladie contagieuse.

— Enchantée, mentis-je avec un sourire figé, tout en dents. Sparrow.

— Eh bien, en voilà un nom original.

— Eh bien, en voilà un commentaire prévisible, répliquai-je.

Elle lâcha ma main comme si elle était en tessons de verre.

Brennan haussa un sourcil, l'air amusé. Ainsi, mes répliques cinglantes lui plaisaient. Tant mieux : il allait devoir s'y habituer.

Brock et Troy se serrèrent la main et échangèrent des civilités. S'ils partageaient la même carrure, Brock faisait plutôt joli garçon tandis que Troy était plus brut, il avait des traits plus durs, et il était bien plus intimidant. Brock était un poème ; Troy une chanson de heavy metal.

— Mon ami, dit Brock à Troy en posant une main sur son épaule. Très jolie cérémonie, magnifique mariée. Prends bien soin d'elle.

Troy passa son pouce sur ses lèvres en m'observant des pieds à la tête comme si j'étais le dessert.

— J'en ai bien l'intention.

— Ravi de vous rencontrer, madame Brennan.

Brock m'adressa un signe de tête, ne trahissant pas que nous nous connaissions déjà.

Pour une raison qui m'échappait, je rougis.

À la recherche d'une distraction, je m'accroupis et tendis la main à Sam.

— Je suis Sparrow, dis-je, ignorant les adultes.

Ce n'était pas comme si j'avais l'impression d'en être une, de toute façon.

— Je sais, répondit-il d'un ton neutre, et tout le monde, moi y compris, se mit à rire. C'est cool comme nom. C'est ton vrai prénom ? poursuivit-il, l'air sérieux mais curieux. C'est pas un surnom ?

— J'en ai bien peur, dis-je avec un grand sourire. Mes parents voulaient sûrement être originaux.

Pas si original : le nom de ma mère était Robyn[1], mais c'était ma norme.

— Pas les miens, fit Sam en haussant les épaules, refocalisant son attention sur le camion bleu qu'il tenait dans son petit poing. Mon vrai prénom, c'est Samuel. C'est juste un vieux prénom sans intérêt.

— Je trouve ça joli. Et je suis sûre que tu es un petit garçon très intéressant. D'ailleurs, je parie que tu es brillant. Tu ne penses pas, Troy ?

Pour la première fois de ma vie, je reconnaissais volontairement la présence de mon époux. Il sembla aussi surpris que moi, mais il se reprit vite, buvant une gorgée du whisky qu'il tenait au creux de sa main, le regard baissé vers son verre, évitant de regarder le petit garçon.

— C'est trop tôt pour le dire.

Son sourire sinistre trahit le plaisir qu'il prenait à offenser tous ceux qui l'entouraient, moi y compris.

Le front de Catalina se creusa, mais elle garda les yeux rivés sur mon époux, sans un regard pour son fils. Brock tira Sam contre lui et lui caressa la tête, en s'efforçant de masquer sa colère. Sam

1. *Robin* signifie « rouge-gorge » en anglais, et *sparrow*, « moineau ».

était trop concentré sur son camion pour s'occuper de ce que les grands racontaient.

Je ne me rendis compte que j'étais bouche bée que lorsque Troy pressa son index sous mon menton pour me la faire fermer d'un coup sec.

— Attention, railla-t-il dans un murmure en s'approchant de moi, on ne voudrait pas que tu gobes une mouche.

Quand nous fûmes installés dans la limousine qui devait nous emmener au manoir historique où quasiment quatre cents étrangers célébreraient notre mariage factice, la pluie se mit à tambouriner contre les fenêtres teintées. Je ravalai une remarque sarcastique. Évidemment qu'il pleuvait le jour de notre mariage, bien qu'on soit en juin. Et même si on dit que la pluie porte chance, je savais que ce n'était pas le cas.

Quelques invités honorèrent la tradition, se rassemblant sur le trottoir pour nous jeter des projectiles : *des graines pour oiseaux*. Au moins, mon mari ne fit pas de mauvaise blague sur mon prénom, comme j'aurais pu m'y attendre. Au lieu de ça, alors que la limousine s'insérait dans la circulation, il me tendit une grande boîte blanche fermée par un nœud rose en satin.

— Un cadeau pour toi, dit-il sans aucune émotion.

Je lui pris précautionneusement la boîte des mains et défis le ruban, les doigts tremblants. Marquant une pause, je levai un regard suspicieux vers lui. Bon sang, arrêterais-je un jour de me comporter avec lui comme un mouton qu'on mène à l'abattoir ?

— Désolée, je ne t'ai rien acheté, dis-je, ignorant son air de prédateur. Comme tu le sais, ce mariage a été plutôt précipité et inattendu.

— Je m'en remettrai.

Malheureusement. Je me mordis la lèvre pour retenir cette remarque désobligeante.

Il agita la main avec impatience.

— Bordel, Red. Ouvre ce fichu machin.

Je passai outre le fait qu'il m'avait de nouveau appelée Red. Oui, j'étais rousse, mais c'était un connard, et ce n'est pas pour autant que je le nommais comme ça sans m'assurer auparavant qu'il appréciait son petit surnom.

J'écartai le papier de soie dans la mystérieuse boîte blanche. Quand je pris connaissance du contenu, la bile me monta à la gorge, et mon sang se figea. Manquant de pousser un cri, je lui jetai l'emballage sur les genoux comme si c'était un nid de serpents.

Mon cadeau ? De la lingerie très légère et vulgaire. Cuir, résille, et tout le toutim.

Les larmes me brûlaient les yeux. Je les retins, ne voulant pas lui donner la satisfaction de me voir pleurer. Une larme traîtresse réussit tout de même à s'échapper, roulant sur ma joue droite. Je la chassai et serrai les dents pour empêcher mon menton de trembler. Si ce connard voulait me voir souffrir, je le laisserais sur sa faim.

Le visage de marbre de Brennan se fendit d'un rictus moqueur.

— Comment, Red ? Pas même un merci ?

Sa voix grave s'insinua sous ma peau, et je secouai la tête. Évidemment, je savais que le sexe ferait partie du marché, mais pendant les dix jours où il m'avait mise en cage dans son appartement, seule et craintive, il ne m'avait rendu visite qu'une seule fois, et jamais il n'avait essayé de me toucher.

Ce cadeau était un rappel que ce n'était pas parce qu'il ne l'avait pas encore fait qu'il ne le ferait pas.

— Alors, il faut ça pour t'exciter, un soutif en similicuir et un body en vinyle ? Je ne te pensais pas aussi cliché, Brennan.

Une lueur diabolique s'alluma dans ses yeux.

— Et je ne pensais pas que tu étais du genre à répondre. Ne t'inquiète pas, Birdie. On aura tout le temps de s'explorer.

Je regardai droit devant moi, me focalisant sur l'arrière de la tête du chauffeur en me mordant la langue. Je détestais qu'il m'appelle comme ça. Seuls les gens que j'aimais me nommaient Birdie, leur petit oiseau.

— Relax, Red. Je n'ai pas l'intention de te prendre à moins que tu ne sois consentante et que tu ne me supplies.

— C'est intéressant, parce que tu t'es donné la peine d'acheter de la lingerie. Tu avais du temps à tuer ?

Son sourire s'élargit.

— Ce n'est pas moi qui ai choisi ces sous-vêtements.

— Ah non ?

Je clignai des yeux.

— Non.

Il se pencha en avant, approchant sa bouche de la mienne.

— C'est ma maîtresse.

Des sirènes retentissaient au lointain, un camion bipait en faisant marche arrière, et le vrombissement rageur de mon sang bourdonnait dans mes oreilles. Pourtant, étrangement, le temps s'arrêta, même si les rues animées de Boston continuaient à défiler par la vitre. Notre chauffeur déglutit, regardant droit devant lui, robotique, mais je savais qu'il nous écoutait. Dire que je n'étais pas à l'aise d'avoir cette conversation devant un parfait inconnu était l'euphémisme du siècle.

Les lèvres pincées, je pris sur moi pour ne pas me jeter sur mon époux comme un animal acculé. Cet homme m'avait juré fidélité devant un prêtre moins d'une heure plus tôt. Je n'avais pas la naïveté de croire qu'il prendrait ce mariage au sérieux, mais il n'avait pas besoin de me balancer ses liaisons au visage pour autant.

— Elle ne doit pas beaucoup t'apprécier, si elle va acheter de la lingerie pour ta femme.

Ma voix tremblait à peine.

— C'est juste qu'elle sait ce qui est mieux pour elle. Elle pourrait t'apprendre un truc ou deux.

Je coinçai mes mains sous mes cuisses pour me retenir de l'étrangler.

— Dis-lui de m'envoyer le programme de ses cours. Celui qui m'intéresse le plus, c'est : « Comment dompter un queutard ».

Je lui adressai un sourire mielleux, les bras croisés sur ma poitrine couverte de dentelle.

La limousine s'arrêta, et le chauffeur se précipita pour nous aider à sortir, en bas des marches du monument du XVIIIe siècle où se tenait la réception. Troy s'extraya le premier, puis me tendit la main. Je ne bougeai pas, ignorant son geste.

— Rappelle-toi : sois gentille.

Sa paume restait ouverte, sans pour autant être accueillante.

— Mouais. D'accord, marmonnai-je en plaquant ma main dans la sienne.

On monta les marches en saluant nos invités, avec des sourires en plastoc, feignant la joie, bras dessus, bras dessous, comme les deux heureux amoureux que nous n'étions pas.

— J'aime ta combativité, souffla-t-il. J'ai hâte que tu la mettes à contribution dans mon lit.

2

Sparrow

J'aurais dû savoir que c'était un homme de parole.

Mais il aurait dû savoir qu'en plus de le détester, j'étais vierge.

Vierge, malgré tous mes efforts.

Contrairement à ce qu'on aurait pu penser, je ne tenais pas nécessairement à préserver ma virginité pour quelqu'un de spécial. J'avais grandi dans un quartier difficile, au milieu de gens qui ne croyaient pas aux contes de fées. Le prince charmant était aussi plausible que le Père Noël à mes yeux, sinon moins. Il n'y avait pas une fibre de romantisme dans ce corps chétif qui était le mien.

Non, ma virginité cliché tenait au simple fait que je n'avais rencontré personne qui soit prêt à partager davantage que quelques baisers par-ci et un petit tripotage par-là. J'étais connue pour ma malchance avec le sexe opposé. Certes, je n'étais pas particulièrement remarquable ou sexy, mais je n'étais pas une vieille chouette non plus. Pourtant, les hommes avaient toujours gardé leurs distances avec moi.

À l'école.

Au travail.

Et surtout dans les quartiers sud de Boston.

J'avais donc porté le fardeau de ma virginité en silence, sans perdre l'espoir de trouver un homme qui serait assez doux pour me montrer les choses à faire et à ne pas faire quand on fait l'amour.

J'avais le sentiment que Troy Brennan, avec sa carrure, sa force et son mode de vie brutal, ne serait pas le meilleur guide pour une débutante comme moi. S'il y avait un rayon de soleil dans ma sinistre situation, cela aurait été mon espoir que Troy soit trop occupé à coucher avec la moitié de Boston pour remarquer que j'avais une paire de seins, et de fesses, aussi.

Mais non. Il s'en aperçut.

Juste après être revenus de notre mariage, pour être précise.

Nous rentrâmes dans son appartement-terrasse clinquant de Back Bay, très bourrés et tout rouges, à raison.

Brennan alla dans sa somptueuse chambre et se déshabilla en silence, pliant ses vêtements en pile nette sur un bureau noir laqué près de l'immense lit *king size*. Il se mit en caleçon, m'offrant une vue complète de son corps musclé. Très viril, pas le genre pub Abercrombie & Fitch mais vrai, poilu, imposant et exigeant.

Pétrie de colère et de peur, j'entrai rapidement dans la salle de bains, claquai la porte derrière moi et la verrouillai pour bonne mesure.

— Ne traîne pas, ordonna-t-il depuis la chambre.

Je l'ignorai, m'assis sur le bord de son immense jacuzzi et, régulant ma respiration, je retirai une à une les épingles à cheveux qui me rentraient dans le crâne. Je les jetai dans le lavabo avec un tic satisfaisant. Puis je m'attaquai à l'impossible robe. Je galérai à attraper les lacets dans mon dos et me trémoussai jusqu'à enfin réussir à m'extirper du corset taille Barbie.

J'ouvris les tiroirs et les placards. Je cherchais à gagner du temps. Après tout, il était ivre. Peut-être qu'il s'endormirait, tomberait dans les pommes… ou dégueulerait et s'étranglerait avec son propre vomi. Peut-être que je n'avais pas besoin de m'inquiéter.

Au bout de quarante minutes, je revins dans la chambre sur la pointe des pieds avec une paire de chaussettes à lui et mon vieux pyjama – un short gris et un T-shirt en coton blanc – et je rampai sur l'immense lit du côté où il n'était pas. J'avais envie de me rouler en boule et de disparaître entre ses draps, aussi loin de lui que possible.

Sans respirer, sans bouger, je regardai sur le côté pour voir s'il dormait.

Ses paupières papillonnaient dans le rouge et le bleu des lumières de la ville qui se déversaient dans l'obscurité de la chambre. Il regardait le plafond, perdu dans ses pensées, les couvertures repoussées.

— Peur du sexe, hein ?

Sa voix trancha dans le noir, menaçante mais amusée.

— Je ne suis pas surpris.

Cela ne m'échappa pas qu'il était torse nu, ne portant rien d'autre qu'un caleçon Calvin Klein. Blanc, moulant… qui mettait son érection en évidence.

Son corps n'était que muscles d'acier. Séduisant et lisse, à l'exception de trois vieilles cicatrices – de son ventre à son torse, de son épaule à son biceps, et une plus petite près de sa gorge. Il avait un trêfle tatoué sur la poitrine en travers du cœur, usé et passé.

Un souvenir me revint tout à coup, accélérant mon rythme cardiaque : mon amie Daisy et moi en train d'écouter des ados qui chuchotaient dans l'escalier de mon immeuble. Je n'étais alors qu'une gamine, j'avais six ans de moins que les lycéennes. L'une d'elles dit à ses amies, toute excitée, qu'elle avait enfin réussi à coucher avec Troy Brennan. Qu'il était un certain genre de mecs : son corps était bâti pour se battre et baiser, et il s'adonnait à ces deux activités avec une passion, une rage et une brutalité que la plupart des filles n'oublieraient pas de sitôt.

Mais même si j'avais voulu m'encanailler avec mon mari, je ne pouvais pas faire abstraction de qui il était : l'homme qui avait tué Billy Crupti, un meurtre si brutal que les médias avaient raconté que le corps de cette Gueule d'Ange avait été rongé par des animaux avant d'être jeté à l'eau. Et puis, il y avait ce prêtre qui avait été retrouvé mort dans l'église de notre paroisse, la langue coupée.

Tout le monde dans les quartiers sud de Boston savait que c'était Troy qui les avait tués, tous les deux.

Personne ne disait mot.

C'était révélateur sur la personnalité de mon époux.

Sa cruauté était infinie. Ses mains avaient touché du sang, des armes, des couteaux, des corps morts. L'imaginer caresser ma peau aurait dû me donner la nausée. Et pourtant…

— Je n'ai pas peur, pas du tout. Tu ne me connais pas.

Je lui tournai le dos dans le lit, pressant mes genoux contre ma poitrine, et enfouis mon visage dans l'oreiller.

Contre toute attente, son côté du matelas se souleva. Je l'entendis aller à la salle de bains à pas feutrés, mais il ne prit pas la peine de fermer la porte. Je tendis l'oreille. Il pissa et se lava les mains en sifflotant. Quand il revint, il resta debout au pied du lit, sa queue dressée vers moi dans son caleçon.

— Première fois que tu vois une érection ? se moqua-t-il.

Je ne voulais pas lui dire la vérité.

Oui.

Alors je déglutis et levai les yeux, me concentrant sur une œuvre d'art moderne derrière lui, un tableau représentant une femme nue. Je haussai les épaules.

— La tienne n'a rien d'exceptionnel.

— C'est là que je peux te prouver que tu as tort.

Son sourire semblait presque humain.

— Merci pour la proposition mais, outre le fait que je préférerais mâcher des aiguilles souillées, j'ai mes règles.

Je remontai la couette jusqu'à mon nez.

— Foutaises, fit-il avec un rictus mauvais. Fais voir.

— Quoi ?

— Fais. Voir. Tes règles, dit-il lentement. Enlève ton pyjama.

Je reculai dans le lit en regardant autour de moi, essayant de rassembler mes pensées.

— Tu plaisantes ?

— Je ne plaisante jamais, Sparrow. Et puis, tu as fait preuve de cran jusqu'à présent, tu ne veux pas tout gâcher en jouant les poules mouillées, n'est-ce pas… *p'tite femme* ?

— Mais…

— Il n'y a pas de mais qui tienne.

Je regardai autour de moi, à la recherche de… quoi ? D'objets pointus à lui jeter dessus pendant que je prenais mes jambes à mon cou ? Il pourrait certainement me tuer d'un seul regard. Au lieu de le narguer comme un enfant de trois ans, j'aurais dû lui dire la vérité.

— Je ne fais pas la poule mouillée.

Il s'approcha de moi.

— Alors prouve-le.

Et puis merde. Il voulait jouer, et je commençais à comprendre son petit jeu tordu.

Je me levai devant lui et baissai mon short centimètre par centimètre. Mes doigts effleurèrent les os de mon pubis et, malgré la haine que je lui vouais, je fus soudain complexée par ma maigreur. Il devait être habitué à coucher avec des femmes pulpeuses, et je ressemblais à un garçon, avec ma peau pâle, ma carrure fragile et mes cheveux de feu.

Mais il m'avait défiée, et je devais garder ma foutue fierté intacte.

— La culotte aussi.

Brennan se laissa tomber de mon côté du lit alors que je me dressais devant lui, ôtant lentement mes vêtements.

La colère que je retenais faisait vibrer tout mon corps. Son regard se focalisa sur ma région pelvienne, et il passa une main dans son caleçon pour se caresser, en toute détente. Je retirai ma culotte, à la fois écœurée et excitée par la situation. *Qu'est-ce qui tourne pas rond chez toi, Sparrow ?* Ulcérée, je m'humectai les lèvres, les yeux rivés sur lui. *Tu planes ou quoi ?*

— Montre-moi ton sang.

Sa voix était rauque.

Je grimaçai, aspirant ma lèvre inférieure dans ma bouche avant de la libérer lentement. Tremblant de honte, je glissai mon index entre mes plis, effleurai mon vagin, et lui présentai mon doigt pour lui montrer une goutte écarlate de sang frais.

Je l'avais placé là pendant que j'étais dans la salle de bains ; je m'étais entaillé le pied avec son rasoir pour me faire saigner et mettre le liquide rouge entre mes jambes. J'avais refermé la plaie avec le crayon hémostatique posé sur le lavabo et enfilé une paire de chaussettes pour dissimuler mon méfait, par précaution. Je savais que c'était tordu, mais aux grands maux les grands moyens.

Et j'étais déterminée à ne pas donner à Brennan ce qui m'appartenait, au cas où il déciderait de me ravir pendant notre nuit de noces. Troy inspecta le sang sur mon doigt, leva les yeux pour les planter dans les miens, et il se lécha les lèvres, lentement. Il semblait prêt à me sauter dessus à tout moment pour me ravager. Par désir ou par haine, je n'aurais su le dire. Quoi qu'il en soit, il était brut, impétueux. *Une vraie emmerde.*

— Tu penses vraiment qu'un homme comme moi se laisse rebuter par un peu de sang, *Red* ?

— Au contraire, dis-je, avec toute l'assurance qu'il me restait. Mais le viol est indigne de toi. Je le sais.

Je l'espérais.

Troy arrêta de se caresser et se pencha en avant. Je parvins à peine à contrôler le tremblement de mes cuisses alors qu'il entrouvrait les lèvres pour prendre mon doigt ensanglanté dans sa bouche en me regardant fixement. Il suça mon doigt pendant une longue minute avant de le relâcher avec un pop et de passer ses mains dans mon dos pour agripper mes fesses et me tirer vers lui. Je tombai sur le lit, à califourchon sur lui. Il m'adressa ce rictus malicieux qui semblait rehausser ses traits d'une beauté saisissante, ses yeux fous d'abandon. Mes cuisses se refermèrent de chaque côté de son bassin.

Foutues cuisses.

Bordel, ça n'allait pas du tout. Il fallait que j'y mette un terme, je le savais. Mon corps, en revanche, avait une autre idée en tête.

— Je ne ferai rien que tu ne veux pas que je fasse, finit-il par dire. Mais jusqu'à présent, tu ne m'as pas arrêté. Pourquoi ?

Je fermai les yeux et pris une profonde inspiration.

— Je ne t'ai pas arrêté parce que je ne veux pas que tu me fasses du mal.

Je posai mes mains sur son torse nu pour me maintenir en équilibre. Ses muscles étaient bandés, durs. Quelque chose me dérangeait dans ce qu'il avait dit. Il sous-entendait que j'appréciais son attention, sa façon de sucer mon sang. Je n'aimais pas ça. Certes, je ne me sentais pas violée – pour une raison tordue que je n'avais pas envie de creuser –, mais je ne l'avais assurément pas demandé.

Un moment de silence passa entre nous alors qu'on se dévisageait, mes yeux implorants, les siens contemplatifs. On n'entendait que le bruit lointain des klaxons dans le centre-ville de Boston et le déferlement de la pluie nocturne contre les baies vitrées.

— Tu ne m'attires pas, dis-je d'une voix éraillée.

Mensonge.

Il ne fut nullement offensé.

— Dis ça à ta chatte. Mon caleçon est trempé, madame Brennan.

Vérité.

Je rougis furieusement, m'enlevant précipitamment de ses genoux en lui mettant presque un coup aux burnes au passage. Je me jetai vers le bout du lit, cherchant à tout prix à m'éloigner de lui. Appuyé sur les coudes, il tourna la tête pour me scruter avec un air de défi.

— Tu perds ton temps.

Je couvris le bas de mon corps avec mes mains, sentant mes oreilles rosir avant même de prononcer les mots :

— Je suis vierge.

— Je m'en doutais.

Une lueur amusée dansant dans les yeux, il roula sur le matelas pour se rapprocher et dessina des cercles sur mon pubis.

— On peut y remédier.

— Je n'ai pas envie d'y remédier, répliquai-je, entre honte, agacement et…

Bordel, de qui me moquais-je ? Troy Brennan n'était pas si mal. Si on était prêt à ignorer la monstruosité qui se tapissait derrière ces yeux d'un bleu glacial, il ne serait pas le pire candidat à prendre pour amant.

Mais plutôt mourir que de l'admettre devant lui ou qui que ce soit d'autre.

Il se lécha les lèvres et, ignorant mon commentaire, il demanda, sur un ton toujours aussi sérieux :

— Tes règles… elles s'arrêtent quand ?

— Dans quatre, cinq… *ans*.

Ma voix tremblait, mais j'imaginais malgré moi ce que ce serait de l'avoir, même dans cinq ans.

— Que veux-tu, mère Nature peut être une vraie garce.

— Et ce n'est pas la seule.

Il posa sa main à plat sur mon ventre, et je laissai sa chaleur s'infiltrer dans ma peau à travers le coton de mon T-shirt.

Sa chambre était somptueuse, avec son sol en marbre, son immense tête de lit en cuir noir, ses jetés en soie gris et blancs, ses riches tapis beiges et ses luminaires sur mesure. On se serait cru dans un catalogue. C'était incroyablement impersonnel et trop stérile pour qu'on s'y sente chez soi.

Comme son propriétaire, l'endroit était d'une indicible beauté.

Différent.

Dément.

Je ne détestais pas, même si je ne demandais que ça.

— Quelque chose me dit que si Mère Nature était aux commandes, tu serais en train de me chevaucher comme un jockey.

Il se redressa et me tira contre lui, son souffle caressant ma peau.

Un soupir m'échappa, et je luttai contre l'envie de me laisser aller contre lui.

Ses lèvres voletèrent un court instant sur mon poignet, ses mots aussi tranchants qu'un rasoir, mais sa voix étonnamment douce.

— Et si tu me montrais ton cran, Sparrow ? Et si tu jetais un œil à ce que tu as fait ? dit-il en regardant son caleçon.

Mon sang se figea, mes yeux descendant lentement vers son entrejambe. Une légère trace de sang rose tachait son boxer blanc, mouillé par ma cyprine contre son sexe.

Je lui en voulus de me montrer ça mais je me reprochai encore plus d'avoir fait une telle chose.

— Je suis loin d'être prête à coucher avec toi, Brennan. Pas maintenant. Probablement jamais.

Mais alors même que je prononçais ces mots, je sus que c'était un mensonge. Bon sang, lui aussi, il devait le savoir.

En même temps, la haine que je lui vouais était si forte qu'elle m'embrasait la peau, ma rage si puissante que je la sentais jusque dans mes os.

— Sparrow Brennan…

Il goûta mon nom sur sa langue, qu'il fit claquer avec approbation.

— Un jour, je te baiserai si fort que tu seras incapable de marcher le lendemain.

Un jour, pensa mon cerveau. *Mais pas ce soir, connard.*

— Tu le sais. Et je le sais. Alors si tu veux te mentir, je t'en prie, ne t'en prive pas. Mais nous savons tous les deux que tu es déjà à moi. Ton esprit…

Il tendit la main et me caressa doucement la tempe. Je fus parcourue d'un frisson.

— Ton corps…

Sa main glissa jusqu'à ma poitrine, puis saisit subitement mon sein droit et décrivit un cercle autour de mon téton pointé avec son pouce. Je renversai la tête en arrière, le laissant me toucher.

— Ton âme…

Il poursuivit sa course le long de mon ventre, sous mon T-shirt, ses doigts effleurant chaque centimètre carré de ma chair.

Oh ! bordel.

— *Ton cœur…*

Sa main remonta sur mon sein gauche, où il s'arrêta un instant, laissant échapper un éclat de rire sarcastique.

— Enfin, le cœur, tu peux te le garder.

Puis, sans prévenir, il nous retourna tous les deux dans un geste preste. Il se trouvait maintenant au-dessus de moi tandis que je me tortillais sous lui, son ventre pressé contre le mien. Je sentais son poids sur mon pelvis. Et avant de pouvoir rassembler le courage et les neurones pour l'envoyer paître, il frotta sa bosse contre moi, que rien d'autre que le tissu de son caleçon ne séparait de mon intimité.

Une vague de chaleur m'envahit. J'inspirai subitement et me mordis furieusement la lèvre pour réprimer un gémissement. Ses bras m'encadraient alors qu'il continuait d'aller et venir contre moi et demandait :

— Dois-je m'arrêter ?

— Ou-oui, bégayai-je d'une toute petite voix.

Je voulais qu'il arrête… *non* ?

Il marqua une pause, mais son sourire devint carnassier. Il abaissa la tête, sa bouche trouvant la mienne alors qu'il se décalait sur le lit, et parla contre ma bouche, ses lèvres planant au-dessus des miennes sans m'embrasser.

— Un jour, je vais nous faire virer d'ici parce que tu crieras mon nom si fort que tout le monde l'entendra.

Je fronçai les sourcils.

— Je doute que quiconque te mette dehors, vu ta réputation.

Troy renversa la tête en arrière et se mit à rire de bon cœur. Ce que je venais de dire lui plaisait. *Être craint* lui plaisait.

— Ça, c'est bien vrai.

Sa main se posa sur ma gorge, son doigt y traça une ligne invisible.

— Tu sais quoi, Sparrow ? Peut-être qu'on pourrait jouer ensemble, en fin de compte. Je vois bien qu'une petite rigolote se cache sous toute cette vertu.

J'eus le sentiment qu'il n'y avait pas de « petit rigolo » derrière toute sa noirceur. Mais je ne dis rien.

3

Sparrow

Cinq jours plus tard

Les jours s'enchaînaient, le temps collant comme les pages d'un livre jamais ouvert. Moi ? J'arrivais à court d'options pour me divertir entre les murs étouffants de l'appartement de Troy Brennan.

Lorsqu'il m'avait emprisonnée pendant dix jours avant notre mariage, il n'était venu me voir qu'une seule fois dans ce lieu aseptisé et meublé avec goût, et seulement pour me dire que j'allais devenir sa femme. À l'époque, je m'étais demandé s'il voulait me faire peur ou me donner le temps d'accepter cet arrangement. Aujourd'hui, je savais que son absence n'avait rien à voir avec moi et tout à voir avec son travail.

Ces jours-ci, il rentrait tous les soirs bien longtemps après que je m'étais couchée et faisais semblant de dormir, puant la bière brune, le parfum d'autres femmes, et l'odeur douce-amère de la sueur masculine. Il partait tôt pour le travail, si bien que quand je me réveillais, son côté du lit était vide et froid.

Il n'essaya plus de me toucher. Il n'essaya même pas d'engager la conversation les quelques fois où je le croisai. Et la plupart du temps, cela me convenait parfaitement.

Je quittais l'appartement pour mes joggings matinaux et pour mes cours de cuisine du soir. J'avais rendu visite deux fois à Pa et faisais la cuisine et le ménage pour lui par habitude. Connor épiait mes moindres mouvements, me suivait à la trace comme un petit pitbull fébrile. Comme je refusais de le laisser entrer dans l'appartement de mon père, il restait assis devant la porte, sur la chaise de cuisine que je tirais dans le couloir, et il attendait patiemment en mâchant du tabac et détestant sans nul doute chaque seconde que je passais hors de sa vue.

Toute tentative de quitter l'appartement de nuit (et j'essayai, surtout les deux premiers jours) fut empêchée par mon robuste et corpulent garde du corps, équivalent humain d'un réfrigérateur industriel. Connor croisait les bras sur son torse de gorille sans dire un mot, avançant vers moi alors que je reculais, tête baissée.

Pour la première fois depuis mes quinze ans, j'avais un couvre-feu. J'en voulais à Brennan de m'imposer des restrictions, d'interférer avec ma vie sans même y prendre part.

Mais au moins, j'avais un peu de compagnie.

Troy avait une femme de ménage du nom de Maria, une petite soixantenaire grincheuse aux cheveux blancs et à la peau brune qui venait un jour sur deux, puisqu'elle travaillait à la fois pour Troy et pour sa mère, Andrea, en qualité de femme à tout faire de la famille, et ce depuis que Brennan était petit.

Maria ne parlait pas très bien anglais, et nous communiquions de la manière la plus universelle : à travers la nourriture.

Je passais des heures à m'entraîner et à ne cuisiner pour personne en particulier. Je préparais des plats délicieux uniquement pour les admirer en silence, les mettre dans des récipients jetables et les distribuer au foyer pour sans-abri le plus proche. Mais avant cela,

Maria s'en servait une part ou deux et me donnait de très bons conseils sur les épices, les goûts et les saveurs (principalement en espagnol). Ses suggestions et compliments me comblaient, sa présence était un soupçon de réconfort dans l'océan de désespoir dans lequel je me noyais.

Un jour, après environ une semaine de faux mariage, je rentrai dans l'appartement de Brennan à la suite de mon jogging matinal et allai directement à la salle de bains du rez-de-chaussée. Il s'agissait d'un duplex, avec la suite parentale et le bureau à l'étage. Je me servais toujours de la salle de bains proche de la chambre d'amis, au niveau inférieur, parce qu'elle portait moins son empreinte. Il n'y avait pas tous ses produits, ses serviettes, son rasoir et sa senteur singulièrement masculine. *Lui.*

Depuis notre nuit de noces, je m'efforçais de minimiser au maximum mes contacts avec Brennan et le traitais avec une méfiance que l'on réservait habituellement aux terroristes.

Je gardais un petit couteau sous mon oreiller, celui dont je me servais en cours de cuisine pour désosser la viande. J'avais ajouté le numéro d'urgence à mes favoris sur mon téléphone. Comme une bonne scoute, j'étais toujours prête.

Ce jour-là, je m'agenouillai à côté de la baignoire et me fis couler un bain, dans lequel je jetai des sels et autres petits luxes dont je découvrais l'existence. Je retirai mes chaussures de course et lançai mon pantalon de yoga et mon haut trempés de sueur dans un coin, à côté du lavabo.

Puis j'entendis la porte d'entrée claquer, et mon cœur fit un bond. Maria se trouvait déjà dans l'appartement, et, bien que ce ne soit pas très professionnel, Connor était paisiblement en train de dormir sur un canapé dans le bureau de Brennan à l'étage après avoir tenté de suivre le rythme pendant mon jogging.

Troy ne rentrait jamais aussi tôt, et ce n'était pas le genre d'hommes à qui on rendait une visite amicale.

Cela tira la sonnette d'alarme dans mon esprit. Consciente que ce pouvait être un invité pas si cordial, j'enfilai rapidement un peignoir et fouillai dans les placards et tiroirs de la salle de bains. Des ciseaux à ongles n'étaient pas une arme digne de ce nom, mais ils étaient petits et pointus, et pouvaient crever un œil. Honnêtement, m'armer de ce type d'outil dans l'appartement d'un truand était aussi utile qu'apprendre à nager dans l'évier de la cuisine, mais je préférais prendre mes précautions.

Le cœur battant à tout rompre, je sortis prudemment dans la gigantesque entrée. Tout le premier niveau – cuisine, salle à manger et salon – était entièrement ouvert, et cela me rassurait qu'il n'y ait pas de recoins ou de courbes derrière lesquels un agresseur potentiel pourrait se cacher. Quand j'entendis un petit rire venant de la cuisine, mes épaules se détendirent.

C'était une voix masculine qui m'était familière, mais ce n'était pas celle de Troy. Elle n'était pas aussi froide.

— Vous alliez m'attaquer avec une paire de ciseaux ? demanda-t-il doucement.

Je m'arrêtai face à lui et plissai les yeux. *Brock*. Il était assis sur un tabouret de bar en cuir blanc à l'îlot de cuisine, en train de siroter une tasse de café que Maria avait dû lui servir. Notre employée le regardait avec adoration, lui faisant un grand sourire, comme s'il venait de trouver un remède permettant d'éradiquer à la fois le cancer et la stupidité.

Je desserrai ma main autour des ciseaux, les posai sur le plan de travail en inox et respirai profondément pour tenter de calmer l'accélération inattendue de mon rythme cardiaque.

— Eh bien, dit Brock en me saluant avec sa tasse, vous êtes venue armée.

— Je suis certaine que vous l'êtes plus que moi.

Je lui jetai un regard accusateur. S'il était un tant soit peu comme son ami truand, Brock serait avec assez de munitions pour conquérir une dictature de taille moyenne.

Il se redressa en levant les bras, faisant mine de se rendre, puis il pivota lentement pour me montrer qu'il n'était pas armé. Sa beauté illuminait la pièce, et je m'en voulus de le remarquer. Il était rasé de près, ses cheveux bruns en pagaille. Il portait un jean slim foncé, un pull ras-du-cou gris qui faisait ressortir ses yeux, et un T-shirt blanc en dessous. Il ressemblait aux rêves que Cosmo et Marie-Claire essayaient de vous vendre, à un cadeau emballé dans des fringues raffinées.

Il est marié, me rappelai-je. *Et moi aussi.*

— Que faites-vous là ? demandai-je, le souffle court.

— Je suis venue donner à Maria deux, trois trucs dont elle avait besoin.

Il se laissa retomber sur le tabouret et prit une gorgée de sa boisson chaude.

— Puis elle m'a proposé un café. Je ne peux pas dire non à la caféine. C'est comme du crack pour la petite bourgeoisie. *Gracias*, Maria.

Il salua la vieille dame avec sa tasse et lui décocha un clin d'œil.

— *De nada.* Je retourne travailler maintenant, *mijo.*

Elle déposa un baiser sur sa joue. Le choc faillit me faire tomber à la renverse. Maria était à peu près aussi maternelle qu'une éponge à récurer. Les bisous et autres signes d'affection n'étaient pas dans sa nature. Elle m'avait peut-être prise sous son aile à cause de ma cuisine, mais elle se renfrognait à la simple mention de Troy ou de Connor. Ils avaient tous deux un travail louche et un certain historique dans l'illégalité. Je ne savais pas ce que faisait Brock dans la vie, mais s'il avait accès à cet appartement, ce n'était pas un respectable agent de police ou un procureur en quête de justice. Non, c'était certainement un autre sale type.

Mais dans son cas, cela ne dérangeait pas Maria. Je la regardai monter l'escalier incurvé jusqu'à l'étage et disparaître dans la chambre, certainement pour changer les draps, comme elle l'avait fait chaque fois qu'elle était venue. Non pas que Troy et moi y laissions quoi que ce soit pour qu'il soit nécessaire de le faire.

J'agitai le pouce en direction de Maria.

— Vous l'avez droguée ou quoi ?

— Je ne drogue les gens que lorsque c'est indispensable, dit Brock en riant par-dessus le bord de sa tasse. Je suis plutôt du genre tolérant, en temps normal.

Je ne pus m'empêcher d'admirer son sourire. Il n'avait pas l'air méchant et ne se comportait pas comme un sociopathe mutique et imprévisible. *Contrairement à mon cher époux*. Il n'en était que plus difficile de détester Brock.

Je pouffai. Je voulais à tout prix reprendre un peu de contrôle sur la situation. Même si cela voulait dire me comporter comme une garce sans raison.

— Merci bien, Bouddha.

— En réalité…

Il jeta un coup d'œil autour de lui pour vérifier que personne ne l'écoutait et baissa la voix.

— Je voulais voir si tout allait bien. Vous aviez l'air contrariée au mariage.

Je détournai la tête. *Il s'en fiche.*

Il me regarda attentivement, ignorant mon sale caractère.

— Vous pouvez me parler. Je ne suis pas un méchant.

— Je suis prête à parier que vous n'êtes pas un gentil non plus.

Il marqua une pause, réfléchissant sérieusement à mon affirmation.

— Je ne suis pas ici parce que Troy m'a envoyé fureter, si c'est ce que vous pensez. Je suis juste… inquiet. Parlez-moi, Sparrow. C'est comment, la vie maritale ?

— Affreux, dis-je, impassible. Et puisqu'il paraît que le secret d'un mariage heureux, c'est d'avoir envie d'être mariée à son conjoint, je crois bien que je suis foutue.

J'étais d'une honnêteté si brutale que cela relevait presque de l'irresponsabilité. *Presque*. Je n'avais pas peur qu'il dise à mon époux que j'avais dénigré notre union. Brock savait qu'on m'avait forcé la main. J'avais lu entre les lignes quand il avait parlé à son fils à l'église l'autre jour. Mais même s'il décidait de me dénoncer à Brennan, ce n'était rien que mon époux ne sache pas déjà.

— Ça s'arrangera, souffla Brock en se frottant la nuque, parfaitement adorable.

L'air sembla s'épaissir.

Tout comme ma voix.

— Vraiment ?

Je m'éclaircis la gorge.

— C'est ce que dit la rumeur, en tout cas.

Il vida le reste de son café comme un shooter et reposa violemment sa tasse sur l'îlot central. Il se leva, attrapa sa veste posée sur le dossier d'une chaise, et me lança un sourire charmeur qui me rendit toute chose.

— Vous devriez aller voir votre bain avant qu'il déborde.

Il fit un signe de tête en direction du son lointain de l'eau qui coulait.

Je hochai la tête sans un mot et retournai à la salle de bains. J'étais contente de mettre de la distance entre nous. Je n'étais pas fière de mon attirance pour lui, qui ne ferait que compliquer davantage ma vie amoureuse déjà bordélique.

— Sparrow…

Sa voix m'arrêta net.

— Que faites-vous toute la journée ?

Je ne me retournai pas. De peur qu'il ne lise la confusion sur mon visage.

— Je reste ici, répondis-je, ma voix cassant sous le poids de la vérité. J'essaye de me rappeler qui je suis, de trouver ce que je vais faire ensuite.

— Votre époux est un homme très compétent, vous savez.

J'agrippai la ceinture de mon peignoir en me mordant la lèvre.

— C'est ce que tout le monde me répète.

Je finis par me retourner, et nos regards se trouvèrent. Il y avait une certaine distance entre nous, mais pas tant que cela. Pas assez pour que j'ignore la chaleur qui émanait de son corps.

— Ce que je veux dire…, commença-t-il avant de s'humecter les lèvres, faisant un pas vers moi. C'est que Troy possède un restaurant près de Tremont Street. Rouge Bis. J'en suis le gérant. Peut-être pourriez-vous apporter votre aide là-bas.

Je faillis plaquer une main sur ma bouche, incrédule. Rouge Bis était considéré comme le restaurant le plus romantique de Boston ; il était donc comique de découvrir que son propriétaire était l'homme le plus rustre de toute la Nouvelle-Angleterre.

— Attendez, comment savez-vous que je sais cuisiner ?

— Maria a dit que vous n'arrêtiez pas de mettre le bazar dans sa cuisine. Et puis, j'ai remarqué que le frigo était rempli, et pas seulement de condiments. C'est une première chez Brennan. Il y a le journal aussi, ajouta-t-il en désignant l'îlot central où il venait de prendre son café. Vous avez surligné un poste de cuisinière de cantine pour les écoles locales. On ne peut pas dire que vous le cachiez. Écoutez, je suis certain que vous pouvez nous aider au restaurant. Vous devriez poser la question à Troy.

— Je doute que cela lui plairait de m'avoir dans les pattes.

— Il ne vient pas si souvent.

Il y avait une pointe de satisfaction dans le ton de Brock, comme si lui non plus ne supportait pas la présence de mon mari.

— S'il est partant, je promets de tout faire pour que ça marche. Au lieu d'errer, retrouvez-vous, Sparrow. Je vous aiderai comme je peux.

Je baissai la tête, réprimant un sourire et chassant les papillons qui prenaient leur envol au creux de mon ventre.

Est-ce un jeu ?

Est-il sincère ?

Suis-je idiote d'être reconnaissante ?

— D'accord, finis-je par dire en relevant les yeux pour croiser son regard. Je lui demanderai. Merci.

— Pas de quoi. Merci pour le café.

— Passez une bonne journée, Brock, dis-je alors qu'il se dirigeait vers la porte.

— Vous aussi, ma belle.

Ce soir-là, je me mis au lit avec une migraine aussi assommante que l'orage qui bombardait les fenêtres de pluie. *L'été, mon cul.* C'était comme si le manque de soleil se calait sur mes sentiments.

Les mots de Brock avaient tourné en boucle dans ma tête toute la journée, et j'avais réfléchi à un moyen de convaincre Troy de me laisser travailler dans son restaurant. C'était la première fois en deux semaines que je me sentais optimiste.

Depuis qu'il m'avait prise à Pa, j'avais l'impression d'être menottée et enfermée dans une voiture sans freins dévalant une colline à toute vitesse.

Je rêvais de travailler en cuisine depuis que j'étais au collège et que j'avais vu *Ratatouille*. Pa m'avait offert le DVD à Noël, et je l'avais tellement regardé que je connaissais toutes les répliques par cœur. J'avais travaillé d'arrache-pied et suivi tous les cours que je pouvais me payer pour réaliser mon rêve.

Et j'y étais presque. Je le touchais du doigt. J'aimais voir les gens apprécier le fruit de mon travail quand je servais un repas copieux à mon père et à ses amis. Ils s'asseyaient, chemise ouverte sur leurs maillots de corps, leurs torses à poils blancs et leurs bedaines plaqués contre la petite table en bois de notre cuisine, et engloutissaient mes plats. Que ce soit de l'*Irish stew*, des pâtes maison avec de la sauce fraîche, ou mes fameux pancakes à la myrtille. Faire la cuisine et de la pâtisserie me donnait l'impression d'être quelqu'un, et être quelqu'un était mieux que n'être personne, comme le destin semblait m'y condamner.

Tout le monde avait un trait caractéristique. Il y avait la belle, l'athlète, la geek, la garce, la responsable ou la truande. J'étais connue comme la fille qui n'avait pas de maman, et je voulais me réinventer comme celle qui savait faire des pancakes à la myrtille. *La cheffe.*

J'attendis que Brennan se mette au lit pendant une éternité. Le temps passait d'une lenteur pénible et presque délibérée, alors que mes pensées tournaient en rond.

Sera-t-il le connard désagréable qu'il est d'ordinaire ?

Me surprendra-t-il en acceptant ?

Est-ce seulement une bonne idée de travailler pour mon faux mari ?

J'entendis la porte s'ouvrir et claquer en bas vers 2 heures du matin. L'appartement était très peu meublé, si bien que l'écho résonna jusqu'à l'étage. J'attendis patiemment au lit d'abord, puis quand quinze minutes en devinrent trente, je me levai. Mes longs cheveux tombèrent sur mes épaules, chatouillant le bas de mon dos alors que je descendais l'escalier. Quand j'atteignis l'entrée faiblement éclairée, je continuai sur la pointe des pieds. Je marchais toujours sur des œufs avec lui.

Brennan était dos à moi, contemplant la vue sur la ville et ses buildings depuis l'appartement haut perché, descendant un verre de whisky à grandes gorgées. L'odeur de l'alcool me ramena tout à coup dans le passé, et des images de mon père évanoui sur notre canapé me frappèrent de plein fouet.

La seule différence était que l'alcool de Troy ne sentait pas les épreuves, le Bushmills[1] et la sueur acide.

Je restai plantée là en silence, à chercher quoi dire ou faire. Son costume foncé, repassé et, semble-t-il, neuf masquait les réalités évidentes de son métier. Il émanait de lui un bourdonnement dangereux, qui irradiait, parfois. Ce n'était pas le bon soir pour demander une faveur. Son aura était orageuse, comme la météo. L'appartement était épuré et froid, mais son corps dégageait une rage incandescente, par vagues. Mon ventre se serra ; devais-je faire demi-tour et retourner me coucher ? Je pourrais toujours lui poser la question quand il serait de meilleure humeur.

— Tu veilles tard.

Il écrasa un glaçon entre ses dents, me faisant frissonner. Sa voix était rauque, mordante.

Je soupçonnais que mon mari, comme tous les sociopathes, était incapable de sentiments. Après une semaine passée à vivre ensemble, je savais qu'il montrait rarement la moindre émotion, et quand il le faisait, elles étaient dans la veine du détachement et du désintérêt.

— Je t'attendais, répondis-je, un peu surprise qu'il m'ait entendue.

Il se retourna et m'inspecta de ses yeux perçants comme s'il

1. Marque de whisky.

essayait de voir au-delà de mes mots. Sa mâchoire se contracta. Tout comme son poing autour de son verre de whisky.

— Tu as l'air… contrarié.

— Suis-je du genre jovial d'ordinaire ? ironisa-t-il.

— Tu n'es pas malheureux en tout cas. Juste flippant à mort, répliquai-je en remarquant la contusion sur son front.

Ses épaules se détendirent, et il sembla un peu moins sur ses gardes. Il appréciait mes ripostes franches, surtout quand elles étaient dirigées contre lui. Ce devait être rafraîchissant que quelqu'un lui réponde, pour changer. Et j'étais assez stupide pour être cette personne.

Son changement d'expression renforça mon assurance. Je réduisis l'espace entre nous à néant, plaquant ma main sur son torse. Ce geste semblait peu naturel mais nécessaire. À cause des années de vie commune avec mon père, j'étais capable de supporter le mauvais caractère d'un homme, mais je voulais surtout que Troy me déteste un peu moins. J'avais besoin de lui pour décrocher ce travail, après tout.

— Mauvaise journée au bureau ?

— Tes faux-semblants sont insultants. Pas besoin de faire comme si ça t'intéressait. Tu as déjà ma carte de crédit.

— Toutes les femmes ne sont pas intéressées que par l'argent, Troy. Surtout si c'est de l'argent sale.

Je me rendis compte que je l'avais appelé par son prénom et que j'avais appuyé ma main un peu plus fort contre son torse musclé. Je ne savais pas si j'essayais de le calmer ou de me calmer, moi, mais son nom à travers mes lèvres et son contact étaient réconfortants. Comme si nous n'étions pas de parfaits étrangers.

— Que fais-tu dans la vie ? demandai-je, nouvelle preuve que je connaissais bien peu mon mari.

— De l'argent, répondit-il. Je me fais de l'argent.

— Comment fais-tu pour te faire cet argent ? insistai-je.

— Je possède une épicerie, un restaurant, et quelques clubs de poker privés. Ton père est vigile dans l'un d'eux. Tu sais tout ça.

— L'épicerie à Dorchester était déficitaire avant même d'ouvrir. Les clubs de poker sont insignifiants, et les joueurs ont des dettes envers toi. Ce n'est pas comme ça que tu te payes une Maserati et un appartement aussi grand qu'un terrain de football américain.

Il haussa un sourcil et me regarda de haut en bas de ses yeux d'un bleu glacial.

— C'est qu'elle n'est pas bête.

— Il y a beaucoup de choses que tu ignores sur moi.

— Il y a une chose que je sais, et cela m'empêche de te raconter toutes mes conneries : tu me détestes, Red.

— Je ne te déteste pas.

J'avais pris sur moi pour le dire. Parce que si, je le détestais. Je détestais Troy Brennan de m'avoir épousée, enfermée, possédée, enchaînée à sa vie et son destin sinistres seulement parce qu'il le pouvait.

— On t'a déjà dit que tu ne sais pas mentir ?

Ses narines se dilatèrent, mais il garda son calme. Il me tira près de lui, enroulant sa main autour de ma nuque, son souffle caressant mon visage dans un murmure.

— On lit en toi comme dans un livre ouvert.

Je levai lentement la main vers sa tête, mon pouls accélérant alors que j'effleurais le bleu qu'il avait au front. C'était osé, mais j'avais peur de lui. J'avais peur que sa frustration enfle et qu'il me renvoie dans la chambre.

La peur est une prison, et en prison, on suit les règles pour survivre.

Troy me regarda d'un air sceptique, impitoyable, et ses lèvres formèrent un rictus provocateur.

— Prouve que tu ne me détestes pas.

Et je le fis. Je me dressai sur la pointe des pieds et pressai doucement mes lèvres contre les siennes.

Je l'embrassai.

J'embrassai le mari que je détestais tant. Contre toute raison, contre toute logique, contre tout ce que me dictait mon cœur.

Je l'embrassai parce que je voulais quelque chose de lui. Un travail. Une chance d'être heureuse. Un peu de *liberté*.

Il froissa le bas de ma chemise de nuit dans son poing et, en deux grands pas, il me plaqua violemment contre le mur le plus proche. Mon dos sentit l'impact, et je me cambrai pour apaiser la douleur irradiant dans ma colonne vertébrale. Mais c'était une douleur bien différente de celle que l'on ressent en se cognant contre le béton. Celle-ci fit vibrer mon corps. Le désir me saisit au ventre, et je me perdis de nouveau dans ses caresses.

Ses lèvres cherchèrent les miennes sauvagement alors qu'il enroulait une de mes cuisses autour de sa taille et me soulevait du sol. Seuls le mur et lui supportaient mon poids. Son érection palpitait sous le tissu de son pantalon de costume, et je résistai à l'envie de me frotter contre lui. Je levai les mains pour les passer dans ses cheveux gominés.

C'était un homme infidèle.

Un criminel.

Un meurtrier.

Et j'étais… fascinée.

Si j'étais enfermée dans sa cage dorée, autant profiter des avantages qui allaient avec.

Je parcourus son torse musclé du bout des doigts, errant, explorant, désirant. Quand mes mains descendirent sur ses abdos, il m'arrêta, saisissant mon frêle poignet dans sa large paume. Je poussai un cri en comprenant pourquoi.

— Attention, Red, grogna-t-il dans ma bouche, retirant ma main de son holster et attrapant ma lèvre entre ses dents.

Putain de merde. J'essayai de ne pas paniquer, de ne pas hurler. *Je viens de toucher un flingue.* Ça ne m'était jamais arrivé et, même si je savais que Pa en possédait un, je ne l'avais jamais vu de près.

Je retrouvai mes esprits, encore toute rouge.

— Oh ! c'était ton pistolet ? Je pensais que tu étais juste content de me voir.

Il rit de bon cœur et me porta jusqu'au canapé en cuir, mes jambes toujours enroulées autour de sa taille. La pluie d'été, froide et têtue, continuait à frapper aux fenêtres, mais il faisait chaud dans le salon, et l'air était chargé de ce qu'il se passait entre nous.

Qu'est-ce qui clochait chez nous ? On était incapables de tenir une conversation de cinq minutes et, lors de notre seule vraie discussion, on s'était roulé des pelles et tripotés comme des lycéens. Quoi qu'il en soit, j'avais l'impression d'être une boule de nerfs prête à exploser entre ses bras.

— Troy…

Je gémis son prénom dans sa bouche, m'abandonnant à cet instant de désir soudain, goûtant le whisky Johnnie Walker Black Label dans son haleine et m'efforçant de réprimer les souvenirs que ramenait cette odeur précise – mon père ne pourrait jamais s'offrir une marque aussi chère. Elle me rappelait l'homme qui m'avait détruite, dont je n'avais jamais dit le nom à personne.

— Tu as encore tes règles ?

Il me mordit le cou, enroula mes cheveux autour de son poing et passa sa langue entre mes seins. De son autre main, il parcourait mon corps – ma poitrine, mes fesses, mes jambes –, se familiarisant avec chaque coin et recoin de ma chair.

Je me figeai. Même si à son contact mon corps réagissait comme s'il était une drogue, mon cœur savait qu'il ne valait mieux pas que je me précipite dans le lit de l'homme qui m'avait forcée à l'épouser. Qu'est-ce qui m'avait pris, de l'embrasser comme ça ? Peut-être voulais-je donner une vraie chance à cette vie que je n'avais pas demandée. Peut-être était-ce juste cette histoire de boulot. Bon sang, peut-être étais-je simplement humaine. Peu importait : cela devait cesser.

Je m'immobilisai, nos lèvres se déconnectant.

— Oui. J'ai encore mes règles.

— Putain-de-bordel, souffla-t-il dans ma bouche.

Il retira rageusement sa veste, se penchant en arrière pour me laisser respirer. Une vague déception s'abattit sur moi à la perte de son contact. Son corps était sculpté, puissant, parfait, *bordel*. Et mon côté intrépide voulait savoir ce que la fille d'à côté entendait, à l'époque, quand elle avait dit qu'il baisait comme un animal.

Coucher avec lui pouvait être un rêve ou un cauchemar. Quoi qu'il en soit, je refusais de m'endormir.

— C'était une erreur, dis-je, ma poitrine se soulevant et s'abaissant au rythme de mon cœur.

— Va te faire foutre.

Il se leva, passant ses doigts dans ses cheveux noir corbeau.

— Eh, me défendis-je à voix basse, c'est nouveau pour moi, tout ça.

Tout toi.

— Sparrow…

Il ricana en secouant lentement la tête, comme si j'étais une gamine idiote. Il ne m'appelait jamais Sparrow, seulement Red, et mon prénom sonnait comme un juron dans sa bouche.

— On n'est pas au collège. Je ne veux pas de tes bisous mouillés et hésitants.

Je me levai d'un bond, consciente que je m'apprêtais encore à chercher la bagarre. Comment osait-il me parler de la sorte ?

— Ce n'est pas moi qui ai insisté pour qu'on se marie. Alors épargne-moi ton attitude, monsieur Je-Mérite-Tout-Ce-Que-Je-Veux.

— Il n'est pas question de ce que tu as fait mais de ce qu'ils *nous* ont fait, madame Casse-Burnes.

Il desserra sa cravate et la jeta sur le canapé.

— On en a terminé. Tu peux retourner faire semblant de dormir.

Il se fichait de moi ?

— C'est qui, *ils* ? hurlai-je. Qu'est-ce qu'*ils* nous ont fait ? Est-ce que quelqu'un t'a forcé à faire quelque chose contre ton gré ? Tu ne peux pas lâcher une bombe pareille et faire comme si ce n'était rien.

Je le suivis dans la pièce, essayant de le forcer à me regarder dans les yeux.

L'idée que Troy ait lui aussi été piégé dans cette situation ne m'avait jamais effleuré l'esprit. Mais ce n'était pas insensé.

Ça expliquait même beaucoup de choses.

Il me regarda comme si j'étais un cafard, son expression passant de la colère à son air froid et absent habituel.

— Ne me fais pas rire.

Il me tourna le dos et se servit un autre verre.

— Je ne m'imposerais jamais rien – ni personne – qui ne vaille pas mon temps. Évidemment que j'ai choisi de t'épouser.

— Foutaises.

J'eus un sourire cruel : j'avais touché un point sensible. Il était tout aussi enchaîné que moi. Quelque chose nous liait, et ce n'était pas l'amour. Ni le désir.

— Cette situation te rend aussi malheureux que moi.

Un silence bref emplit la pièce alors qu'il sirotait son verre, effleurant du bout des doigts la rangée bien ordonnée d'onéreuses bouteilles de whisky composant son bar.

— Tu ne t'en souviens peut-être pas, Red, mais quand tu

étais petite, tu t'asseyais deux rangs devant moi à la messe le dimanche, à Trinity Chapel. Ton père s'endormait sur ton épaule parce qu'il était ivre, mais tu caressais ses cheveux gris comme la fille aimante que tu étais, et tu l'aidais à rentrer à la maison après. Tu faisais toujours des câlins aux gamins de ton âge, ou plus jeunes. Tu faisais même des cupcakes tout bancals quand il y avait un anniversaire. Tu n'étais qu'amour malgré ton enfance de merde – tu étais sans-maman et avais un papa-ivrogne. Pourtant, tu n'as pas abandonné l'école, tu n'es pas tombée dans la drogue, tu n'es pas devenue une bikeuse dévergondée. Tu es allée jusqu'au bout du lycée, tu as travaillé comme une dingue dans un *diner* merdique et tu as pris des cours du soir pour devenir cheffe. Tu…

Il pivota et planta un doigt accusateur sur ma poitrine.

— Tu es bonne, trop bonne, putain. Et chaque fois que je te regardais – de loin, bien sûr, parce que ma famille ne fréquentait pas le moins que rien qu'est ton père –, je me disais qu'un jour mes enfants auraient une mère aussi noble. Une mère dont la bonté déteindrait sur eux, parce que leur père est malsain. Vraiment. Très. Malsain.

J'étais choquée, paumée et, derrière tout ça, peut-être même touchée. Je jouai avec mes cheveux.

— Tu sais des choses sur moi ? Je ne me rendais pas compte…

— Que je t'avais remarquée ? Ouais, je suis pas du genre à offrir des fleurs et des chocolats.

Il desserra son col, et mon regard fut tout de suite attiré par l'éclat de peau qu'il avait montré.

— Tu ferais mieux de t'y faire, sinon tu t'exposes à une vie de misère. Maintenant, dis-moi ce que tu veux, Sparrow. Pourquoi m'as-tu attendu ? Ce n'était pas pour savoir si j'ai passé une bonne journée ou ce que je fais dans la vie.

Je me mordis la lèvre et me frottai la nuque. Étrangement, il me parut difficile d'exiger une faveur alors qu'il venait de faire preuve d'honnêteté. De romantisme. Même si ce n'était que pour lui demander de me laisser sortir de l'appartement et de travailler dans son restaurant, et qu'il avait déjà accédé à la première requête le jour de notre mariage.

Je lui adressai un sourire forcé mais poli, malgré le désir de liberté impatient qui bruissait en moi.

— Ça peut attendre. On peut en parler demain ? Tu as manifestement passé une sale journée, il est 3 heures du matin, et… je ne sais pas, peut-être qu'à la lueur du jour, on pourra communiquer comme deux adultes et pas comme des chiens en chaleur.

Il passa à côté de moi en m'effleurant l'épaule sans un regard.

— Va t'acheter une tenue appropriée demain. Je t'emmènerai dîner, et on parlera de ce qui t'occupe l'esprit. Et Sparrow, je ne suis *pas* un mec sympa. (Il appuya chaque mot.) Donc si tu veux une faveur, tu ferais mieux d'y mettre du tien. Comporte-toi comme une épouse et pas comme une putain de prisonnière. Oh ! et encore quelques jours de ces règles magiques, et je t'envoie faire un bilan à l'hosto. On ne voudrait pas que tu te vides de ton sang, n'est-ce pas ?

Sur ce, il disparut à l'étage, me laissant en plan.

Bordel. Ce type.

4

Troy

L'invitation à dîner était un coup de tête que je pourrais regretter. L'emmener en rencard ? C'était quoi ça, sérieux ? On n'était pas dans *Pretty Woman*, et Red n'était pas Julia Roberts, c'était certain.

J'avais inventé l'histoire sur l'église. Je ne l'avais pas observée. En réalité, j'avais fait de mon mieux pour faire comme si elle n'existait pas, refoulant l'idée qu'un jour, cette gamine serait ma femme. Même si ses copines préados venaient me voir après la messe et qu'*elle* restait en retrait, me regardant timidement, comme si j'étais un extraterrestre. Même à l'époque, je savais que Sparrow Raynes n'était pas pour moi. Sa nature discrète criait une chose que je ne voulais pas entendre. Je savais que sa mère l'avait abandonnée et que son père était un alcoolique, que la vie lui en avait fait baver. Mais elle ne m'obsédait pas. C'était un sentiment rare chez moi, et une seule femme avait réussi à le provoquer.

Donc, en toute honnêteté, je ressentais pour Sparrow Raynes la même chose que pour toutes les autres femmes, à part la garce qui m'avait brisé le cœur – le néant.

Je pissai et pris une douche, laissant l'eau me laver de ma journée de merde sans me soucier de savoir si elle m'avait suivi au lit.

Si je lui avais donné le faux espoir que nous partagions un semblant d'histoire commune, c'était seulement pour la faire taire. Elle était passée en mode « Parlons-en », et cela me rappelait les femmes stupides et malavisées qui avaient essayé de m'atteindre au fil des années.

Je l'admets, j'avais été intrigué quand elle m'avait montré le sang provenant de son vagin le soir de notre mariage. J'avais remarqué les chaussettes à ses pieds, son léger boitillement quand elle était entrée dans la chambre comme une souris avec une épine dans le talon plutôt que comme un lion. Elle s'était blessée exprès pour gagner du temps. Elle avait choisi la douleur plutôt que l'humiliation. La fille de l'ivrogne, la progéniture de la mère fugueuse, avait de l'orgueil et de l'esprit.

Cela n'aurait pas dû m'étonner, et pourtant, j'étais surpris.

Il s'était avéré ce soir-là que Sparrow était la seule fille de notre quartier à ne pas perdre les pédales et baver devant un homme riche en costume qui opérait du côté obscur.

Même avant qu'elle sorte de la salle de bains, je savais qu'elle n'était pas une de ces filles qui écarteraient les jambes pour moi en un claquement de doigts. Elle devait croire que j'allais la violer. Qu'elle s'allongerait là et encaisserait comme un corps mort. Qu'on détesterait tous les deux la situation – et qu'on se détesterait l'un l'autre – mais qu'avec un peu de chance je réussirais à la mettre en cloque et espérerais que cela la ferait taire pour les neuf prochains mois.

Mais ça ne s'était pas passé comme ça. Parce que Sparrow Raynes était combative et que j'étais intrigué. Tant et si bien que j'avais essayé de tester ses limites, de lui faire peur. De jouer un peu avec elle.

Le cadeau sexy n'était pas mon idée. Ce n'était pas moi qui l'avais choisi, et ma maîtresse payerait pour avoir ébranlé Red, et trop tôt.

Mais le coup du sang ? C'était ma faute. Quand j'avais goûté ce dernier, sachant qu'il venait de son pied, j'avais scruté son visage pour voir sa réaction. Elle avait semblé effarée et choquée, mais elle avait retenu ses larmes. Et au-delà du désarroi... elle avait adoré, putain. Sa petite âme était noire, comme la mienne.

Oui, Red était courageuse – tellement plus courageuse que certains hommes avec qui je devais traiter tous les jours, à tel point que je m'étais senti forcé de protéger sa virginité. Elle m'intéressait peu de toute façon, même si elle était excitée et prête à m'accueillir. Je connaissais le *désir*, je le reconnaissais à des kilomètres, et le corps de Sparrow avait réagi si vite et avec tant d'avidité à mon contact que je devais marquer le coup.

Je pouvais la prendre si je voulais, et c'était bon à savoir.

Depuis cette première nuit, le travail avait pris le dessus. J'étais trop occupé pour essayer de la baiser. Et franchement, je ne voulais pas perdre mon temps pour elle. Elle était inexpérimentée, innocente et jolie, mais dans le genre timide et blafard.

Red était mignonne mais pas du tout mon style. Son sens du style me donnait envie de l'enfermer dans une boutique de créateur avec un troupeau de stylistes et de revenir la chercher un an plus tard. Elle portait des Keds[1], des sweats à capuche noirs et des jeans larges décontractés. Bien sûr, elle avait un corps de coureuse canon et un cul qui remplissait ses pantalons comme pas permis, mais cela ne lui ferait pas de mal d'essayer un peu plus fort.

Même si ce ne devait pas être bien difficile de s'habituer à ce

1. Marque de baskets.

genre de looks. Au fond, j'espérais l'offusquer en lui demandant de s'acheter une tenue convenable. Quelque part, j'avais presque accepté sa fougue.

Bien sûr, quand elle s'était plantée devant moi dans le salon pour entamer une conversation, je ne pensais qu'à la journée de merde que je venais de passer.

Je l'avais commencée en pétant les rotules de deux moins-que-rien ambitieux. Un job pour un de mes clients, un politicard riche et en vue qui aimait le sexe un peu brutal et se trouvait être le soumis d'une nana trans qui avait essayé de lui soutirer un demi-million de dollars après l'avoir filmé en douce. En temps normal, j'aurais réglé le problème directement avec la fille, mais là, les choses s'étaient compliquées.

Les deux gangsters avaient cambriolé son appartement et volé toutes ses affaires, y compris la caméra. Au lieu d'effacer les données, pour la vendre, ils avaient trouvé la vidéo du politicien et de sa dominatrice en train de faire des choses impies. Des choses que de respectables chefs de communauté n'étaient pas censés faire. D'une manière ou d'une autre – ne me demandez pas comment, parce que les voyous sont bêtes comme leurs pieds, en général –, ces deux-là avaient compris le potentiel de ce qui leur était tombé entre les mains et avaient décidé de faire chanter le petit-bourgeois à leur tour. Seulement, ils exigeaient 1 million de dollars. Je dus intervenir pour limiter les dégâts.

Cela faisait partie de mes missions, de me mettre dans la mouise pour régler les affaires des autres. Ce n'était pas une première, mais ça avait été l'enfer. Quand j'avais fini par retourner au bureau, au Rouge Bis, j'avais une sale gueule.

J'étais revenu avec une bosse sur le front, grosse comme une balle de base-ball, cadeau d'une des racailles.

Et *il* était assis derrière son bureau, en train de taper sur son ordinateur.

Brock était en charge de mes affaires légitimes. J'engageais temporairement de la main-d'œuvre pour tout ce qui était illégal – des types comme Connor –, mais Brock gérait les façades dont je me servais pour blanchir l'argent que me versaient mes clients, comme ce foutu politicien. En plus du Rouge Bis, Brock s'occupait de l'épicerie et des clubs de jeux. (*Stricto sensu*, ces lieux n'étaient pas dans la légalité, mais la police fermait les yeux pour le juste prix.) Brock avait également un autre talent. Cet enfoiré pouvait exercer comme médecin de terrain et sevrer des junkies avec autant d'expertise que je cassais des gueules.

— C'est parti en couille ? demanda-t-il sans lever les yeux de ses documents Excel.

Je retirai ma veste et ma chemise noire tachée de sang (je savais que je ne devais pas porter de blanc quand je travaillais), et les jetai à la poubelle. J'ouvris un des tiroirs du meuble de classement et en sortis une poche de froid instantané et une des chemises propres que je stockais là.

— Je leur ai explosé les rotules avec mon club de golf Callaway, grognai-je en apposant le sachet à présent glacé contre ma contusion.

Brock continua de taper.

— Et ça te déprime qu'ils ne puissent plus jamais marcher, c'est ça ?

— Ce qui me déprime, c'est que j'ai bousillé le manche de mon Callaway. C'était mon préféré.

Je boutonnai ma chemise noire, toute propre et amidonnée. Son expression se durcit, mais exprimait moins de dégoût que six ans plus tôt, quand il avait commencé à travailler pour moi.

— Ta femme sait à quel point t'es dérangé ?

La désapprobation ruisselait dans sa voix. Il ne leva toujours pas les yeux.

— Probablement, si elle a un peu de jugeote.

J'ajoutai mentalement : *Mais ta femme le sait, elle, à quel point je suis dérangé.*

Ses doigts s'immobilisèrent sur le clavier, et il releva enfin la tête.

— Ne te sens pas obligé de te comporter comme un connard avec elle. (Il parlait de Sparrow.) Elle est innocente, et ce que tu as fait à sa mère est bien assez ignoble.

Mon poing se serra autour de la poche de glace. Je levai le menton, lentement, un sourire condescendant aux lèvres.

— Mêle-toi de ton cul, Greystone.

Et avant qu'il puisse retrouver sa fierté, avant qu'il puisse répondre, je tournai les talons et sortis.

Je lui laisserais une note plus tard pour qu'il remplace le club de golf. Le traiterais comme si c'était mon secrétaire. Ou une serveuse de chez Hooters. Puis je l'emmènerais prendre une bière. Après tout, nous étions proches, n'est-ce pas ?

On disait qu'il fallait garder ses amis près de soi, et ses ennemis encore plus près. Autant dire que je surveillais Brock de très près, et que je faisais en sorte d'avoir toujours trois longueurs d'avance sur lui.

De garder l'avantage.

Je conclus cette journée catastrophique par un détour chez Catalina, pensant décompresser et lui dire ses quatre vérités à propos du cadeau de mariage inapproprié fait à Sparrow.

Catalina était mon rencard du vendredi soir et ma seule maîtresse de longue date. Je lui rendais donc une visite impromptue.

C'était risqué, comme tout ce qui valait la peine d'être fait. Brock travaillait tard au restaurant le vendredi. Je m'arrangeais toujours pour qu'il soit particulièrement occupé ce jour-là afin de pouvoir faire mumuse avec sa femme, même si, quelque part, j'avais bien envie qu'il le découvre.

Ce soir, je n'avais pas envie de baiser. Peut-être à cause du Callaway, peut-être parce que je savais que j'allais rentrer auprès de Sparrow, une femme que je ne connaissais pas et que je n'aimais pas. Bordel, peut-être que c'était juste parce que je commençais à me lasser des conneries de ma maîtresse.

Catalina était un virus en robe sexy. On l'attrape facilement, mais on sait que c'est mauvais pour la santé. À une époque – il y avait bien longtemps –, elle m'avait fait croire qu'elle était un petit agneau innocent qui avait besoin qu'on la sauve. Aujourd'hui, je savais qu'elle était celle dont il fallait protéger les autres.

Quoi qu'il en soit, je me sentais particulièrement machiavélique.

— À genoux, ordonnai-je froidement quand elle entra dans sa chambre plongée dans le noir.

Elle sursauta, surprise par ma présence, mais elle tomba à genoux, son souffle se faisant déjà plus lourd. Je m'écartai du rebord de fenêtre contre lequel j'étais appuyé, réduisis à néant le peu de distance qui nous séparait et claquai la porte pour que son fils ne nous entende pas. Ses seins se soulevaient et s'abaissaient au rythme de sa respiration. Elle en avait tellement envie que ça m'en coupait presque l'envie, putain.

Baissant les yeux vers elle, j'ouvris la fermeture Éclair de mon pantalon.

— Suce.

Elle ne bougea pas. Elle avait envie de jouer, mais je n'étais pas d'humeur. Je réitérai ma demande.

— Non. Moi d'abord, dit-t-elle d'une voix tremblante.

Ma mâchoire tiqua. Je n'avais pas le temps pour ça. Saisissant ses cheveux noirs à la base de sa nuque dans mon poing pour la tirer vers mon entrejambe, je murmurai :

— Si tu refuses, Sparrow le fera. J'avais justement l'intention de l'essayer.

Elle pinça les lèvres et prit une profonde inspiration avant d'approcher son visage de ma queue. Une main hésitante s'enroula autour de mon manche.

Ma menace avait fonctionné. Cat avait un problème, et son problème, c'était moi. J'étais son ambition, son amour, sa haine, et toutes les autres émotions qui habitaient son petit cœur froid. C'était triste mais vrai.

Après avoir joui, je remontai ma fermeture Éclair avant même qu'elle ait eu le temps de s'essuyer la bouche du revers de la main. Se laissant tomber au sol, elle leva lentement les yeux vers moi pour voir si j'allais lui rendre la pareille.

Je n'étais pas un bon amant. Je me faisais toujours passer en premier, je ne pensais pas une seule seconde aux femmes avec qui je couchais. Elles ignoraient mes humeurs lunatiques et mes défauts parce que je ne leur laissais jamais l'opportunité d'émettre une objection. Et Cat ? Ma cruauté était sa raison de vivre. Elle l'adorait, la convoitait. Plus j'étais monstrueux, plus ça la faisait mouiller.

J'étais donc au comble de la méchanceté avec elle.

Ce soir en particulier, je n'étais pas d'humeur à me la faire, et encore moins de lui faire un cunni. Cela faisait des années que je n'avais pas fait de cunni à une femme.

Quand je me dirigeai vers la porte, elle se mit à ramper au sol pour m'agripper la jambe.

— Ne va pas la voir, geignit-elle comme si elle était dans un film d'horreur.

Mon foutre gouttait encore de sa lèvre sur la moquette de Brock, mais cela ne semblait pas la gêner que son fils soit en bas et puisse l'entendre. J'enfilai ma veste en la regardant se tortiller à mes pieds. Ces derniers temps, elle pleurait. Beaucoup. Elle pleurait quand on baisait, quand on ne baisait pas, et, surtout, elle pleurait chaque fois que je partais. Étonnamment, je ne prenais pas mon pied de la voir comme ça. J'appréciais rarement le malheur des faibles – c'étaient les plus résistants que je voulais mettre à genoux.

Je crachai mon cure-dents, le regardai rouler sous leur lit et secouai la tête.

— Tu es pitoyable.

Elle renifla, le menton baissé.

— Ça me tue que tu sois avec elle maintenant.

— Ne fourre pas ton nez dans mes affaires, Cat. Tu dois t'occuper de ton gamin et tu as une vie en dehors de cet arrangement tout confort. On peut y mettre un terme si c'est trop pour toi. Je ne suis pas la seule personne au monde avec une queue. Ton mari en a une aussi.

— Non, non.

Elle se mit à genoux ; on aurait dit Alice Cooper, avec son mascara qui lui coulait sur les joues en grosses traînées. Elle avait les paumes pressées l'une contre l'autre et me suivait en rampant.

Ne vous y trompez pas, elle adorait ce bordel. Elle n'arrêterait jamais cette liaison, tout ce cinéma, ni *moi*.

— Ça va. C'est juste… tu sais, toi qui te maries et…

Elle ferma les yeux et poussa un soupir. Puis elle haussa les épaules, afficha un sourire forcé et se remit debout.

— Tu as raison. Il va seulement falloir que je m'y fasse.

Je lui dirais ce que je pensais de ce cadeau coquin. Mais pas ce soir.

Quand je sortis de chez elle, Sam était dans le salon, en train de regarder un dessin animé dans le noir, un nounours coincé sous l'aisselle.

— Au revoir, monsieur Troy, marmonna-t-il presque pour lui-même, sans quitter Bugs Bunny et Bip-Bip des yeux.

Je grognai pour toute réponse.

J'étais un rebut du genre humain.

La plus grande pourriture qui soit.

C'était plus fort que moi.

C'est pourquoi quand, en rentrant, je me servis un verre et entendis les petits pieds de Sparrow descendre l'escalier, je me dis que j'avais fait suffisamment de dégâts pour la journée et lui épargnai la vérité sur notre mariage.

Elle essayait d'être gentille, et j'essayais de ne pas lui en vouloir.

La vérité sur notre mariage, c'était que je ne demandais qu'à en sortir. Mais il se trouvait que mon père m'avait fait promettre d'épouser la fille d'Abraham Raynes.

Et jusqu'à ce qu'il soit assassiné, je ne pigeai pas pourquoi, je n'en avais aucune idée, putain.

Raynes était un tocard, un ivrogne, un homme sans perspectives qui n'avait jamais réussi à devenir un vrai truand, même quand tous les trouducs du coin faisaient partie de la mafia. Il se retrouvait toujours à faire les pires jobs qui restaient. Mon père le laissait travailler avec les petits nouveaux. Abe s'y prenait comme un ado pour extorquer de l'argent ou menacer ceux qui nous en devaient, et il officiait comme vigile ou remplaçait notre garçon de courses quand il était malade.

Mon père évoquait toujours Sparrow Raynes, la fille d'Abe, avec affection. Mais cela ne suffisait pas à expliquer pourquoi, à mes dix-huit ans, il me convia dans son bureau (ce qu'il faisait rarement, bien que nous soyons proches) pour me faire promettre qu'un jour, je l'épouserais et la ferais rentrer dans notre famille.

Épouser. Sparrow. Raynes. La fille qui était si loin de mes écrans radar que je n'étais même pas sûr de l'avoir bien compris.

Mais j'aimais mon père de tout mon cœur, je l'adorais, j'aurais donné ma vie pour lui ; c'est pourquoi j'acceptai. J'avais dix-huit ans, et elle en avait huit. C'était tordu et barbare, et c'était la première fois que je faisais face à l'injustice de la vie, mais je n'aurais pas à m'en soucier avant des années. Je mis toute cette histoire dans un coin de ma tête.

Inutile de dire qu'au fil des années, l'idée d'épouser la pauvre fille du bout de la rue avait autant d'attrait à mes yeux que baiser un hérisson. Je prévins tout le monde autour de Sparrow de garder leurs distances – les mecs ne devaient pas la regarder, s'intéresser à elle ou la toucher. Je fis en sorte que les petits mafieux se tiennent bien, même si ce n'était pas un milieu qui l'attirait de toute façon.

Et toujours, *toujours*, je pressais mon père de me dire pourquoi il fallait que j'épouse la petite rouquine. Il ne me le dit jamais.

Le jour de sa mort, je compris pourquoi.

Voyez, j'avais toujours su que mon père avait une maîtresse, mais quand je découvris qu'il s'agissait de Robyn Raynes – la fugueuse d'à côté –, cela tomba sous le sens.

J'étais alors plus âgé, plus sage et plus froid. Je venais tout juste de me faire briser le cœur en mille morceaux. Je savais que la route du succès était pavée de sacrifices.

Sparrow Raynes était mon sacrifice. J'avais promis que je l'épouserais, et je l'avais fait.

En toute honnêteté, j'aurais volontiers attendu quelques années de plus, mais l'avocat de mon père m'avait clairement fait comprendre que je ne toucherais pas un centime de la fortune et des propriétés que mon père m'avait léguées avant d'avoir passé la bague au doigt de Sparrow.

Et Cillian Brennan ne prenait pas la partie « et tous les jours de ma vie » des vœux à la légère. La clause 103 b de son testament indiquait que si Sparrow et moi divorcions, elle obtiendrait la majorité de mon héritage.

La majorité. Incroyable, *putain.*

À trente-deux ans, j'étais prêt à récupérer ce qui me revenait de droit. Ce qui avait toujours été à moi – la fortune durement gagnée de mon père.

Et j'avais particulièrement besoin d'argent, puisque ma mère avait décidé de quitter Boston pour s'installer à Nice. La plupart des gens prennent leur retraite en Floride ou dans l'Arizona. Mais Andrea Brennan ? Elle s'était tirée avec son jeune étalon dans l'un des endroits les plus chers de la terre. La Riviera française. Sacrée retraite pour une femme qui n'avait jamais travaillé de sa vie.

Il fallait bien payer ses luxueux caprices et rémunérer Maria, qui allait encore à la maison trois fois par semaine, puisque ma mère laissait ses paresseux amis loger là de temps à autre. Et malgré son mode de vie extravagant, ma mère était fauchée. Quasiment tout l'argent de la famille était investi dans des actions et des propriétés, pour des raisons fiscales.

Je ne pouvais m'empêcher de penser qu'Andrea et Catalina avaient beaucoup en commun.

Quoi qu'il en soit, si Red apprenait la vérité – que mon père m'avait forcé à l'épouser et que j'avais chassé tous ses potentiels prétendants pour faire en sorte qu'elle reste vierge pour moi –, non seulement elle essayerait de me tuer, mais elle pourrait aussi me dénoncer à la police pour me faire enfermer. *À vie.*

Je m'efforçai donc d'être courtois avec ma femme.

Seulement, je n'avais pas la moindre idée de ce que je devais faire. La draguer ? L'ignorer ? La baiser contre son gré ? La première et la troisième option n'étaient pas mon genre. L'ignorer avait fonctionné pendant une semaine, mais cela devenait agaçant. J'en avais marre d'entendre dire qu'elle errait sans but dans l'appartement à longueur de journée et faisait semblant de dormir quand je rentrais.

Puis quand il s'était passé ce qui s'était passé dans le salon, elle avait paru si malheureuse et vulnérable que j'avais inventé ces foutaises (que je l'avais remarquée à l'église) et proposé de l'emmener dîner.

Un dîner. Le premier depuis *elle*. J'essayai de me rappeler que les rencards étaient comme le sexe. On n'oublie jamais comment ça fonctionne.

Quand j'eus fini de me doucher, Sparrow dormait déjà, et elle ne faisait pas semblant, cette fois. Je me glissai dans le lit à côté d'elle et regardai sa poitrine se soulever et s'abaisser, mais elle était loin d'être paisible. Je savais qu'elle cachait un couteau sous l'oreiller. Cela m'amusait et m'impressionnait à la fois. Non pas qu'elle aurait été capable de faire quoi que ce soit avec ce couteau si elle s'était mesurée à moi, mais son assurance me plaisait.

Elle ne ressemblait en rien à son père. *En rien.*

Ce que j'avais d'abord pensé après le mariage – qu'elle s'enfermerait dans une pièce pour écouter en boucle des chansons de Taylor Swift dénigrant les hommes en pleurant toutes les larmes de son corps – s'était avéré prématuré. Elle était peut-être innocente, mais elle n'était pas stupide. Endurcie par son enfance et notre quartier, Red ne se laissait pas marcher sur les pieds.

Je lui tournai le dos et allumai ma lampe de chevet, prenant mon iPad dans le tiroir de ma table de nuit. Je passai en revue tout ce que j'avais à faire le lendemain – une réunion avec une tête à claques qui se présentait comme gouverneur et avait besoin de trouver sa belle-fille pour la convaincre de ne pas lui casser du sucre sur le dos ; un rendez-vous avec un magnat de l'immobilier qui s'était mis dans le pétrin avec un gang arménien parce qu'il refusait de les payer en échange de leur protection.

Ces foutus Arméniens régnaient sur la pègre de Boston ces temps-ci, et ils étaient un terrible rappel de ce qui aurait pu m'appartenir si mon père avait été plus prudent avec l'entreprise familiale.

Les Brennan étaient célèbres à Boston, non seulement parce que nous étions la famille royale du crime, mais aussi parce que nous avions été assez malins pour faire des dons à des écoles, des églises et des œuvres de charité locales, distribuant assez d'argent pour que l'on donne notre nom à des ailes d'hôpitaux, des bars et des enfants. Nous étions aimés parce que, autrefois, nous nous étions montrés généreux et avions plus ou moins débarrassé la ville de ses vices (la prostitution et la drogue).

Bien sûr, nous étions des criminels, mais nous gardions intacte l'innocence des innocents et ne faisions jamais de mal à quelqu'un qui n'ait pas mérité le courroux de nos poings. Prêt sur gages, extorsion, paris illégaux et blanchiment d'argent. Nous faisions tout, et nous le faisions bien.

Aujourd'hui, les Arméniens et autres gangs locaux désorganisés régnaient sur la pègre bostonienne, et c'était le chaos. Plus aucun code moral, plus de respect ni d'honneur. Juste quelques brutes qui avaient fait main basse sur des flingues non enregistrés.

Après avoir lu le mail d'un autre client et maudit les Arméniens, je remis mon iPad dans le tiroir. Jetant un dernier regard vers Red, je vis que son téléphone posé sur la table de nuit s'illuminait : elle avait reçu un SMS. Il était 4 heures du matin. Qui pouvait lui écrire aussi tard ?

Mes yeux passèrent de son téléphone à son visage, avant de se reposer sur l'appareil.

Ne le fais pas.

Fais-le.

Ne le fais pas.

Et puis merde.

Je n'avais vu cette fille que quelquefois, quand elle n'était qu'une enfant, à jouer dans la rue avec ses amis crasseux pendant que j'étais occupé à choper des nanas, fumer des clopes et m'appuyer contre des voitures de sport qui ne m'appartenaient même pas. Pour ce que j'en savais, Red pouvait être une moucharde. Travailler avec la police. Ce pouvait être une tueuse en série.

Hum.

Je tendis le bras au-dessus de son nez et récupérai son téléphone.

Puis je me mis à creuser. Loin.

Sparrow Raynes n'avait pas beaucoup d'amis. Elle avait toujours été un drôle d'oiseau, sans mauvais jeu de mots, et sa vie sociale le reflétait.

À en croire ses SMS, sa plus proche amie était une fille prénommée Lucy. (Mais pas assez proche pour que Sparrow l'invite au mariage, Dieu m'en garde.) Elle échangeait aussi avec un Boris, son professeur de cuisine, qui avait déjà été mis en garde, et une fille de notre quartier, que je me rappelais, qui s'appelait Daisy.

Ce qui me parut étrange, c'était le timing de sa dernière conversation avec Lucy. L'heure indiquait que c'était juste après notre petit affrontement dans le salon, un peu plus tôt. Pendant que j'étais sous la douche, Sparrow était sur son téléphone. D'ailleurs, son écran s'était illuminé car Lucy répondait au dernier message de Sparrow.

Lucy : On va boire un verre demain ? Même endroit que d'hab. Je viens d'être payée. C'est moi qui offre.

Sparrow : Ce serait avec plaisir. Mais j'ai un entretien.

Lucy : Quoi ? Quand ? Où ? Pourquoi je suis plus dans la boucle ? Raconte !

Sparrow : C'est pour Rouge Bis. Le resto français super cher où on s'est toujours dit qu'on ferait un resto-basket.

Lucy : Pas moyen. C'est pas Troy Brennan, le proprio ? Le seul Brennan qui n'est pas mort ou sous les verrous. Haha.

Sparrow : Ouais, ils ont pas encore mis la main dessus. J'espère qu'ils ne l'attraperont pas avant mon entretien. Je te tiens au courant. Souhaite-moi bonne chance.

Lucy : Ne fais pas ami-amie avec lui. Ce n'est pas pour rien qu'on l'appelle le Réparateur.

Sparrow : Je sais que c'est un type louche. C'est le boss de mon père, tu te rappelles ?

Lucy : Oui, je voulais juste être sûre que tu le savais.

Sparrow : Je t'adore.

Lucy : Moi plus encore. Bisous.

Puis il y avait le dernier message.

Lucy : P-S T'en fais pas si tu n'as pas le job. Il paraît que c'est un connard de première.

Ce devait être le rappel dont j'avais besoin. Elle me détestait, voulait se servir de moi, et pensait que j'étais une pourriture, comme mon père.

Et tout à coup, ma résolution de rendre sa vie un peu moins infernale s'envola.

5

Sparrow

Je me ruai dans la cuisine à l'aube. Perturbée par ma dernière interaction avec Troy, je voulais à tout prix me retrouver dans ses petits papiers.

D'accord, je voulais bien l'admettre – j'avais très envie de ce job.

Et soyons honnêtes, cela m'avait touchée qu'il m'ait remarquée à l'église. Qu'il m'ait remarquée tout court. Je décidai donc de lui donner une vraie chance de ne pas être un connard de première.

Je lui préparai le petit déjeuner, des pancakes moelleux à la myrtille avec du sirop d'érable et une tasse de chocolat chaud – mon petit déjeuner préféré –, et l'accueillis avec un grand sourire quand il descendit l'escalier, plissant les yeux pour se protéger du soleil levant. Il portait encore son caleçon et affichait une sacrée trique matinale. Et quand je disais « trique », c'était une vraie matraque.

Ma curiosité prit le dessus, et je baissai les yeux, essayant de calculer sa taille tout en faisant mine d'arranger les couverts et les serviettes posées sur l'îlot.

Je n'étais pas une experte, mais son machin semblait être fait pour rentrer dans le pot d'échappement d'un camion et non dans mon vagin. Je le matais depuis un moment, entre peur et fascination.

— Ne t'inquiète pas, Red. Elle ne mord pas.

Il bâilla dans son avant-bras, m'écartant de son chemin pour prendre la cafetière sur le comptoir derrière moi.

— Mais elle crache, dis-je par-dessus mon épaule avec un sourire timide.

Il m'adressa un rictus condescendant.

— Pas sur toi, vu comment tu l'as traitée jusqu'à présent.

Il se comportait de nouveau comme un con, mais je persévérai, ne laissant pas mon ego avoir raison de moi. Je montrai le grand plat posé sur l'îlot central.

— Il y a des pancakes. Juste là, encore tièdes et moelleux. Et du chocolat chaud, aussi. Tu veux de la chantilly ?

Je voulais qu'il se souvienne de la fille qu'il avait eu envie d'épouser. Je voulais oublier qu'il était l'homme pour qui mon père travaillait. Je voulais qu'on essaye d'être quelque chose, même si c'était stupide et naïf.

— Je ne mange pas de saloperies sucrées, répondit-il d'une voix sèche, sans vergogne. Et je ne bois pas de putain de chocolat chaud. Mais la prochaine fois que j'organise un goûter, j'emprunterai un tutu, et tu pourras m'aider à préparer des cupcakes.

Mes oreilles rosirent alors que je retirais les pancakes du set de table, ravalant la boule amère dans ma gorge. J'allai à l'évier et y jetai le plat avec fracas. Je cassai son assiette stupide et certainement onéreuse. *Tant mieux.*

Sans rien dire, Troy prit une banane dans la corbeille à fruits, ouvrit le réfrigérateur pour en sortir du jus d'orange et du yaourt nature, et referma la porte d'un coup de pied.

Toujours à moitié nu. Bandant comme un taureau.

— Je serai dans mon bureau à l'étage. N'oublie pas le dîner ce soir, dit-il en partant. J'ai laissé une autre carte de crédit sur ta table de chevet. Essaye d'avoir la gueule de l'emploi. Pas de Keds ou de sweat d'ado gothique. Compris ?

Je lui lançai un regard noir.

— Punaise. Ça va le macho ?

— Je le suis juste assez pour vouloir que mon épouse ressemble à une femme et pas à un garçon de douze ans qui a dévalisé un magasin de *streetwear.*

J'avais envie de lui dire que c'était un connard, mais je savais que cela ne m'aiderait pas à décrocher le job de mes rêves. Je serrai donc les poings et les dents, et sortis de l'appartement en furie, claquant la porte derrière moi.

Je sentis presque mes cheveux devenir gris alors que je m'acharnais sur le bouton de l'ascenseur, puis abandonnais après quelques secondes, trop remontée pour rester immobile. Je pris l'escalier pour descendre dans le hall de l'immeuble, dévalant les marches deux par deux. Je dévalai les quatorze étages et entamai mon jogging matinal sans ma tenue de sport ni mes chaussures de course. En Keds. *Quel connard.* Tout ce que j'avais, c'était de l'énergie à dépenser.

Et cela suffisait.

Quand mes pieds frappèrent le trottoir froid et humide, mon souffle se régula. Enfin, un petit bonheur.

Quand je mis mes écouteurs et lançai *Last Resort* de Papa Roach pour accompagner ma course – j'avais besoin d'une chanson aussi énervée que moi –, je sentis déjà Connor sur mes talons, essayant de suivre le rythme.

J'allais laisser passer la journée et imaginer les millions de chances que j'aurais de planter une fourchette dans la poitrine de mon époux au dîner. Mais hors de question que je me plie à ses instructions pour devenir une jolie petite femme en robe.

Et chaque fois qu'il pousserait, je tirerais plus fort.

Je n'achetai pas de tenue sexy pour notre dîner comme Troy me l'avait ordonné. Je refusai même de quitter la cuisine, noyant mes frustrations dans la confection de petits plats. Des tonnes et des tonnes de petits plats. J'utilisai tous les ingrédients des placards et du frigo, et passai la journée à préparer à manger pour le foyer.

Des heures de cuisine en solitaire finirent par me faire accepter la gravité de ma situation. Jusqu'à hier soir, je ne savais pas bien ce qu'il se passait. Je n'avais pas totalement intégré le fait que j'étais mariée à cet homme.

Mais à présent, c'était réel.

Et cela me terrifiait.

Connor faisait les cent pas dans le salon, pendu au téléphone. J'étais presque tentée d'en profiter pour m'enfuir. Mais pour aller où ? Mon père me renverrait direct à Brennan, par peur des représailles s'il contrariait son patron. Je ne pouvais pas accabler Lucy de ma présence, et aucun usurier ne me donnerait assez d'argent pour que je puisse fuir la ville, puisqu'ils connaissaient tous mon époux ou l'un des membres de sa famille et refuseraient d'être ne serait-ce qu'un caillou dans leur chaussure.

À 16 heures, Maria déboula, l'air orageux, pour me dire qu'il était l'heure de nettoyer tout mon bazar et de dégager de sa cuisine avant qu'elle m'attrape par les cheveux pour me mettre à la porte (pas en ces termes, mais ses cris en espagnol et ses grands gestes étaient sans équivoque). Elle était particulièrement remontée aujourd'hui, puisqu'elle enchaînait les services chez Andrea et chez Troy. Apparemment, il avait renversé du jus d'orange dans son bureau dans la matinée et, bien sûr, ses mains étaient trop précieuses pour qu'il nettoie lui-même. Et voilà qu'elle devait aussi passer après moi.

Elle me dit que M. Brennan viendrait me chercher à 20 heures dans le hall de l'immeuble, et je devrais être prête, en robe de soirée. Je pouffai dans ma barbe, concentrée sur l'emballage d'une double fournée de *mac and cheese*. J'avais fait à manger pour un régiment, voire toute une armée. Mais cuisiner était thérapeutique, et j'avais besoin de me distraire de la réalité. De *lui*.

Je me tournai vers le four pour sortir les tartes à la noix de coco et marmonnai :

— Je n'ai pas de robe de soirée.

Je n'avais qu'une petite robe noire dans mon placard, que je portais aux mariages, aux enterrements, et que je comptais mettre ce soir pour le premier rencard de ma vie. Le reste n'exigeait pas de tenue sophistiquée. C'était du moins mon avis.

— Trop tard pour aller acheter, aboya-t-elle, déçue par mon incapacité à suivre les instructions simples de mon mari. Qu'est-ce que vous faites ? M. Brennan va être en colère !

— Il est tout le temps en colère.

Maria poussa un soupir exaspéré et se retourna, pêchant son téléphone dans son tablier. Elle pressa le combiné contre son oreille et me lança un regard agacé. Quand la personne à l'autre bout du fil répondit, elle se mit à parler en espagnol avec animation. Je m'essuyai les mains sur mon pantalon, passablement intéressée par la tournure que prenaient les événements.

Enfin, après quelques minutes, elle raccrocha et agita son doigt sous mon nez.

— Ma fille va vous donner jolie robe. Même taille. Mais vous la salissez pas et la rendez après pressing. *Comprende ?*

Je hochai la tête, un peu surprise et soulagée. Je ne comprenais pas pourquoi elle tenait à me rendre service, mais j'étais contente que Brennan me voie dans une tenue présentable – cela m'aiderait certainement à décrocher le poste.

— Merci, je crois ?

Elle se mit à nettoyer la cuisine, et je l'imitai.

— Vous, dit-elle rageusement en frottant les casseroles tout en m'empêchant de l'aider en faisant barrage avec son épaule, vous êtes une petite fille. Lui, poursuivit-elle en désignant l'étage d'un coup de menton, est un homme puissant. Vous pas l'énerver, sinon il vous largue comme vieille chaussette.

Je ne pus me retenir de rire. « Larguer comme une vieille chaussette » était certainement le truc le plus drôle que Maria m'ait jamais dit.

Je secouai la tête et m'approchai d'elle avec une moue désolée.

— Vous avez raison. Et je vous en prie, ne lavez pas après moi. Je peux le faire.

J'essayai de lui prendre une casserole sale des mains.

Elle leva les yeux au ciel et me donna un coup de coude pour me chasser.

— Laissez-moi nettoyer, petite idiote.

J'emballai toute la nourriture que j'avais préparée et l'envoyai au foyer pour sans-abri, dans un taxi à qui Connor laissa un gros pourboire, lui qui refusait de me laisser faire la livraison moi-même.

Je ne rencontrai pas la fille de Maria. Elle laissa la robe de cocktail ainsi qu'une paire d'escarpins dans le lobby pour que Connor les récupère pendant que j'étais sous la douche. Les chaussures étaient aussi pile à ma pointure. Quand j'entrai dans la chambre, la robe était déjà étendue sur le grand lit de Troy. Sans manches, couleur pêche, avec un décolleté en cœur et une fine ceinture dorée.

À 19 h 45, je la zippai, me maquillai (pas trop, juste un peu de mascara et du gloss, pour cacher mes taches de rousseur et des heures d'apitoiement sur mon sort) et pris l'ascenseur jusqu'au rez-de-chaussée.

Sans surprise, Troy était en retard. J'envoyai un SMS à Lucy et Daisy, assise à l'attendre dans l'un des fauteuils en cuir crème disposés dans le hall. J'étais prise d'un besoin éminent de m'envelopper dans quelque chose de familier, dans leur amitié. Et puis, il était évident que ma disparition soudaine de notre quartier les avait surprises, et pas qu'un peu.

Moi : Coucou, les filles, on se prend un verre la semaine prochaine ?

Lucy : À toi de nous dire.

Moi : ?

Daisy : On est passées chez toi. Ton père a dit que tu avais déménagé. Qu'est-ce que tu caches, Birdie ?

Merde. Merde, merde, merde. Les messages rassurants que j'avais envoyés à mes amies n'avaient visiblement pas eu l'effet escompté.

Moi : Vous avez dû mal comprendre. Je ne cache rien. Je suis occupée, c'est tout. J'ai mon entretien dans quelques minutes, au fait.

Lucy : Tu travaillais dans un *diner* et tu suivais des cours de cuisine, et tout à coup, tu as un entretien d'embauche chez Rouge Bis ? Tu crois qu'on est débiles à quel point, sur une échelle de 1 à 10 ?

Moi : Hmmm... 5 ?

Encore moi : Je plaisante. Écoutez, je peux tout expliquer.

Non, je ne pouvais pas. Et c'était ça, le pire. Je savais qu'elles finiraient par l'apprendre, mais je refusais d'y faire face.

Daisy : T'as intérêt. On t'attendra au même endroit que d'hab. Bonne chance pour l'entretien.

J'étais sur le point d'envoyer un autre message à Lucy et Daisy quand j'entendis des bruits de pas. Je levai les yeux de mon écran ; j'avais reconnu sa démarche. Élégante, assurée, dominant l'espace qu'il venait de pénétrer. Il portait un costume gris pâle qui lui donnait l'air plus grand et plus imposant encore que d'ordinaire. Je me levai et lissai ma robe des deux mains en le regardant comme une enfant coupable.

— Comment étaient les pancakes ? demanda-t-il en déposant un baiser sec et impersonnel sur ma joue.

Comme s'il y était obligé. Comme si j'étais une tante casse-pieds. Il semblait avoir oublié (ou n'avait pas remarqué) que j'avais jeté l'assiette de pancakes dans l'évier. Waouh, quel conjoint attentif. J'étais une sacrée veinarde.

— Ils valaient toutes les *saloperies sucrées* qu'il y avait dedans.

Je dressai le menton avec défi, puis corrigeai mon attitude. Je voulais ce job, plus que tout.

— Tu aimes ma robe ?

Brennan fronça les sourcils, plus perplexe qu'en colère.

— Tu l'as choisie toi-même ?

Il fit un pas en arrière pour me contempler. Son air renfrogné ne l'enlaidissait pas.

D'ailleurs, toute autre expression que sa froideur de requin me rendait toute chose. Il n'était pas désagréable à regarder, et cela m'embêtait. *Beaucoup.*

— Le shopping n'était pas ma priorité, admis-je.

Je m'assurai qu'il y avait suffisamment de distance entre nous.

Brennan était chaud. Littéralement. De la chaleur émanait de son corps.

— Maria a eu la gentillesse d'appeler sa fille pour demander si je pouvais lui emprunter une robe.

— Sa fille ?

On se dirigea vers la sortie, et il me dévisagea comme s'il ne me croyait pas.

— Oui, sa fille. Pourquoi ? C'est trop pêche à ton goût ? Ou peut-être que tu t'attendais à un string en cuir comme mon cadeau de mariage ?

Je haussai un sourcil, frissonnant alors que nous sortions dans la nuit froide et la bruine.

Il se contenta de poser une main possessive dans le bas de mon dos et me conduisit sur le trottoir protégé par un auvent. Je m'efforçai d'ignorer l'élan de désir qui explosa dans mon ventre à son contact. Je voulais me fondre dans sa chaleur. Certainement parce que je n'avais quasiment aucune expérience avec le sexe opposé, tentai-je de me convaincre. Après tout, je détestais cet homme. Il s'avérait que mon corps ne partageait pas ce sentiment.

— Tu es jolie, dit-il, même si son compliment semblait avoir un sens caché – comme toujours avec lui.

— Merci.

La rue fourmillait de circulation et de piétons. Je reconnus sa voiture, qu'il conduisait lorsqu'il était venu dans mon quartier. La Maserati blanche – tout l'opposé d'une Mercedes noire de gangster – était garée en double file devant l'immeuble, au milieu de la rue à sens unique. Il avait créé un bouchon, bloquant la route à une dizaine de véhicules derrière lui, sans aucun remords. Les conducteurs klaxonnaient et juraient, agitant le poing à la fenêtre de leurs voitures malgré la pluie.

Mais lorsqu'ils virent que c'était Troy Brennan qui se dirigeait vers la Gran Turismo rutilante, ils rentrèrent vite leurs têtes dans leurs voitures et remontèrent leurs vitres. J'entendis même le clic des portières qui se verrouillaient à l'unisson.

On ne peut plus gênée et horrifiée par l'arrogance de ma moitié, je gigotai pour chasser sa main et pressai le pas jusqu'à la voiture. Il tenait un parapluie fermé, mais il n'accéléra pas et ne m'accorda pas un regard alors que je me hâtais pour éviter d'être trempée. Je n'arrivais toujours pas à croire qu'il fasse aussi froid et qu'il pleuve autant au mois de juin. C'était comme si le monde était contre Sparrow Raynes. Déjà que je devais supporter ce type, je n'avais pas besoin que la nature se moque de moi avec ces nuages constants.

— Tu étais obligé de bloquer tous ces gens ? demandai-je en bouclant ma ceinture.

Il s'installa derrière le volant et soutint mon regard sans ciller.

— Non. Mais ça m'était égal.

Je regardai par la fenêtre, une moue de dégoût aux lèvres et mes yeux lançant des éclairs, laissant le siège en cuir froid apaiser mon humeur tandis que la voiture s'insérait dans la circulation impitoyable du vendredi soir. *Heavy Is the Head* de Zac Brown Band et Chris Cornell passait à la radio. *Quelle ironie*, pensai-je amèrement.

Je pris une profonde respiration pour me calmer et, voyant son air amusé du coin de l'œil, je lui lançai :

— Tu peux ranger ton sourire satisfait. L'impolitesse ne m'impressionne pas. Je n'ai jamais compris comment on pouvait être attirée par un mec qui joue au connard énervé, et jamais je ne tomberai sous le charme de quelqu'un comme toi.

— Troy Brennan. Enchanté. Il y a une première fois à tout.

— Peut-être qu'avec ça, dis-je en agitant un doigt entre nous, tu te rendras enfin compte que la plupart des femmes ne sont pas des stéréotypes en carton ni des clones vénaux comme celles que tu as connues jusqu'à présent.

Son sourire s'élargit.

— Si j'étais toi, je ne saboterais pas mes chances d'entrer dans mes bonnes grâces. Tu veux quelque chose de moi ce soir, Red.

— Comment peux-tu en être sûr ?

Il me jeta un regard avant de se reconcentrer sur la route, l'air amusé.

— Parce que tu as accepté de dîner avec moi.

Je soupirai et me frottai les bras. Il le remarqua et mit le chauffage. C'était triste à dire, mais c'était la chose la plus gentille qu'il ait faite pour moi.

— D'accord, tu as raison. J'ai une suggestion à te soumettre, dis-je d'une voix dense.

— Plus tard.

J'acceptai de ne pas insister, et le silence s'étira entre nous. Je réajustai ma robe, contemplai les escarpins un peu trop serrés.

— Comment va ton pied ? demanda-t-il tout à coup.

— Mieux, répondis-je automatiquement, avant de me mordre la joue en me rendant compte de ce que je venais de faire.

Merde.

Je collectionnais les moments gênants comme ça à la pelle ce soir.

— Je suis beaucoup de choses, mais je ne suis pas un idiot. J'ai compris que tu t'étais entaillé le pied le soir de notre mariage pour éviter de consommer notre union. Mes chaussettes à tes pieds et ton sang sur mon rasoir étaient des gros indices. Je ne suis pas un violeur, Sparrow.

Sentant mes joues s'embraser, je me frottai le front.

— Avec tout le respect que je te dois, Brennan, vu tes antécédents, j'ai décidé qu'il valait mieux prévenir que guérir.

— Mes antécédents ? siffla-t-il. Je t'en prie, dis-moi de quoi tu veux parler. Et arrête de m'appeler Brennan, putain. Je suis ton mari, pas ton patron.

Il fallait que je rétropédale. Qu'est-ce que j'étais censée répondre ? *Tout le monde sait que tu as tué Billy Crupti ? On dit que ton métier, c'est de casser des gueules ? Tu me fous les jetons ?*

— Ce que je veux dire, c'est qu'intimider une femme par le sexe, c'est dégueulasse. Je ne voulais pas que tu me touches.

Je croisai les bras et tentai de reprendre mon souffle.

J'étais toujours dans cet état en sa présence. J'étais capable de courir pendant des heures et de chanter en même temps sans rater une seule note, mais j'étais incapable de lui parler quelques secondes sans avoir besoin d'un inhalateur.

— Si ça t'aide à dormir la nuit, Red. Mais si je ne m'abuse, le soir de notre mariage, tu as crémé mon boxer comme si c'était un putain de gâteau d'anniversaire.

Cet homme était si répugnant parfois que je mourais d'envie de lui faire du mal.

— Merci pour cette analogie si poétique. Et pourtant, je ne veux pas coucher avec toi.

— Si, tu en as envie.

Ses lèvres s'ourlèrent sur une moue séductrice, les yeux toujours rivés sur la voiture devant nous.

— Ton regard s'attarde sur ma gaule le matin. Tu te frottes contre moi dès que l'occasion se présente. Tes tétons étaient tellement durs quand j'ai sucé ton sang qu'ils ont failli transpercer ton T-shirt.

Sa main droite lâcha le levier de vitesse pour venir planer au-dessus de ma cuisse, sans jamais la toucher.

— Et hier soir, tu m'as embrassé et tu as gémi mon nom. *Toi.*

Bordel, c'était torride. Je sentais la chaleur de sa peau, même à travers le tissu de la robe.

— Tu es mûre, Red. Et tu as envie de baiser. Dommage que ce soit avec un homme que tu détestes.

Je secouai la tête.

— Pas croyable.

Il haussa les épaules, et sa main quitta ma cuisse pour tapoter sur le levier de vitesse.

— L'amour et la haine sont similaires de bien des manières.

— Existe-t-il un moyen de te chasser par l'amour ?

— Non, mais tu peux me baiser de haine autant que tu veux.

Je devins rouge tomate, et une vague de chaleur se déversa entre mes jambes. Cela ne dérangeait pas Troy Brennan de parler de cul, alors que j'étais gênée rien que d'y penser. Encore une fois, il avait le dessus.

Je m'étirai, redressant ma colonne vertébrale. J'aurais aimé être ailleurs que dans cet embouteillage de l'enfer. J'avais le sentiment que nous n'allions jamais arriver au restaurant, même s'il avait réservé pour 21 heures.

Je changeai de sujet.

— On va arriver trop tard et perdre notre place avec ces bouchons. On devrait peut-être oublier le dîner.

Moins on passait de temps ensemble, mieux c'était.

— Je n'ai pas besoin de réservation. Je suis le propriétaire. Ils nous serviront à 4 heures du matin si je veux.

Et d'un coup, un trou s'ouvrit dans la circulation. Il mit les gaz, et mon cœur accéléra en même temps que la voiture. Nous allions au Rouge Bis, le restaurant où je mourais d'envie de travailler. Cela ouvrait de nouvelles possibilités ; je retrouvai mon optimisme. Je me redressai sur mon siège, essayant de garder mon sourire pour moi-même.

Retour au plan A.

Retour à la gentillesse.

L'appeler par son prénom serait un bon début.

— Peux-tu m'en dire un peu plus sur les raisons pour lesquelles tu as choisi de m'épouser, Troy ?

Je regardai droit devant moi pour me préserver de la douleur cinglante s'il décidait de m'accorder un autre commentaire narquois.

Il conduisait comme si nous avions un monstre cracheur de feu aux fesses, enfreignant toutes les règles du code de la route et en inspirant de nouvelles au passage.

— Quand tu avais neuf ans et que j'en avais dix-neuf…

Il marqua une pause pour laisser la gravité de notre différence d'âge s'installer.

— Il y a eu un mariage. Paddy et Shona Rowan, tu te souviens d'eux ? C'était sa troisième femme, je crois.

Je hochai la tête en avalant péniblement ma salive. C'était un des seuls mariages de gangsters auquel Pa avait été invité, et, punaise, ce qu'il était fier. Le marié était un petit malfrat qui s'était reconverti dans l'immobilier et le narcotrafic après que le FBI avait jeté ses amis en prison. Cela lui était égal de fréquenter des ploucs comme mon père.

Et le jour de son mariage, je découvris pourquoi.

Paddy Rowan figurait en bonne position sur ma liste noire, il était dans mon top deux, avec l'homme assis à mes côtés. La seule différence était que je détestais Troy et que je voulais qu'il sorte de ma vie, mais Paddy ? Je voulais qu'il *crève*.

— Je me rappelle, dis-je, sentant la douleur se réveiller au creux de mon ventre. *Saving All My Love for You.*

— Pardon ? fit-il, l'air amusé.

— Le nom de la chanson sur laquelle on a… tu sais.

J'avais le visage en feu. J'étais gênée d'admettre que je m'en souvenais.

— On a dansé sur *Saving All My Love for You* de Whitney Houston.

— Oui, bien sûr. (Il haussa une épaule.) Enfin bref, ma famille partageait une table avec la tienne, à la surprise générale.

Juste au cas où j'aurais oublié que j'étais de classe bien inférieure.

— Mais il faut dire que Paddy a toujours été un ignorant. Tu étais assise en face de moi. Je ne prêtais pas vraiment attention à toi, parce que tu avais neuf ans, et que c'était trop tordu, même pour moi. (Il secoua la tête, grimaçant presque.) Je me rappelle que tu étais une petite chose toute mignonne, toute polie. Tu posais des tonnes de questions à ma mère. À un moment donné, tu lui as demandé si c'étaient ses vraies dents. Puis tu as essayé de me convaincre de danser avec toi.

— Tu as accepté.

La mémoire me revint en bloc. Je plantai mes ongles dans la paume de mes mains, plaquant mes poings contre mes cuisses en espérant qu'il ne remarquerait rien. J'essayai de me concentrer sur la partie de la journée dont il parlait, le doux souvenir de ma danse avec un garçon bien plus âgé que moi, un événement que j'avais complètement effacé de ma mémoire jusqu'à aujourd'hui.

Il haussa un sourcil.

— Oui. Tu tenais absolument à danser un slow. (Il se retint de rire.) Déjà à l'époque, j'étais ton premier, Red.

Je serrai les poings plus fort encore et continuai de regarder par la vitre. Ce n'était pas la gêne qu'il ait été mon premier slow qui me secouait autant. C'était ce qu'il s'était passé après cette danse qui faisait de cette journée l'une des pires de ma vie. Tellement épouvantable, à vrai dire, que le jour où ma mère était partie pâlissait en comparaison.

Je m'éclaircis la gorge, me rendant soudain compte de ma vulnérabilité.

— La queue pour le voiturier s'étale sur deux pâtés de maisons. Gare-toi, et j'irai prévenir qu'on est là.

— Je suis le propriétaire, répéta-t-il en éclatant de rire, comme si j'avais fait une bonne blague. Regarde.

Il mit la Maserati au point mort au beau milieu de la rue, sortit et jeta ses clés à un voiturier en uniforme appuyé contre un mur dans la ruelle adjacente au restaurant, en train de fumer. Ce dernier, qui devait avoir mon âge, attrapa les clés au vol, hocha vigoureusement la tête, lâcha sa cigarette comme si c'était une bombe et trottina jusqu'à la portière conducteur de la Maserati.

Un autre bouchon se forma derrière la voiture de mon époux, et je me mis à suspecter qu'il était seul responsable de la circulation catastrophique de Boston. Il était tout à fait possible que nous n'ayons pas besoin du métro, sans lui.

— Tu fumes encore pendant ton service, tu es viré. Érafle ma voiture et tu es mort, compris ? aboya Troy.

Il fit nonchalamment le tour du véhicule pour venir m'ouvrir la portière. Je sortis, acceptant la main qu'il me tendait, et le laissai me guider vers le restaurant glamour, son bras autour de ma taille. Deux employés nous tenaient déjà la porte. Une petite musique d'ascenseur nous parvint, ainsi qu'une lumière pâle et dorée et l'odeur alléchante de bons petits plats.

— Tu n'as plus neuf ans, grogna-t-il à mon oreille alors que nous entrions.

— Dieu merci, marmonnai-je, repensant à Paddy Rowan.

Bloque ce souvenir, m'ordonnai-je, comme toujours. Tout comme je bloquais le reste.

6

Troy

Catalina avait envoyé sa robe et ses escarpins à Red pour me retourner le cerveau. Et elle avait réussi. Parce que contrairement à ma maîtresse, dans cette tenue, Red n'avait pas l'air d'un bonbon attendant d'être déballé. Elle ressemblait à une douce princesse sur le point de perdre son innocence entre les mains du grand méchant loup.

Je nourris mon Petit Chaperon Rouge d'autres souvenirs tendres pour la rendre heureuse, mes mots sonnant comme une mélodie à ses oreilles crédules.

La culpabilité était une voleuse. Elle ravissait votre esprit, bouleversait votre sens des priorités et finissait par vous éloigner de votre plan initial. Je ne pouvais lui accorder aucune place dans ma vie et la tenais à distance, me persuadant que, dans une certaine mesure, les moments que Sparrow et moi partagions n'étaient pas des mensonges. Seulement des demi-vérités.

Nous avions dansé un slow au mariage.

Mais jamais je ne l'avais trouvée attendrissante.

À cet âge-là, je savais déjà qu'elle était destinée à être ma femme.

Quand je dansai avec la petite Sparrow, je n'avais ressenti que de la colère. Envers moi-même, principalement. Envers elle, un peu.

Tout ce qui comptait aujourd'hui, c'était que Sparrow y croie. Et elle commençait à craquer. Des rais de lumière filtraient à travers ses remparts. Si j'appréciais sa chaleur, je prenais garde à ne pas lui donner trop d'espoir. Nous n'étions pas un vrai couple, et ce n'était pas une histoire d'amour.

Un serveur nous conduisit jusqu'à la meilleure table du restaurant. Ma femme observa la salle avec de grands yeux, et je savais pourquoi. Avant moi, elle pouvait à peine s'offrir un Happy Meal, et voilà qu'elle s'extasiait devant la cascade séparant le bar en cuivre des tables en béton couleur bronze. Bon sang, les luminaires seuls coûtaient plus d'argent que son père n'en gagnait en un an.

Les gens tournèrent la tête sur notre passage, commérant à voix basse autour de leurs repas hors de prix, se demandant certainement comment *moi*, j'avais pu me ranger – et avec une catholique lambda, qui plus est. Ils la dévoraient tous du regard, suivant ses pas flageolants comme si un secret se cachait derrière ces grands yeux verts innocents et ces cheveux carmin.

Je me dressai de toute ma hauteur, dépassant ma femme d'une tête, ma main guidant sa taille fine alors que je la conduisais jusqu'à notre table.

— Tout le monde nous regarde. Les gens parlent de nous, dit-elle d'une petite voix.

— Ça te dérange ?

Elle hésita, baissant les yeux vers les escarpins sur lesquels elle oscillait, avant de relever la tête, l'air résolu.

— Non.

— Bien, parce que les opinions, c'est comme les trous du cul. Tout le monde en a, et souvent, ils puent.

— Ça, c'est *ton* opinion.

Elle se mordit la lèvre, et l'intelligence de sa remarque ne m'échappa pas. Je réprimai un sourire, moins agacé soudain d'être vu avec elle. Elle n'avait pas ce qu'il fallait pour être mannequin, mais bordel, sa bouche était bonne à autre chose que lécher et sucer, et c'était sacrément rafraîchissant.

Elle avoua ce qu'elle voulait de moi pendant que nous sirotions des kirs royaux. Je me doutais que si elle avait su qu'un seul de ces cocktails coûtait 125 dollars, elle n'en aurait pas vidé trois à la suite juste pour avoir le courage de me demander si elle pouvait travailler chez Rouge Bis.

C'était ça qui me plaisait chez elle. Elle n'était ni intéressée ni impressionnée par mon argent, bien qu'elle n'en ait jamais eu. Cela prouvait sa force de caractère. Ou son infinie stupidité. Je penchais pour la première option, cela dit.

Je serrai le verre en faisant semblant de rien, comme je n'avais pas déjà pigé tout ça la veille, quand j'avais parcouru ses SMS. J'inspectai la pièce pendant qu'elle ergotait pour se vendre du mieux possible.

Elle était assise en face de moi, tapant du pied sous la table, guettant ma réaction. Elle était tellement concentrée pour essayer de deviner ce que je pensais qu'elle ne prêtait pas attention aux regards des gens. Sparrow était très observatrice la plupart du temps, mais contrairement à mes soi-disant « clones vénaux », elle semblait rarement se soucier de ce que les autres pensaient.

C'était une qualité libératrice chez une femme.

— Tu veux travailler ici ?

Je croisai les bras derrière ma tête et me penchai en arrière quand elle arrêta enfin de parler pour reprendre son souffle. Je n'étais pas contre. Peut-être que si elle travaillait ici, elle cesserait de me taper sur les nerfs dès qu'on se retrouvait sous le même toit. Ne plus l'avoir dans mes pattes était une idée qui me plaisait de plus en plus.

Elle hocha la tête.

— Ça ne me dérange pas de commencer en bas de l'échelle. Je peux tout faire.

Elle s'éclaircit la gorge, nerveuse, mais je lui épargnai le sous-entendu sexuel.

— J'ai travaillé en cuisine dans un *diner*. Ce n'est peut-être pas grand-chose, mais je peux aussi faire la plonge, être serveuse, ou…

Elle recommençait ses élucubrations. Je levai une main pour couper son flot de paroles.

— C'est le moment d'être direct. Qu'est-ce qui te fait croire que tu es assez bonne pour le meilleur resto de Boston ?

Son visage se décomposa. L'espace d'une seconde, je me sentis presque désolé pour elle qu'elle ait épousé un connard comme moi, puis je me rappelai qu'elle était une putain d'emmerdeuse imposée par mon paternel, et je me redressai sur ma chaise. Elle prit une profonde respiration.

— Je suis une excellente cuisinière, Troy. Mets-moi à l'essai, défia-t-elle.

Elle m'avait appelé par mon prénom. Elle ne le faisait que lorsqu'elle voulait être sympa, c'est-à-dire pas très souvent. Ses yeux étaient presque implorants, mais son ton laissait entendre qu'elle ne s'abaisserait pas à me supplier.

Un sourire se dessina sur mes lèvres. Une lueur combative se mit à luire dans son regard, dansant comme des flammes. Je me levai et tendis la main vers elle.

— Que fais-tu ?

Malgré sa perplexité, elle prit ma main et se mit debout, faisant grincer sa chaise, puis elle m'emboîta le pas.

— Je vais voir si vous êtes aussi douée que vous le dites, madame Brennan.

Je la conduisis jusqu'à l'arrière du restaurant, passant les doubles portes battantes d'un pas assuré. À peine eus-je mis le pied dans la cuisine animée que toute activité cessa. Les cris et les ordres se turent. Les cuisiniers en train de courir d'un poste à l'autre se figèrent, les yeux rivés sur moi. Les mâchoires se décrochèrent, des plats explosèrent au sol, et les yeux s'écarquillèrent. Bon sang, on aurait dit que j'avais débarqué avec un Uzi chargé, et non une nana apeurée.

Mon personnel devait être surpris de me voir. Après tout, j'avais la réputation d'être un connard brusque et irascible. Et le fait que je n'aie jamais pris la peine de rencontrer mes employés ne me faisait pas gagner de points dans l'élection du Patron de l'Année. Ils attendaient de voir ce que j'allais faire. J'étais une étude de cas. J'étais le psychopathe. C'était la légende que j'alimentais, et je devais m'en montrer à la hauteur, même si elle ne reflétait pas l'entière vérité.

Il faisait aussi chaud que dans un four ici, et je m'essuyai le front avec un grognement de désapprobation. Sparrow était debout derrière moi, agrippant ma main de toutes ses forces. Elle flippait à mort, et cela me plaisait.

— Qui est le chef ici ? demandai-je.

Ils tressaillirent. Ne dirent rien. Ne respiraient plus. Ne bougèrent pas. L'écho de leur terreur ricochait sur les murs.

Au bout de quelques secondes, un homme imposant doté d'une moustache noire d'acteur porno et d'un tablier blanc taché s'avança, s'essuyant les mains sur un torchon avant de le jeter sur une planche à découper pour m'offrir ses doigts épais comme des saucisses.

— C'est moi, monsieur. Pierre.

Je dédaignai sa main et la serrai encore moins.

— Peu importe. Bien, cette femme, dis-je en me retournant pour désigner Sparrow, dont les yeux s'agrandissaient de plus en plus à chaque seconde, veut travailler dans cette cuisine.

— Nous ne prenons pas de nouveaux employés actuellement, mais elle peut laisser ses coordonnées et…

— Je ne me rappelle pas vous avoir nommé responsable RH, dis-je d'un ton sec. Mettez-la. À. L'essai.

Des murmures surpris s'élevèrent. Une fille poussa un cri à l'autre bout de la cuisine. Tous les yeux étaient rivés sur Sparrow, tout le monde se demandait pourquoi je voulais aider cette fille quelconque à décrocher un job dans la meilleure cuisine de Boston. La nouvelle du mariage de l'année n'avait pas dû arriver jusqu'ici. Dans la pièce bondée, on n'entendait seulement grésiller quelque chose dans une poêle – autre que mes nerfs.

— Pour l'amour du ciel, remettez-vous au travail *fissa* avant de mettre le feu à mon restaurant, grondai-je.

Tout le monde reprit son poste, à part le chef cuisinier. Il jaugeait Sparrow comme si elle avait kidnappé sa famille en les menaçant d'un flingue avant de les jeter dans une cave remplie de serpents venimeux. Je me retournai vers ma femme. Malgré sa gêne apparente, elle rendait un regard noir au chef. Elle ne se laissait pas intimider par son œil mauvais.

Bien joué.

D'une main dans son dos, je lui fis signe d'avancer. Ce qu'elle fit. Face à moi, Biduletruc mordait sa lèvre moustachue d'un air frustré à peine contenu.

— Allez-y, dis-je à voix basse, le fusillant du regard. Testez-la.

Il cligna des yeux, il avait du mal à accepter la situation. Il soupira et jeta un œil autour de lui pour trouver du soutien, mais plus personne n'osait nous regarder. Il finit par se résigner.

— Venez avec moi.

Je les suivis. Pierre – il se présenta à nouveau quand je l'appelai « le cuistot » – prit un menu derrière une cuisinière et le fourra entre les mains de Sparrow. Il ignorait qu'elle était ma femme, et je ne voulais pas que ça change. Je voulais voir si elle savait vraiment ce qu'elle faisait.

Je souhaitais qu'elle sorte de la maison, mais pas au risque d'empoisonner mes clients.

Pierre planta son doigt tout gras sur le menu pour désigner un plat, laissant une tache sur le papier. Il s'agissait de l'entrée la plus chère et au titre le plus long de la carte. Un putain de piège. Je plissai les yeux, agacé, mais ne dis rien. Je pris un cure-dents de ma poche de poitrine et le plaçai entre mes lèvres, le faisant rouler d'un côté et de l'autre avec ma langue.

— Longe de chevreuil rôtie aux graines, purée de panais et sauce poivrade, annonça le chef avec un sourire triomphant.

Sparrow posa son regard sur lui ; aucun muscle ne tressaillit sur son visage rond.

— Il faut trois heures et demie pour préparer ce plat, dit-elle d'un ton neutre.

— J'ai le temps, siffla le chef, narines dilatées.

Je fus pris d'une envie soudaine et inattendue de découper cet enfoiré en morceaux, mais je m'appuyai contre un des comptoirs en inox, l'air à la fois satisfait et blasé.

— Moi aussi.

Elle nous observa tour à tour comme si nous nous étions ligués contre elle, mais elle jeta sa crinière rousse par-dessus son épaule et fit peu cas de notre attitude.

— Mieux vaut que je m'y mette, alors.

Sparrow se lança dans sa tâche sans plus attendre. Elle faillit faire un doigt d'honneur à Pierre quand il lui proposa un tablier, non sans sarcasme. Je la regardai apporter tout ce dont elle avait besoin sur le poste vide qu'il lui avait assigné. Elle opérait avec rapidité et assurance, prenant vite ses marques et trouvant tout ce qu'il lui fallait. Je savais que le chef avait fait exprès de lui attribuer une mission impossible. Il s'était contenté de lui donner le nom du plat en espérant qu'elle allait merder. Mais à en croire son expression quand il la vit courir à droite à gauche avec carottes, bouillon de bœuf et feuilles de laurier, je sus qu'elle était dans son élément, au grand désarroi du chef.

En la regardant travailler, je me rendis compte que c'était son art. Elle cuisinait avec un feu dans les yeux, une passion dans l'âme, de l'amour dans le cœur.

De temps en temps, elle s'essuyait le front de son avant-bras laiteux et couvert de taches de rousseur, et souriait d'un air désolé, pensant certainement qu'elle était peu présentable.

Mais elle avait tort. C'était un rappel nécessaire que Red était plutôt canon – à sa manière un peu décalée, en tout cas.

Par exemple, sa façon d'enrouler le bout de sa langue autour de sa lèvre supérieure quand elle se concentrait me faisait tellement bander que je faillis la plaquer contre la cuisinière pour lui prouver que nous pouvions passer du bon temps ensemble. Ou sa manière de devenir le centre de la pièce, travaillant plus dur que les autres sans attirer l'attention sur elle ni s'en vanter. Elle resplendissait. Aussi cucul que cela paraisse, elle *resplendissait*, putain.

— Dis, tu peux m'attraper le vin rouge là-bas ? demanda-t-elle à un moment donné, courant d'un bout à l'autre de la cuisine.

Je fus tellement surpris par sa requête que j'en fus presque offensé.

— Non, je ne peux pas, dis-je sur un ton égal. Tu peux ne pas dépasser tes limites, bordel ? Tu es ici pour postuler à un job.

— Quelqu'un a ses ragnagnas, dit-elle en souriant, attrapant la bouteille par son goulot.

— Occupe-toi de toi, Red.

— *D'accoooooord*, dit-elle d'une voix traînante en remuant les fesses sur un air inaudible qu'elle se passait dans sa tête. Alors surveille la poêle pour vérifier que l'huile ne chauffe pas trop pendant que je vais chercher le tire-bouchon.

Elle finit le plat peu après la fermeture du restaurant. Elle avait les cheveux dans tous les sens – sur son visage, dans son cou, collés à son front –, et la robe de Cat semblait avoir perdu une bataille de cantine. Mais elle rayonnait de bonheur, jamais je ne l'avais vue aussi radieuse.

J'ordonnai à Pierre de venir s'installer avec moi sur l'une des banquettes en cuir noir du restaurant, où il nous servit du vin rouge pendant que Sparrow nous apportait son plat.

— Messieurs.

Elle ne put réprimer son large sourire alors qu'elle nous présentait les assiettes, répétant le nom du dîner avant de faire une petite révérence.

— Bonne dégustation.

Le chef et moi prîmes nos couverts pour les planter dans nos assiettes. Dès que je goûtai les premières saveurs, ce fut fini.

Ouais, elle était au top.

Pierre pensa la même chose, puisqu'il se retrouva bouche bée et leva vers elle des yeux remplis de haine.

— Trop salé, grogna-t-il.

— Foutaises, répliquai-je. C'est délicieux.

Elle se tourna vers moi, et une expression sincère que je ne méritais certainement pas se forma sur son visage. Mon compliment la surprenait autant que moi.

— Tu trouves ?

— Ouais.

Je jetai ma serviette en tissu sur la table et me levai.

— Dis à tes amis des cours de cuisine que tu n'es plus libre le soir. Tu peux commencer lundi en huit. Je préviendrai Brock pour qu'il prépare la paperasse. (Je me tournai vers Pierre.) Ne lui donnez pas plus de cinq services par semaine. Assurez-vous qu'elle soit toujours à un poste important. Je ne veux pas qu'elle coupe des légumes ou fasse du boulot de sous-fifre. Vous rendrez compte à Brock en cas de pépin concernant la nouvelle employée. Et toi…, dis-je en la regardant. Tu as ruiné cette robe. Je ne suis pas surpris. Rentrons à la maison.

Pierre se leva d'un bond, au bord de l'apoplexie. À en croire sa mine perplexe, une dizaine de questions se bousculaient dans sa tête, mais il parvint uniquement à bégayer :

— À la m-maison ?

Les cheveux de Sparrow sentaient l'oignon et l'ail. Je passai mon bras autour de ses épaules, juste pour voir le sang quitter le visage joufflu du chef. Je fus surpris que Sparrow fasse de même autour de ma taille comme si nous étions un véritable couple. Nous sortîmes du restaurant, et elle leva ses yeux brillants vers moi.

— Arrête de me sourire, dis-je.

Elle éclata de rire.

— Arrête, grognai-je.

L'attention positive est comme un baiser de la mort pour les tueurs-nés. Nous ne savons pas comment gérer ce type d'attitude rassurante.

— Je ne peux pas ! gloussa-t-elle. Je ne peux pas. Désolée. Mon amie Lucy va se faire pipi dessus quand elle l'apprendra.

Pour la première fois depuis que nous étions mariés, je ne ressentis pas l'amertume habituelle en regardant son visage.

Ni le poids du fardeau que je devais porter quand j'étais forcé d'être avec elle.

Nous sortîmes dans l'air frais de cette soirée d'été, et je me détachai d'elle. Le voiturier qui avait garé la Maserati fila aussitôt dans la ruelle où il l'avait mise. Je lui laissai un gros pourboire pour les heures supplémentaires et l'attente forcée, et aidai Sparrow à monter. Elle riait encore comme une poivrote.

Secrètement, je pouvais l'admettre, ce n'était pas si désagréable de l'entendre rire.

Cela aurait dû être mon premier signal d'alarme – Sparrow n'était pas la seule à craquer.

Pas désagréable du tout.

7

Sparrow

Ivre de bonheur et shootée à l'extase, je pus à peine me contenir sur le chemin du retour. J'avais envie de me mettre à danser comme une débile au milieu de la rue à l'idée que j'allais travailler dans les cuisines d'un grand restaurant. J'aurais cinq services par semaine, ce qui voulait dire que les cours du soir étaient finis. Mais ma vraie carrière ne faisait que commencer.

Sparrow Raynes. Joggeuse. Amoureuse de l'air estival. Amatrice de jeans *boyfriend. Cheffe. Tu entends ça, maman ? Ta fille, la fille que tu as abandonnée comme une vieille chaussette, est devenue quelqu'un.*

Deviendra quelqu'un.

Mon imagination se lâcha. Je pourrais prendre de l'expérience, puis partir faire ce que je voulais. Pour être honnête, la nourriture raffinée, ce n'était pas trop mon truc. J'achèterais un *food-truck* et je servirais des pancakes à la myrtille à tous les costard-cravate du centre de Boston. Je viendrais illuminer leur journée de travail si grise. Je demanderais à Lucy de venir m'aider, et peut-être à

Daisy, aussi. Elles ne savaient pas cuisiner ni pâtisser, mais elles avaient toujours eu un bon contact avec les gens.

Je sautillais presque sur mon siège à côté de Troy. Il secoua la tête et m'ignora la plupart du temps mais, parfois, je lui jetais un coup d'œil en douce et le surprenais à sourire.

Quelque chose avait changé en lui. Je le sentais, et malgré ma volonté de rester à distance, de me protéger, je n'y étais pas indifférente. S'en rendait-il compte, lui aussi ? Est-ce que ça lui faisait quelque chose ?

Dans l'ascenseur, je le dévisageai, scrutant sa réaction. Essayant d'analyser, de deviner…

— Ça te fait quelque chose.

— Ne sois pas ridicule, pesta-t-il.

Oui, ça lui faisait quelque chose.

Bien que je ne sois pas fatiguée, je montai dans la chambre en me trémoussant. Troy resta en bas pour se servir un whisky et pour fermer la porte à clé. Il avait l'habitude de faire le tour de tout l'appartement chaque soir, pour vérifier Dieu sait quoi avant de se coucher. Je l'avais entendu faire quand je faisais semblant de dormir.

J'imagine que, moi aussi, j'aurais dû craindre pour ma sécurité, mais toutes ces mesures préventives me soûlaient.

Surtout Connor, mon chien de garde personnel.

Je sentis Troy entrer dans la chambre quelques minutes plus tard. J'étais dos à lui, en train de sortir mon pyjama d'un tiroir, sur le point d'aller me changer dans la salle de bains.

Quand Troy pénétrait dans une pièce, il y transposait toujours l'atmosphère qu'il voulait créer. Tel un thermostat humain, il contrôlait non seulement chaque situation, mais aussi votre propre humeur. Il apportait parfois rage et colère, parfois morosité, parfois terreur et, très rarement, un sentiment positif et optimiste.

Ce soir, c'était le désir qu'il suscitait.

Il fit un pas vers moi, puis un autre.

La chaleur m'embrasa tout le corps. Je mis ça sur le compte de l'adrénaline et de l'alcool – j'avais descendu trois verres de plus pendant que Troy et Pierre goûtaient mon plat. L'alcool et l'excitation d'avoir ce nouveau travail constituaient un mélange fatal. Quelque chose vibrait dans l'air, qui faisait frémir l'espace entre mes jambes, et un incendie était en train de prendre dans le bas de mon ventre.

Je savais que, si je m'ouvrais à lui, cela finirait en larmes. Les avertissements étaient clairs, en lettres de sang. *Ne t'approche pas, Sparrow. Ne laisse pas ta curiosité prendre le dessus.*

Les baies vitrées étaient embuées de condensation. Ma respiration se fit plus lourde. Je me tenais toujours dos à lui, consciente que, si je me retournais, je céderais. Je serrais encore les boutons du premier tiroir d'une commode, toujours perchée sur ces foutus escarpins. Il réduisit à néant l'espace entre nous et se planta derrière moi, me transmettant sa chaleur, vague après vague.

Mais il ne me toucha pas et, quelque part, cela me donna encore plus envie de lui.

Mon corps se figea, mes jambes serrées l'une contre l'autre, par la peur et… *Non.* Il était corrompu. Un monstre. *Non.*

Mon esprit tournait à mille à l'heure, et je peinais à comprendre ce que je ressentais. Il disait que je devais y mettre du mien. Mais aussi qu'il n'était pas un violeur. Qu'avec lui, j'en aurais envie. C'était si bon. Si mal. Je fermai les yeux et pris une profonde inspiration.

— Penche-toi, ordonna-t-il, ses lèvres contre mon oreille.

Je voulus répondre, mais je sentais déjà ses doigts descendre le long de mon dos, ouvrant lentement la fermeture Éclair de ma robe, effleurant délibérément ma colonne vertébrale au passage.

Je me penchai en avant pour enlever mes escarpins, et il me tira tout contre lui par la taille, mes fesses contre son entrejambe.

— Garde-les.

Ma robe tomba au sol, exposant ma culotte toute simple en coton et le soutien-gorge blanc assorti. Je fis un pas de côté pour sortir du tas de tissu que Troy chassa d'un coup de pied. Toujours derrière moi, il fit courir son doigt sur ma clavicule. Un frisson parcourut ma peau, me donnant la chair de poule.

— Écarte les jambes.

Je m'exécutai.

Il s'éloigna de moi pendant une seconde. Mon cœur se mit à battre à tout rompre, impatient, alors que je m'appuyais sur la commode, penchée en deux, les fesses en l'air. J'entendis un clic derrière moi et vis passer sa main au-dessus de mon épaule. Il posa son pistolet sur le meuble devant moi. Son étui tomba au sol dans un bruit sourd. Encore tout habillé, il fit passer ses lèvres dans mon cou, me touchant à peine.

La peau en feu, je baissai la tête pour regarder nos pieds. J'en avais tellement envie que j'avais peur de m'écrouler.

— Tiens fermement la commode si tu ne veux pas t'éclater la lèvre. Je ne veux pas que tu te cognes.

Il posa sa main autour de ma gorge pour me tirer vers son visage.

Je n'avais pas d'expérience sexuelle à proprement parler. Je ne savais pas ce qui allait se passer. Mais, sincèrement, je ne voulais pas que ça n'arrive *pas*. S'il y avait un soir propice pour qu'il se passe quelque chose avec Troy, c'était bien ce soir-là. Bordel, je voulais connaître ce que les autres filles avaient connu.

J'agrippai le bord de la commode, aspirant ma lèvre inférieure dans ma bouche.

— Ça dit quoi, tes règles magiques, ce soir ? me souffla-t-il à l'oreille, railleur.

Je gémis, me cambrant pour me rapprocher encore de son corps. Il fourra sa main brûlante dans mon soutien-gorge pour pétrir mon sein et tirer sur mon téton. Je grognai, sans dire un mot.

— Dis-moi que tu n'en as pas envie.

Il donna un coup de langue sur mon lobe d'oreille tandis que sa main descendait jusqu'à mon ventre, ses doigts rugueux caressant ma peau. Sa bouche courut le long de ma mâchoire, s'arrêtant à quelques centimètres de mes lèvres.

— Dis-moi que tu n'es pas prête, que tu ne veux pas que je continue.

Il me mordilla le menton, et ma tête tomba en arrière, contre son torse.

Soudain, il faisait si chaud dans la pièce que j'avais du mal à respirer.

Je m'éclaircis la gorge.

— Ça changerait quelque chose ?

Il hocha la tête contre mon épaule, son corps ferme pressé contre le mien. Je ne voulais pas qu'il s'arrête, je mourrais si ses mains quittaient mon corps désireux, mais je détestais admettre qu'il avait raison. Je le haïssais mais adorais ses caresses.

— Ne t'arrête pas, murmurai-je tout bas, perdant tout contrôle.

Troy tomba à genoux derrière moi, ignorant ma prière silencieuse pour qu'il continue à me titiller les tétons. Sa tête disparut entre mes cuisses, puis il la renversa en arrière, pressant ses lèvres contre ma culotte. Il embrassa mon sexe à travers le coton. Je fus parcourue d'un frisson, de la tête aux pieds. J'agrippai la commode plus fort.

— Tu n'as jamais pratiqué le sexe oral.

Sa voix était soyeuse dans mon intimité.

Ce n'était pas une question. Je ne répondis pas. Il y avait quelque chose de grisant de le voir en dessous de moi, comme ça. Cet homme puissant, à genoux pour moi, ses cheveux noir charbon contrastant avec ma peau laiteuse, sa bouche si chaude, si proche…

— Ce qui veut dire que ça, dit-il en passant son doigt entre mes plis, par-dessus le tissu, m'a attendu tout ce temps. Quelqu'un t'a déjà touchée ici ?

Je repensai à ce jour affreux où quelqu'un l'avait fait, malgré mes protestations, et à tous les jours où il avait recommencé. Je secouai la tête pour dire non en réprimant un haut-le-cœur. Brennan n'en aurait rien à faire, et c'était une histoire trop intime pour que je la partage avec lui.

— Tu mens, dit-il d'une voix plus dure tout à coup, en passant ses index sous ma culotte de chaque côté.

Une autre affirmation.

Sa bouche était de nouveau là, entre mes cuisses. Je fermai les yeux, sentant mes jambes trembler. Excitée… crevant d'envie… folle de désir pour cet homme tordu. À deux doigts de frotter mon entrejambe contre son visage.

— Je détecte les craques à des kilomètres à la ronde. Alors dis-moi, qui était-ce ?

Son souffle chaud était si bon sur ma peau, d'autant que je distinguais à peine ses traits sous cet angle et que je ne savais jamais quand il se rapprochait.

— Qui a été assez stupide pour te tripoter ?

C'était bizarre, insultant, même – pourquoi serait-ce stupide de vouloir coucher avec moi ? Mais à cet instant, ce n'étaient pas la logique et la raison qui prédominaient dans mon esprit. Tête pendante, je sentis la brûlure familière des larmes dans mes yeux et la boule dans ma gorge.

— Paddy, dis-je, non sans peine. À son mariage. Quand je suis allée aux toilettes. Paddy Rowan m'a touchée là. Et plein d'autres fois après ça. C'est devenu son hobby. (Je ravalai la boule amère qui me serrait la gorge.) Je n'avais que neuf ans.

Je ne fondis pas en larmes. Non, je livrai l'information comme si je parlais des problèmes d'une autre, de l'abus sexuel subi par une autre. Je l'avais tu pendant si longtemps qu'une part de moi doutait presque que ce soit arrivé.

Après tout, personne n'était au courant. Pas âme qui vive. Cela avait duré presque un an et, pourtant, personne ne le savait. Je ne pouvais pas le dire à mon père. Il travaillait pour Paddy et Cillian à l'époque, et je savais qu'il les craignait et qu'il avait besoin de cet argent. J'avais dû choisir entre dire la vérité et avoir de quoi manger. Alors, j'avais tout gardé pour moi.

Jusqu'à aujourd'hui.

Le confesser à Troy me donna l'impression d'être plus à nue que je ne l'étais physiquement – c'était comme si je m'étais délestée d'un gilet pare-balles imaginaire. Quelque part, je voulais voir si cela le rebuterait. Après tout, j'étais abîmée. Entachée par le bras droit de son père. Le nouveau joujou rutilant de Troy était cassé, craquelé. Est-ce que cela le dégoûterait ? Reculerait-il ? Je voulais savoir si enlever mon armure lui donnerait envie de me frapper là où ça fait mal.

Je baissai les yeux pour scruter son visage, mais il était toujours derrière moi. Il colla sa tête contre ma culotte, qu'il renifla doucement.

— Qu'a-t-il fait exactement ?

Il avait l'air calme, attentif, mais son ton était sec. Si sa voix ne le trahissait quasiment pas, le tressaillement soudain de sa main sur mon ventre le fit. Ce que je venais de dire le perturbait, mais ne le dégoûtait pas.

Comprenant qu'il n'allait pas se montrer narquois ou froid, je poussai un soupir de soulagement.

Il est humain, en fin de compte.

— Il…

Je n'avais pas envie d'entrer dans les détails, mais ne pas voir son visage pendant que je parlais était libérateur. Tout comme me soulager de ce secret.

— Il ne m'a pas violée. Mais il était violent. Il a fourré ses doigts en moi. Il était bourré, et j'étais petite. Paddy était un des patrons de mon père. Je ne voulais pas causer de scandale.

Un silence. Mais sans jugement.

J'expirai et secouai la tête.

— Je suis un peu pompette. En temps normal, jamais je n'aurais partagé ça avec toi, avouai-je. Oublions, d'accord ? Je veux juste m'amuser ce soir.

Troy me retourna par la taille pour me mettre face à lui. Toujours à genoux, il m'embrassa sur le pubis, ses mains me maintenant fermement en place.

Je crois que je fus amoureuse de lui à ce moment précis. L'espace d'une seconde. Parce qu'il écoutait. Parce qu'il était là. Parce que pour une fois, il ne fut pas imbuvable, même si c'était dans son ADN. Dans sa nature.

— C'est pour ça que tu n'as jamais couché avec personne ? demanda-t-il.

Je secouai la tête.

— Je ne crois pas. C'est juste que… l'occasion ne s'est jamais vraiment présentée.

J'étais consciente que ce n'étaient pas les mots cochons qu'on attendait d'habitude dans cette situation. Heureusement, je ne perdais pas mon temps à essayer d'impressionner mon nouvel époux.

Son regard me cloua contre la commode. Il tentait de déterminer mon degré de contrariété. C'était inutile. C'était arrivé il y a longtemps, et j'étais prête, maintenant. Prête pour davantage que ces baisers sur ma zone sensible.

— Je ne te ferai jamais faire quelque chose que tu ne veux pas faire, Red, dit-il d'une voix grave. Mais j'ai le sentiment que c'est mon devoir en tant qu'époux et être humain de te dire que le sexe, ça peut être génial. Y renoncer juste parce qu'un connard…

Il grogna, pressant son visage contre mon ventre, les paupières closes.

— Ou même parce que nous ne sommes pas au diapason dans la vie de tous les jours est une grosse erreur. Tu peux me détester et quand même adorer ce que tu ressens avec moi.

Il rouvrit les yeux pour regarder ma culotte blanche, qu'il baissa sur mes genoux, embrassant délicatement ma peau juste au-dessus de ma vulve. Puis il écarta doucement mes lèvres avec ses pouces, se pencha en avant, et inspira, les paupières closes. C'était un peu gênant… mais follement excitant.

Mes yeux trouvèrent les siens alors que je passai ma main dans ses cheveux, d'une douceur impensable vu la dureté de l'homme à qui ils appartenaient. Je fis un pas de côté pour quitter ma culotte.

— Je sais, soufflai-je. Je ne veux pas que tu arrêtes ce que tu es en train de faire.

Il pressa sa bouche contre mon sexe. Dardant sa langue, il m'explora tout entière, faisant monter la tension. Je commençais à mouiller, et je m'appuyai contre le meuble derrière moi pour garder l'équilibre. Là, sa bouche chercha – et trouva – mon centre nerveux et le suça, longuement, avec fougue, alternant les moments de pression et de calme comme s'il pompait une drogue délicieuse en moi.

Je gémis et, empoignant ses cheveux, je tirai, l'incitant à continuer. J'étais parcourue d'un fourmillement divin. Mes orteils s'ourlèrent dans mes chaussures. Je fis rouler mes hanches vers l'avant, échappant à ses bras puissants passés autour de ma taille. Je voulais, je cherchais, je désirais plus.

Troy suça mon clitoris et le tira entre ses dents, appliquant plus de pression.

— Ne bouge pas, ordonna-t-il, ses mains parcourant mon corps.

Ventre, hanches, intérieur des cuisses…

— Bordel, ça m'avait manqué de bouffer une chatte, soupira-t-il en moi. Et tu es si délicieuse, si étroite.

Je rougis, souriant pour moi-même. Au moins, il ne faisait pas ça à tout le monde. C'était stupide, mais j'eus l'impression d'être spéciale.

Troy me dévorait toute crue en lâchant des soupirs satisfaits. Des petits grognements et gémissements indiquant qu'il appréciait autant que moi. C'était certainement la première fois que je le voyais heureux, alors qu'il me léchait, me suçait, et faisait aller et venir sa langue en moi. Il fit passer une de mes cuisses par-dessus son épaule pour enfouir son visage plus profondément entre mes jambes, et je renversai la tête en arrière en criant son nom.

Il arrêta de sucer et plongea sa langue en moi dans un va-et-vient incessant… Soudain, ma vision se troubla, et mon être tout entier se mit à trembler. Même si c'était une sensation folle, j'avais aussi l'impression qu'il jouait avec mon corps en refusant de le faire basculer de l'autre côté. Il m'allumait, mais chaque fois que j'étais sur le point de chavirer, l'orgasme menaçant de me déchirer de l'intérieur, il ralentissait. Délibérément.

— S'il te plaît, haletai-je, sans vraiment savoir ce que je demandais.

— S'il te plaît quoi ?

C'était une bonne question. Je voyais les portes du paradis s'ouvrir, mais Troy refusait que je les franchisse.

Incapable de formuler une phrase cohérente, je continuai à lui tirer les cheveux, presque violemment. Quand il accéléra la cadence, je vis littéralement des étoiles. Mes genoux finirent par céder et se dérober, et je m'écroulai sur lui. Il tomba en arrière sur le tapis beige dans un bruit sourd.

— C'est mieux, dit-il en plaçant ses mains sur ma taille pour me maintenir en place. Chevauche mon visage, Red. Et… tu disais ?

— Fais-moi jouir.

Je haletai plus fort, me frottant éhontément sur sa bouche. Bon sang, je serais incapable de le regarder dans les yeux en sachant qu'il avait enfoui sa langue si profondément en moi.

Il sourit contre mon intimité – je le sentis, frémis violemment sur ses lèvres –, puis il ralentit, me léchant plus lentement, pleinement, tout en fourrant une main dans mon soutien-gorge pour me pincer le téton. L'enfoiré.

— Je te déteste.

Je poussai un grognement, voulant me lever pour mettre fin à cette délicieuse torture, mais il me plaqua contre son visage, riant au plus profond de moi. Son rire vibra à l'intérieur de mon corps. Ma frustration le ravissait.

— Lâche-moi, sifflai-je.

— Dis le mot magique, répondit-il, amusé.

— Connard.

Je renversai la tête en arrière, à la fois excitée et exaspérée. Je chevauchais toujours son visage, et j'avais le sentiment que je continuerais pendant des heures si je n'y mettais pas un terme tout de suite.

Doux Jésus. Chevaucher son visage ? Avec lui, j'avais l'esprit tordu et plus aucun filtre sur ce que je voulais qu'il me fasse.

— Ce n'est pas le mot magique. Supplie-moi…

Il passa sa langue sur ma vulve, sur toute sa longueur.

— Et je te laisserai jouir.

— Tu peux toujours rêver, dis-je dans un gémissement.

Il suça plus fort, et mordit mon clitoris palpitant. Je plantai mes doigts dans sa peau.

— Supplie, répéta-t-il. Dis ce que tu veux dire.

C'était tentant, mais je n'arrivais pas à me détacher de mon ego, de mon fragment de contrôle quand j'étais avec lui. Nous n'étions pas dans la même équipe. Ce n'était pas parce qu'il me donnait satisfaction ce soir qu'il reconnaîtrait mon existence demain matin.

— Non, répétai-je à mon tour.

Il partit d'un rire long et grave, enivré par ma résistance, adorant que je déteste son jeu. Il m'écarta les jambes pour que je sois grande ouverte devant lui, reprit mon clitoris dans sa bouche et caressa ma vulve de son pouce en mouvements répétitifs délicieux.

Cette fois-ci, je sus que j'étais vraiment au bord de l'orgasme. Encore quelques instants, et ce serait l'extase. Je ne savais pas ce qui se passerait avec Troy, mais je savais que cela vaudrait plus que la supplication. C'était de la magie. C'était donner son corps à l'autre, sentir chacun de ses muscles se contracter délicieusement, sentir une vague de plaisir sur le point de vous submerger tel un tsunami…

— Supplie, demanda-t-il une nouvelle fois, et je sus que ce serait la dernière.

— Non.

Ses lèvres mouillées quittèrent ma chair alors qu'il se redressait pour m'embrasser, insérant sa langue dans ma bouche et la faisant tourner avec provocation, me forçant à me goûter moi-même.

— C'était sympa.

Sa voix rauque me chatouilla, et je me brisai en mille morceaux. J'avais tellement envie de jouir.

— Maintenant, voyons combien de temps tu peux tenir sans me supplier de te baiser bien comme il faut. J'aime les défis.

— Tant mieux, parce que tu es bon pour perdre.

J'avais les dents qui claquaient à cause de l'impact provoqué par ses caresses, mais, au moins, j'avais réussi à répliquer.

Il m'embrassa fougueusement, d'un baiser enivrant, faisant tournoyer sa langue sur ma lèvre inférieure. Je le sentis sourire contre ma bouche.

— Ton obstination… (il passa son index le long de ma colonne vertébrale) est magnifique. Et moi qui croyais pouvoir te briser en deux comme une brindille.

Il se leva, m'abandonnant au sol, à moitié nue, et sortit de la pièce comme si de rien n'était.

Un froid s'empara de mon corps quand j'entendis ses pas résonner. Il ouvrit une porte plus loin dans le couloir, certainement celle de son bureau, et la claqua derrière lui.

Mon estomac se retourna, l'inquiétude et l'angoisse me nouant le ventre. J'enfouis mon visage dans le creux de mon coude.

Il était tout à fait capable de me briser comme une brindille. Il avait juste décidé de ne pas le faire… *pour l'instant.*

8

Troy

Il n'y avait rien de plus dangereux que quelqu'un qui n'avait rien à perdre. C'est pourquoi j'avais engagé Sparrow chez Rouge Bis, même si je savais qu'elle serait tout près de *lui.*

Je n'étais pas du genre manipulateur dans ma vie privée. Dans les affaires ? Oh que oui. Mais avec une femme ? Si elle voulait travailler et qu'elle était douée dans son domaine, elle faisait bien ce qu'elle voulait.

Et Sparrow ? Elle s'avérait être une bouffée d'air frais. J'étais tellement habitué à ce que les femmes autour de moi ne travaillent pas ou n'envisagent même pas l'idée radicale de faire quelque chose de leurs vies que la volonté de Red d'officier au restaurant me surprit, sincèrement.

L'amour et la compassion ne pesaient pas lourd dans ma décision de lui accorder ce job. Cela me ferait le plus grand bien qu'elle quitte l'appartement de temps en temps. Sa grande gueule et ses questions incessantes me tapaient sur le système. Et puis, la faire sourire n'était pas la pire idée que j'aie eue.

Je devais admettre que le goût de sa chatte dans ma bouche

était dingue, putain. Je ne sais pas si c'était dû au frisson de goûter à ce qui m'appartenait, à moi et à moi seul, à son sexe pur et intouché (à part par cette raclure de Paddy), ou si c'était parce que cela faisait si longtemps que je n'avais pas fait de cunni à une femme que j'avais oublié que c'était si doux, littéralement. Quoi qu'il en soit, j'avais aimé la voir s'effondrer, touchant l'orgasme du doigt sans jamais l'atteindre. J'avais envie de la briser en deux. De la forcer à me supplier. De la quitter frustrée et excitée. Je voulais lui prouver qu'elle me désirait autant que je la désirais.

Enfin, je désirais son corps, en tout cas.

Mais je devais prendre les choses en main maintenant, pour ainsi dire. Faire redescendre mon corps à une température plus raisonnable.

Cela faisait peut-être quinze ans que je ne m'étais pas branlé, mais quand je m'appuyai d'une main contre le carrelage noir brillant sous le jet d'eau brûlante pour me masturber comme un couillon d'ado, je dus admettre que c'était étrangement excitant. Je ris comme un dément alors que ma main réapprenait à aller et venir au rythme de mes nouveaux fantasmes. *Sparrow.* La douce, la satanée Sparrow. La rigide, l'intelligente, l'agaçante Red…

J'avais oublié à quel point c'était bon de vouloir quelque chose et de ne pas l'obtenir en quelques heures.

J'allai plus vite, plus fort, imaginant ses jambes enroulées autour de moi. Je jouis dans ma main, serrant le foutre chaud entre mes doigts en pensant combien ce serait excitant d'éjaculer en elle.

J'en mourais d'envie.

Cela faisait des lustres que je n'avais pas ressenti ça, et ça commençait à me plaire.

Tout comme l'idée qu'elle réchauffait mon lit.

Je passai la majeure partie du week-end à faire des trucs chouettes, comme boire dans mon bureau, fomenter la destruction de Rowan et penser à bouffer la chatte de ma femme.

Le week-end de Brock, à l'inverse, semblait l'avoir lessivé et agacé. Un bonus, en ce qui me concernait.

Le lundi, il déboula dans son bureau au Rouge Bis – non, putain, dans *le mien*. C'était moi qui payais tout ici. Même s'il ne voyait pas les choses sous cet angle : il se planta dans l'encadrement de la porte, bras croisés, son regard noir rivé sur le bureau en verre comme si j'avais envahi son espace personnel.

— T'as une sale gueule, dis-je.

Je crachai mon cure-dents et fis rouler la chaise vers l'arrière pour mieux le regarder.

— Nuit intense avec madame ? demandai-je en haussant un sourcil.

— Va te faire foutre.

Je souris d'un air satisfait. Catalina et lui ne baisaient plus.

Je désignai la chaise devant le bureau d'un signe de tête, l'invitant à s'asseoir. Il sortit un paquet de cigarettes de sa poche de poitrine et se laissa tomber dans le fauteuil. Il alluma une clope, tira dessus, et souffla la fumée par les narines. Sa façon de la tenir, entre son index et son pouce, comme s'il se prenait pour Clint Eastwood dans un western, me donna envie d'éclater de rire. Au lieu de ça, je le fusillai du regard.

— Il est interdit de fumer au sein de cet établissement.

Je désignai un panonceau qui disait justement cela derrière moi, masquant à peine ma jubilation.

— Tu braves les interdits au quotidien, Troy. Me fais pas chier. J'ai passé une sale matinée. Tu voulais me voir ?

— Y a de l'eau dans le gaz ?

Putain, je nageais dans son malheur comme si c'était de l'eau pure au beau milieu du Sahara.

Brock tira sur sa cigarette, soufflant une volute de fumée dans les airs, et se passa la main dans les cheveux.

— Cat traite Sam comme de la merde. Ce matin, il est allé à l'école avec des vêtements sales parce qu'elle a décidé qu'il ne valait pas la peine qu'elle fasse des lessives. J'ai failli péter un câble quand il a tiré sur son T-shirt dans la voiture, juste avant que je le dépose à l'école, pour vérifier s'il ne sentait pas trop mauvais. Il a dit qu'il ne voulait pas que les autres enfants se moquent de lui. Sérieux, c'est le genre de truc qui te brise le cœur.

Il se frotta les yeux et poursuivit avant de se rendre compte que c'était à moi qu'il se confiait. Il devait vraiment être désespéré.

— Enfin bref, j'ai fait demi-tour. On a fini par acheter des vêtements neufs chez Target, il s'est changé dans les chiottes, puis je suis retourné le déposer. J'ai passé trente minutes dans ma voiture devant l'école à faire ce stupide exercice de respiration avec la cassette que tu m'as offerte à Noël.

Je me retins de pouffer. C'était trop. Je lui avais donné cette cassette uniquement pour faire chier Catalina. Elle n'arrêtait pas de se plaindre que Brock était trop bien, trop propre sur lui. C'était une blague à ses dépens. Et il avait plongé.

Brock leva les yeux vers moi, attendant que je réagisse.

Je me laissai aller dans son fauteuil en cuir souple et entrelaçai mes doigts.

— Sacré numéro, ta femme. Perso, j'ai toujours préféré la vie de célibataire.

— Tu es marié maintenant, me rappela-t-il.

— J'imagine que parfois, c'est facile à oublier, dis-je avec mon air satisfait.

Il laissa tomber sa tête sur le côté et écrasa sa cigarette dans une tasse vide ornée d'une photo de Cat et lui – un objet qu'elle lui avait donné pour se rappeler à moi chaque fois que j'allais dans le bureau de son mari.

C'était mignon qu'elle pense que ça me faisait quelque chose.

— J'imagine que tu n'es pas là pour parler de mes problèmes de couple, reprit Brock en se penchant en avant, coudes posés sur les genoux. Que veux-tu, Troy ?

— Patrick Rowan.

Je ne tournai pas autour du pot. Les yeux rivés sur la fenêtre pour regarder les gens passer, je poursuivis :

— Je veux savoir ce qui le lie encore à Boston.

Brock haussa les sourcils et se laissa tomber en arrière en poussant un lourd soupir. Il n'aimait pas la tournure que prenaient les événements, et j'ignorais pourquoi. Rowan, bras droit de mon père avant que tout parte en couille, n'était qu'un vieux truand fini. Il avait continué à entretenir tout ce qui touchait aux paris et autres jeux d'argent pour l'empire de mon père quelque temps encore après que ce dernier avait été détrôné, mais il avait fini par développer ses propres activités de son côté. Il avait filé à Miami quand les Arméniens avaient décidé qu'ils voulaient sa tête. J'avais découvert pourquoi quelques mois après l'assassinat de mon père.

Oui, Rowan avait encore des ennemis partout, mais vendredi soir, il s'en était fait un de trop – moi.

— Rowan ? s'étonna Brock. Pourquoi ?

Je serrai les dents en pensant à la réponse à cette question. Avais-je encore un problème contre Rowan parce qu'il avait volé de l'argent à mon père ? Bien sûr. Est-ce que le fait qu'il ait touché ma femme avait servi d'élément déclencheur pour enfin prendre ma revanche ? Oh que oui. Étais-je d'humeur à regarder des méchants payer pour leurs péchés ? En plein dans le mille.

J'étais arrivé à une impasse concernant ma liste *Kill Bill*, ne sachant toujours pas qui avait envoyé Crupti tuer mon père, et j'avais envie de jouer. M'occuper de Rowan était l'occasion rêvée de relâcher la pression.

J'ignorai la question de Brock et ordonnai :

— Trouve comment contacter sa deuxième femme.

— Qu'est-ce qui te prend, tout à coup ? Tu t'es réveillé ce matin en te rappelant que tu avais une dent contre lui ? Tu sais très bien qu'il a un cancer et qu'il est en train de dépérir. Laisse-le tranquille. Il va crever bien assez vite.

— Pas assez vite à mon goût, répliquai-je en prenant mon téléphone, appuyant furieusement sur l'écran. Je vais lui rendre une petite visite à Miami.

— Tu es sûr ? Je ne suis pas à l'aise à l'idée que tu harcèles un type en train de mourir d'un cancer.

— Je ne te rémunère pas pour que tu sois à l'aise, Brock. Je le fais pour que tu suives des ordres.

Il se leva avec un air assassin, prêt à sortir de la pièce en furie, avant de s'arrêter net.

— C'est lui qui a envoyé Crupti ?

Sa voix se cassa, et il se retourna à demi vers moi.

Brock savait que je cherchais le salaud qui avait commandité le meurtre, il m'avait même assisté dans mes recherches.

— Contente-toi de faire ce que je te demande. Au fait…

Je m'éclaircis la gorge, ignorant le flot de « Allô » qui retentissait dans mon téléphone.

— J'ai engagé ma femme au Rouge Bis. Prépare les papiers nécessaires. Elle commence la semaine prochaine. Fais en sorte que le chef et elle ne s'arrachent pas les yeux avec une spatule.

Il se retourna complètement vers moi. Il y avait quelque chose de troublant dans ses yeux gris, et j'eus envie de les retirer de leurs orbites pour découvrir de quoi il s'agissait.

— Elle va travailler ? Ici ?

Il regarda autour de lui, comme si c'était une caméra cachée.

Je hochai lentement la tête. Il savait que c'était un mariage arrangé, ou dérangé, ou appelez ça comme vous voulez. Il savait aussi pourquoi Sparrow était si importante pour mon père.

Je haussai les épaules dans mon costume Armani, l'air peu intéressé par le sujet.

— Elle me tannait. On s'en tape. Si elle veut se casser le cul à bosser au lieu de vivre comme un pacha, tant pis pour elle.

— Hum, fit Brock en scrutant mon visage. Il y a donc beaucoup de tension entre vous ?

— Ça ne te regarde pas, mais non. Tout va bien.

— Et Pierre ? Il lui a donné du fil à retordre ?

— Qui ça ?

Je ne pris pas la peine de faire mine de me souvenir de ce prénom, puis je me rappelai que j'avais toujours mon agent de voyages en ligne. Je fis pivoter le fauteuil pour tourner le dos à Brock et agitai la main pour le congédier, comme une vulgaire strip-teaseuse en train de me lorgner pour que je lui donne un pourboire.

— Oui, je voudrais deux billets en première classe pour Miami…

9

Sparrow

Le soleil brillait le lundi matin quand j'arrivai à Quincy Market, mais cette météo plus clémente n'améliora pas mon humeur pour autant.

Je ne savais pas ce qui m'avait poussée à faire *ce que j'avais fait* à Brennan le vendredi soir.

C'était une erreur de jugement de ma part, mais qui pouvait me le reprocher ? Il était le seul mec qui avait essayé de me toucher depuis des lustres, et avouons-le, il était tellement bouillant que la température augmentait dans l'appartement dès qu'il passait le seuil. Certes, il était cruel – un sauvage en costume sur mesure –, mais, en même temps, jamais il ne me ferait de mal.

Pas physiquement, du moins.

Mon radar, affûté par un quartier difficile, avait toujours su détecter le danger. Avec Troy, je me sentais en sécurité.

Quoi qu'il en soit, la palpitation entre mes jambes me rappelait constamment que mon mari était un enfoiré. Qui faisait un truc pareil ? Était-ce seulement permis ? Il devrait être illégal dans une société occidentale moderne d'empêcher une femme de jouir après l'avoir emmenée jusqu'à un point où tout fourmillait de douleur, de plaisir et de désir.

Cette étrange impression m'accompagna tout le week-end. Ce goût d'inachevé me donnait envie de plus, et la sensation lancinante entre mes jambes m'encourageait à supplier Troy, comme il l'avait demandé. Heureusement, je m'étais rappelé qu'il devait encore répondre à beaucoup de questions avant qu'on soit en bons termes.

Il avait raison sur un point, cependant. Quoi que je pense de sa personne, j'avais envie de lui comme une droguée.

Troy Brennan était le diable incarné mais, parfois, même les gentilles filles voulaient un peu de vice dans leurs vies.

Il avait passé le week-end cloîtré dans son bureau mais, ce matin, j'espérais pouvoir retenter de lui préparer le petit déjeuner. C'était stupide, je sais, mais feindre un attachement émotionnel rendait nos actions moins sales. Plus réelles. Mais quand je me réveillai après une autre nuit à me tourner et à me retourner dans le lit, il était déjà parti travailler.

Quoi que ça veuille dire dans son univers.

J'étais presque contente d'avoir revu mes plans avec Lucy et Daisy, mes amies d'enfance (et mes seules amies, grosso modo), et accepté de les retrouver pour un café en fin de matinée. C'était mieux que passer une autre journée dans cet appartement vide. Enfin, presque vide – Connor était toujours là.

Lucy et Daisy m'attendaient sur notre banc, déjà en train de partager des donuts et du café. Lucy, jolie ronde aux cheveux blonds bouclés et aux taches de rousseur, entourait la boîte de beignets de ses bras dans un geste protecteur, comme si c'était un nouveau-né. Daisy, elle, tenait nos tasses en polystyrène.

Daisy travaillait dans un club de strip-tease jusqu'à il n'y a pas si longtemps. Les hommes adoraient ses cheveux noir corbeau, ses jambes galbées et sa poitrine généreuse. Elle me rappelait un peu Catalina. *En moins garce, bien sûr.*

Lucy et Daisy s'entendaient comme les Stark et les Lannister, c'est-à-dire qu'elles se sautaient à la gorge chaque fois que j'avais le dos tourné, mais elles restaient courtoises entre elles pour mon bien. Nous avions chacune notre propre raison d'être seules et ensemble. Nous étions toutes des parias mais, au moins, nous pouvions compter les unes sur les autres.

Dès que mes amies me repérèrent, elles se levèrent pour me prendre dans leurs bras. Daisy plaça une tasse de chocolat chaud dans ma main – j'étais toujours la seule à ne pas boire de café.

Lucy cala la boîte de donuts sous son bras et écarta quelques mèches rousses de mon front pour me dévisager.

— Tu vas bien ?

Mes joues se mirent à chauffer, et je cachai le bas de mon visage derrière la tasse de chocolat. J'avais retiré ma bague de fiançailles et mon alliance quelques minutes avant de sortir de la voiture de Connor, mais j'avais encore l'impression de la sentir à mon doigt. Rongée par la culpabilité, je m'efforçai de garder mon calme.

Comme je ne répondais pas, Lucy et Daisy échangèrent un regard et froncèrent les sourcils à l'unisson.

— Tu habites où en ce moment ? demanda Lucy en plaquant la boîte de donuts contre ma poitrine, me mettant au défi de mentir.

Dites donc, elle ne perdait pas de temps. Pas même un « Salut, qu'est-ce que tu racontes de beau ? ».

— À la maison, dis-je avec autant de conviction que possible. Chez Pa.

Je ne savais pas où j'allais. Je n'avais rien prévu, à part nier avec véhémence ou bien fondre en larmes et tout avouer, ou peut-être gagner du temps en faisant de l'hyperventilation.

Daisy plissa les yeux avec une moue désapprobatrice.

— On dirait que tu n'y es jamais ces derniers temps.

J'avançai entre les passants, touristes et locaux, me faufilant devant les stands. Je n'avais besoin de rien, si ce n'était de temps. C'était tout ce qu'il me fallait pour savoir comment annoncer la nouvelle à mes amies.

— Punaise, la confiance règne ! Vous croyez que je vous cache quelque chose ? dis-je en faisant la grimace.

— Je *sais* que tu nous caches quelque chose. Et je me disais que tu pourrais commencer par nous expliquer pourquoi ce golgoth te suit, dit Lucy en penchant la tête sur le côté et en pointant son pouce derrière elle. Ne me dis pas que tu ne l'as pas remarqué, parce que tu n'arrêtais pas de le regarder avant de nous voir assises sur le banc.

Je maudis Connor intérieurement. Il me suivait vingt-quatre heures sur vingt-quatre et était aussi discret que Paul Revere[1] annonçant l'arrivée des Anglais. Mais je ne pouvais pas justifier sa présence, parce que je ne pouvais pas expliquer mon mariage à Troy, parce que je ne le comprenais pas moi-même. Mes amies savaient que mon père n'était pas près d'être nommé père de l'année mais, même moi, je trouvais difficile de leur dire que je le soupçonnais de m'avoir vendue au fils d'un mafieux décédé.

— Je n'ai pas envie d'en parler.

— Sans déconner, fit Daisy en jetant les bras en l'air.

Un groupe d'enfants en sortie scolaire portant des T-shirts assortis nous passèrent entre les jambes, et je profitai de cette distraction pour jeter un coup d'œil derrière moi. Connor était bel et bien là, me suivant à la trace.

Lucy, qui était la voix de la raison de notre groupe, pivota pour lui lancer un regard menaçant.

1. Patriote de la révolution américaine.

— Un pas de plus, mon pote, et j'appelle les flics.

Mais Connor avança avec obstination à travers la foule dans la même direction que nous, le regard vide. Mes mensonges m'étouffaient un peu plus à chacun de ses pas, les murs se refermant sur moi. La boîte dans laquelle Troy m'avait rangée devenait ridiculement petite, même pour un miniformat comme moi.

— C'est un garde du corps ? Tu as des ennuis ? demanda Daisy en haletant comme nous pressions le pas pour suivre Lucy, qui avait accéléré. Et surtout… il est célibataire ?

Je secouai la tête en poussant un soupir las. Je n'étais pas d'humeur à plaisanter.

Lucy était passée à la marche rapide pour s'éloigner de Connor aussi vite que possible.

Je m'arrêtai et regardai mes Keds. Il était inutile de cacher ce qu'elles avaient déjà plus ou moins deviné. Cela avait été bête d'essayer de leur cacher.

Je les mis en garde.

— Ne paniquez pas.

— L'enfoiré.

Lucy ratatina la boîte de donuts et la lança sur mon garde du corps. J'espérai qu'elle ne ferait pas un truc stupide comme essayer de lui jeter un donut glaçage chocolat au visage. Elle en serait capable. Si j'étais le feu, elle était un volcan en activité.

— Ce n'est pas la faute de Pa.

— D'accord, concéda Lucy. On ne juge pas. Dis-nous.

— J'ai épousé Troy Brennan la semaine dernière. Il… il a demandé ma main à mon père, et Pa a accepté. Probablement parce qu'il n'avait pas trop le choix. Vous savez qu'on dit que Troy est un genre de tueur à gages. Et riche, par-dessus le marché. Et Pa travaille pour lui, alors…

Je me tus.

Lucy et Daisy me regardèrent avec des yeux ronds. Nous restâmes toutes trois plantées au milieu de la foule, bousculées de tous côtés par les passants.

— Désolée de ne pas vous l'avoir dit plus tôt. Ce n'est pas vraiment une info qu'on a envie de crier sur tous les toits. Et je ne voulais pas vous impliquer dans tout ce bazar.

Je pensais que Lucy allait tomber dans les pommes, mais Daisy, elle, se reprit vite.

— Mais on a grandi avec Troy. Il ne t'a jamais regardée de cette manière. Il n'a jamais essayé de tremper son biscuit.

Je fronçai les sourcils, agacée, comme toujours, de la façon qu'avait mon amie d'enfance de parler du sexe opposé. Enfin, de sexe tout court.

— Tu peux apprécier quelqu'un sans coucher avec, tu sais. Ce n'est pas comme s'il avait couché avec tout Boston.

Daisy s'éventa le visage.

— Arrête. Avec le nombre de chattes que l'*engin* de ton mari a visité, je suis surpris qu'il n'ait pas sa propre émission sur National Geographic. Il est tellement… mûr et vieux, et tout ça. Ton mari, je veux dire, pas son engin. (Elle s'humecta les lèvres, songeuse.) Attends. Birdie, ça veut dire que tu es riche !

Je me frottai le visage et vérifiai que Connor était suffisamment loin pour ne pas l'avoir entendue. Daisy était un électron trop libre pour offrir du réconfort. Elle acceptait tout sans sourciller, même quand les circonstances exigeaient qu'on prenne les choses au sérieux. Je me tournai vers ma meilleure amie.

— Lucy, dis quelque chose.

Elle détourna le regard et prit appui contre un stand, manquant de faire tomber un étal de sable décoratif. Un éclat de tristesse brillait dans ses yeux, et aux muscles tendus de son cou, je devinai qu'elle avait une boule aussi grosse que la mienne dans la gorge.

Je jetai mon chocolat chaud à la poubelle et lui pris la main. J'avais désespérément besoin de sentir son contact. C'était idiot, mais maintenant que je leur avais dit, je me sentais coupable de ne pas les avoir invitées à mon mariage.

— Birdie, ma chérie, il est… Tu sais qu'on raconte qu'il a tué un homme ?

— Oui, je sais, mais ce ne sont que des rumeurs du quartier.

— Ce n'est peut-être pas ce que tu voudrais entendre, mais tu devrais avoir peur. Tu devrais même être terrifiée.

— On pourrait le croire, dis-je avec un petit sourire timide. Mais il ne me fera pas de mal. J'ai appris à le connaître un peu. Il n'est pas comme ça.

— D'accord, il ne va pas te faire de mal, dit Daisy, mais le reste n'a aucun sens. Comment l'inaccessible bourreau des cœurs a-t-il pu devenir ce type qui force une fille qu'il ne connaît même pas à l'épouser ?

Je me posais la même question, en boucle.

— Sans vouloir t'offenser, Birdie, Troy Brennan est l'un des mecs les plus canons de Boston, poursuivit Daisy. On dit que c'est une bête au lit, et qu'il s'en tire mieux que bien financièrement. Pourquoi t'aurait-il choisie, toi ? Il pourrait avoir qui il veut.

— Merci bien.

Il n'y avait que les amis pour dire la vérité.

— Je pense quand même que tu devrais rester sur tes gardes, soutint Lucy.

J'avais la tête dix fois plus lourde qu'à mon arrivée. C'était déjà assez difficile de gérer ce que Troy provoquait dans mon esprit, ce qu'il éveillait dans mon corps. Et maintenant, le voile était levé sur l'histoire de Paddy. J'avais tellement d'incendies à éteindre que j'avais l'impression que ma vie entière partait en fumée.

— Franchement, il n'est pas si mauvais, dis-je en accélérant le pas pour distancer Connor – je ne voulais pas qu'il entende cette conversation. Et il est propriétaire du Rouge Bis. Je commence à travailler là-bas lundi prochain. Je suis sûre que tout ira bien.

Tout n'allait pas bien.

— Il ne te fait pas confiance ? C'est pour ça que tu as un garde du corps ? s'enquit Lucy en regardant Connor par-dessus son épaule.

Je secouai la tête.

— J'ai le droit de faire ce que je veux. Je crois qu'il est là pour me protéger de tous les *gentils* amis que Troy s'est faits au fil des années, dis-je avec un sourire triste.

— Pour te protéger ? C'est plutôt canon, en vrai, dit Daisy d'un air songeur. Il est comment au pieu, au fait ?

Parfois, je me demandais si elle savait que la vie n'était pas juste une vaste blague de cul.

— Daisy ! lança Lucy en lui donnant un coup à l'épaule. Birdie ne va pas coucher avec lui juste parce que son minable de père l'a vendue.

Je sentis de nouveau la chaleur sur ma peau, et j'enfouis le bas de mon visage dans le col de ma veste. J'avais apprécié notre rendez-vous de l'autre soir plus que je ne voulais l'admettre.

Lucy se tourna vers moi avec une grimace consternée.

— Dieu du ciel. Ne me dis pas que…

— Bien sûr que je n'ai pas couché avec lui, dis-je, lui coupant la parole.

— Ce ne serait pas le pire truc au monde, intervint Daisy. J'ai des amies qui sont passées dans son lit. On dit que le Réparateur peut te bricoler plusieurs orgasmes et qu'il aime des trucs assez coquins.

Elle s'arrêta pour examiner une bouteille de parfum avec intérêt en faisant bruyamment claquer son chewing-gum.

Elle ne semblait pas se rendre compte que Lucy et moi voulions nous débarrasser de Connor. Lucy lui arracha le flacon des mains et l'attrapa par le bras pour continuer d'avancer.

— Punaise, y a pas le feu au lac ! se plaignit Daisy en rejetant ses cheveux brillants en arrière.

— Alors, il t'a fait signer un contrat de mariage ou quoi ? demanda Lucy, l'esprit pratique.

Je fis grincer ma mâchoire. Je n'y avais jamais pensé.

— Non, dis-je, aussi surprise par ma réponse que Lucy.

— Vraiment ? demanda Daisy, l'air intriguée.

Lucy nous regarda tour à tour et baissa la voix en voyant que Connor n'était pas loin.

— Je crois bien qu'il est blindé. Il paraît qu'il vit à Back Bay.

— En effet, assurai-je, et il conduit une Maserati.

Daisy hocha la tête.

— Je parie que son père lui a laissé plein de fonds et une tonne de biens immobiliers avant d'être tué et abandonné dans les bois. Je sais pas, Birdie. S'il ne t'a pas fait signer de contrat de mariage, ça peut vouloir dire qu'il compte te garder.

J'ouvris la bouche, sur le point de répondre, quand je sentis une main puissante m'attraper le coude et me tirer hors de la foule.

Lucy se raidit et pivota vers moi, si vivement qu'elle percuta une femme avec une poussette. Un sac à langer tomba à ses pieds, déversant son contenu.

Je me tournai vers la personne à qui appartenait la main. *Connor.* C'était la première fois qu'il me touchait. Son visage était impassible, et il avait un téléphone vissé à l'oreille. Il hochait la tête et n'arrêtait pas de répéter mon nom. *Merde.* J'avais parlé de Troy, et j'allais le payer. Je savais que ma grande bouche me mettrait dans le pétrin dès que Troy m'avait annoncé notre mariage.

Quelle débile, Sparrow. Pourquoi n'as-tu pas tout simplement accepté ton destin ?

— C'est quoi, votre problème ? lui demandai-je, prenant conscience que c'était l'une des premières fois que je lui adressais la parole.

J'étais inquiète, en colère, et je n'avais pas la moindre envie d'impliquer Daisy et Lucy après avoir dit que Troy n'était « pas si mauvais ». Connor travaillait pour Troy, et il m'avait attrapée comme une ado chopée en train de sortir de sa chambre en douce.

— J'appelle les secours ? interrogea Lucy.

Daisy avait la bouche en O.

— Non, c'est bon. Il faut juste que j'y aille. Je vous écris plus tard !

Je laissai Connor m'emmener, saluant mes amies de la main avec un sourire forcé ; mais, dès qu'on fut hors de vue, je tentai de dégager mon bras.

Connor grogna mais tint bon, me tirant avec force et détermination à travers les clients et touristes. Les gens nous regardaient, et j'étais affreusement mal à l'aise. Je ne pouvais pas le laisser me traîner comme une poupée de chiffon sans qu'il m'explique où nous allions.

— Lâchez-moi, sifflai-je en essayant de me libérer.

Connor regarda droit devant lui et continua d'avancer. Comme si j'étais un meuble qu'il devait apporter d'un point A à un point B.

— Oui, patron, aboya-t-il dans son téléphone en accélérant le pas, elle sera là avant le décollage.

— Lâchez-moi. Je ne plaisante pas.

Comment ça, *décollage* ?

Que me réservait Troy ? Je n'avais aucune envie de le savoir. J'en avais assez d'être gentille avec son petit personnel.

Je tirai mon bras assez fort pour prendre Connor par surprise et je fuis dans la direction opposée. Puisque courir était ma passion et que Connor était aussi large que haut, le distancer dans la foule fut plus facile que je l'avais espéré. J'étais presque arrivée à la rue que je visais quand je tournai la tête pour voir s'il était derrière moi.

Je vis son visage rose et furieux alors qu'il essayait de me rattraper. J'accélérai le pas, me demandant ce que Lucy et Daisy allaient s'imaginer après cette petite scène. Elles devaient penser que j'allais me faire tuer. Et elles n'avaient peut-être pas tort.

Je coupai par une petite rue où le trottoir s'étrécissait et percutai quelqu'un de plein fouet. L'impact me projeta en arrière, mais une main chaude me rattrapa juste avant que je tombe au sol.

Brock.

Je me libérai de son emprise.

— Il vous a envoyé aussi ? lançai-je, furax, sentant ma température corporelle augmenter.

Bordel, Troy Brennan.

— Quoi ? fit Brock, l'air décontenancé. Sparrow, je suis en train de faire des courses avec mon fils. Le jardin d'enfants n'est que sur la demi-journée, et j'ai décidé de prendre mon après-midi. Personne ne m'a envoyé. Tout va bien ?

Je jetai un coup d'œil par-dessus mon épaule. Connor se rapprochait, agitant le poing en l'air comme s'il voulait me réduire en bouillie. Sam était là aussi, agrippant la main de son père et me regardant comme si j'étais complètement folle.

Je baissai les yeux vers lui avec un sourire que je voulais rassurant.

— Oh ! bonjour.

— Bonjour.

Il se cacha timidement contre la jambe de son père.

— Bon, je dois filer.

J'étais pressée de reprendre ma fuite. Mon cœur se mit à battre à tout rompre quand Brock posa sa main sur mon épaule.

— Ne fuyez pas, dit-il. Connor est un idiot, mais il ne vous fera aucun mal, même s'il a l'air d'en avoir très envie. Je sais pourquoi il vous poursuit, et je vous promets que vous ne courez aucun danger. Vous me faites confiance ?

Sa main était toujours sur mon épaule. Je clignai des yeux. Lui faisais-je confiance ? Je ne savais rien de cet homme, à part qu'il était une réincarnation d'Adonis.

— Euh, non, répondis-je honnêtement.

Il s'esclaffa. C'était un de ces rires qu'on sent danser au creux de son ventre, même quand on ne riait pas soi-même. Mes muscles se détendirent, et je retrouvai mon calme.

— Exactement, dit Brock en regardant son fils. Il ne faut jamais faire confiance aux étrangers, Sam.

Il tapota la tête brune de son fils, puis il me tira subitement contre lui.

Je me figeai, mais ce n'était pas une étreinte intime.

— Écoutez, me murmura-t-il à l'oreille. Vous entamez un nouveau chapitre de votre vie. Je vous promets de tout faire pour que vous vous sentiez comme chez vous au Rouge Bis. Repartez avec Connor. Allez retrouver Troy, mais ne vous impliquez pas trop avec lui. Faites profil bas, jouez votre rôle, et je vous jure que ça en vaudra la peine. Marché conclu ?

Je sentis les larmes que je retenais menacer de couler, mais je relevai le menton.

— Vous recommencez. Vous êtes gentil avec moi. Alors que vous êtes *son* ami.

— Non, Sparrow, je ne suis pas son ami.

Sa voix était encore plus basse, presque inaudible.

— Je suis son employé. C'est tout.

Quand il me libéra, Connor était déjà trop près pour que je m'enfuie à nouveau.

L'expression de Brock changea, son visage devenant imperturbable, et il me poussa légèrement en direction de Connor.

— Je crois que t'as perdu quelque chose. Tiens.

Je tombai droit dans les bras de Connor.

Rouge, perplexe, et remonté comme un coucou, mon garde du corps détailla Brock de la tête aux pieds.

— Elle s'est enfuie, cracha-t-il.

— Cela arrive, quand les gens ont des jambes.

Le ton de Brock était sec. Dur. *Différent*. Comme celui de Troy.

— Que ça ne se reproduise pas.

Il tourna les talons et partit, tenant la petite main de Sam dans la sienne, sans m'accorder un seul regard. Je sus alors que Brock jouait un rôle devant son patron et ses employés.

Je devais faire pareil, si je voulais survivre à Troy Brennan.

— Espèce de stupide banshee[1], grogna Connor.

Il haletait comme s'il venait de faire le Tour de France.

Cette fois-ci, il m'attrapa par le bras plus durement. Il avait été surpris à me perdre, et sa fureur semblait être devenue incontrôlable. Il me secoua hargneusement juste pour le plaisir, me traînant avec lui pour aller Dieu sait où.

Je fus presque soulagée de repérer la voiture dans laquelle nous étions venus. *Presque*. Je baissai la tête pour éviter une contusion quand il me jeta sur le siège passager comme si j'étais un vulgaire sac en toile.

Quand je finis de me redresser, il s'était installé derrière le volant et démarrait la voiture.

— Ça va pas la tête ? demandai-je.

Pour toute réponse, il fit rugir le moteur pour m'agacer.

— Où m'emmenez-vous ?

1. Créature surnaturelle issue de la mythologie celtique irlandaise.

— À l'appartement, répondit-il. Vous devez faire vos valises. Vous partez pour Miami.

Ma gorge se serra.

— Miami ? Pourquoi ? Quand ? Combien de temps ?

Connor regarda droit devant lui. Il avait l'air d'en avoir ras le bol et agrippait le volant comme s'il aurait aimé que ce soit mon cou.

— Demandez à votre mari, dit-il, les dents serrées.

C'est ce que je fis. J'envoyai d'abord un petit SMS à Daisy et Lucy pour leur dire qu'il y avait une urgence au Rouge Bis et qu'on avait besoin de moi. J'espérais que cela les rassurerait, pour l'instant. Puis je voulus appeler Troy.

Je me rendis compte que je n'avais même pas le numéro de mon époux. Jusqu'à présent, je n'y avais pas vraiment pensé. L'idée d'essayer de le contacter était si absurde qu'il ne m'était pas venu à l'esprit que je pourrais avoir besoin de lui demander quelque chose à un moment donné. Je regardai par la vitre, puis me tournai vers Connor, puis de nouveau vers l'extérieur. Allais-je vraiment demander le téléphone de mon mari à son homme de main ?

Mais j'avais trop de questions. Pourquoi Miami ? Pourquoi maintenant ? M'y envoyait-il seule ou venait-il avec moi ? *L'avion !* J'allais prendre l'avion ! Combien de temps durait le vol ? Combien de temps allions-nous rester ? Était-ce notre lune de miel ?

Cette possibilité me glaça le sang.

Peu importait que Brock m'ait dit que je ne courais aucun risque. Il pouvait m'arriver des tas de choses, des choses abominables.

Non, je n'irais *pas* à Miami. La voiture s'arrêta à un feu rouge, et j'ouvris ma portière, déterminée, prête à m'enfuir, mais Connor m'attrapa le bras, ses doigts s'enfonçant dans ma peau. Je sentis l'air quitter mes poumons alors que j'essayais de contenir la douleur incandescente.

Il me faisait mal. Intentionnellement.

— Lâchez-moi ! criai-je.

— Vous venez avec moi, dit-il en se penchant pour fermer ma portière avant de se redresser pour redémarrer.

Sans réfléchir, je lui jetai mon portable dessus. Il se le prit en pleine face, et l'appareil tomba sur ses genoux. Son nez se mit à saigner. Il essuya le sang sur son menton sans rien dire, mais il me lança un regard en coin, un regard noir trahissant ses envies de meurtre. Des envies qu'il aurait mis à exécution, sans son patron.

Mon cœur commença à palpiter, quand mon téléphone bipa : j'avais reçu un message.

— Donnez-le-moi, dis-je en montrant le portable entre ses jambes. Je vous jure, Connor, vous avez intérêt à me le donner tout de suite.

Il continua à slalomer entre les voitures. C'était une menace en l'air, et il le savait. Je n'avais pas d'arme pour l'attaquer, et aucun moyen de m'échapper. Il avait verrouillé les portières et mis la sécurité enfant.

Mais, à ma grande surprise, il me rendit mon téléphone.

Quand je lus le message de Lucy, mon estomac se serra si fort que j'eus peur de vomir.

Lucy : Dis-moi que je n'ai pas besoin d'appeler la police après ce qu'il vient de se passer.

Les doigts tremblants, je répondis :

Je gère. Les joies d'être mariée à un gangster, tu sais. À plus tard. Bisous.

J'ignorais si c'était courageux ou stupide, mais je me rendis compte que c'était vrai : j'allais gérer Troy et Connor moi-même.

Et je retrouverai ma liberté, mon bonheur, dans cette cage dorée.

10

Troy

Je devais aller à Miami au plus vite, et j'avais décidé d'emmener Sparrow. Paddy était mourant, et on disait qu'il ne passerait pas l'été. Sa dette devait être payée, et la vengeance allait être servie, froide et punitive.

Il semblait normal que Sparrow soit là, même si elle ignorait tout de mes plans. Et puis, je ne lui faisais pas assez confiance pour la laisser seule à Boston.

J'étais en train de faire ma valise quand Cat se pointa à la porte de ma chambre, s'appuyant contre le chambranle, ne portant rien d'autre qu'un sourire lascif et sa robe noire sexy, aussi serrée qu'un préservatif trop petit. Ses yeux posés sur moi me firent l'effet d'une *lap dance* qui ne valait pas son gros pourboire.

— Salut, bébé, dit-elle d'une voix rauque.

Elle lécha ses lèvres d'un rouge pétant. Je ne levai pas les yeux de la valise ouverte sur le lit que j'étais en train de remplir.

— Maman m'a dit que ta femme était de sortie, et Brock est allé chercher Sam à l'école pour l'emmener faire du shopping. Alors je me suis dit que je passerais te faire coucou.

Brock était parti faire du *shopping* ? Je lui avais donné une mission à accomplir.

— Que veux-tu ? fis-je sèchement.

— Toi.

Elle entra dans la chambre, et l'écho de ses talons sur le sol en marbre me fit frémir – d'agacement. Cette garce n'avait aucun droit d'être ici. Elle vint se poster dans mon dos et passa ses bras autour de moi, ses mains parcourant mon torse, son front posé entre mes omoplates. Son parfum fleuri m'emplit les narines, flottant dans l'air comme une blague de mauvais goût.

— Où vas-tu, Troy ? Et pour combien de temps ?

Sans répondre, je me penchai pour fermer la valise. Red devait arriver d'une minute à l'autre. J'avais appelé Connor pour lui dire de la ramener sur-le-champ. Cela m'horripilait que Maria laisse rentrer sa fille dans l'appartement juste parce qu'elle pouvait, d'autant qu'elle était incapable de lui dire non. Je notai mentalement de passer un savon à ma femme de ménage.

— Tu dois venir me voir vendredi. Nous avons un accord, insista Catalina.

Je me retournai pour lui faire face, boutonnant ma chemise blanche.

— Brock a l'air sacrément remonté contre toi. Tu fais encore des tiennes ?

Elle fit la moue, comme une gamine, mais ne répondit pas.

— Ça, dis-je en nous montrant tous les deux, c'est juste pour le cul. Ne l'oublie pas. Investis plus de temps dans ta famille.

Son menton se mit à trembler, mais au lieu de pleurer, elle afficha un sourire faussement timide.

— Mais tu *es* ma famille, bébé.

Elle tendit la main pour me prendre les couilles, et je haussai un sourcil, attrapant son poignet pour le tordre dans son dos. Je ne voulais pas lui faire mal, mais qu'elle comprenne le message.

Je passai mes lèvres au ras des siennes et lui grognai au visage :

— Dis à ta mère que la prochaine fois qu'elle te laisse entrer chez moi sans ma permission, vous ressortirez d'ici toutes les deux avec la marque de mon pied au cul. Compris ?

Cat pressa son décolleté contre moi et se mit à onduler contre mon torse, sans vergogne. Quelle catastrophe ambulante, putain. Pas une once de self-control.

— Depuis quand t'en as quelque chose à foutre de Brock ? De ma famille ?

Elle passa ses dents le long de ma mâchoire, séductrice, sa langue descendant dans mon cou.

— Allez, bébé. J'imagine mal Fifi Brindacier t'occuper dans ce grand lit. Regarde comme il est bien fait. Je doute même qu'elle ne le partage avec toi.

Je l'attrapai par les cheveux pour la retourner, face contre le mur, et je me frottai contre son cul pulpeux.

— Tu ferais mieux de la fermer, lui sifflai-je à l'oreille. Ta bouche n'a jamais été bonne qu'à sucer des bites et, même à ça, t'es plus si bonne.

Catalina rejeta la tête en arrière contre mon torse et se mit à rire comme une hystérique.

— Tu ne l'as même pas encore baisée, hein ? Oh ! j'aurais tellement aimé voir son expression quand elle a déballé le cadeau que j'ai acheté pour elle. (Elle pressa ses fesses contre mon érection.) Je le porterai pour toi, bébé. Je mettrai le cuir et les jarretelles que tu voudras.

— Tu es folle.

Mon impatience et ma colère laissaient un goût aigre sur ma langue.

— Tu as replongé ?

— Je suis aussi sobre qu'un chameau. Je suis juste venue te rappeler que tu es toujours à moi.

Cat passa sa main dans son dos pour attraper mon sexe à travers mon pantalon.

Elle avait tout faux. Je ne lui appartenais pas. Je ne lui avais jamais appartenu. Je ne lui appartiendrai jamais.

Jamais plus.

Mais elle avait raison sur un point. Je ne couchais pas avec ma propre femme. La femme que j'avais accueillie sous mon toit, qui dormait dans mon lit, à qui j'avais donné un travail et acheté des billets pour Miami.

Et ça me les brisait menu.

— Oublie-la, ronronna-t-elle. Elle ne sera jamais tienne.

— Sale garce.

Je remontai le bas de sa robe et déchirai sa culotte d'un mouvement sec, laissant une marque rouge sur sa peau. Ses fesses étaient rondes et d'un brun doré, parfaites, contrairement au petit cul blanc de Sparrow. Mais, pour une raison tordue, je fermai les yeux et ouvris ma fermeture Éclair, faisant comme si c'était ma femme.

Je pris Cat par-derrière, mes bourses claquant contre son cul, comme si je la fessais pour la débarrasser de tout son venin. Bientôt, elle se mit à gémir le plus fort possible, sans doute pour s'assurer que Sparrow l'entendrait si elle rentrait. Je froissai sa culotte dans mon poing et la lui fourrai dans la bouche pour étouffer ses cris.

— *Tr-ror-roy…*

Elle cracha le sous-vêtement, ne faisant qu'accroître ma colère.

— *Troy…*

Coup de reins.

— La ferme, ordonnai-je.

Sa voix me rappelait que ce n'était pas ma femme que j'étais en train de me faire. Bon sang, à chacun de ses gémissements, ma queue ramollissait un peu plus. Elle n'était pas celle que j'avais envie de baiser, et c'était étrangement décevant.

— Oh mon Dieu. Je t'aime, bébé, je t'aime.

Coup de reins.

— Ferme. La. Putain.

Je sentis ses jambes trembler alors que je la pilonnais plus fort. Catalina était prise entre moi et le mur, contre lequel elle se tapait la tête, de frustration et de plaisir ; ce fut le signe qu'il était temps pour moi de me retirer. Je bandais encore à moitié et je pensais encore à Red, pour une raison qui m'échappait.

Je ne jouis pas, et je savais que c'était inutile d'essayer. Elle n'était pas Sparrow. Elle ne bougeait pas de la même manière, n'avait pas le même goût, n'éveillait pas les mêmes choses en moi.

Cat eut à peine le temps de se retourner vers moi avant que je remonte ma fermeture Éclair. Je lui jetai la robe tachée qu'elle avait prêtée à Red.

— Dégage d'ici et ne reviens plus jamais, ordonnai-je. C'est fini.

Je lui disais tout le temps que c'était fini. Toutes les semaines. Pourtant, d'une manière ou d'une autre, on finissait immanquablement dans son lit. Mais c'était toujours chez elle. Elle n'avait pas le droit de pénétrer mon royaume, ni physiquement ni – et surtout pas – mentalement. C'était une transgression. Et une autre excuse pour en finir définitivement avec elle.

Elle attrapa la robe au vol et l'examina, choquée. Elle frotta le tissu et grogna.

— Cette petite sorcière a ruiné ma robe.

Je tirai ma valise du lit et la posai au sol en réprimant un rire sarcastique. Je sortis mon portefeuille de ma poche arrière pour en prendre une liasse de billets, que je jetai vers elle.

— C'était ton idée d'envoyer une de tes robes à ma femme. Tu as déjà entendu parler des pressings ? C'est l'heure d'y aller.

— Le pressing ? Tu ne vois pas qu'elle est foutue ? fit-elle en agitant la robe dans les airs. J'arrive pas à croire cette pouffiasse !

Je la dépassai et, une fois devant la porte ouverte, je lui fis signe de sortir. Catalina poussa un lourd soupir et partit en trombe, l'air boudeur. Elle descendit l'escalier incurvé en tapant des pieds, faisant exprès d'enfoncer ses talons dans le bois. Arrivée en bas, elle se retourna pour me regarder, mais je m'arrêtai avant la dernière marche, la dépassant de quelques centimètres.

— T'es qu'un connard, fit-elle en plantant son ongle manucuré sur ma poitrine.

— Et ce connard en a terminé avec toi.

— Tu ne vois pas qu'elle ne veut pas de toi ? Je sais très bien pourquoi tu as été obligé d'épouser la petite Sparrow, alors ne fais pas semblant de partager une vraie relation avec elle. C'est une *fille*, je suis une *femme*. En tant que femme, je vois ce que tu refuses d'enregistrer dans ton petit cerveau prétentieux. Elle ne te baisera pas comme moi, elle ne la fermera pas et ne sera pas là pour toi comme moi. Arrête de parier sur le mauvais cheval.

Une certaine tristesse pointait dans sa voix. Une fois son laïus terminé, elle tourna les talons et sortit de l'appartement.

J'attendis d'entendre la porte claquer derrière elle avec fracas avant de planter mon poing dans le mur le plus proche. *Bon débarras.*

J'allai droit au bar, y trouvai une bouteille de whisky et un verre, et je me servis à boire. Maria sortit d'une des chambres d'amis et me fusilla du regard. Elle en savait plus que je ne l'aurais voulu sur ma relation avec sa fille. Mais personne ne la forçait à travailler pour moi.

Naturellement, elle voulait que Cat reste avec Brock et rafistole leur couple. Brock, ce putain de prodige tellement adorable. Mais la vérité, c'était que Cat aimait le danger plus qu'elle n'aimait la bite. J'avais beau la repousser elle revenait toujours vers moi en rampant. En toute honnêteté, je ne faisais jamais trop d'efforts. Mais après son petit numéro et sa venue ici à l'improviste, je savais qu'il faudrait que je la remette à sa place une bonne fois pour toutes en rentrant de Miami.

— Si vous laissez votre fille entrer ici sans ma permission une fois de plus, vous êtes virée.

Je pris une gorgée de whisky, les yeux rivés sur le panorama de la ville à travers les baies vitrées.

Maria marmonna quelques mots en espagnol et se dirigea vers la cuisine. Des bris de verre retentirent. Il y avait toujours des « accidents » domestiques quand elle était en colère contre moi parce que je me tapais Catalina. Je n'y prêtais aucune attention.

Quelques minutes plus tard, la porte s'ouvrit, et Connor et Red entrèrent en trombe. Connor avait un hématome tout frais à la joue, le nez en sang, et un regard assassin. Red semblait elle aussi agitée, une vraie boule de nerfs, et elle essayait de se défaire de l'emprise de Connor, qui la tenait par le coude. Mes yeux se posèrent directement sur le bras de Sparrow, pris entre les gros doigts de son garde du corps. Il la lâcha aussitôt. L'air à la fois perdue et furieuse, elle se précipita dans un coin du salon.

Oh ! bordel.

— Qu'est-ce qui t'es arrivé, putain ?

Je finis mon verre en une gorgée et le pointai sur Connor. Il se tourna vers ma femme, comme si la réponse dépendait d'elle. Je la regardai.

Elle rougit de plus belle et ne me lança pas le regard désapprobateur qu'elle m'adressait toujours quand je buvais à des heures indues. Il s'était passé quelque chose entre eux deux, et je sentis un sentiment de malaise s'installer au creux de mon ventre.

— Rien, dit Connor d'une voix tendue.

— Je lui ai jeté mon téléphone au visage, dit-elle sur un ton nullement désolé en pointant son portable sur lui.

Je redressai les épaules et fourrai la main dans ma poche, sachant que je devrais l'y laisser si je ne voulais pas ajouter plus de couleur au visage déjà contusionné de Connor.

— Tu veux bien développer ?

Maria revint dans le salon à ce moment-là, l'air sacrément intéressée par tout ce foin. Je crois que ça lui plaisait, que j'aie des choses à régler dans ma vie personnelle. D'autant qu'elle me tenait responsable de l'état déplorable dans lequel était sa propre fille. Mettre Maria à la porte était tentant, mais Sparrow semblait avoir un attachement grotesque pour la bonne, que je tolérais donc, faisant de mon mieux pour l'ignorer.

— Il m'a attrapée par le coude devant mes amies, et j'ai une marque maintenant.

Sparrow tendit le bras pour montrer une épaisse auréole vert-violet sur sa peau blanche comme neige.

Je serrai les dents.

Elle le laissa retomber et me fusilla du regard.

— Je sais que tu crois que tu me commandes, que je t'appartiens, que tu peux me détruire. Mais je n'ai pas peur. Je ne me laisserais pas malmener, par toi ou par tes employés. Et je ne laisserais personne me toucher sans ma permission.

Elle cracha ces mots comme de la lave en fusion. Ses yeux, incandescents de rage, me brûlaient partout où ils se posaient.

Je fis un pas vers elle, tranquille, bien que l'envie de fracasser le crâne de Connor contre le carrelage me démange. Je passai le revers de mes doigts sur sa peau tuméfiée.

Elle s'écarta brusquement et siffla tel un serpent.

— Toi y compris, Troy.

Allons donc. Ça ne la dérangeait pas de chevaucher mon visage comme une cow-girl, mais elle refusait de me laisser la toucher devant Connor et Maria. Je commençais à me reconnaître en elle.

— Monte préparer ton sac, ordonnai-je, faisant comme si ce n'était pas vexant qu'elle me rejette devant mes employés.

Maria sourit, contente d'en avoir pour son argent, et elle tourna les talons pour retourner à la cuisine.

— Je ne vais nulle part. Pas avant que tu m'aies dit pourquoi, quand, où et comment, exigea Sparrow. Oh ! et pour ton information, je n'ai même pas ton numéro de téléphone. Ni le permis, donc bonne chance pour me faire prendre cet avion. J'imagine que ce n'est pas aussi facile que tu penses, de me mener à la baguette. Tu aurais dû y réfléchir avant…

Elle divaguait, et j'eus envie de presser mon index contre ses lèvres pour la faire taire. Mais je savais qu'il ne valait mieux pas essayer de la toucher une nouvelle fois. Je me contentai donc de lever la main pour interrompre son flot de paroles.

— C'est la dernière fois que je te le demande gentiment. Monte préparer tes affaires. Compris ?

Elle se tut et haussa les sourcils, outrée, puis elle me fit un doigt d'honneur et tourna les talons pour aller à l'étage. Ce ne fut que lorsque je l'entendis faire claquer les tiroirs dans la chambre, sans doute pour me faire passer un message, que je pris conscience que j'avais eu peur qu'elle ne m'obéisse pas. Red était combative. C'était le genre de femme qui menait la révolution, pas celle que l'on garde au chaud dans un appartement de luxe avec un mari adultère.

Je lui coupai les ailes, et je le savais.

Je fusillai Connor du regard et sentis mon œil palpiter, comme chaque fois que j'avais envie d'arracher le cœur de quelqu'un de sa poitrine. Jusqu'à l'arrivée de Sparrow, il avait été mon M. Muscles à temps partiel. Je lui donnais des instructions claires et je le payais pour agir, pas pour réfléchir.

Peu de temps avant le mariage, je l'avais engagé à temps plein pour garder un œil sur mon épouse. En toute honnêteté, Connor n'était pas là pour la protéger – personne ne s'en prendrait à elle. Je ne faisais pas partie de la mafia et, même si j'en faisais partie, personne ne touchait aux femmes ni aux enfants en cas de représailles. Je lui avais collé Connor aux basques pour m'assurer qu'elle n'allait pas s'enfuir et foutre en l'air tout ce que j'avais construit. Pour savoir où elle se trouvait en permanence. Elle était en sécurité sans lui, mais je ne voulais pas qu'elle le sache.

Je voulais qu'elle ait peur.

Ce que je n'avais pas pris en compte, c'est que, comme la plupart des M. Muscles, Connor n'avait que peu de cervelle malgré son impressionnante carrure. Et en essayant de protéger notre faux mariage, je l'avais associée à un idiot qui l'avait blessée.

— Patron…

Connor tendit une paume moite et tremblante vers moi. Son visage était pareil à du papier froissé, ses yeux luisants implorant mon pardon.

Je n'en avais pas en réserve. Connor leva les deux mains en signe de reddition, marchant à reculons tandis que j'avançais vers lui, jusqu'à ce qu'il se retrouve dos au mur. Sa tête cogna le béton lisse dans un bruit sourd.

Il avait trop peur pour le remarquer.

— Vous vouliez qu'elle vienne aussi vite que possible, et elle essayait de gagner du temps. Puis elle a tenté de s'enfuir. Je n'avais pas d'autre option.

— Quand on cherche les ennuis, Connor… il faut s'attendre à ce qu'ils te reviennent en pleine poire.

Ma voix était grave, calme, menaçante.

M'avançant tout près, j'enroulai mes doigts autour de son cou et lui clouai la tête contre le mur. Je serrai sa gorge un instant et vis ses yeux sortir de leurs orbites, gorgés de peur et de souffrance. Je voulais marquer sa peau comme il avait marqué le bras de Sparrow avec ses doigts sales.

— Approche-toi encore de ma femme, et je montrerai au monde entier quel salopard enragé je peux devenir quand on touche à ce qui m'appartient.

— Patron, gargouilla-t-il, le sang affluant à son visage et y traçant de petites veines rouges, le front perlé de sueur. S'il vous plaît, jamais plus je ne poserai la main sur elle, quoi qu'il arrive. Je ne pensais pas…

— C'est bien vrai, ça.

Je serrai plus fort, ne relâchant la pression que lorsque ses joues eurent doublé de volume et viré au bleu. Je le laissai tomber au sol, où il atterrit dans un bruit sourd. Il se protégea le visage et le corps avec ses bras pour parer le coup suivant. Je baissai les yeux vers lui, dégoûté. Il n'était qu'un ver de terre que j'étais tenté d'écraser.

Il rampa pour s'éloigner de moi, traversant la pièce sans oser me jeter un regard.

— Je m'excuserai, geignit-il.

— Non, crachai-je. Ne l'approche plus jamais.

Je le laissai récupérer le peu d'amour-propre qui lui restait au sol et allai à l'étage, où je trouvai Sparrow assise au bord du lit, en train de regarder par la fenêtre. Elle ne leva pas les yeux quand j'entrai, les gardant rivés sur ce qu'elle observait à l'extérieur. Le ciel ? Les buildings ? Un oiseau ? Qui savait ?

Elle avait le visage froissé par la concentration, et l'idée que Catalina puisse avoir raison à son sujet me frappa de plein fouet. Sparrow *était* une gamine. En tout cas, elle en avait tout l'air en ce moment même. Elle semblait si jeune par rapport à moi, et je lui avais bouffé la chatte sans sourciller. Pourtant, j'appréciais son corps menu, et je savais que je recommencerais dès que j'en aurais l'occasion. Je la dévorerais, la baiserais, la lécherais, des pieds à la tête, et la prendrais dans toutes les positions jusqu'à ce qu'elle ait mal partout.

Elle n'avait aucune expérience, mais j'avais envie de toutes les tenter avec elle.

— C'est l'été le plus bizarre que j'aie connu, songea-t-elle à voix haute. Le soleil aujourd'hui est un mensonge. Il brille, mais il fait froid. Il y a du soleil, répéta-t-elle, mais c'est un mensonge.

— Ce sont les mensonges qui font tourner le monde, petite Red.

Je fis un pas vers elle. Elle était si douce. Si étrange, aussi.

— C'est quoi cette odeur bizarre ? demanda-t-elle en plissant le front.

Évidemment, la pièce empestait le sexe, mais elle ne pouvait pas le savoir. J'avais bien fait de la préserver des autres hommes. Je n'avais pas le temps de courir après tous les connards qui voulaient la toucher pour leur arracher la tête.

— Jamais plus il ne s'approchera de toi.

J'évitai sa question et m'assis sur le lit à côté d'elle. Tant de gens avaient touché Sparrow sans sa permission. Connor. Paddy.

Même moi, j'avais joué avec elle le soir de notre mariage. Certes, elle en avait envie, mais je l'avais poussée inutilement, parce qu'elle n'était pas vraiment prête pour moi, d'où sa tentative de me faire croire qu'elle avait ses règles.

Le matelas se creusa sous mon poids, et je remarquai que ma femme était si petite que ses pieds se balançaient au-dessus du sol. Les mains calées sous ses cuisses, elle ne me regarda pas, gardant les yeux fixés droit devant elle.

— Écoute, Red. Je n'accepte pas qu'on te touche contre ton gré. Que ce soit Connor, moi, ou qui que ce soit d'autre.

— Vire-le, ordonna-t-elle simplement.

Dans d'autres circonstances, j'aurais éclaté de rire ou lui aurais fait peur mais là, alors que mon infidélité flottait encore dans l'air, j'en fus incapable. Même moi, je devais poser des limites.

— J'ai besoin que tu sois protégée, avançai-je.

— Je suis une grande fille et, aux dernières nouvelles, c'est lui qui a le visage tuméfié et qui a fait une crise d'asthme après notre confrontation.

— D'accord, dis-je, non sans difficulté.

Mes lèvres se tordirent – en un sourire ou une grimace, je n'aurais pas su le dire.

— C'est comme si c'était fait.

Je sortis mon téléphone de ma poche et pianotai sur l'écran avec mon pouce avant de le porter à mon oreille.

— Je t'appelle pour que tu aies mon numéro. Heureuse ?

— Jamais, avec toi.

Son visage resta neutre, exempt de sentiments, quand son portable sonna dans son sac à main.

Je détestais cette expression. C'était celle qu'elle m'avait adressée avant que je l'engage au restaurant. Avant que je lui fasse un cunni. Avant que je pense qu'elle avait craqué.

Tu es coriace, Red.

— Alors, c'est quoi cette odeur ? répéta-t-elle. Et où est la robe que Maria m'a prêtée ?

— Je m'en suis occupé pour toi. Tu me remercieras plus tard.

Ses yeux à demi clos m'indiquèrent qu'elle ne s'attendait à aucune faveur de ma part.

— Tu as fait tes bagages, ou tu veux encore mettre ma patience à l'épreuve ? demandai-je, essayant de retrouver un peu de mon mordant.

— Je te l'ai déjà dit, je n'ai pas le permis de conduire. Ni de passeport. Ni même de carte de bibliothèque. Rien. Je ne peux pas passer la sécurité à l'aéroport.

Je me levai et écartai le nu qui dissimulait mon coffre-fort. Je pressai mon pouce contre le lecteur biométrique et récupérai son passeport tout neuf. Je le lui jetai, et elle l'ouvrit, le feuilletant avec des yeux écarquillés. Il y avait une photo d'elle, récente, et il paraissait réglo. Elle eut l'air encore plus triste, si c'était seulement possible.

— J'aurais pu t'avoir un permis aussi, mais j'ai peur que tu ne prennes le volant, avec ton tempérament.

— Vraiment ? renifla-t-elle en regardant le coffre ouvert derrière moi. Tu as aussi mon état civil là-dedans ?

— On peut même acheter Dieu, au juste prix.

Je fermai le coffre d'un coup sec et le verrouillai, espérant que tout le cash que je stockais là ne l'effrayait pas.

Il fallait être prêt à prendre la fuite à tout moment.

Elle se mit à faire les cent pas comme un animal en cage.

— Ce n'est pas normal. Tu ne peux pas me procurer un passeport sans ma permission. Je ne suis pas une enfant.

— Écoute, pas besoin d'en faire tout un foin. C'est un putain de voyage de noces, d'accord ? On passe quelques jours à Miami, on fait un peu de shopping, on s'envoie quelques sandwichs cubains et des tartes au citron vert, on se prend des petits coups de soleil et on rentre à Boston en un rien de temps. Maintenant, fais tes bagages.

Elle s'immobilisa, les pieds plantés dans le sol tandis qu'elle agitait son poing serré vers moi.

— Tu comptes me traîner dans un avion sans m'avoir prévenue comme un chihuahua que tu peux fourrer dans un sac à main, et tu t'attends à ce que je fasse mes bagages ? Et si j'avais des trucs prévus cette semaine ?

— Repousse.

Je commençais à perdre patience. L'affaire Paddy Rowan était bien plus importante que ses moments copines.

— Et si j'en ai pas envie ?

Elle croisa les bras et se déhancha, provocatrice.

— Bon sang.

Je fermai les yeux, faisant de mon mieux pour contrôler l'arrivée imminente d'un autre tressautement oculaire.

C'était donc ça, le mariage ? Je commençais sérieusement à envisager de renoncer à tous les capitaux que mon père m'avait laissés. Toute autre femme aurait sûrement bondi de joie que je l'emmène en lune de miel, la loge dans une suite luxueuse et lui mette une carte de crédit entre les mains. Mais Sparrow ? Elle se comportait comme si j'allais la kidnapper pour la livrer à des terroristes. Franchement, je ne serais pas surpris si eux aussi avaient du mal à contenir la rage de cette nana.

Red alla jusqu'au coin où Cat et moi avions baisé, et mon ventre se serra. Elle regarda l'endroit exact où Cat s'était cogné la tête. Il y avait une trace de maquillage sous ma peinture de Yoskay Yamamoto. Mon pouls s'emballa. Qu'est-ce que ça pouvait me faire ? Ce mariage n'était rien pour moi. Ça ne devrait me faire ni chaud ni froid qu'elle le découvre.

Elle cligna lentement des yeux puis se retourna vers moi pour me demander, d'un ton serein :

— Était-ce vraiment nécessaire ?

Elle sait.

Je haussai une épaule.

Red fut prise d'un rire amer, puis elle ferma les yeux et prit une profonde inspiration, comme si elle rassemblait ses forces pour dire ce qu'elle avait à dire. En dépit de tout, elle ne péta pas les plombs. Je fus fier d'elle, étrangement. Quand elle s'était tenue devant moi et avait répété ses vœux, j'avais imaginé que la fille que j'avais épousée se briserait en un rien de temps. Je ne me doutais pas que Sparrow était comme moi vis-à-vis des autres. La plupart du temps ? Elle. S'en. Foutait.

Je changeai d'avis. Cat avait tort. Sparrow n'était pas une gamine – c'était une femme qui refusait de fermer les yeux sur les infidélités de son époux. Elle était plus femme que ma mère et Cat combinées.

— Si tu peux te payer une Maserati et un appartement aussi grand qu'une petite île, tu peux aussi te payer une chambre d'hôtel en ville. Ça, dit-elle en montrant le mur – *pouvait-elle détecter le parfum doux et écœurant de Cat ?* –, c'est la dernière fois que ça arrive sous le toit sous lequel je vis. Bordel, je ne réalise pas que j'ai fricoté avec toi. Je me sens tellement sale.

Il n'y avait aucune colère dans sa voix. J'avais tellement l'habitude d'être poursuivi par des tarées qui me suppliaient de leur donner ce que Sparrow avait négligemment rejeté que sa réaction me déçut presque.

Mais je me contentai de me pencher vers elle, détendu.

— Si j'essayais de te prendre là tout de suite sur le sol, tu te laisserais faire. Tu peux fuir. T'enfuir à l'autre bout du pays, mais tu ne peux pas échapper à tes pensées. Et Sparrow, petit oiseau… (Je lui adressai un sourire confiant.) J'occupe toutes tes pensées, et tu le sais. Maintenant, fais tes bagages.

Elle dressa le menton, alla dans le dressing, et disparut entre les grandes étagères en chêne foncé.

— Tu as besoin d'une valise ?

— Je vais en trouver une toute seule, répliqua-t-elle depuis les tréfonds du dressing. Je te retrouve en bas.

Après un instant d'hésitation, je tournai les talons et redescendis au salon. Je n'étais pas un gentleman, et si elle voulait se trimballer une grosse valise, je n'allais pas discuter.

Ce ne fut qu'une fois dans la cuisine, en voyant Connor la tête sous le robinet, haletant, à pleurer comme un bébé, que je me rendis compte que je venais de me faire botter les fesses par une vierge de vingt-deux ans.

Elle m'avait envoyé au coin.

J'observai le grand costaud devant moi, furieux qu'il soit plus mauviette que ma femme maigrichonne d'un mètre cinquante.

— Connor, tu es viré. Prends tes affaires et casse-toi. Je t'enverrai ton dernier chèque à mon retour de Miami.

Il me regarda, bouche bée, de grosses gouttes d'eau dégoulinant de ses cheveux. Ses yeux implorants tombèrent vers le sol, puis il les redressa lentement, l'air abattu.

— Et votre femme ? Qui va veiller sur elle ?

— Elle n'a pas besoin qu'on veille sur elle, grognai-je, puis j'ouvris la porte pour lui signifier de dégager. Il n'y a qu'à regarder dans quel état elle est et dans quel état elle t'a mis.

11

Sparrow

Il m'avait trompée dans notre chambre.

Dans ma chambre.

Il avait dépassé les bornes. Bordel, il les avait dépassées les yeux fermés et en avait outrepassé des dizaines d'autres dont j'ignorais l'existence. Certes, nous n'étions pas un vrai couple, mais cela n'avait rien à voir avec l'amour. C'était une question de respect.

Manifestement, Troy n'en avait aucun pour moi.

Après un trajet en taxi silencieux, que je passai à regarder par la fenêtre en agitant ma mâchoire d'un côté et de l'autre pendant qu'il passait des coups de fil cryptiques, nous arrivâmes à l'aéroport. On s'enregistra, puis on pressa le pas pour rejoindre notre terminal, comme deux étrangers partageant la même destination mais suivant des chemins très différents. On attendit le vol sans un mot, tous les deux absorbés par nos téléphones.

Quand je m'installai à ma place, je me rendis compte que j'avais peur de l'avion. Peur de tout, en réalité. J'avais peur de quitter Boston pour la première fois de ma vie, peur de le faire avec Troy, et peur de la possibilité que Brock ne m'ait menti. Peur qu'aller à Miami ne me mette en danger, en fin de compte.

J'avais dit à mon époux que je n'avais pas peur de lui, mais c'était un mensonge. J'étais terrifiée. Je savais qu'il ne me ferait jamais de mal, physiquement. J'en étais persuadée. Mais je craignais qu'il ne me brise mentalement. Je ne doutais pas une seule seconde qu'il en était capable.

Naturellement, me tourner vers Troy pour trouver du réconfort était comme se tourner vers une prostituée pour recevoir des conseils sur l'abstinence. Je m'enfonçai dans mon siège de première classe, à me ronger les ongles et à espérer que l'avion ne s'écraserait pas. Ou peut-être n'était-ce pas une si mauvaise idée, après tout. Toute une vie avec Troy semblait être un fardeau que seuls les criminels de guerre devraient endurer.

— Avant que je le vire, Connor a dit que tu avais essayé de t'enfuir. Tu crois pouvoir m'échapper ?

Je ne lui donnai pas la satisfaction de me tourner vers lui. Je l'observai du coin de l'œil en agrippant l'accoudoir de toutes mes forces. Il avait les yeux rivés sur son iPad, mais il affichait son masque de tueur froid, mâchoire crispée. Je haussai les épaules, faisant semblant de regarder par le hublot. Je voulais qu'il tente de deviner ce que je ferais ensuite. Être celle qui le laissait dans l'ignorance, pour une fois.

— Ce ne serait pas une bonne idée de me contrarier, Sparrow.

Il releva la tête, sa voix menaçante caressant ma joue. Chacun de ses mots résonna entre mes cuisses.

Je grimaçai. Ce n'était pas le moment d'être excitée.

J'humectai mes lèvres sèches alors que l'avion avançait sur le tarmac, ses roues avalant le sol à une vitesse folle. Bordel, ça allait vite.

Sa main passa entre nous, planant au-dessus de ma cuisse sans la toucher.

Je m'écartai.

— Je suis bonne coureuse.

— Et je suis bon chasseur, murmura-t-il.

Miami me transforma en un amas transpirant de boucles auburn, mais la ville me coupa le souffle. Comme un premier rendez-vous avec son amoureux du lycée, un premier baiser sous les gradins du stade de football, et ce tout premier cupcake de la pâtisserie hors de prix au bout de la rue.

Boston était une jungle de béton remplie de buildings en briques rouges ou gris cradingues, alors que Miami était colorée et vive. Boston était pluvieuse, Miami, ensoleillée. Boston était en costard, Miami en bikini.

J'avais l'impression d'avoir mis les pieds dans un univers parallèle, où tout et tout le monde était plus vivant, plus dynamique. Enfin, à part l'homme qui m'avait emmenée ici. Il était le même. Efficacité froide et rage à peine contenue. Troy mâchonnait un cure-dents, comme toujours. Les cure-dents étaient comme ses tétines, il les semait partout où il allait, comme une empreinte.

Notre taxi s'arrêta devant un hôtel balnéaire auquel on accédait par une allée bordée de grands palmiers. Chaque chambre semblait dotée de larges balcons en verre, et chaque patio avait son propre petit jardin d'herbe et sa piscine. Le chauffeur sortit du taxi et courut jusqu'au coffre pour prendre nos deux valises. Je descendis de voiture dans l'air humide et m'éventai avec la main en regardant ce nouveau monde qui m'entourait.

Brennan resta dans la voiture, faisant rouler le cure-dents contre sa langue, ses lunettes aviateur noires dissimulant ces yeux qui me transperçaient chaque fois qu'il me regardait. Les valises étaient entre nous sur le trottoir, comme des videurs s'assurant que nous n'allions pas nous sauter dessus pour nous entretuer.

— Tes jambes sont trop précieuses pour marcher maintenant ? Tu as besoin d'un fauteuil roulant pour aller jusqu'à la chambre ? me moquai-je, mauvaise. Oh ! je sais, je peux peut-être te porter sur mon dos.

— Hilarant.

Il cracha le cure-dents sur le trottoir et se radossa à son siège.

— Je reviens dans quelques heures.

— Tu me laisses ici toute seule ?

Ma voix n'était pas sereine.

Il regarda autour de nous comme s'il n'était pas certain que c'était à lui que je m'adressais.

— Tu ne veux pas que je te touche. Tu ne veux pas discuter avec moi et tu as ma carte de crédit. C'est ta lune de miel. Enregistre-toi. Va t'amuser. Je compte faire pareil de mon côté.

Quoi ? Après tout ce qu'il avait fait, après m'avoir mise de force dans un avion pour cette soi-disant lune de miel, il allait me larguer dans un hôtel et m'abandonner comme un vulgaire chat de gouttière ?

Je lui adressai un sourire sournois.

— Ouille, tu vas me vexer. Tu veux dire que tu ne t'amuses pas avec moi ?

— Je veux dire que si je ne peux ni te manger, ni te baiser, ni te tuer, ça ne m'intéresse pas, répondit-il sèchement.

Il me cherchait, tirant parti du fait que tout le monde le craignait. Et avouons-le, il savait ce que j'avais honte d'admettre : son aura de danger m'attirait. Les gens étaient comme des oignons, faits de plusieurs couches. Plus vous creusiez, plus les couches étaient sensibles. Avec Troy, j'avais trouvé une couche en moi qui voulait avoir peur. Qui aimait l'adrénaline et le frisson d'être avec un animal.

Je me mordis l'intérieur des lèvres et sentis le goût métallique du sang dans ma bouche. Infidèle, criminel, et peut-être même meurtrier, mon époux n'était pas vraiment un bon parti.

Malheureusement, je le voulais quand même à mes côtés.

— Très bien. Prends-toi un bon repas. Trouve-toi une prostituée. Baise-la. Tue-la. Fais-toi bien plaisir. Mais ne t'attends pas à ce que je reste là à poireauter.

Il rit et ferma la portière du taxi dans un bruit sourd fort déplaisant. Ce n'était pas un rire mauvais. Il semblait avoir réellement apprécié notre échange. Puis il baissa la vitre.

— On dîne à 21 heures. Sois prête et bien habillée, eut-il l'audace d'ajouter.

Je croisai les bras.

— C'est une requête ou un ordre ?

— Ça dépend de ta réponse.

Il baissa ses lunettes, la tempête grondant derrière ses yeux d'un bleu glacial menaçant de me faire perdre la tête.

Je fis un pas en arrière et regardai mon mari taper du plat de la main sur l'appuie-tête du chauffeur. La colère grondait sous ma peau, et je me mordis la lèvre.

Ne craque pas, Sparrow. C'est ce qu'il cherche.

— Tu joues sur les mots, dit-il en secouant la tête, l'air amusé. Vous adorez ça, vous les femmes. On s'en va.

Le taxi se réinséra dans la circulation, me laissant avec nos valises et ma mauvaise humeur. Mais cette fois-ci, je n'allais pas me contenter d'encaisser. J'allais faire mieux que ça.

Digne de Brennan, je tournai les talons, sortis mon sac à main et fourrai quelques billets dans la main du porteur le plus proche. Je n'avais pas beaucoup d'argent, mais je lui donnai tout ce que j'avais.

— Mettez les valises en lieu sûr jusqu'à mon retour et appelez-moi un taxi. Tout de suite, je vous prie.

Une minute plus tard, j'étais assise à l'arrière d'une berline jaune pétant et un vieil homme cubain me demandait où j'allais.

— Où ils vont, dis-je en montrant le taxi de Troy.

L'autre voiture jaune était encore coincée dans les bouchons. Nous n'aurions aucun mal à les suivre – ils ne le remarqueraient même pas.

Oh ! oui. Si Troy comptait me traiter comme un accessoire, je voulais tout savoir. Ce que nous faisions là, ce qu'il mijotait et, surtout, pourquoi diable j'étais sa femme.

12

Troy

J'allais m'amuser avec ce qui restait de Paddy Rowan.

Je détestais cet homme passionnément, et s'il y avait une chose que je savais, c'est que la passion ne faiblit jamais. La passion ne décevait jamais.

À l'époque où les Irlandais régnaient sur le quartier de Southie, Paddy avait détourné pas mal d'argent qui aurait dû revenir à mon père. Des sommes versées en échange de leur protection, principalement. Paddy était en charge de la comptabilité, comme Brock. Et comme Brock, il n'était pas fiable.

Je n'appris la vérité qu'après la mort de mon père. Rowan avait déjà quitté la ville depuis plusieurs mois. Bien sûr, les Arméniens aussi en avaient après lui. C'est pourquoi j'avais laissé Paddy tranquille quand j'avais entrepris de venger la mort de mon père et traqué tous ceux qui lui avaient fait du tort au fil du temps. Le vol de Rowan appartenait au passé, et il avait une bonne raison de faire profil bas après sa fuite. Il figurait donc plutôt sur le bas de ma liste.

Puis Red m'avait raconté ce que Rowan lui avait fait. Cela avait réveillé toute la haine que je vouais à cet homme et l'avait fait remonter au sommet de ma liste. Peut-être n'était-il pas responsable de la mort de mon père, mais il avait volé notre argent.

Et il avait touché une fille.

Il avait touché ma femme.

Bien sûr, tuer Rowan ne rimait à rien. Il était déjà à moitié mort, et je n'étais pas assez bête pour faire preuve de tant d'impatience. Néanmoins, j'avais hâte d'arriver à Miami, notamment après la nouvelle que Jensen – un détective privé à mon service – m'avait envoyée avant le décollage. Red pouvait s'attendre à un sacré cadeau de mariage.

Je voulais aussi l'avoir près de moi pour être sûr que ma queue ne faisait rien de stupide, comme finir dans d'autres chattes. Même si je ne me faisais pas d'illusions sur ma femme stalactite, l'emmener avec moi garantissait que je ne retomberais pas dans mes vieux travers. Preuve en était que me taper Cat aujourd'hui avait été aussi amusant que déclarer mes impôts.

Je commençais à être trop vieux pour ces conneries et, franchement, la seule femme que j'avais un tant soit peu envie de baiser me détestait et se trouvait être mon épouse.

Paddy Rowan habitait Little Havana, un quartier cubain, où personne ne le connaissait, et tout le monde se fichait de savoir qui il était, ce qui était certainement la raison pour laquelle il l'avait choisi. Faire profil bas était facile dans un endroit où personne ne s'intéressait à vous. À Little Havana, Rowan était juste un autre vieux croulant sans passé ni avenir.

Il vivait dans la partie la plus sympa du quartier, même s'il était retombé en gamme par rapport à sa demeure chic de Boston. C'était une maison jaune de style hispanique, avec des arches et tout le tintouin. Le stuc était propre, le jardin avait l'air très bien entretenu, et une jeune femme latino-américaine balayait la cour close située à l'avant en fredonnant. Elle portait l'uniforme d'une société de ménage et leva les yeux vers moi en entendant mes pas. Son sourire faiblit, et elle cessa de chantonner et de balayer. Un souffle d'air chaud balaya son visage et une mèche de cheveux noirs dansa sur son front.

L'innocence de son expression me rappela Red. Enfin bon, à peu près tout dans ce putain de monde me rappelait ma femme, ces jours-ci. *Concentre-toi, ducon.* D'abord la vengeance, après le sexe.

— Je peux vous aider ? demanda-t-elle, sur ses gardes.

Elle tressaillit quand je m'approchai nonchalamment de la porte sans lui répondre. Je n'avais pas le temps de papoter.

— Monsieur ! protesta-t-elle dans mon dos, appuyant son balai contre une arche avant de m'emboîter le pas.

La porte d'entrée étant verrouillée, je l'enfonçai d'un coup de pied. La plupart des gens ne savaient pas qu'enfoncer une porte était un jeu d'enfant pour quiconque pesait plus de soixante-dix kilos. Pas une seule goutte de sueur. La porte pendant à ses gonds, j'entrai dans la maison sans m'arrêter pour admirer les œuvres d'art espagnoles aux murs ou la jolie décoration d'intérieur choisie par Paddy pour sa retraite. Il avait toujours aimé les jolies choses.

Dommage que l'une de ces choses m'appartienne.

— Où est Paddy ? grognai-je à l'intention de la femme de ménage.

C'était une maison sur deux étages, grande, traditionnelle, avec un bon nombre de portes. Je n'allais pas jouer à cache-cache avec cet enfoiré.

— Qui êtes-vous ? J'appelle la police, dit-elle, mais elle n'avait pas de téléphone portable et ne se précipita pas sur celui posé sur une table dans le hall.

Je lui adressai un sourire impatient.

— Ne soyez pas stupide. Dites-moi où il est, et tirez-vous d'ici.

Je plongeai la main dans ma poche et sortis une liasse de mon portefeuille.

Elle eut un mouvement de recul et regarda les billets de 100 dollars flotter comme des plumes jusqu'au sol. Puis elle redressa la tête vers moi et leva les yeux vers l'étage, penchant la tête vers l'aile de droite. Elle ne cilla pas, mais tremblait comme une feuille.

— Il est là-haut ? demandai-je.

Elle se mit à battre des cils en faisant la moue, la bouche en cul de poule. Ce n'était pas facile pour elle de le trahir mais, connaissant Rowan, il ne devait pas être tendre avec sa bonne. Tout le monde savait qu'il en faisait baver aux femmes, surtout à celles qui étaient sans défense. La mafia irlandaise avait toujours capitalisé sur le cul (en particulier les strip-clubs, qui offraient des attentions particulières à leurs clients, trop rentables pour faire une croix dessus), mais tous les hommes ne tenaient pas à laisser leur empreinte sur les filles. Paddy, lui, les aimait jeunes et en souffrance. Avec une préférence pour cette dernière option, s'il avait le choix.

La femme hocha la tête sans un mot.

— Vous le trahissez à cause de l'argent ou parce qu'il vous a tripotée ?

Je rangeai mon portefeuille dans ma poche de poitrine, attendant la réponse avec intérêt. La jeune femme déglutit et fixa le sol, nouant ses doigts entre eux, avant de répondre :

— Les deux.

Un bref silence se fit entre nous.

— Partez, et si on vous interroge, il vous a donné la demi-journée parce que vous aviez mal au ventre. Vous ne m'avez jamais vu. Compris ?

Elle acquiesça.

— Qui suis-je ? demandai-je.

— Personne. Je ne vous ai jamais vu.

— C'est bien. Maintenant, partez.

Quand j'entrai dans la pénombre de la chambre, la puanteur faillit me faire tomber à la renverse. Jusque-là, la maison semblait jolie et bien tenue, mais l'odeur pesante et étouffante de la maladie me frappa de plein fouet à peine entré dans sa chambre.

Il y avait un lit *king size*, et au beau milieu, allongé sous une dizaine de couettes et noyé dans des oreillers cotonneux, se trouvait l'homme que je détestais. Ou, du moins, ce qu'il en restait.

Il semblait frêle, maigre, à l'opposé de l'homme robuste qu'il avait été. Autrefois, il était trapu, chauve, petit, laid et en bonne santé. À présent, des veines bleues sinuaient sur ses mains comme de dangereux serpents, et sa peau était couverte de taches jaune et marron. Il dépérissait. Une feuille d'automne qui jurait dans le vert de Miami.

Paddy portait un genre de masque à oxygène branché à une bouteille vert et argent posée à côté du lit. Les rideaux étaient tirés.

Ça sentait la mort. La mort en train de faire son œuvre, la mort pourrissante. J'avais déjà vu la mort, mais elle était toujours rapide, fraîche. Il y avait l'odeur métallique du sang, celle, aigre, de la peur, et le parfum doux du métal chaud et de la poudre à canon. Ce n'était pas un mélange désagréable, mais du genre à rester dans le nez et la gorge pendant des jours entiers. Mais c'était le côté photogénique de la mort. Rowan, lui, était de l'autre côté.

C'était un cadavre qui respirait encore, en décomposition, comme la mauvaise graine qu'il était – et ça schlinguait. Nous savions tous les deux qu'il valait mieux que les hommes comme lui meurent en exercice, une mort rapide et violente, et en apothéose, plutôt que dans l'enfer du couloir de la mort, relié à une putain de bouteille d'oxygène, devenant l'ombre de celui qu'on avait été.

J'entrai dans la pièce et tirai un mouchoir de ma veste. J'en avais toujours un sur moi au cas où j'avais besoin de toucher un objet sans laisser d'empreintes. Je m'en servis pour me couvrir le nez afin de respirer sans sentir la puanteur de ce corps en train de se ronger.

— Ah, l'entendis-je dire, ou plutôt tousser.

Je ne savais pas s'il était réveillé ou endormi. La seule chose qui indiquait que ce salaud était encore en vie était sa respiration laborieuse.

— Je vois que le diable vient récupérer son dû. Cette petite salope te l'a dit, alors.

Je m'approchai tranquillement de lui sans rien dire, jusqu'à ce que mes jambes entrent en contact avec le bord de son lit. Je gardai le mouchoir sur mon nez et le fixai du regard. Il gigota, mal à l'aise, mais maintint les yeux rivés sur moi.

— Je crois que des félicitations s'imposent, dit-il en tentant de rire. J'imagine que tu n'es pas là pour des conseils paternels. Selon la rumeur, tu sais ce qu'il y a à savoir concernant la petite graine.

J'observai mes mains, résistant à l'envie de gratter les croûtes sur mes doigts. J'avais envie de toucher, de *casser* quelque chose.

Évidemment que Paddy était au courant pour Sparrow et moi. À ce stade, tout le monde en parlait dans notre quartier.

— Tu devrais savoir que tes péchés te rattrapent toujours à la fin, dis-je d'une voix monotone.

Il tapota son masque à oxygène en levant ses yeux enfoncés vers le ciel.

— Souviens-t'en quand ta petite femme saura qui tu es vraiment et ce que tu as fait à sa mère, d'accord, mon gars ?

Ses mots me percutèrent de plein fouet. Comment pouvait-il le savoir ? Seules deux personnes à part moi étaient au courant pour Robyn Raynes et la promesse faite à mon père… Maintenant, elles étaient trois. Foutue Cat et sa grande gueule. Elle avait dû lui dire à l'une des fameuses soirées coke de Paddy à Boston.

Je ne pouvais pas permettre qu'il voie la surprise dans mes yeux ; je le fusillai du regard, tentant de masquer l'ouragan qui faisait rage en moi.

— Alors, c'est aujourd'hui que je vais enfin passer l'arme à gauche ?

Il voulut rire, mais cela se transforma en violente quinte de toux. On aurait dit qu'il allait cracher ses poumons. La toux devint plus superficielle et gutturale, puis s'arrêta.

— Tu ne mérites pas de partir comme un mafieux, répondis-je. Je préfère que tu pourrisses ici comme un animal écrasé que personne n'a enlevé de la route.

— J'aime ton style, mon gars. Tu me rappelles ton père.

Paddy tourna la tête pour cracher sa glaire. Un fluide noir grisâtre, hérité de ses longues années de fumeur, atterrit dans un seau posé à côté de lui sur la couette.

— Cillian a toujours été un enfoiré sacrément tordu et violent. T'as ça dans le sang, j'imagine.

— Combien de filles as-tu touchées ? demandai-je, dissimulant ma fureur derrière un sourire condescendant.

Certes, je n'étais pas le meilleur exemple dans ma façon de traiter les femmes. Je ne croyais pas à l'amour, baisais à la dure et je n'appelais jamais le lendemain, mais j'avais toujours leur consentement. Et je n'avais jamais touché à une mineure.

— Si c'est de la culpabilité que tu cherches, mon gars, tu ferais mieux de retourner d'où tu viens. T'es pas un saint non plus. Les nouvelles vont vite, et d'après ce qu'on dit, tu fais honte à ton nom. À jouer le garçon de courses pour les riches et corrompus de Boston. Au moins, on avait notre fierté. On mettait nos vies en danger pour nos familles, pour nos enfants, pour les nourrir. On n'était pas les larbins de la classe supérieure. Ça m'brise le cœur. (Il ricana.) Le fils de Cillian, toutou des nantis.

Je fis rouler mes épaules en arrière, l'air amusé. Sous le costume sur mesure et le sourire décontracté, cependant, mon sang bouillonnait, la rage coulait dans mes veines. Ça me démangeait de tuer Rowan.

— Combien de filles, ordure ? Dis-moi, combien d'enfants as-tu agressés sexuellement ?

Paddy rejeta la tête en arrière avec le peu d'énergie qui lui restait et rit aux éclats. Quand il redressa la tête, une lueur de folie dansait dans ses yeux. Il avait presque l'air d'aller bien. Du moins, il semblait avoir assez d'énergie pour me narguer.

Il passa sa langue presque blanche sur ses dents du haut puis aspira une bouffée d'air.

— Oh ! j'ai adoré la petite chatte serrée de ta femme. Elle est aussi tendue qu'à l'époque ?

Ne le tue pas, me rappelai-je.

— Ça a duré un bout de temps, tu sais. Pendant quasiment un an, avant que son père dessoûle un peu et se trouve une nana pour la garder pendant qu'il était au travail.

Il rit comme une hyène.

Je sentis mon poing se serrer autour de la crosse de mon Glock dans son étui.

Serre, desserre. Serre, desserre.

Putain, j'avais tellement envie de le descendre. En même temps, je savais que c'était exactement ce qu'il voulait. Il avait appuyé là où ça fait mal. Identifié mes faiblesses. Il voulait me faire réagir.

Il n'avait rien à perdre.

À part *elle*.

Je baissai les yeux et pris une profonde inspiration. Le calme m'envahit. J'allais rendre justice à Sparrow, à mon père, et à toutes les petites filles que Patrick avait agressées au fil des années. Je fronçai les sourcils et relevai lentement les yeux pour les planter dans les siens, imperturbable.

— Tu vas laisser pas mal de capitaux derrière toi quand tu vas clamser, n'est-ce pas, capitaine McPervers ? Tu as un peu de thunes dans tes comptes offshores. J'ai connaissance d'au moins trois comptes aux îles Caïmans et il y en a deux autres à Belize, c'est bien ça ?

Cela fit disparaître son sourire plus vide en un éclair. Une erreur de bleu qu'il n'aurait jamais commise, autrefois.

Bingo, enfoiré.

Je secouai la tête et fis un pas en avant pour qu'il voie à quel point je prenais mon pied. Paddy arracha son masque à oxygène et tendit la main vers la table de chevet, y cherchant quelque chose à tâtons sans me quitter des yeux. Ses mains trouvèrent un paquet de cigarettes mou. Il en sortit une et l'alluma. Il avait tant de mal à respirer que j'entendais presque ses poumons couiner.

— Ah, merde, lâcha-t-il.

Je hochai la tête. Merde, en effet.

— Alors je me suis demandé qui va toucher tout le fric et tous les biens immobiliers de ce casse-burnes quand il va mourir. Tu as trompé toutes tes femmes, enchaînant les divorces à un rythme impressionnant. Elles s'en tapent toutes royalement que tu sois en train de crever. Il n'y a personne pour s'occuper de toi. T'envoyer des lettres. Personne pour hériter de l'argent durement gagné que tu as volé à mon père. Alors j'ai commencé à fouiller, à me renseigner, à m'intéresser.

Je marquai une pause et lui tournai le dos.

— Personne n'en avait rien à foutre de Paddy, alors je me suis demandé si, *lui*, il tenait à quelqu'un.

Faisant les cent pas, je pliai le mouchoir et le remis dans ma poche de veste. La fumée de cigarette suffisait à masquer la puanteur de la mort. Et puis, j'étais devenu indifférent à la pestilence. Je baissai le menton pour qu'il voie l'amusement danser dans mes yeux.

— Et comme tu l'as dit, les nouvelles vont vite. L'épouse numéro deux avait pas mal de détails à partager sur tes infidélités.

Le visage de Paddy se froissa, devenant aussi ridé que la face d'un shar-pei[1]. Sa grimace trahissait sa torture intérieure ; j'étais content de ne pas avoir sorti mon Glock, en fin de compte. Tout cela était bien plus divertissant.

— Comment oses-tu ! J'étais le meilleur ami de ton père. Quand ta nana a eu besoin d'une cure de désintox, je t'ai mis en relation avec la meilleure clinique des States.

Je faillis éclater de rire. Ça aussi, ça avait tourné au désastre.

— Paddy, l'avertis-je.

— Ne la touche pas.

Sa voix tremblait, après un silence qui en disait long sur son amour pour elle.

— La toucher ?

Je laissai paresseusement les mots rouler sur ma langue, comme si je soupesais cette possibilité.

— Je ne vais pas m'arrêter là. Ce *garçon de courses* sait comment ça se passe.

Je m'approchai d'un tableau accroché au mur, bras croisés dans le dos, et l'étudiai avec un sourire amusé. Une impression de mauvaise qualité du *Cauchemar* de Henry Fuseli. Quelle ironie. La vision des plus grandes peurs d'une femme.

Le tableau était recouvert d'une vitre dans laquelle se reflétait le visage de Paddy. Il se mordit la lèvre, puis la relâcha en clignant

1. Race de chien.

des yeux pour chasser ce qui ressemblait à de vraies larmes. Prenant une autre taffe sur sa cigarette qui le fit tousser, il me fusilla du regard.

— Laisse-la en dehors de ça.

— Comme tu as laissé Sparrow en dehors de ça, tu veux dire ?

Je me frottai le menton d'un air songeur et me retournai vers lui.

— Va droit au but, enfoiré. Qu'est-ce que tu veux ?

— Je veux tout, Paddy. Absolument. Tout. Tu as volé de l'argent à mon père pendant des années, et tu as agressé la fille qui est devenue ma femme. Ma haine pour toi est bien trop grande pour que je me contente de te tuer. Alors voilà ce qui va se passer. Tu vas céder jusqu'au dernier centime de ce que tu as sur tes comptes à Sparrow, et j'épargne ta fille illégitime. Comment s'appelle-t-elle déjà ? Ah, oui. Tara. La douce Tara. Dix-neuf ans à peine, c'est ça ?

— Dix-huit.

Il eut une moue dégoûtée et écrasa furieusement sa cigarette dans un cendrier.

— Encore mieux.

Je haussai les épaules et pivotai pour lui faire face avec un sourire débonnaire.

— Tu ne peux pas faire ça, marmonna-t-il.

— Je viens de le faire.

— Et si je refuse ?

Il hésita, portant une main à son cou, comme s'il étouffait.

— Alors je te jure que je tuerai cette petite garce. Mais avant, je ferais en sorte que tous les junkies de Southie lui passent dessus. Et crois-moi, je traquerai les enfoirés les plus tordus de la ville. Je suis assez doué pour faire des recherches, comme tu le sais.

La mâchoire de Paddy se contracta ; il était terrifié. J'avais touché un point sensible.

Quand j'avais réservé le vol pour Miami, j'avais l'impression qu'il s'agirait d'une simple mise à mort sans intérêt. Mais Jensen avait fini par réussir à suivre l'argent jusqu'à la fille de Paddy. Elle vivait dans la banlieue de Boston avec sa mère, ex-strip-teaseuse. Paddy leur envoyait des économies tous les mois et, à en croire l'épouse numéro deux de Paddy, ça ne s'arrêtait pas là. Il était en contact avec Tara. Coups de téléphone, cartes pour Noël et tout le reste. Apparemment, Tara ne savait pas que son paternel était un crétin de première. C'était juste une étudiante qui voulait nouer des liens avec son père mourant. Ça avait l'air d'être une fille adorable, si on oubliait son patrimoine génétique problématique. Jamais je ne l'aurais touchée. Mais Paddy raisonnait comme un psychopathe : je savais qu'il me penserait capable de faire ce qu'il aurait fait s'il en avait encore eu l'occasion.

— Comment être sûr que tu ne lui feras pas de mal ?

Paddy pressa son front contre la tête de lit, les yeux fermés, l'air frustré. Il commençait à s'accommoder de cet accord.

Je voulais que Sparrow ait tout ce que ce connard possédait, comme il lui avait tout pris quand elle n'était qu'une petite fille. Œil pour œil.

— Je te donne ma parole, dis-je en écartant les bras avec bonhomie.

Il me jaugea du regard et cracha dans son seau avant d'attraper son masque à oxygène.

— Ta parole ne vaut rien.

— C'est bien dommage, parce que c'est tout ce que tu auras. Soit tu transfères l'argent à Sparrow, avec l'assurance que je tiendrai ma promesse de ne pas toucher à ta fille, soit tu me laisses partir, en sachant que mon offre généreuse ne tiendra plus et que je ferai des trucs horribles à ta gosse. À toi de voir, vieillard.

Son expression me dit tout ce que j'avais besoin de savoir. Il avait beau être un monstre, il aimait sa fille. Je l'avais brisé. Il avait perdu tout ce pour quoi il avait travaillé. Il allait mourir dans la pauvreté, sans rien laisser à sa propre famille. Il allait payer son dû.

— Tu es pire que ton père, Brennan.

Je souris pour confirmer et sortis mon téléphone.

— J'appelle un avocat pour qu'il prépare les papiers tout de suite. Tu peux commencer par signer cette procuration. Et t'inquiète, *mon gars*, j'ai apporté un stylo.

13

Sparrow

Depuis mon taxi au bout de la rue, je regardai Troy s'avancer vers la maison de style hispanique. Une fois qu'il fut hors de vue, je demandai à mon chauffeur de m'attendre et remontai tranquillement le trottoir, repérant la voiture de Troy, dont le moteur tournait au ralenti. Le chauffeur était concentré sur son téléphone et ne sembla pas me remarquer.

Je regardai la boîte aux lettres au bout de l'allée. À qui Troy rendait-il visite ? Peut-être Daisy avait-elle raison. Peut-être avait-il emmené sa bite en vacances et qu'il allait voir l'une de ses maîtresses.

Il n'y avait qu'un numéro sur la boîte aux lettres. Je doutais de reconnaître le nom, de toute façon, mais bon. J'étais venue jusque-là. Prenant un air décontracté, comme si j'étais dans mon bon droit, comme si ce n'était pas illégal, j'ouvris la boîte aux lettres, espérant y trouver du courrier. J'eus bien plus que je n'en avais demandé. Je lus l'adresse sur la première enveloppe, et j'eus le souffle coupé.

Elle disait « Patrick Rowan ».

Patrick Rowan. *Paddy.* L'homme qui m'avait agressée sexuellement.

Troy Brennan était chez mon agresseur. Mon époux, la seule personne au monde à qui j'avais raconté mon terrible secret.

Quelle idiote.

Je vacillai en arrière, comme si la boîte aux lettres était remplie de serpents. Mon cœur battait à tout rompre contre mes côtes. Peut-être était-il venu le tuer. Après tout, tout le monde disait qu'il avait déjà tué. Peut-être allait-il punir cet homme abject comme jamais je ne le pourrais.

Je me reconcentrai sur la maison au moment où une femme en uniforme de femme de ménage descendait l'allée en courant, le visage empourpré, l'air inquiet. L'espace d'un instant, j'eus peur qu'elle ne s'en prenne à moi, mais elle regarda à gauche, puis à droite, comme si c'était elle qui avait peur. Elle se rendit à un arrêt de bus un peu plus loin dans la rue, serrant ses bras autour d'elle dans une posture défensive en épiant les alentours de temps à autre.

Quand elle fut hors de vue, je me repris et courus me cacher derrière un buisson. Je surveillai attentivement la cour à l'avant de la maison.

Vingt minutes après son arrivée, Troy sortit de la demeure.

Il avait une pile de papiers sous le bras et l'air décontracté. Quelques secondes plus tard, un homme frêle apparut à côté de lui. Il semblait vieux et malade, rien à voir avec le Paddy Rowan de mes souvenirs ; puis je vis ses yeux et m'étranglai. C'était lui.

Ils se serrèrent la main avec un hochement de tête. Je ne voyais pas le visage de Troy, mais je l'entendis rire avant de retourner à son taxi. Il monta à l'arrière, laissant Rowan bien vivant.

J'avais vu tout ce que j'avais besoin de voir, et j'aurais aimé pouvoir oublier.

Ce salaud était ici pour affaires. Il se fichait de ce que cet homme m'avait fait.

Sentant la bile bouillonner dans ma gorge tel du poison, je vomis derrière les buissons.

Je les détestais. Tous les deux. Mais j'étais certaine d'une chose. Je n'allais pas laisser à Troy le plaisir de savoir que j'étais au courant qu'il faisait encore affaire avec mon agresseur. Surtout pas après qu'il m'avait manqué de respect en couchant avec une autre femme dans notre chambre.

Je n'avais aucun moyen de me venger, alors autant ne pas lui faire savoir que j'étais au courant de ses actes odieux.

Non. Je haïrais mon mari en secret, je ferais comme si de rien n'était – et jamais plus je ne le laisserais me toucher ou m'atteindre.

Troy Brennan était mort à mes yeux. Et pour de bon, cette fois.

14

Troy

Quand mon taxi démarra, je soupirai et laissai tomber ma tête en arrière, frottant mes yeux fermés de la paume de mes mains. C'était difficile d'accepter que je ne pouvais pas tuer la personne qui avait agressé Red, et certainement d'autres jeunes filles. Je n'étais pas un saint, mais comme tous les criminels, j'avais, moi aussi, mes propres valeurs morales. Et ces valeurs étaient strictes en matière d'agression et de harcèlement sexuel.

Ces gens-là méritaient de mourir.

Putain, je me sentais même un peu coupable d'avoir joué avec elle le soir de notre mariage. Certes, je savais qu'elle en avait envie, je l'avais vu dans ses yeux, je l'avais senti dans sa façon de se cambrer contre moi, suppliante, mais elle avait été brisée, plus jeune. Je ne voulais pas lui imposer ça.

Mon téléphone vibra dans ma poche et me fit rouvrir les yeux. J'avais un appel de George Van Horn.

— Merde, marmonnai-je avant de porter le portable à mon oreille.

Van Horn était un client. Magnat de l'immobilier devenu politicien qui voulait à tout prix devenir maire, il s'apprêtait à écraser toute sa famille pour atteindre son objectif. Il menait une campagne très agressive, et comme il avait plus de squelettes dans son placard qu'il y en avait dans un putain de cimetière, il m'avait embauché pour faire en sorte que son nom reste irréprochable.

Il y avait des merdes à gérer, et c'était moi qui les gérais. J'attendis sans un mot qu'il parle le premier. C'était une bonne habitude à prendre quand on voulait que les gens aillent droit au but.

— Brennan, aboya-t-il, j'ai besoin que vous vous occupiez d'un paquet pour moi.

— Ça devra attendre vendredi, dis-je calmement. Je ne suis pas à Boston.

— Ça ne peut pas attendre vendredi.

— Je suis en lune de miel, George.

Il eut un rire amer.

— Et laissez-moi deviner, vous n'êtes pas dans un motel dans le trou du cul du monde, et votre femme n'est pas en train de faire les boutiques d'occasion, n'est-ce pas ? Ouais. C'est parce que les gens comme moi payent les gens comme vous. Vous ne suivez pas des horaires de bureau, Brennan. Ramenez votre cul ici, et que ça saute.

Je répondis par un silence, sachant que cela le rendrait fou. Il aurait dû me remercier. Si je lui disais ce que je pensais, mes mots le vexeraient tellement qu'il serait la première personne au monde à être gravement blessée par un coup de téléphone.

— Brennan ? Brennan ! Putain de bordel de merde… (Il prit une profonde respiration.) Bon, d'accord, je comprends. C'est votre lune de miel. Mais c'est aussi une urgence. Mon colis doit être livré dans un endroit discret *asap*. Il ne peut pas rester chez moi. Cela pourrait influencer mes électeurs et ternir mon image.

Un autre silence de ma part. Pour gagner une négociation, la première règle était de parler moins. Montrer peu d'intérêt. Laisser l'autre personne faire tout le travail.

J'entendis Van Horn donner un coup puis jurer sous le coup de la douleur. *Ouaip, il faisait tout le travail.*

— Bordel. Combien ?

— Le double de ce que vous me payez d'ordinaire.

— Vous plaisantez.

— J'aimerais bien. Mais je n'ai pas le sens de l'humour.

Je cherchai un cure-dents et le fourrai dans ma bouche.

— Peu importe. D'accord. Et vous abrégerez votre lune de miel.

Ce n'était pas comme si Sparrow et moi profitions du soleil, de l'alcool et du lit *king size* proposés par notre hôtel de luxe. Je détestais Miami, de toute façon. Trop vivant à mon goût.

— Je rentre dès que possible. Je dois d'abord m'occuper d'un petit problème.

Je l'entendis s'allumer un de ses cigares rances.

— Elle en a de la chance, votre femme.

— Laissez ma femme en dehors de ça. Je ne veux pas que vous parliez d'elle, ni même que vous pensiez à elle. En ce qui vous concerne, elle n'existe pas.

— Ah, il a une faiblesse, en fin de compte.

Je faillis lâcher un rire moqueur, mais je serrai les dents, écrasant le cure-dents.

— Mon associé, Brock Greystone, vous enverra les nouveaux termes du contrat d'ici demain matin.

Clic, je coupai la ligne, et tout avis positif que je pouvais avoir sur George Van Horn.

Red n'était pas là quand je rentrai à l'hôtel. Cela ne me surprenait pas. Elle était plus indépendante que j'aimais à le croire. C'était aussi une emmerdeuse et, d'après ce que j'avais vu, elle ne s'était pas servie une seule fois de ma carte de crédit. Red était fauchée comme les blés. Je ne savais pas comment elle faisait pour se balader sans dépenser un centime, mais elle s'en sortait et ne s'en était jamais plainte.

Elle éveillait quelque chose de très étrange en moi – un sentiment que je n'étais pas prêt à gérer. Pas alors que je devais trouver la personne qui manquait sur ma liste. Ma vengeance imminente planait au-dessus de nos vies comme un étouffant nuage de fumée noire. Je sortis le papier froissé de ma poche juste pour me rappeler que j'avais un objectif dans la vie, quelque chose de plus grand. Qui n'impliquait ni argent ni cul.

1 – Billy Crupti
2 – Père McGregor
3 – L'enflure qui a engagé Billy ?

J'enlevai mes chaussures et allai dans la salle de bains, où j'ouvris le robinet et me déshabillai. La chaleur et l'humidité me tuaient. L'été était mon enfer personnel. J'étais un homme sombre et froid qui aimait la météo sombre et froide. C'est pourquoi Boston était mon royaume, mon chez-moi. Le trop froid de Boston au mois de juin m'allait parfaitement.

Mais la météo était le cadet de mes soucis après ma session chez Paddy.

Le plus important était que demain matin l'avocat de Paddy se pointerait avec un chèque pour Sparrow. Puis je déguerpirais d'ici et rentrerais gérer le problème George Van Horn. Sparrow serait contente de recevoir tout cet argent pour ce qu'elle avait subi dans son enfance, et peut-être rechignerait-elle moins à dépenser les sous de ce connard que les miens. Même si tout cela n'était pas que pour Sparrow.

C'était aussi pour mon père.

Je me douchai en vitesse et, quand je sortis, mon épouse était de retour. J'étais toujours ultrasensible à la présence des autres. Surtout quand je ne les voyais pas. Un instinct de survie hérité de mon père, certainement, même s'il lui avait fait défaut à la fin. Elle ne faisait pas beaucoup de bruit – elle était de nature discrète –, mais j'entendis le bruit de ses pas étouffés par la moquette alors qu'elle se déplaçait dans la suite présidentielle.

Je sortis avec une serviette enroulée autour de la taille, sans trop y réfléchir. Elle m'avait déjà vu en sous-vêtements des dizaines de fois, et cela ne semblait pas la déranger. La plupart du temps, elle m'observait même avec envie. Appuyant une hanche contre l'encadrement de la porte donnant de la chambre à l'entrée, je la regardai avec attention.

Évidemment, elle avait toujours le même jean ample et le T-shirt moulant à rayures bleu et blanc qu'elle avait dans l'avion. Je voyais clair dans son jeu. Elle n'allait pas porter quoi que ce soit de spécial ce soir juste pour me contrarier. Red se tenait sur le balcon, dos à moi, contemplant l'océan turquoise et les hauts palmiers. Il était tard, le soleil se couchait, et des teintes roses, oranges et jaunes tachaient le ciel comme un tableau parfait.

— Je commence à me lasser que tu me résistes, tu sais ?

Je parlai doucement, quittant mon poste pour m'approcher des portes coulissantes du balcon. Il y eut un moment de silence, puis elle répondit :

— Alors rends-nous service à tous les deux, et laisse-moi partir.

Je m'arrêtai à quelques centimètres d'elle et posai mes mains sur la rambarde contre laquelle elle était appuyée, la coinçant entre mes bras, le menton posé sur son crâne.

— Ce n'est pas ce que tu disais quand je te dévorais comme un repas en sept services à un mariage italien.

Elle se tortilla pour m'échapper et se retourna face à moi, l'air furieux. Pour la première fois depuis que je l'avais épousée, mon contact parut sincèrement la répugner. Ce n'était pas du cinéma ni de la timidité. Elle ne voulait vraiment pas que je l'approche. Je fis un pas en arrière.

— Ça, c'était avant, cracha-t-elle.

Chaque muscle de son visage tremblait.

Oui, avant cette baise malencontreuse avec Cat sous notre toit. Cela n'avait pas semblé être une si mauvaise idée sur le coup, je me disais que cela pourrait tuer dans l'œuf la petite obsession que je commençais à nourrir pour ma femme. Mais avec le recul ? C'était la pire baise de ma vie, qui n'en valait pas du tout la peine.

Je retournai à l'intérieur, ne voulant lui montrer aucune émotion. Bordel, qu'est-ce que je racontais ? Je ne *ressentais* aucune émotion pour cette gamine bizarre. Je m'arrêtai au minibar pour prendre une bouteille d'alcool au hasard, puis j'ouvris le bouchon et bus directement au goulot. Elle me suivit dans la chambre, exsudant une colère incandescente par tous les pores de sa peau.

— Ne fais pas comme si tu en avais quelque chose à foutre que j'aille voir ailleurs, Sparrow. Tu n'arrêtes pas de dire que tout ce que nous faisons est une erreur. Arrête de te conduire en épouse trompée.

— Tu crois que ça m'intéresse que tu ailles voir ailleurs ? lança-t-elle en jetant les deux mains en l'air, frustrée. Désolée que tu aies loupé l'info, Brennan. Pour ce que j'en ai à foutre, tu peux te choper toutes les MST du monde et en créer de nouvelles au passage.

Je me tournai vers elle, tenant toujours la bouteille par le goulot.

— Alors de quoi tu parles, bordel ? Qu'est-ce qui t'a mise en colère comme ça ?

— Oublie !

Elle me repoussa, des larmes brillant dans ses yeux.

Putain, elle avait envie de pleurer. Red ne pleurait jamais, pas même quand elle m'avait épousé, quand elle avait emménagé, quand pleurer était tout ce qui lui restait.

Je sentis ma colère fléchir.

— Que s'est-il passé ? demandai-je avec tant de douceur que j'en fus surpris. Pourquoi es-tu aussi énervée ?

— Comme si ça t'intéressait. Tu refuses de partager quoi que ce soit avec moi, de me dire quoi que ce soit.

Elle essuya ses larmes, et cela m'horripila d'avoir eu envie de le faire.

— Laisse-moi tranquille.

— On a une réservation à 21 heures.

— Je n'ai pas faim.

— C'est le meilleur restaurant de Miami. Deux étoiles Michelin. Tu peux me détester demain, après-demain, et le reste de ta vie, mais ce n'est pas tous les jours qu'on a l'occasion de manger dans un restaurant de renommée mondiale, à part celui que possède ton époux.

Pourquoi essayais-je de la convaincre de sortir avec moi ? J'aurais pu trouver une femme mieux habillée et plus agréable au bar de l'hôtel et passer un bon moment ce soir. Mais pour je ne sais quelle raison, je voulais qu'elle pète un câble en voyant le restaurant. Red était dingue de bouffe.

— Toujours pas intéressée, dit-elle froidement en m'arrachant la bouteille des mains pour en prendre une gorgée, l'air assassin.

Je la repris et pointai le goulot dans sa direction.

— Mets tes chaussures, Red. Je ne le demanderai pas deux fois.

D'accord, ce n'était peut-être pas la meilleure stratégie mais, putain, elle était tellement frustrante !

— Ah oui ? Et tu feras quoi si je refuse ? Tu me tueras, comme tu as tué Billy Crupti ?

Elle me frappa avec ses minuscules poings. Elle était trop petite pour que ça ait un quelconque impact, mais cela ne l'empêchait pas d'essayer. Elle me poussa et reprit :

— Tu vas me découper en morceaux ? Me jeter à la mer ? T'assurer qu'il ne reste plus aucune trace de moi, sans en avoir rien à foutre que toute la ville soit au courant ?

Je secouai la tête, me passant la main sur le visage, puis dans les cheveux, tellement frustré que j'avais envie de cogner quelque chose. Si elle parlait de l'affaire Crupti, c'est qu'elle n'avait plus rien à perdre. Elle n'avait plus peur. Ou, du moins, la colère l'emportait sur la peur.

Sparrow ne viendrait pas dîner avec moi et, pour la première fois de ma vie, je savais que je ne pouvais rien y faire.

Je n'avais aucun poids sur elle. Je ne pouvais pas la restreindre, parce qu'elle refusait d'utiliser mon argent. Et je ne pouvais pas lui faire de mal, parce que je n'en avais pas envie.

Elle ne méritait pas d'être brisée. Elle n'était pas Catalina.

Sans un mot, je tournai les talons pour aller dans la chambre. Je m'habillai, mis ma Rolex, du parfum, m'ébouriffai les cheveux, et je quittai la suite, la laissant finir le fond de ma bouteille, allongée sur la moquette, à boire pour oublier.

Au bar de l'hôtel, je m'installai sur un tabouret et commandai un whisky. Une grande blonde genre mannequin assise, non loin de là, me sourit. Je ne lui rendis pas son sourire.

Je bus deux, trois… quatre verres avant qu'elle vienne me présenter sa main.

— Kylie, dit-elle avec une moue séductrice, mais je ne tendis pas les doigts pour serrer les siens. Et vous êtes…

— Pas intéressé. Désolé.

Deux heures après en être parti, je revins dans la suite bourré comme un coing et plus que tanné de la situation actuelle avec Red. *Quelle chieuse, putain.*

Je la trouvai roulée en boule sur le canapé, dans le noir, la lueur de la télévision soulignant les courbes de son visage, un oreiller sous la tête et une couette remontée jusqu'au menton. Nous n'allions pas partager le lit ce soir.

— Je ne te le demanderai qu'une seule fois. Dis-moi ce qui te tracasse, Sparrow.

— À quoi bon ? Tu ne me répondras pas. Tu ne le fais jamais.

Elle avait raison, et cela ne servait à rien de le nier. Je la laissais volontairement dans l'ignorance.

— Fais tes bagages. On part demain à la première heure.

Je ne pris même pas la peine de guetter sa réaction et allai droit dans la chambre.

L'affaire Paddy serait terminée dans quelques heures. Son avocat était certainement en train de lui faire signer les papiers pour le transfert d'argent en ce moment même. Et je devais rentrer à Boston pour m'occuper du problème Van Horn. À l'évidence, ma femme n'était pas d'humeur à jouer et, avouons-le, Miami était un cauchemar pour un homme comme moi.

— Je n'ai jamais défait mes bagages, répondit-elle avec ennui.

— Et pourquoi ça ?

— Je savais qu'on rentrerait à Boston sous vingt-quatre heures. Ce n'est pas une lune de miel, fit-elle, amère. Comme tout le reste avec toi, Troy, ce n'était qu'une question de business.

15

Sparrow

Nous avancions dans les rues de Boston, passant à toute vitesse devant les immeubles en grès rouge, les piétons imprudents et les impasses. Je posai mon front contre la vitre, faisant de mon mieux pour ignorer mon mari. Il gardait les yeux rivés sur la route, le visage fermé, et je savais qu'il ne me parlerait pas. Il avait baissé les bras.

Je déménageai mes affaires de la suite parentale à la chambre d'amis au rez-de-chaussée, et il me laissa faire. Je peinais à me rappeler pourquoi je n'avais pas tenté cette approche dès le départ et, d'un autre côté, je me rappelai que j'aimais partager un lit avec Troy, pour une raison qui m'échappait encore.

Pathétique, je sais.

Je décidai de prendre mon poste au Rouge Bis dès le lendemain. Il n'y avait aucune raison d'attendre la semaine suivante. Étonnamment, Troy accepta de prévenir Brock de mon arrivée anticipée. J'essayai de faire monter l'excitation en en discutant avec Lucy et Daisy ce soir-là. Elles pensaient encore que j'étais en danger et exigeaient que j'appelle la police, mais elles savaient qu'il ne valait mieux pas qu'elles règlent le problème elles-mêmes. La rumeur voulait que Troy ait une relation privilégiée avec certains flics du coin, et puis, elles ne voulaient pas aller à l'encontre de mon souhait. Apparemment, mon souhait était de ne rien faire.

Pas parce que je n'avais pas envie, mais parce que je voulais fêter mon prochain anniversaire.

L'après-midi suivant, Troy se gara en double file devant la ruelle qui menait à l'entrée latérale du Rouge Bis, bloquant une nouvelle fois la circulation.

Je me contorsionnai pour récupérer mon sac à dos sur la banquette arrière, quand j'entendis un coup frappé à ma vitre. Brennan la baissa, et le visage de Brock apparut. Il passa la tête dans la voiture, ses lèvres à quelques centimètres à peine des miennes. Un sourire décontracté aux lèvres, il frappa sur le toit de la voiture – et sembla me frapper en plein cœur : j'avais du mal à respirer tout à coup.

— Je vois que M. et Mme Brennan n'ont pas pris le temps de bronzer.

C'était un euphémisme. J'étais encore aussi pâle qu'un mur fraîchement repeint.

Un sourire sournois fendit le visage de Troy.

— Nous étions occupés à faire des choses bien plus intéressantes.

Oui, comme se soûler dans des ailes séparées de l'hôtel et se détester de tout notre être. J'ignorais pourquoi il faisait comme si nous étions un couple devant Brock mais, vu tout ce qu'il me cachait, je ne risquais pas de comprendre son comportement.

— Merci de m'avoir emmenée, sifflai-je en ouvrant la portière bien que Brock soit encore de l'autre côté.

Je m'en fichais. Il recula, mais ses yeux se figèrent sur mes cuisses quand il vit Troy y poser sa main. C'était la première fois qu'il me touchait depuis que j'avais refusé de dîner avec lui.

— Passe une bonne journée, Red, dit-il.

Pourquoi se comportait-il ainsi, tout à coup ? Plus précisément, comme si nous étions en bonne entente.

Je regardai sa main, puis son visage.

— Ouais, c'est ça.

Et avant qu'il décide d'accompagner ce petit geste d'un baiser d'au revoir, je sortis de la voiture.

— Brock, aboya Troy.

Brock passa de nouveau la tête par la vitre. Un bouchon était en train de se former derrière la Maserati de Troy, et je me sentis gênée.

— Il y a besoin de toi au chalet.

— J'ai du travail ici, grommela Brock. J'irai ce soir.

Troy me regarda en serrant rageusement le volant entre ses mains, puis il sembla se détendre.

— Je te laisse une heure, puis tu y vas. J'ai besoin de toi. Apporte le kit.

Sur ce, Brock se redressa pour me rejoindre. Troy ne s'en allait toujours pas.

Brock m'ouvrit la porte du restaurant, et j'entrai. Comme j'avais encore des papiers à signer avant de commencer, il me conduisit dans un couloir, au-delà de la cuisine, et m'interrogea :

— Vous n'allez pas demander où est le chalet ? Et quel est ce kit dont Troy a parlé ?

— Comment savez-vous que je ne le sais pas déjà ?

Il eut un petit sourire.

— Parce que je connais votre mari, et qu'il est très doué pour garder des secrets. Surtout vis-à-vis de vous.

C'était vrai, Troy me cachait des choses. Il me cachait notamment la raison pour laquelle nous nous étions mariés. J'en étais consciente. Et puis, il y avait Rowan… Penser à lui me faisait froid dans le dos.

Je levai les yeux au ciel, feignant l'ennui.

— Non, merci. Ça me va très bien de rester dans l'ignorance en ce qui le concerne. Vous pouvez enfreindre la loi tant que ça vous chante. Pas besoin de me mettre dans la boucle.

— Ce n'est pas ce que je fais.

Il s'arrêta devant une porte vitrée. Derrière, je remarquai un mur en brique grise, un bureau moderne, plusieurs tableaux et des fauteuils en cuir.

— Je n'enfreins jamais la loi.

— Mais vous ne tenez pas vos promesses, répliquai-je, sans trop savoir d'où me venait toute cette force – peut-être en avais-je marre que son patron me malmène. Vous avez dit que ça en vaudrait la peine, que j'aille à Miami. C'était naze.

— Ce que je voulais dire, c'est que je vous remonterais le moral à votre retour. Désolé que ça n'ait pas fonctionné pour vous, ma belle.

— Ne m'appelez pas comme ça.

J'entrai dans le bureau avec détermination et m'assis dans le fauteuil en face de là où il était censé s'installer.

— Finissons-en.

Puisque j'étais arrivée mille ans en avance pour le service du soir, je fus aussi la première à accueillir Pierre dans la cuisine. Le petit chef rondouillard se pointa avec un sourire méprisant aux lèvres, lissant son épaisse moustache noire du bout des doigts. Je me levai d'un bond de la caisse de lait sur laquelle j'étais assise et, avec un sourire enthousiaste, lui lançai gaiement :

— Bonjour !

— Tiens, tiens, Miss Népotisme. Je croyais que vous n'étiez pas censée commencer avant la semaine prochaine.

Il alla s'appuyer contre la large cuisinière, bras croisés et l'air de défier la physique, puisque, bien qu'il soit plus petit que moi, avec mon modeste mètre soixante, il arrivait tout de même à me regarder de haut.

Grimaçant intérieurement, je me défis de mon sourire.

— Je suis prête à travailler dur et à prouver que je ne suis pas là seulement grâce à mon mari.

— Non, concéda-t-il en s'approchant de moi. Vous êtes ici aussi grâce à Greystone. Il m'a donné l'ordre de vous laisser choisir votre poste. Vous pensez que vous pouvez faire la loi dans ma cuisine, c'est ça ?

Je plissai le front et fis un pas en arrière. Si Brock lui avait dit de me donner ce que je voulais, c'était son problème. Je savais que Troy ne m'offrirait jamais la solution de facilité. Ce n'était pas son style. Il était plus du genre qu'elle-travaille-pour-mériter-sa-place. Brock, en revanche, était le gentil gentleman, style laissez-moi-vous-aider. Le gendre parfait à présenter à sa mère. Si j'en avais une.

Je redressai le menton.

— Mettez-moi où ça vous chante. Je n'ai pas peur de travailler dur, chef.

Pierre fit un pas vers moi et me sourit, tout près, son haleine puant la cigarette.

— On verra ça.

Je vidai, écaillai et lavai des dizaines de poissons, me coupant à plusieurs reprises avec la lame effilée du couteau juste pour garder le rythme de travail que Pierre m'imposait. Quand j'eus fini mon service, on aurait dit que j'avais joué à pierre-feuille-ciseaux avec Edward aux mains d'argent. Couverte de bleus et d'entailles, j'aidai à nettoyer la cuisine et récurai même le four.

Je sortis à 23 heures et me mis en route pour l'appartement, à pied. Ce n'était pas tout près, mais j'avais besoin de temps pour réfléchir, et j'emprunterais des avenues bondées, sécurisées. Je m'emmitouflai dans mon sweat polaire bleu marine – c'était le mois de juin le plus froid de Boston de ces cinquante dernières années, parfaitement en phase avec l'échec de ma vie personnelle –, jetai mon sac à dos sur mon épaule et partis. Les jambes tremblant de fatigue, je passai devant les galeries et magasins de luxe, plongeant les mains dans mes poches pour braver cet étrange froid estival. Accélérant le pas, je tournai au coin de la rue et m'arrêtai net en le voyant.

Il me sourit et me tendit la main. Je la pris, même si je savais que je sentais le poisson. Même si je savais que c'était une erreur monumentale. Même si je savais qu'en prenant sa main, je m'exposais à une catastrophe.

— Comment s'est passée cette première journée de boulot ?

— Brock.

Je déglutis. Que faisait-il ici ? N'était-il pas censé être chez lui avec sa famille, ou au chalet avec mon mari ? Ou n'importe où, d'ailleurs. Nous n'étions pas amis. J'avais été méchante avec lui. Il n'était pas censé se soucier de moi.

Même si, bon sang, il était sacrément beau. Le halo de lumière jaune d'un lampadaire soulignait les traits séduisants de son visage, et il semblait sortir tout droit d'une pub Brooks Brothers dans son blazer.

— Un café ?

Je secouai la tête.

— Non, merci. Je ferais mieux de rentrer.

— Un chocolat chaud, alors.

Il posa une main dans mon dos et ce n'est que parce que j'étais sous le choc que je ne la retirai pas immédiatement.

— Je sais que c'est ce que vous préférez.

C'était louche, mais je jouai le jeu. Franchement, je n'avais pas tellement envie de rentrer à l'appartement. J'allais le trouver soit vide, soit plein de Troy, mon ennemi juré ces jours-ci.

Et puis, je ne pouvais pas dire non à un chocolat chaud après une première journée de travail intense alors qu'il faisait frais dehors.

Nous nous dirigeâmes vers un *diner* tout proche, où nous prîmes place sur des banquettes en vinyle rouge. Je bus mon chocolat chaud en silence et jouai avec le juke-box. Il était beau et gentil avec moi. C'était une combinaison létale. Mais comme je savais qu'il ne fallait pas s'enticher d'un homme marié, je n'en fis rien.

Je parcourus les chansons du juke-box au coin de la table avec obstination, sourcils froncés, en insérant des pièces dans la fente. *Bizarre Love Triangle* de New Order retentit à plein volume. Par erreur, bien sûr.

— Alors, parlez-moi de vous.

Il se pencha par-dessus la table et essaya d'attraper mon regard.

Je ne pouvais pas fixer ces yeux gris sans me demander ce que je ressentirais s'ils parcouraient mon corps nu. Cela me ferait-il autant d'effet que les yeux bleus de Troy ?

Je soupirai, concentrée sur le juke-box.

— Pour quoi faire ? Vous semblez tout savoir de moi. Pourquoi Troy m'a épousée, ma boisson préférée…

Cela aurait dû m'inquiéter mais, honnêtement, il s'était passé tellement de choses ces dernières semaines que Brock était le cadet de mes soucis. Il semblait plutôt inoffensif.

Une serveuse d'âge mûr avec des faux seins et assez de maquillage pour façonner un petit vase passa près de nous et mangea Brock des yeux, confirmant qu'il était follement séduisant. Elle alla vers la table en face de la nôtre, où un trio d'adolescentes était installé. Penchées au-dessus de leur table, elles n'arrêtaient pas de jeter des coups d'œil à l'homme assis en face de moi en chuchotant. Je ne pouvais pas le leur reprocher.

— J'essaye simplement d'être à l'écoute. Je veux que vous sachiez que vous n'êtes pas seule face à Troy. Je suis là pour vous.

Je secouai la tête et pouffai, tirant des sachets de sucre dans le pot et les ouvrant sur la table.

— Pourquoi faites-vous comme si ça vous intéressait, Brock ? On ne se connaît pas, et ce n'est pas comme si vous me draguiez. Vous avez une femme et un fils, lui rappelai-je.

L'intérêt qu'il me portait commençait à me gonfler. Il n'avait aucun sens. Aucun avenir.

Brock tendit la main et passa son index dans le sucre que j'avais renversé sur la table. Puis il se pencha au-dessus de la table et passa son doigt couvert de sucre sur ma lèvre inférieure pour l'en recouvrir. Mes yeux trouvèrent les siens et, de la main qu'il avait portée à ma bouche, il m'attrapa par le col pour me tirer vers lui par-dessus la table, pressant ses lèvres sur les miennes.

Il m'embrassa avec force, plongeant sa langue dans ma bouche sans aucune hésitation. Mon ventre se retourna quand il prit mon visage en coupe et que la douceur du sucre explosa sur nos papilles. J'entendis les filles de l'autre table pousser des exclamations de surprise et de jalousie. Le temps semblait s'être arrêté avant que j'arrive à me soustraire à lui.

Je me levai d'un bond, sonnée, et pressai ma paume contre ma joue pour être certaine que je n'étais pas en train d'halluciner.

— Qu'est-ce qui vous prend ?

Il resta assis là, un sourire serein aux lèvres.

— Vous avez dit que ça ne m'intéressait pas. Eh bien, si. Vous avez aussi dit que je ne vous draguais pas. Et… si.

— Est-ce le bon moment pour vous rappeler que vous êtes marié ?

Je tapai du pied, une chaleur émanant de mon corps par vagues. Je ne savais pas si j'étais davantage en colère ou excitée.

En colère. À 100 %, plus en colère.

— C'est seulement pour le bien du petit, répondit-il. Pour Sam. Cat et moi ne sommes pas un couple.

— Oui, eh bien, j'ai quand même une alliance au doigt.

J'attrapai mon sac à dos et fourrai mon téléphone dedans à la hâte.

— *Idem*, pas un vrai couple, dit-il en passant de nouveau son doigt dans le sucre avant de le sucer, puis de le relâcher lentement. On ne leur doit rien. (Il insista sur chaque mot.) Vous vous devez tout. Et moi aussi.

Je grognai. C'était déjà le bordel dans ma tête, avec Troy et ses secrets. Tout ceci n'était qu'un autre désastre menaçant de m'exploser à la figure.

Je ne voulais pas de Brock. Même s'il avait un grand cœur et un visage parfait. Il était à Cat et, surtout, à Sam.

— Touchez-moi encore une fois, et j'appelle votre patron, grondai-je avant de me retourner pour sortir.

Je sentis son regard dans mon dos alors que je poussai la porte, manquant de percuter un joggeur de plein fouet.

Brock resta assis, sachant qu'il en avait assez fait. Il avait planté une graine. Il savait que je bavais sur lui, comme toute autre femme normalement constituée, et que maintenant je savais que je pouvais l'avoir.

Passant devant la fenêtre du restaurant tandis que je descendais la rue en vitesse, je le vis se mettre à l'aise sur la banquette, un stupide sourire aux lèvres, se tapotant la bouche du bout de son doigt couvert de sucre.

Je courus jusqu'à la maison, sans m'arrêter une seule fois pour reprendre mon souffle, et je pris une douche froide dès que je fus rentrée.

Brock était la dernière chose que je voulais.

Et pile ce qu'il me fallait pour oublier la trahison de Troy.

16

Troy

L'autre crétin se pointa au milieu de la nuit, au moment où Flynn Van Horn dégueulait sur mes derbys, rampant sur le sol vers la table en bois au fond du chalet qui nous servait de planque pour essayer d'attraper le téléphone posé dessus.

— Putain de junkie, marmonnai-je en enjambant le vomi pour aller ouvrir à mon employé.

Brock se tenait de l'autre côté de la porte, avec son air suffisant. Les phares de sa voiture étaient encore allumés, illuminant les collines environnantes.

À l'origine, mon père avait acheté cet endroit au milieu des Berkshires, loin de toute civilisation et de Boston pour passer du temps avec Robyn. Depuis que j'en avais hérité, je m'en servais principalement pour gérer mes affaires. Et dans l'immédiat, j'avais un junkie à sevrer ; seulement, je ne savais pas comment il fallait s'y prendre pour désintoxiquer un toxico.

C'est pour ça que j'avais Brock.

Le père de Flynn, George Van Horn, avait insisté pour que son fils n'aille pas en centre de désintox, où quelqu'un pourrait découvrir que Flynn était un raté. Je l'avais emmené au chalet parce que ses murs étouffaient les secrets de mes clients. Ils étaient imbibés de mystères, gros et petits, sales et tordus. Il y en avait partout et de toutes sortes. Maîtresses faisant chanter les maris. Gangsters forceurs à dégager de la ville. Riches qui avaient besoin de disparaître pour un temps. Si ces murs pouvaient parler, la police de Boston aurait assez de travail pour ces trois prochains siècles.

— J'avais dit une heure, pas neuf, fis-je en montrant les dents.

Brock me bouscula pour passer, entrant dans le chalet avec son kit. Il avait l'air tout guilleret. *Qu'est-ce que t'as encore foutu ?*

— Où est notre petit patient ? demanda-t-il.

Comme pour lui répondre, Flynn se mit à avoir des haut-le-cœur et tendit la main vers la table pour essayer de se relever. Il se cassa la figure, face contre terre, et on entendit des os se briser. Je secouai la tête et me laissai tomber sur le canapé jaune grinçant, choisi par la maîtresse de mon père. Elle avait très mauvais goût. Tapis tressés douillets à foison, petite cuisine en bois, têtes de cerfs en trophée sur les murs en rondins. L'endroit parfait pour qu'un personnage de Stephen King tue ses victimes.

— Je vais clamser ! hurla Flynn au moment où Brock s'accroupit pour l'examiner.

Il se pencha au-dessus du gamin chétif et lui parla calmement, lui expliquant ce qu'il allait faire afin de déterminer son état physique.

À vrai dire, je croyais Flynn. Depuis que je l'avais arraché à sa petite amie junkie alors qu'il essayait – sans succès – de se la faire dans leurs draps sales, il tremblait, vomissait et pleurait sans pouvoir s'arrêter, marmonnant pendant tout le trajet en voiture qu'il était malade et qu'il avait besoin de sa dose. Je n'étais pas médecin, mais le teint bleu de sa peau ne me rendait pas très optimiste quant à son bien-être physique.

— Il doit aller à l'hôpital, dit Brock en se redressant, retirant sa paire de gants noirs jetables. Immédiatement.

Je donnai un coup dans un repose-pied en grognant.

Je ne pouvais pas emmener Flynn aux urgences, et Brock le savait très bien. On me payait pour gérer la situation avec discrétion. L'échec n'était pas envisageable. Il ne l'était jamais dans mon métier.

À point nommé, Flynn s'évanouit sur le tapis, un filet de vomi coulant de sa bouche pour former une flaque sous sa joue. Rien que des fluides aqueux. Il avait les yeux fermés, et sa peau était en train de se couvrir d'une pellicule de sueur froide.

— Oh ! fait chier.

Je m'agenouillai et pressai deux doigts contre son cou. Il était encore en vie. Il y avait un pouls. Faible mais bien réel.

— Pas d'hôpital. Fais-le ici.

— C'est dangereux.

— Son père préférerait le voir mort que dans un lit médicalisé en train de se refaire une santé. Ce n'est pas nous qui dictons les règles, répliquai-je.

— Il pourrait faire une crise cardiaque, plaida Brock avec calme et fermeté en me regardant de haut, appuyé contre un mur. On ne peut pas juste lui donner un Imodium, un bain chaud et un sandwich au beurre de cacahuètes. C'est risqué. Je ne veux pas ça sur la conscience.

Frustré, je frottai ma pommette du revers des doigts. Je m'avançai vers lui et enroulai ma main à l'arrière de sa nuque pour le tirer tout près de mon visage. Nous étions nez contre nez.

— Ta conscience est déjà entachée, mon joli. Fais ce qu'on te demande.

On se défia du regard, les yeux plissés, jusqu'à ce qu'il se défile, glissant sur le côté pour retourner auprès de Flynn. Il ouvrit son sac en toile – alias son kit de désintox – et en sortit une seringue et une petite fiole. Je regardai ailleurs vers la fenêtre, fermant les yeux en prenant une profonde inspiration. J'entendis Flynn haleter et Brock traficoter du plastique et des boîtes de pilule.

Oui, les gosses de riches avaient tendance à y aller fort avec la drogue dure, et Brock savait comment les sevrer. Il était au moins bon à ça.

— Comment s'est passé le premier jour de Red ? demandai-je, pas parce que ça m'intéressait, mais pour lui rappeler à qui elle appartenait.

Je gardai les yeux rivés sur sa voiture garée devant le chalet, avec ses phares allumés, éclairant la pluie glaciale. J'aimais quand il faisait froid en été. C'était comme si l'univers était de mon côté.

— Pourquoi ne pas l'interroger ? fit Brock, l'air amusé. Je pensais que vous étiez en bons termes.

Je me retournai pour lui faire face, et il me fit signe de l'aider à déplacer Flynn sur le canapé. Je saisis le garçon sous les bras et Brock par les pieds, et nous allongeâmes son corps flasque sur le divan jaune. Brock alla chercher une couverture dans la chambre, dans laquelle il emmaillota Flynn comme si c'était un bébé.

Quand il eut terminé, il s'assit sur un tabouret près du canapé et laissa tomber sa tête entre ses mains. Puis il s'alluma une cigarette et jeta l'allumette encore vive vers Flynn. Elle atterrit sur le poignet du jeune homme, s'éteignant lentement contre sa peau. Flynn était trop dans le pâté pour sentir la brûlure. Ouaip, la façade de gentil garçon de Brock se fêlait toujours en ma présence.

Je n'étais ni Catalina, ni Maria ni Red. J'étais un salaud, tout comme lui, et il n'avait pas besoin de m'impressionner. Je savais déjà qui il était. Il était la première scène de *Blue Velvet* de David Lynch, l'insecte sous la pelouse bien entretenue. C'était Brock. Un sourire hollywoodien ringard à l'extérieur, alors que c'était une pourriture à l'intérieur.

— Elle est rentrée en pétard. De Miami, je veux dire, dit-il, les yeux rivés sur le sol. Dis-moi que tu ne la maltraites pas, parce que je lui ai dit que je la protégerais.

Il lui avait dit *quoi* ? Pourquoi se mêlait-il de mes affaires ?

— Et si c'était le cas ? raillai-je en m'appuyant contre le plan de travail de la cuisine. Et si je me donnais pour mission de lui pourrir la vie ? Ne fais pas comme si tu avais un quelconque pouvoir dans cette situation, Brock.

— Oh ! mais si.

Il releva la tête pour me souffler un panache de fumée blanche au visage.

— N'oublie pas que j'ai la clé de ta boîte de Pandore. Je sais pourquoi tu l'as épousée. Ce que tu as fait à sa mère. D'ailleurs, j'en sais assez sur toi pour vouloir qu'une personne aussi innocente qu'elle reste loin de toi, mais puisque ce qui est fait est fait, laisse-moi m'expliquer lentement.

Il souffla un autre nuage de fumée en souriant.

— Si tu lui fais du mal, je révélerai tous tes secrets au plus offrant. Et toi et moi savons tous les deux que la concurrence sera rude. Compris ?

Il était en train de me menacer ? Avait-il oublié qui j'étais, ce que je pouvais lui faire ? Avait-il oublié qu'il travaillait pour moi, que je payais les goûts de luxe de sa femme, l'école de son fils et toutes ces foutues fringues BCBG de sosie de David Beckham ?

Incapable de réfléchir clairement, et peut-être sans réfléchir tout court, je le chargeai, écrasant mon poing dans sa gueule. Il ne le vit pas venir. Le bruit de mon poing lui fracassant les os retentit dans le chalet. Brock lâcha sa cigarette au sol et se leva, chancelant. Il serra le poing et tenta de me mettre une droite.

Je l'évitai, et il s'écroula au sol, encore étourdi par mon coup de poing. Son nez saignait, tachant le sol sur lequel il resta allongé, rageur. Il se mit en position fœtale quand je me dressai au-dessus de lui, sortant mon mouchoir pour essuyer le sang de mes mains. M'accroupissant au plus près de mon collègue pour qu'il m'entende clairement, je lui tournai le visage d'un doigt pour le regarder dans les yeux.

— À ta place, j'éviterais de menacer un homme comme moi. Rappelle-toi, si mes secrets sont si extrêmes, c'est parce que je prends des mesures extrêmes. Tu ferais mieux de ne pas te mesurer à quelqu'un qui fait ce que je fais. Si tu penses avoir un moyen de pression sur moi…

Je ricanai et enroulai fermement ma main autour de son cou.

— Eh bien, c'est une erreur qui pourrait te coûter cher. Plus que tu n'es prêt à payer.

— Va te faire foutre.

Brock me cracha du sang à la figure, me manquant de quelques centimètres à peine. Les larmes lui montaient aux yeux, et son beau visage était complètement bousillé.

Je le lâchai et, avec un sourire décontracté, je ramassai la cigarette qu'il avait fait tomber au sol pour la remettre entre ses lèvres. Je lui tapai sur l'épaule comme si nous étions de vieux amis.

— Assez papoté, l'ami. Maintenant, éteins tes putains de phares. Tu vas rester là un moment.

Claquant la porte de la chambre derrière moi, je soupirai. Nous allions passer un certain temps dans ce trou à rats à essayer d'aider Flynn, mais cela ne voulait pas dire que je devais tolérer cet idiot. Je fus pris d'une envie soudaine d'encastrer quelqu'un dans un mur, et je sortis la liste de ma poche pour la consulter.

1 – Billy Crupti

2 – Père McGregor
3 – L'enflure qui a engagé Billy ?

Le merdier que Paddy avait remué dans ma vie récemment m'avait fait exhumer mon objectif original. Il était facile de se perdre dans la vie quand on voulait venger une mort, mais ne vous y trompez pas : mettre la main sur la personne qui avait commandité le meurtre de mon père restait ma priorité.

Froissant le papier jaune dans mon poing, je le remis dans ma poche. Je me rapprochais. Je le savais. Je le sentais.

Et je serais sans merci.

17

Sparrow

Tu ne l'as pas trompé.

Mes pieds frappaient le béton tandis que je respirais l'air frais de l'aube, *Alive and Kicking* de Nonpoint à fond dans les oreilles. Je tournai au coin de la rue vers Marlborough Street, mes muscles se contractant alors que je traçais.

Au contraire, c'est ton faux mari qui emmène sa bite en tournée chaque fois qu'il sort. Tu n'as pas demandé à ce que Brock t'embrasse. Tu n'as pas initié le baiser. Tu ne pensais certainement pas que ça pourrait arriver. Ce n'est pas ton problème si Brock trompe sa femme.

Mes pieds brûlaient, et je sentais mon pouls palpiter dans mon cou avec force et fureur. Je traversai la route pour rentrer.

Tu n'es pas obligée de le dire à Troy. Cela ne ferait que causer encore plus d'ennuis, et ce n'est pas comme si tu souffrais d'une overdose de bonheur conjugal.

Je m'arrêtai devant la porte à tambour en bas de notre immeuble et essayai de réguler ma respiration. Je n'allais pas dire à Troy ce qui s'était passé avec Brock, même si ça me mettait mal à l'aise.

Troy était à l'appartement quand je poussai la porte, il avait dû rentrer après que j'étais partie pour mon jogging matinal. Il portait encore ses vêtements de la veille, allongé sur le canapé, un verre de whisky à la main.

Je ne le saluai pas. Je pris une douche et fis mon lit dans la chambre d'amis, et quand je revins dans la cuisine pour me préparer un café, il était encore là, dans la même position. Il avait l'air épuisé, mais toute la compassion que mon cœur pouvait avoir envers cet homme s'était évanouie après l'incident Paddy Rowan. Je m'appuyai contre le plan de travail de la cuisine en attendant que l'eau boue.

— Bonjour à toi aussi, grogna-t-il dans son verre.

Je ne répondis pas. Punaise. Il était 8 heures du matin. Bien trop tôt pour boire de l'alcool.

— Tu sais, reprit-il en faisant tourner le liquide ambré dans son verre, pour quelqu'un qui est passé d'un taudis à un *penthouse* et qui a décroché le boulot de ses rêves, tu sembles un peu ingrate.

Je ris à gorge déployée, amère, me tenant au comptoir derrière moi.

— Oh ! tu es doué, Troy. Je vois que la maîtresse avec qui tu as passé la nuit a réussi à te mettre des tas d'idées folles dans la tête. Vois-tu, pour que je sois reconnaissante, il faudrait que j'aie *envie* de tout ça. Personne ne m'a posé la question avant que tu me kidnappes. Nous savons tous les deux que je ne suis pas ici par choix. Alors pourquoi ne pas me dire ce qui te pousse à me garder ici ? Je parie que c'est extra.

Je me retournai pour me servir du café et fis claquer ma langue.

— Oui, je parie que c'est vraiment extra, comme histoire.

Il se leva du canapé. J'entendis ses bruits de pas, pieds nus sur le carrelage en granite doré, avant qu'il apparaisse à mes côtés. Il se servit une tasse de café, un sourire suffisant aux lèvres. Je savais que cet échange le faisait kiffer. Nos querelles le requinquaient.

Il avait déjà l'air d'aller un peu mieux, comme s'il avait fait une petite sieste.

— Ça semble sacrément t'intéresser de savoir qui je me tape. T'es jalouse, Red ? Parce que je te l'ai déjà dit, tu peux toujours te servir de moi pour tes besoins personnels. La proposition tient encore.

Il effleura délibérément mon bras avec le sien.

— Ne t'inquiète pas, je me suis faite à l'idée que tu me trompes. Je m'en tape de savoir avec qui tu étais cette nuit.

Je pris ma tasse de café, bien décidée à retourner dans la chambre. Sa main rêche se posa sur mon bras pour m'arrêter.

C'était un geste doux, presque comme s'il prenait attention à ne pas me faire mal mais ferme, aussi.

— Je ne t'ai jamais trompée, parce que nous n'avons jamais vraiment été ensemble. Tu le sais, et je le sais. Si nous étions ensemble, jamais je ne regarderais une autre femme.

— Mais nous ne le sommes pas, lui crachai-je au visage, comme il adorait me le faire. Donc je suis sûre que tu t'es bien amusé.

— Je n'étais avec personne cette nuit. Je bossais.

Je baissai les yeux sur la main qui me touchait. Ses doigts étaient rouges, avec des traces de sang séché entre leurs plis. Apparemment, je n'étais pas la seule à lui avoir donné du fil à retordre cette semaine. J'observais son corps derrière mes cils. Non, il n'était pas avec une autre femme cette nuit et, même si j'avais horreur de l'admettre, je me sentis un peu mieux.

— J'espère que celui ou celle sur qui tu t'es abîmé les mains a réussi à te rendre quelques coups.

Un sourire troublant s'étira sur ses lèvres.

— Qui, Brock ? Pour me faire mal, il faudrait d'abord qu'il soit un homme. Et puisque je ne peux pas compter là-dessus, je vais devoir te mettre moi-même en garde. Ne t'approche pas de lui.

Je sentis le sang quitter mon visage. J'avais la bouche sèche. Comment savait-il pour le baiser ? Brock lui avait-il dit ? Non, il n'avait aucune raison de le faire. Et même si je ne me faisais pas d'illusions sur les sentiments que mon époux me portait, j'étais quasi certaine qu'il ne s'arrêterait pas à quelques coups de poing s'il savait que Brock m'avait embrassée.

Non, Troy n'était pas au courant.

Il me dévisageait, sa main toujours posée sur mon bras. Je me libérai et haussai une épaule, dédaigneuse. Qui était jaloux maintenant ? C'était bon de savoir que ça l'atteignait. *Si* ça l'atteignait.

Je le détestais, certes, mais j'avais la culotte en feu chaque fois qu'il était dans la pièce. Troy éveillait en moi quelque chose de sauvage et de douloureux que Brock était incapable de provoquer. Peu importait que Brock soit plus gentil, plus séduisant et, globalement, un meilleur candidat à prendre pour amant. Non, c'était Troy qui instillait peur et désir sous ma peau. Il faisait bouillonner mon sang, lui et lui seul. Même si – et surtout parce que – j'avais des sentiments contradictoires pour lui.

Pire, Troy le savait. Il savait que je le voulais, que je lui appartenais.

— Sinon quoi ? dis-je en faisant la moue. Je travaille avec Brock.

— Sinon…

Il s'approcha, passant le revers de ses doigts contre ma joue et le long de mon cou, créant une traînée de désir et d'excitation sur ma peau.

— Je serai obligé de faire en sorte que toi et lui passiez moins de temps ensemble.

— Tu me licencierais ?

J'avalai la boule de colère qui me serrait la gorge, mais tins bon, soutenant son regard bleu glacial.

— Je ne te ferais pas ça, p'tite femme.

Ses lèvres planèrent au-dessus des miennes, ses yeux ne

quittant jamais les miens. Puis il se pencha en arrière pour siroter son café, sa main libre parcourant toujours mon corps, à présent sur ma cage thoracique.

Je ne m'écartai pas, bien que j'en aie envie. Besoin.

— Non. Je virerais Brock, dit Troy. Ne t'inquiète pas, je suis sûr qu'il retrouverait un travail assez bien payé pour subvenir aux besoins du petit Sammy en un rien de temps. Et puis, ce n'est pas comme si Catalina travaillait mais, bordel, ça lui ferait pas de mal de sortir de chez elle et de faire quelque chose de son temps.

Bon Dieu, il était capable de vrais coups bas. Mon père travaillait pour les Brennan depuis des années. Sans la famille de Troy, nous n'aurions eu ni toit au-dessus de nos têtes, ni de quoi manger, ni de cadeaux sous le sapin de Noël. Je ne pouvais pas faire virer Brock. C'était le père de Sam, et Sam méritait tout ce qu'on m'avait donné enfant, au minimum.

— T'es un vrai connard.

Ma voix était rauque. Je regardai ses lèvres. Pourquoi ses lèvres ? Pourquoi étais-je encore attirée par lui ? C'était trop tordu, bordel.

— Je suis un vrai connard, et tu es incapable de garder tes distances.

Il était si proche de moi que son souffle chaud caressait ma tempe.

— Je suis le connard à qui tu penses en permanence. Et je te le dis, si Brock croit qu'il peut t'avoir, toi aussi, il se fourre le doigt dans l'œil. Tu es à moi, compris ?

Mon air de défi vira au renfrognement. Que voulait-il dire par « toi aussi » ? Qui d'autre Brock lui avait-il pris ? Puis je compris, et cela me coupa le souffle et me noua le ventre. Je reculai, écœurée. Mes fesses heurtèrent le mur derrière moi et je sentis mon menton trembler. Ma colère était incontrôlable. Elle explosa dans ma poitrine et dans mon ventre, noyant tout mon corps d'une rage incandescente.

Oui, j'étais jalouse. J'étais tordue, bizarre et jalouse de la femme qui avait couché avec mon faux mari. L'enfoiré qui m'avait kidnappée.

— Tu es sorti avec Catalina ?

Je sentis les larmes me chatouiller le nez.

Il s'esclaffa, pris d'une hilarité qui souleva sa poitrine et secoua son corps tout entier.

Je devins nauséeuse, j'avais la tête qui tournait. Foutue Catalina. Qui avait quitté qui ? Pourquoi avaient-ils rompu ? Quand Brock avait-il fait son entrée ?

— Tu peux répondre à une foutue question dans ta misérable vie ? sifflai-je. Elle ne porte même pas sur notre mariage ou ton travail.

— Ne t'approche pas de Brock, répéta-t-il, l'air sérieux tout à coup.

Il posa violemment sa tasse à café sur l'îlot central et monta l'escalier pour aller dans la chambre.

Le parfum de son après-rasage haut de gamme flotta dans son sillage, faisant flageoler mes genoux. Mais je restai plantée là et lui criai :

— Qu'est-ce qui te fait croire que je vais t'écouter ?

— Parce que tu ne fricoterais avec lui que pour m'énerver, et si tu ne me trouves déjà pas très gentil…, commença-t-il avant de tourner la tête vers moi pour m'adresser un sourire carnassier. Attends de me voir en colère. Ça fout les jetons.

— Arrête de voir ta maîtresse, et je garderai mes distances avec Brock. Si tu continues à aller voir ailleurs, tu peux parier que je ferai pareil.

Il s'arrêta net dans l'escalier et se retourna, l'air épaté.

— Ça ressemble à une menace, ça, petite Red. C'en est une ?

— Tu joues sur les mots.

Je fis claquer ma langue comme si j'étais amusée, comme il l'avait fait à Miami.

— Vous adorez ça, vous les hommes.

Ses yeux s'illuminèrent comme si je lui avais dit qu'il avait gagné au loto. C'était tout Troy. Il aimait quand je répondais. Quand je le bousculais assez pour créer un impact.

Je poursuivis :

— Je ne resterai pas là les jambes croisées à suivre tes ordres comme un bon petit soldat. (Ma voix était étonnamment calme.) Je ne suis pas mon père, et je n'ai pas l'intention de me conformer à la boîte bien nette et tordue que tu as créée pour moi. Tu veux que je garde mes distances avec Brock ? Tu fais pareil avec les autres femmes. Tu fricotes avec moi, et moi seule.

D'où ça sortait ? Je n'en étais pas sûre, mais j'aimais la Sparrow bagarreuse. Je savais qu'elle causerait peut-être ma perte, mais je la soutenais. C'était l'outsider dérangée qui n'avait pas peur de mordre le derrière de son maître.

— Es-tu en train de me proposer ce que je crois que tu es en train de me proposer ? Parce que je ne serai pas doux.

— Je ne veux pas que tu le sois, répondis-je sur un ton monocorde en traversant la cuisine pour me préparer à manger. Je veux que tu sois dur, et que tu arrêtes tes crises de jalousie. On dirait une nana.

J'ouvris le frigo et y plongeai la tête pour chercher quelque chose d'intéressant à manger. Malgré moi, je souris. J'avais cerné Troy, je savais qu'il mordrait à l'hameçon. Plus je me révoltais quand il me cherchait, plus il m'appréciait. J'aurais mis ma main à couper que si je foutais le feu à l'appartement, il exploserait de rire comme si c'était une bonne blague.

— Punaise, p'tite femme, je suis partant. C'est parti.

Je sus qu'il n'y aurait plus de maîtresses dans un futur immédiat. Pour la première fois depuis que nous étions ensemble, j'avais gagné. Et la victoire n'avait jamais été si douce.

18

Sparrow

Je passai mon service au Rouge Bis à émincer des légumes que Pierre jetait à la poubelle sous les yeux de ses sous-chefs en disant qu'ils étaient trop irréguliers pour être utilisés. Pierre tenait à me montrer que mes liens avec Brock et Troy ne l'intimidaient pas. Il avait toutes les raisons de me détester après le coup de Troy, mais j'étais incapable de fermer mon clapet.

Je répliquais, et personne ne répondait au chef. Je lui donnais du fil à retordre, et comme la plupart des hommes dans ma vie, il me voyait comme un casse-tête sur pattes. Un danger environnemental à éviter à tout prix.

Après ma longue journée, tout ce que je voulais, c'était prendre une douche chaude et me mettre sous la couette. J'entrai dans la chambre d'amis plongée dans l'obscurité. Ayant déjà enlevé mon uniforme au restaurant, je retirai mes chaussures et jetai mes vêtements en boule près de la porte de la salle de bains. Je ne vis pas tout de suite l'immense ombre sur le lit. Puis sa voix retentit, emplissant la pièce d'une présence pas seulement physique.

— Prends tes affaires et reviens à l'étage.

C'était un ordre.

Troy.

Je me figeai, en maillot de corps violet et culotte assortie, style boxer-de-petit-ami.

— J'ai envie de fricoter.

Je souris dans l'obscurité, les yeux rivés sur un point au-dessus de sa tête. Je devinais le contour de son corps. Il avait un pied posé sur le matelas, genou plié, sa chemise retroussée jusqu'aux coudes.

— Personne n'a dit qu'on devait rejouer au papa et à la maman, dis-je.

C'était de la provocation pure et dure, une manière de lécher la plaie qu'il avait si brutalement rouverte en rendant visite à Paddy Rowan à Miami. Je me sentis presque mieux, en entendant sa respiration accélérer, alors que nous étions tous les deux plongés dans le noir. Il perdait patience. S'agaçait. Et il était plus que probable qu'il ait envie de moi.

Il se leva pour s'approcher à grands pas. Une étincelle de chaleur parcourut chacun de mes nerfs, comme une flamme sur la mèche d'une bombe. Elle explosa quelque part entre mes cuisses, envoyant une décharge d'adrénaline dans tout mon corps.

J'allais chercher la bagarre ce soir.

— Tu sais, Red, c'est difficile de te détester quand tu me tiens tête.

Il rit et me tourna autour, les bras dans le dos.

Il faisait noir dans la chambre, trop noir, et j'étais désorientée par ma longue journée de travail et le fait qu'il était venu ici pour quelque chose.

Quelque chose que je voulais et que j'avais attendu.

Quelque chose que je craignais et redoutais.

Qu'il prenne mon innocence.

— C'est ta façon de me dire des mots doux ?

Je ris et secouai la tête.

— Parce que c'est nul.

— Je t'encourage, poursuivit-il, ignorant ma pique. Je fous ta vie en l'air, et tu essayes quand même de te sortir des sables mouvants. Difficile de ne pas être admiratif.

Son corps rôdait autour du mien comme un nuage de brume, me touchant presque. J'aspirai mes joues, sentant mon masque d'indifférence glisser. Je ne voulais pas qu'il soit gentil avec moi. Cela n'en rendait notre guerre que plus dangereuse.

— Viens-en au fait, sifflai-je.

— Tu refuses d'être une victime. Tu te défends toujours, tu tiens tes positions.

— Troy…

Ma voix se brisa presque. C'était la première fois que je l'appelais par son prénom sans avoir d'intention cachée.

— Je t'ai demandé d'en venir au fait.

— Quand nous étions à Miami, je t'ai rendu un grand service.

Ses lèvres trouvèrent mon crâne.

Davantage de frissons fiévreux. D'envie. De désir. *De Troy.*

Idiot. Tu m'as anéantie à Miami.

— Oh ?

Je résistai à l'envie de laisser mes bras faire ce qu'ils voulaient, de laisser mes mains toucher son corps puissant, viril. Je le voulais malgré tout et, peut-être, *à cause* de ce qu'il m'avait fait – et cela m'inquiétait.

— Paddy…

Quand Troy prononça son nom, il me fit l'effet d'une gifle.

— Je lui ai rendu visite en Floride. J'y suis allé et je l'ai fait payer pour toi.

Je m'étranglai avec ma salive et sentis mes yeux s'écarquiller, mais je ne dis rien. Ses lèvres voletèrent entre mes omoplates, et il planta un baiser entre mon cou et mon épaule, sortant brièvement la langue pour me rappeler ce qui allait suivre.

— Il a un cancer, il va bientôt mourir. Il mourra pauvre. Il mourra brisé. Tout l'argent qu'il possédait…

Il attrapa une mèche de mes cheveux, la frottant entre ses doigts comme s'il examinait une soie délicate.

— Est maintenant à toi.

— À moi ? répétai-je.

— À toi.

Il hocha la tête dans le creux de mon cou, ses lèvres brûlantes trouvant des endroits que je ne savais pas érogènes.

Le calme m'envahit. Une prise de conscience, aussi.

C'étaient des représailles.

Il n'y était pas allé pour les affaires… mais pour le plus doux des réconforts. *La vengeance.*

— 600 000 dollars.

Sa voix semblait lointaine.

Il me plaît. Il me plaît, et je déteste ça.

— Sous la forme d'un chèque. Que tu peux encaisser, quand tu veux.

J'enregistrai l'information, pris le temps de comprendre ce que cela signifiait. Il avait forcé Rowan à me donner tout ce qu'il possédait. Plus d'un demi-million de dollars. Un montant qui surpassait mes rêves les plus fous. Et il était à moi.

— C'est de l'argent sale, dis-je, en pilote automatique.

— Le monde entier est sale, répliqua Troy. Tu le mérites, après ce qu'il t'a fait. Bordel, je l'ai laissé vivre uniquement parce que c'est bien plus marrant de savoir que chaque jour est une roulette russe pour lui.

Au fond, je savais déjà que je n'allais pas refuser l'argent. Pas par avidité, mais parce que ce chèque portait mon nom. Au sens littéral *et* au figuré. Je ne voulais pas que l'argent de Rowan retourne à quelque chose ou quelqu'un qui comptait pour lui. Il n'avait rien eu à faire de la petite Sparrow.

600 000 dollars. *Putain.* Étais-je censée remercier mon mari ?

Avant d'avoir le temps de me décider, la paume de Troy trouva le creux de mes reins, et il me tira contre lui. Fermement.

— Personne ne s'en prend à ce qui m'appartient. Pas même l'ami de mon père. En haut, dit-il avec autorité. Maintenant.

Je n'arrivais pas à croire qu'il nous avait fait déplacer jusqu'à Miami pour venger mon calvaire.

Mes jambes trouvèrent la sortie de la chambre d'amis toutes seules. Je regardai mes pieds monter l'escalier, Troy me suivant en rythme.

Je sentis ses yeux sur mes fesses.

— Quand j'étais petit, dit-il, ma mère avait des tourtereaux, des inséparables. Elle leur coupait les ailes pour qu'ils ne s'envolent pas quand elle les laissait sortir de leur cage. Ils essayaient toujours, mais ils n'allaient jamais loin, avec leurs ailes courtes, abîmées.

J'ouvris doucement la porte de la chambre et entrai dans le faisceau de lumière chaude qui se déversait depuis la rue.

Il avança derrière moi, calant mes cheveux derrière mon oreille droite avant d'y presser sa joue.

— Jusqu'à ce qu'un jour, l'un d'eux réussisse à s'échapper. Ma mère avait oublié de lui couper les ailes. Un moment de distraction lui a coûté son tourtereau préféré.

Je savais pourquoi il me racontait ça, et un élan de douleur transperça le bonheur qui tournoyait en moi.

— On ne peut pas éviter l'échec, poursuivit-il d'une voix monotone, sans émotion ni espoir. Et on ne peut pas empêcher le chagrin. Un jour, j'oublierai de te couper les ailes. Quand ce jour viendra, quand tu t'enfuiras, je serai heureux de savoir que tu as de l'argent et les moyens de survivre dans ce monde impitoyable.

Était-ce mal d'aimer sa façon de prononcer le mot « tourtereaux » ? Il ne disait pas que nous étions deux tourtereaux, je le sais, mais j'aimais la chaleur qui se répandait dans ma poitrine quand il en parlait. La vérité sur Miami avait tout changé. Sa visite chez Paddy était non seulement pardonnable, mais rédemptrice.

— C'était plus qu'un service, murmurai-je en regardant le lit, n'osant toujours pas me tourner vers lui. Ce que tu as fait pour moi.

— Sparrow, dit-il d'une voix grave. Ne te fais pas des idées dans ta jolie petite tête. Je t'ai dit comment ça allait se passer. Notre histoire, dit-il en avançant dans la pièce avant de se retourner vers moi, ne connaîtra pas une fin heureuse.

Je déglutis.

— Peut-être que je ne m'enfuirai pas. Si tu avoues tout, si tu me dis pourquoi tu m'as épousée, peut-être que je resterais. Casse le verrou de ma cage, Troy.

Je pris une profonde inspiration et demandai :

— Qu'est-ce que tu caches ? C'est qui, « ils » ? Que nous ont-ils fait ?

— Je ne peux pas. Il est question d'illégalité. Je ne prendrai pas le risque que tu coures tout raconter à la police et je ne prendrai certainement pas le risque que la police le découvre par d'autres sources et t'interroge sur le sujet. Tu serais considérée comme ma complice pour ne pas leur avoir dit. Et te mettre en danger… (Il secoua la tête.) Hors de question. Assieds-toi.

Il tapota le matelas qui m'avait un peu manqué. Ou peut-être n'était-ce pas le matelas. Peut-être était-ce le parfum qui l'imprégnait. Ou la personne qui y dormait. Mes épaules s'affaissèrent, et je baissai la tête, mais je m'exécutai.

Resté debout, il m'embrassa dans la nuque.

— Obéissante. C'est nouveau.

— Pas vraiment. Mais je suis en sous-vêtements. Dans ton lit. Nous avons passé un marché. Je compte l'honorer.

Il me releva le menton. Je plongeai dans ses yeux bleus, me perdant dans son regard. Ma respiration se fit plus rapide. Il avait envie de jouer. J'avais envie de jouer, même si nous savions tous les deux qu'il allait casser son jouet. *Moi.*

Il était derrière moi. J'adorais le frisson de l'incertitude de ce qui allait se passer ensuite. Il aimait cette configuration, que je sois dos à lui. Nous savions tous les deux que je ne lui faisais pas confiance. Ce qui ne rendait la chose que plus excitante.

— Je crois que tu as quelque chose qui m'appartient, murmura-t-il contre mon épaule.

J'avais l'impression que des plumes chaudes me parcouraient le corps. C'était addictif, et cela mettait mes sens en éveil. Je fermai les yeux et inspirai son odeur.

— Ta virginité, Red.

— Prends-la.

Je me laissai aller dans ses caresses, posant ma tête contre ses abdos musclés.

— Parce que c'est tout ce que je vais te donner.

J'étais une menteuse. J'étais une imprudente. J'étais une idiote. Mais j'étais à lui.

Il me mit debout et tourna mon visage vers lui. Me tirant les cheveux pour étendre mon cou, il fit passer sa langue entre mes seins. Je me figeai, retenant mon souffle quand, de sa main libre, il agrippa le bas de mon T-shirt.

— Ça fait longtemps que j'attends ça, dit-il.

Je lui plais, scanda mon cœur. *Je lui plais, et il va me montrer à quel point.*

Tirant le col de mon T-shirt vers le bas, il le déchira lentement, douloureusement sur ma peau. Il contempla la boule de tissu et la jeta derrière lui.

— Tu n'auras pas besoin de ça, dit-il avant de baisser la tête pour venir à la rencontre de mes lèvres affamées.

Ma peau se couvrit de chair de poule, un frisson me parcourant le cuir chevelu. Je ne gémis pas, je ne lui donnai pas cette satisfaction, mais quand il prit un de mes seins nus au creux de sa main et le pétrit, décrivant des cercles autour de mon téton avec son pouce, je me contractai intérieurement sans même le vouloir.

Sa façon de me toucher valait toute la haine que je me vouerais le lendemain.

Sa lèvre caressa mon oreille.

— J'imagine que tes règles magiques sont terminées, hein ?

Sa main passa de mon sein à mon ventre, descendant entre mes jambes tremblantes. Il écarta mes cuisses, ne se servant que de ses doigts, et poussa ma culotte sur le côté. Sa force m'étourdissait de désir, et je savais que dès qu'il me toucherait *là*, je m'effondrerais et perdrais le contrôle.

— Tu es là pour parler, ou pour me montrer ce dont tu es capable ? dis-je, ma voix tranchant le silence.

Il suspendit ses caresses oisives sur ma peau sensible. D'un mouvement vif, il posa sa paume contre mon sexe, comme si c'était une balle de base-ball qu'il s'apprêtait à lancer, puis il me tira contre lui, mon ventre pressé contre sa queue, et enfonça un doigt en moi tout en caressant mon clito avec son pouce.

Ça faisait mal. Ça faisait super mal.

— Fais gaffe ! m'écriai-je, troublée, sentant mes muscles se crisper. Ça fait mal.

— La douleur *est* plaisir.

Il fit aller et venir son doigt en moi et, sans jamais le retirer, il me jeta sur le lit et me retourna une nouvelle fois. Puis il me grimpa dessus, ses jambes musclées de part et d'autre de mon corps.

J'avais la tête dans l'oreiller, haletant comme une chatte en chaleur, et j'adorais ça. Il était brutal, pas le moins du monde romantique ou prévenant. Et bordel, c'était exactement ce que j'attendais de lui.

Je sentis ses dents se planter dans la chair délicate de mon cul – davantage un croc taquin qu'une vraie morsure. Il frotta son sexe en érection contre moi, et je faillis le supplier de m'enlever ma culotte pour me prendre. Mais il ne le fit pas. Il enfonça son doigt en moi, plus loin, plus vite. Même si cela me fit grimacer, je devins aussi plus demandeuse. À force de caresses et de torsions, il trouva un point sensible et le titilla, encore et encore.

J'enfouis mon visage dans l'oreiller pour étouffer mes gémissements.

— C'est…

J'arrivais à peine à parler.

— C'est…

— C'est ton point G, compléta-t-il en me mordant le lobe de l'oreille. Ravi de te rencontrer.

J'avais envie de crier, de douleur et de plaisir, et je me crispai autour de sa main. Il accéléra encore la cadence, me baisant avec ses doigts tout en frottant sa queue contre mes fesses. J'adorais ça. Chaque seconde licencieuse. La douleur de son poids et de ses doigts en moi était telle…

Je hoquetais chaque fois qu'il s'enfonçait. Je sentis ses lèvres remonter le long de mon dos, ma nuque, mes cheveux, y laissant baisers et morsures.

— Dis-moi ce que je suis en train de te faire, ou j'arrête.

— Tu me rends folle.

C'était vrai. Sa main était entre mes jambes pendant qu'il se branlait contre moi, et je devais admettre que c'était torride. Tellement torride que je commençais à avoir la tête qui tournait. À me sentir étourdie. Ivre. La culpabilité catholique que j'avais ressentie après le sexe oral de la dernière fois s'était évaporée. Ce n'était pas un péché, techniquement. Nous étions mariés.

— Ce que je suis en train de te faire. Ce n'est pas difficile à comprendre, Red.

— Tu es en train de me doigter, dis-je en rougissant.

Bon sang, pourquoi était-ce si compliqué de le dire à voix haute ?

— Pas tout à fait.

— D'accord, d'accord, haletai-je quand il s'arrêta momentanément, ses doigts encore en moi. Tu me baises avec tes doigts.

Il se remit à aller et venir, faisant augmenter la douleur ankylosante et le désir sauvage qui grondait dans mon entrejambe. Mon corps était comme électrifié, le lit se mouillait de mon désir pour lui et, après quelques minutes de montée en puissance, de tant de douleur et de plaisir, et de tout ce qui existait entre les deux, je jouis pour la toute première fois de ma vie. Impossible de se méprendre sur ce sentiment. C'était violent. Il me dévasta, me submergeant de vagues de chaleur.

Le fourmillement se calma, et mon corps se détendit. Ses doigts suspendirent leur mouvement, et après que je me fus affalée sur le matelas, il retira sa main, suça ses deux doigts, et me fit rouler sur le dos.

J'étais sa poupée de chiffon, il pouvait me retourner, me jeter, me doigter, m'utiliser, recommencer. Et c'était exactement ce que je voulais. *Au lit, en tout cas.*

— Je te voulais depuis cette soirée au Rouge Bis, tu sais.

Ses lèvres plongèrent dans mon cou pour me mordre, et je me cambrai de désir. Il lécha ma peau, faisant glisser son doigt le long de ma colonne vertébrale en se frottant contre moi.

— Une vraie bouffée d'oxygène. À m'asticoter comme si je ne pouvais pas te casser en deux.

Je gémis, lui retournant une faveur en soulevant mes hanches vers lui.

Il défit sa ceinture et ouvrit la fermeture Éclair de son pantalon de costume tout en couvrant mon visage et ma poitrine de baisers. Bordel, j'en voulais plus de lui. Pas seulement son corps, *plus*. Plus de sentiments. Plus de sexe. Plus de tout. Je voulais qu'il soit mon vrai mari et je lui mentais, je me mentais et je mentais au monde en disant que je ne voulais que du cul. C'était seulement la partie visible de l'iceberg. J'étais accro.

— Ça va faire un mal de chien, prévint-il.

— Bien sûr que oui.

Je souris dans notre baiser, mes lèvres encore collées aux siennes.

— Tout fait mal avec toi.

Il baissa ma culotte et plaça son sexe contre ma vulve. On le regarda tous les deux, les paupières lourdes, aller et venir contre moi. J'étais prête pour lui après avoir joui entre ses bras puissants, si fort, si mouillée et excitée, que je ne me posais même pas de questions.

— J'adore, murmura-t-il, fiévreux, sa bouche parcourant mon corps, sa langue tournoyant autour de mon téton.

Il était brûlant, et je renversai la tête en arrière, les yeux fermés.

— J'aime savoir que je vais chambouler ton monde et avoir ce qu'aucun autre homme n'aura jamais.

Quand il me pénétra, je retins mon souffle. Ce n'était pas simplement douloureux – c'était une torture. Ça faisait si mal que j'en eus les larmes aux yeux. Troy était équipé d'un engin comparable à une arme semi-automatique, et même si c'était la première bite que je voyais, j'avais le sentiment qu'elle n'était pas de taille modeste. Il bougea lentement en moi, son regard soutenant le mien. L'intérêt brilla dans ses yeux, et j'enfouis ma tête contre son torse.

— Pourquoi tu me regardes comme ça ? demandai-je en sentant mon visage chauffer.

Il n'avait plus l'air excité. Juste… vigilant. Il me scrutait, cherchait quelque chose, me donnant l'impression d'être plus nue que je ne l'étais déjà.

— Respire, ma chérie, dit-il, sérieux. La douleur s'en ira, mais le plaisir restera. Je suis là, Red.

Il alla et vint en moi, et je grimaçai à chaque coup de reins, enfonçant mes ongles dans son dos, sachant que j'y laisserais des marques. Parce que je voulais qu'il arrête. Parce que je voulais qu'il continue. Parce que je ne voulais jamais plus partir.

D'un baiser, il chassa une larme qui roulait sur ma joue ; j'aurais préféré qu'il ne le fasse pas, car mon cœur se brisait un peu plus chaque fois qu'il faisait preuve de tendresse. Je voulais le Troy impitoyable, celui qui ne m'offrait pas d'espoir, qui ne promettait pas une fin de conte de fées. Troy était le mec qui brisait votre tête de lit et vous brisait le cœur. Et je ne voulais pas que le faux espoir occupe plus d'espace qu'il n'en prenait déjà dans mon esprit.

Troy continuait à aller et venir en moi, plus vite, plus fort, plus loin. Bientôt, je me fis à son rythme, et nos hanches bougèrent à l'unisson, comme une danse sensuelle.

La douleur s'en ira.

Non, elle ne s'en irait pas.

Le plaisir restera.

— Je veux que tu jouisses encore dans mes bras, dit-il.

Mais je savais que cela n'arriverait pas. Pas alors que tout ce que je ressentais, c'était une déchirure. Il glissa une de ses mains entre nous et se mit à frictionner mon clitoris. Je retins mon souffle quand il le titilla de haut en bas avec son pouce.

— Oh ! mon Dieu, haletai-je. Ça fait mal de la meilleure des manières.

Il m'embrassa, glissant sa langue entre mes lèvres. Même sa langue baisait ma bouche. L'immense lit grinçait un peu à chaque poussée, la tête de lit tapant contre le mur à chaque coup de reins.

Sauvage. Possédé. Sans retenue.

Et il s'avéra que c'était tout ce qu'il me fallait pour me tordre et me tortiller contre lui. Je sentis la sensation familière de la perte de contrôle de mes muscles et essayai de le chasser parce que, cette fois-ci, l'orgasme menaçait de me déchirer en deux.

Il me maintint en place, me clouant au lit avec la main ferme qui jouait avec moi.

— Putain, t'es tellement belle quand tu jouis.

Et je jouis encore, plus fort cette fois, criant son nom à pleins poumons. Je crois que personne n'avait jamais été autant sous l'emprise d'une autre personne que moi sous celle de Troy Brennan. L'étranger effrayant devenu époux cruel.

Ce ne fut qu'après mon deuxième orgasme que mon mari se mit à aller et venir plus fort, perdant le contrôle à son tour. C'était fou de le voir lâcher prise, pour une fois, alors qu'il me pénétrait plus profondément. Il enfla en moi, me remplissant complètement – et pas seulement physiquement.

Il allait jouir. Il posa son front contre le mien, des mèches de cheveux noirs collées à son front. Nos transpirations se mêlèrent.

C'était tellement sexy.

Bordel, je ne répondais plus de moi.

Ce n'était pas le fait qu'il prenne ma virginité qui me rendait vulnérable. Ni le fait que j'étais allongée dans une flaque mêlant notre désir et mon sang. C'était ce que je ressentais pour lui qui m'horrifiait. J'avais envie de me distancier de cela, de mettre de l'espace entre Troy et moi, de retrouver le contrôle de mon cœur.

Je partais en vrille, à toute vitesse. Je me noyais, je coulais, je chutais. J'étais sans défense, désarmée, complètement exposée. Une cible facile attendant qu'il me tue et me déplume.

Il se laissa tomber à côté de moi, me tirant dans ses bras, mes fesses contre son corps. Les draps étaient tellement mouillés que l'idée que Maria les trouve me fit rougir de honte. Je les changerais ce soir et ferais la lessive moi-même. Demain, ce serait comme s'il ne s'était rien passé.

On resta allongés là en silence pendant qu'il traçait des lettres et des motifs sur ma peau du bout du doigt. Il écrivit « Dieu », puis « Troy » et « Red ». Il dessina une maison, des gouttes de pluie, et des ailes.

Nous ne plaisantions plus.

Ce n'était pas que du sexe. C'était bien plus et c'était flippant. Trente bonnes minutes s'écoulèrent avant que l'un de nous reprenne la parole. Étonnamment, ce ne fut pas moi.

— Parle-moi de ta mère, demanda-t-il à l'improviste.

Son ton était paresseux, comme si nous nous connaissions au-delà du physique. Et c'était un mensonge que j'étais tentée de croire.

Mon corps avait dû se raidir car, soudain, ses doigts arrêtèrent de me caresser le dos, et ses lèvres quittèrent mes cheveux.

— Je n'ai pas de mère, expliquai-je. La femme qui m'a mise au monde s'est enfuie longtemps avant que je puisse créer des souvenirs d'elle.

— Tu as essayé de la retrouver ?

La douceur de son ton me hérissait. Il n'était pas censé s'intéresser à ma vie. C'était un pitoyable connard qui m'avait trompée, m'avait forcée à l'épouser et gagnait sa vie en violant la loi.

— Tu passes une audition pour *Complément d'enquête* ? C'est quoi ton problème, Troy ?

Je me libérai de son étreinte, me relevant à la hâte. Je pris des affaires qui n'étaient même pas à moi au sol et enfilai sa chemise et ma culotte sans le regarder. Cette soirée n'était pas censée se terminer comme ça.

Il était encore allongé sur le lit, la tête relevée sur son bras plié. Il m'observait, toujours nu.

— J'essaye juste d'être un bon mari, dit-il.

— Tu n'es bon qu'à une chose, Brennan.

Je remontai ma culotte en vitesse.

— Et c'est à ce qui vient de se passer sous tes draps.

— Ce sont les tiens aussi, Red.

— Tu croyais que j'allais être ta tourterelle à partir de maintenant ?

Je lui tournai le dos, déjà prête à sortir de la pièce.

Je l'entendis rire, et mon cœur se serra.

— J'ai changé d'avis, répondit-il d'une voix dure. Je ne te laisserai plus t'envoler. Jamais.

19

Sparrow

— Penses-y…

Les mains de Lucy voletaient alors qu'elle pelait les pommes de terre à la vitesse de la lumière au-dessus de l'évier de ma cuisine.

— Tu lui as dit de virer Connor, et il l'a fait. Tu lui as dit d'arrêter d'aller voir ailleurs, et il semblerait bien qu'il l'ait fait aussi. Ça va peut-être te choquer mais, ma belle, ton mari a des sentiments pour toi.

Debout à côté d'elle, je remuai la sauce Alfredo pour les Rotini et y plongeai un doigt pour la goûter. J'ajoutai une pincée de sel, essayant de gagner du temps. Mon amie ne craignait plus pour ma sécurité. Ma vie amoureuse l'intéressait davantage à présent.

— Mmm, fis-je.

Je n'avais pas tellement envie de lui raconter que le mari soi-disant aimant m'avait embarquée dans un avion contre mon gré avec un faux passeport et qu'il avait baisé une autre femme dans notre chambre.

Le même jour.

Ouais, Disney allait bientôt l'appeler pour lui demander des conseils sur comment créer un prince charmant crédible.

— Enfin… ça fait trois mois qu'on est mariés, et il me cache encore tout plein de secrets, il ne me confie rien. Pourquoi m'a-t-il épousée ? De qui parlait-il quand il a dit « ils » ce soir-là, avant qu'on aille au Rouge Bis ? Il refuse même de me dire ce qu'il s'est passé avec Catalina.

Nous étions en train de préparer des tonnes de nourriture pour un événement caritatif pour le foyer pour sans-abri au bout de la rue. Ces derniers mois, j'y étais souvent allée pour faire des dons délicieux. Les bénévoles qui y travaillaient avaient été trop heureux de me demander si je pouvais cuisiner pour leur événement.

Lucy était sur le point de verser la graisse du bacon dans un bocal vide quand je la redirigeai vers le broyeur dans l'évier avec ma cuillère en bois.

— Sérieusement ? Ça va boucher tes canalisations.

— Et ne fais surtout pas couler l'eau, répliquai-je.

Elle sourit mais obéit, versant la graisse dans l'évier.

Je continuais de me rebeller, à petite échelle, sur des questions matérielles. Je le forçais à rester sur le qui-vive. Je lui montrais que ce n'était pas parce que nous partagions un lit – et suffisamment de parties de jambes en l'air pour que j'aie du mal à marcher le lendemain – que j'étais une gentille petite femme. Jusqu'à présent, j'avais réussi à créer quelques « accidents », comme casser son iPad, tacher son costume préféré avec de la sauce blanche, et rayer sa Maserati avec une clé. La tête de lit, nous l'avions cassée ensemble, donc ce n'était pas vraiment ma faute.

— Regarde-toi, toute adulte à coucher pour coucher.

Lucy exprima le fond de mes pensées, parlant fort pour se faire entendre malgré le bruit du broyeur :

— Comment peux-tu le détester, faire tout ce que tu fais pour lui montrer à quel point tu le hais, et quand même coucher avec lui le soir ?

Je ne détestais pas mon mari mais, étrangement, l'admettre à voix haute m'horrifiait.

Je minimisai la situation en haussant mollement les épaules, essuyant mes mains huileuses sur du papier absorbant.

— Ce n'est que du sexe. Si je ne le faisais pas avec lui, j'aurais fini par rester vierge jusqu'à ce qu'il tombe raide mort. Même moi, je ne suis pas assez stupide pour tromper un Brennan.

Maintenant que j'étais libérée de Connor, je passais plus de temps dans notre quartier, à faire le ménage et la cuisine pour Pa, et je voyais Lucy et Daisy plus souvent. Lucy était de nouveau dans la boucle. Elle savait que je dormais dans la chambre parentale. Elle savait que mes nuits étaient chaudes malgré l'été froid et orageux. Un été qui était en train de laisser place à un automne bien pire encore.

Ma meilleure amie savait aussi que mon époux et moi partagions des conversations courtoises quand il rentrait du travail, à des heures raisonnables et sans traces de rouge à lèvres ni nuage du parfum floral écœurant d'une femme qui voulait à tout prix qu'on la remarque.

Une fois, il avait même croqué dans un de mes fameux pancakes à la myrtille. Oui, cette *saloperie sucrée.*

— Prête-toi au jeu deux minutes, exigea Lucy. S'il a bel et bien des sentiments pour toi, est-ce que ça changerait quelque chose ? Je veux dire, est-ce que tu pourrais envisager de voir ça comme… je ne sais pas, une vraie relation ?

Je pouffai, les yeux rivés sur les plats que nous avions commencé à emballer dans du papier aluminium.

— Non. Pas à moins qu'il n'avoue tout.

Au fond, je savais que nous ne serions jamais sur un pied d'égalité avant qu'il me dise pourquoi il m'avait épousée. Je savais aussi que ni le sexe ni les banalités que nous échangions ne pourraient lui soutirer la vérité. Si j'étais détachée, son cœur, lui, était sur une autre planète, bien loin de la mienne.

— Tu penses qu'il crachera le morceau un jour ?

Mon ventre se serra.

— Honnêtement ? Il y a peu de chances. Je crois que les gens comme Troy répandent tellement de mensonges qu'ils s'y noient et oublient leurs propres vérités.

Mais ce n'était pas totalement vrai. Troy était aussi à l'aise dans son océan de contrevérités qu'un nageur de natation synchronisée dans une piscine olympique. C'était moi qui m'y noyais.

Et le pire dans tout ça ? Je me nourrissais d'autres mensonges. Parce que je me disais que ça ne me faisait rien. Alors que, doucement, il s'insinuait en moi.

Transperçait les couches.

Plantait ses griffes plus profondément.

Et je savais que ce n'était qu'une question de temps avant qu'il atteigne l'endroit le plus dangereux de mon corps.

Mon cœur.

20

Sparrow

J'aimais la façon de Brock d'essayer de rentrer dans mes petits papiers comme si nous étions amis, malgré tous mes efforts pour lui montrer à quel point j'étais mal à l'aise depuis le baiser. Je n'aimais pas l'attitude de Pierre envers moi, et il trouvait des moyens plus créatifs les uns que les autres pour faire de ma vie un enfer, tout comme je le faisais pour énerver Troy.

Mais il y avait une chose que j'avais hâte de retrouver à chaque service – ma pause. Quand Brock n'était pas là pour essayer de me faire la conversation, c'était ma partie préférée de la journée. J'avais droit à trente minutes et à une entrée de mon choix à déguster dans un coin tranquille du restaurant, à l'écart des autres tables. C'était un moment pour moi au travail, avant le service effréné du dîner.

Je faisais tourner des pâtes avec ma fourchette, savourant la tranquillité, quand j'entendis des pas s'approcher, des talons cliquetant sur le sol comme des coups de feu dans le noir. C'était une femme, perchée sur des escarpins, ses hanches ondulant de manière sexy. Je souris en remarquant qu'elle portait exactement les mêmes chaussures que celles que j'avais pour mon premier rendez-vous avec Troy, celles que la fille de Maria m'avait prêtées.

Mais quand je levai les yeux vers son visage, mon sourire se figea. On se jaugea du regard, ses lèvres ourlées sur une moue désapprobatrice. Je n'avais pas vu Catalina Greystone depuis mon mariage.

Elle se glissa sur la banquette en face de moi et jeta une serviette pliée sur mon assiette pour me signifier que mon dîner était terminé.

Sidérée, je posai mes couverts et dressai le menton.

Ses chaussures.

Mes pieds se mirent à me brûler sous le coup de la colère.

Catalina était la fille de Maria.

Ses yeux.

Elle était furieuse. Quelque chose l'avait agacée, et cela avait tout à voir avec moi.

— Vous cherchez Brock ?

Mon sourire était tranchant. Catalina était un autre secret que Troy n'avait pas partagé avec moi.

— En réalité, c'est vous que je cherchais.

L'idée que Brock lui ait raconté que nous nous étions embrassés me traversa l'esprit, mais disparut aussitôt. *Il t'a embrassée, petite idiote. Pas l'inverse.* Et puis, cela remontait à plusieurs mois. Pourquoi Catalina viendrait-elle me voir maintenant ?

Je m'adossai à mon siège, consciente de mon pied qui s'agitait sous la table, faisait cliqueter les couverts contre mon assiette. Je jouai avec mon portable.

— Alors ? demandai-je.

Elle posa ses coudes sur la table et sa tête entre ses mains, comme si elle s'apprêtait à me confier un secret, mais sa voix était tout sauf amicale quand elle dit :

— Voyez-vous, Sparrow, nous n'avons jamais appris à nous connaître. Je suis désolée que nous n'ayons pas eu le temps de discuter.

Tous les muscles de mon corps se crispèrent. Je sentis bourdonner en moi l'annonce d'une catastrophe imminente.

— Catalina, dis-je sur un ton égal, il ne me reste que dix minutes avant de devoir retourner vider des poissons. Quoi que vous soyez venue dire, crachez le morceau. Je n'ai pas toute la journée.

Cela sembla la secouer un peu. Elle tendit la main vers le téléphone que je tenais à la main pour m'empêcher de le triturer.

— Troy est amoureux de moi, dit-elle.

L'impact que quelques mots simples pouvaient avoir sur tout votre être ne cesserait jamais de m'impressionner.

— C'est la vérité, insista-t-elle. Vous savez, nous étions fiancés avant que j'aie Sam. Nous sommes restés ensemble trois ans.

Elle essayait d'accrocher mon regard. Désespérément.

Je refusais de lui donner la satisfaction de voir que j'étais sous le choc mais, dans ma tête, les pièces du puzzle s'assemblaient, rapidement, maladroitement, dans un bruit grinçant. Ils avaient été fiancés. Ils s'aimaient. Ils étaient un *vrai* couple.

— C'est drôle, je ne vois pas de bague à votre doigt. Ah si, la voilà, dis-je en montrant sa main gauche. Et devinez quoi ? Elle appartient à Brock Greystone.

— Quoi, ce truc ?

Elle renifla en agitant la main avec dédain. Sa bague de fiançailles était bien plus petite que la mienne, mais restait gigantesque pour quiconque n'était pas une princesse de la vie réelle. Elle portait une fine alliance au même doigt.

— C'est juste un arrangement entre Brock et moi, expliqua-t-elle avec un sourire faussement timide.

Je la crus. Après tout, Brock m'avait dit la même chose.

— Troy et moi sommes un vrai couple. C'est pour ça qu'il vient me voir tous les vendredis soir. Vous travaillez toujours le vendredi, non ? Je suis la seule chose qui lui rende supportable cette comédie avec vous. Ne vous y méprenez pas. Il trouve que vous êtes une gentille fille. Mais bon. Pas une *femme*.

Je tremblais de rage. Mes poumons se comprimèrent, et chacun de mes nerfs et chacune de mes cellules m'intimèrent de me jeter par-dessus la table pour l'étrangler.

Troy avait une maîtresse.

Et elle était assise là, en face de moi, à me dire qu'ils s'aimaient, rien que ça.

Pire, je reconnaissais son parfum floral agressif. Celui qui flottait dans la chambre le jour où nous étions partis à Miami. Le jour où Troy avait couché avec une autre.

— Conneries.

Ma voix était grave, même si je savais que Catalina disait vrai. Mes lèvres continuèrent à remuer de leur propre chef, et ce qu'elles dirent ensuite me surprit.

— Si Troy vous aimait, il ne vous aurait jamais partagée. Ce n'est pas dans son ADN. Il ne partagerait même pas quelqu'un qu'il n'aime pas. (*Comme moi.*) S'il avait des sentiments pour vous ? Vous seriez dans son lit. Pas moi. Pas une autre.

Cela tombait sous le sens.

Cela tombait sous le sens et me redonna un peu de force. Je me levai, pointant mon téléphone sur elle.

— Il a arrêté de venir vous voir, n'est-ce pas ? Depuis des mois, je parie. C'est pour ça que vous êtes là. Vous êtes désespérée.

À la couleur qui empourprait sa poitrine et ses joues, je sus que j'avais vu juste.

Elle se leva à son tour, me fusillant du regard avec un sourire pincé.

— Si c'est toi et pas moi dans son lit, c'est seulement parce qu'il a passé un pacte avec le diable. Je sais tout sur ton mariage, Sparrow. Il n'est pas réel.

Quelque part dans mon esprit, il y avait une version mini de moi en dessin animé qui se prenait un coup en pleine poire par une version mal dessinée de Cat. La moi-animée vacilla en arrière et tomba à genoux.

Mais la vraie moi avança vers la porte en disant : « Réservé au personnel » ; je savais que si je restais, je ferais quelque chose que je regretterais.

Catalina me suivit, continuant de m'asticoter.

— Et la seule raison pour laquelle tu n'es pas six pieds sous terre et que Troy ne s'est pas débarrassé de toi pour me faire de la place, c'est parce que je l'ai trompé avec Brock. La petite passade que j'ai eue avec mon mari a fini par me faire tomber enceinte de Sam.

Elle parlait à toute vitesse, sans prendre le temps de respirer. La moi-animée reçut un coup de feu à l'épaule, du sang maculant le mur derrière elle.

— Et enfin, dit-elle, me faisant hésiter sur le pas de la porte, même après l'avoir anéanti, alors que j'avais le bébé d'un autre dans le ventre, Troy s'est occupé de moi. Il a tout fait pour moi. Ce que nous avons lui et moi… ma belle, jamais tu ne pourras le surpasser. Tu ne ferais que risquer d'avoir le cœur brisé, et je ne voudrais pas que tu te fasses de faux espoirs.

La moi-animée se redressa vivement, se faisant passer pour plus forte qu'elle n'était pour ce qu'elle avait à faire.

— Tu ne sais rien de ma relation avec mon époux. Tu ne sais rien de ce qu'il se passe. Tout ce que tu sais, c'est que Troy a arrêté de venir te voir, et ça te tue. Tu es inquiète. Et à raison. (Je souris.) Les choses changent. Les gens aussi. Passe à autre chose, c'est ce qu'il a fait. Au revoir, Catalina.

Sur ce, je lui claquai la porte au nez si fort que les murs tremblèrent autour de moi.

Le moi-animée donna un coup de pied aux fesses de la Catalina-animée, l'envoyant hors du dessin animé en train de s'étrécir. Mais dès qu'elle disparut, le cadre s'agrandit pour me dévoiler dans une mare de mon propre sang.

Parce que Catalina avait raison. Peut-être qu'il ne l'aimait pas.

Mais il ne m'aimait pas non plus.

Et la vérité, c'était qu'elle savait une chose qu'il refusait de me dire – pourquoi il m'avait épousée.

Et pourquoi cela le rendait fou.

21

Troy

Je me garai devant le cimetière embrumé.

Mon père était enterré dans l'un des plus vieux cimetières de Boston. Herbe folle, boue, mousse et toiles d'araignées ornaient les tombes comme des décorations de Halloween. L'endroit était à un portail rouillé de ressembler au plateau de tournage d'un mauvais film d'horreur, et, je devais l'admettre, j'aimais cette touche morbide. Bien que le cimetière ait triste mine, je savais que mon père n'aurait pas voulu qu'il en soit autrement. Il était derrière l'église où nous allions tous les dimanches. Sa deuxième maison, pour ainsi dire.

Mes proches étaient enterrés ici, ainsi que beaucoup de souvenirs. Certains dont je me souvenais avec tendresse, d'autres que j'aurais aimé oublier, comme McGregor.

Je me rendais ici tous les vendredis après-midi, avant l'arrivée du week-end et des nouveaux péchés à commettre. Aujourd'hui, j'étais venu parler à l'homme qui me manquait tant. Il était mon prêtre, et sa tombe, mon confessionnal.

Il ne jugeait jamais.

Ne me reprochait pas d'être celui que j'étais.

Venir ici me rappelait aussi que j'avais encore une affaire à régler. Trouver qui était responsable de la mort de mon père.

Je traversai le cimetière en sifflotant, ma propre petite touche d'ironie. Aller sur sa tombe ne se faisait plus dans la tristesse. C'était comme prendre une bière avec un vieil ami.

Ignorant la bruine – ça avait vraiment été l'été le plus bizarre à Boston et, à ma grande joie, l'automne s'annonçait tout aussi gris –, je m'accroupis devant la tombe de mon père, les coudes sur les genoux. Comme tous les pères et fils, nous avions nos discussions difficiles, même après son sommeil éternel.

Ces dernières semaines, j'avais de nouveau été occupé à chercher qui l'avait tué. Qui avait envoyé Crupti. Qui que ce soit, il avait fait appel à un intermédiaire (un pauvre gosse du coin qui était mort dans un accident quelques mois après mon père) et s'était servi de monnaie virtuelle. La personne derrière l'assassinat de mon père était intelligente. Réfléchie… *et comme morte.*

J'avais chargé des gens de creuser pour tenter de découvrir qui avait demandé à Crupti de tuer mon père. Je comptais remuer ciel et terre à Boston et ses environs. Mais ce n'était pas facile. Tous les ennemis de mon père étaient soit morts, soit innocents. Quelque chose clochait.

Je commençais à me demander si la personne qui avait envoyé Crupti était un ennemi à *moi*, et non de mon père.

Au moins, j'avais réglé les comptes avec Paddy Rowan, cette vieille raclure. Même si ce n'était pas seulement pour mon père, mais pour elle, également.

J'avais parlé souvent de Sparrow à mon père, récemment.

— Est-ce que Robyn aussi était une casse-bonbons ? Sparrow doit bien avoir hérité son répondant de quelqu'un, et ce n'est pas du vieux Abe.

Papa ne répondit pas. Évidemment. Il ne le faisait jamais. Mais j'avais le sentiment que s'il avait été à côté de moi, il se serait esclaffé et aurait lancé une remarque crue sur les femmes de la famille Raynes. J'avais l'impression que même s'il avait aimé Robyn, il n'avait jamais montré ses sentiments ouvertement.

Je ne pouvais pas le lui reprocher. Je n'étais pas vraiment au contact de mes émotions. La plupart du temps, je n'étais même pas sûr qu'elles existent.

Et voilà que je baisais exclusivement Red. J'arrachai quelques brins d'herbe et les jetai sur la tombe. Cela faisait longtemps que je ne m'étais pas limité à une seule femme. Ma dernière tentative de monogamie remontait à Catalina, et cela s'était soldé par un échec monumental.

— Bébé ? Bébé, c'est toi ?

Quand on parle du loup. Cat s'approchait de moi tant bien que mal, perchée sur ses talons hauts, son brushing tout aplati sur sa tête, le front éclaboussé de gouttes de pluie. Ses dents claquaient dans la bruine glaciale.

Sa présence n'aurait pas dû me surprendre. Elle avait toujours eu des tendances harceleuses. Même avant que je rompe avec elle. Quand elle portait encore le masque de la gentille fille timide qui m'avait attiré vers elle au départ. Elle accompagnait Maria quand elle venait faire le ménage chez mes parents, me regardant toujours derrière ses longs cils recourbés, me souriant comme si c'était moi qui accrochais la lune dans le ciel et illuminais le soleil.

Mais elle était aussi extrêmement possessive.

Elle furetait toujours pour s'assurer que je n'étais qu'à elle.

Je me relevai, ne réalisant qu'alors à quel point j'étais trempé à cause de la pluie, et je me dressai devant elle, le visage fermé. Elle s'arrêta à quelques pas. La pluie s'intensifia, et il me fut difficile de discerner son expression.

— C'est une enfant, annonça-t-elle. Ton mariage était censé être un arrangement, tu l'as dit toi-même. Tu as reconnu qu'elle était un fardeau que tu devais porter pour ton père.

Elle tremblait, et ce n'était pas à cause du froid.

— J'ai besoin que tu reviennes, Troy.

Elle pleurait, parlait de Sparrow, et bien que cela me surprît, je n'aimais pas la voir si bouleversée.

— Oublie, dis-je en resserrant mon caban trempé autour de moi. On a eu notre baise d'adieu, on s'est dit au revoir dans mon appartement il y a des mois. C'est fini.

— Troy, bébé, non.

Elle tomba à genoux devant moi, nous éclaboussant de boue. Elle s'agrippa à mes jambes comme si c'était une ancre, ses joues ruisselant de larmes qui se mêlaient à la pluie.

— S'il te plaît. Elle n'est rien, personne. Elle ne veut pas de toi. N'a pas besoin de toi. Ne te mérite pas. Nous partageons un passé. Une alchimie. Nous avons un truc, dément et tordu, mais qui est à nous. C'est nous. Ça a toujours été nous.

— Tu aurais dû y penser avant de laisser Brock te mettre en cloque.

Mon ton était dur, mais il n'était plus mordant. Je ne prenais plus mon pied à baiser la femme de Brock. Cela n'avait plus aucun goût. Aucune valeur. Je devais être passé à autre chose.

— C'est toi qui m'as dit de l'épouser, sanglota-t-elle en reniflant, ses ongles toujours plantés dans mon pantalon. Tu as déclaré que c'était mieux pour tout le monde à cause de cette foutue grossesse. Oh ! Troy.

— Cat, grognai-je, cette *foutue* grossesse est devenue un gamin. Tu pourrais peut-être songer à t'occuper de lui.

Mais je savais ce que Cat ne disait jamais tout haut. Elle en voulait à Sam, parce qu'il était la dernière goutte d'eau qui avait fait déborder le vase entre nous. Je ne pouvais pas la reprendre après cette trahison.

— Ça aurait pu être nous. Mariés. Heureux. Ma place est dans ton lit, sous ton toit, dans ta tête. Je ferai n'importe quoi, supplia-t-elle. Dis-moi ce que je dois faire pour que tu me reviennes.

— Tu es une épave.

Je partis en direction de ma voiture. Je lui en voulais d'avoir débarqué pendant que j'étais avec mon père.

Elle s'élança à ma suite en pleurant comme une hystérique, trébuchant, puis se relevant en chancelant. Des escarpins n'étaient pas le meilleur choix de chaussures pour un cimetière boueux. Mais Cat avait toujours aimé se donner en spectacle. Le Troy vingtenaire admirait ça. Le Troy trentenaire savait que ça devenait lassant, ces conneries.

— Ne fais pas ça, m'avertit-elle. Je vais te gâcher la vie.

Je soupirai.

— Catalina, bébé, tu n'arrives même pas à gâcher ta propre vie, alors ne parlons pas de celle des autres. Tu n'as jamais rien réussi.

— Va te faire voir.

Elle me poussa puis me donna des petits coups de poing, que j'esquivai. Je l'attrapai par les poignets et la fis reculer contre le haut mur d'enceinte en pierre du cimetière. L'avoir entre mes bras, clouée au mur, me semblait creux. L'espace d'un instant, je me demandai si je l'avais même vraiment aimée.

— Ça suffit. Ça s'arrête maintenant. Écoute-moi bien, et rentre-toi ça dans le crâne, parce que je ne vais pas le répéter deux fois. Tu as eu ta chance. Je t'ai tout donné. J'ai travaillé comme un forcené pour que tu puisses t'offrir tes saloperies de luxe. J'ai pris des risques. Bâti une entreprise, ouvert un restaurant français juste parce que c'était ta bouffe préférée – *tout* pour toi. Mais tu m'as trahi. Tu t'es shootée à ma thune, tu as presque tout sniffé, et j'ai dû t'envoyer en cure de désintox, où tu as encore plus merdé. On s'est bien amusés, mais il est temps de passer à autre chose. Compris ?

Catalina tambourina encore sur ma poitrine et cria :

— Arrête de dire ces choses !

Je savais que c'était dur à entendre pour elle, mais bizarrement, ce n'était pas dur à dire pour moi. Ce n'était pas dur de l'admettre devant elle et pour moi-même. J'avais envoyé Cat en centre de désintox à Malibu peu de temps avant notre rupture. La cure la plus chère des États-Unis. Salles de sauna et spa vingt-quatre heures sur vingt-quatre. Tout ce qu'il y avait de mieux pour ma nana. Elle était revenue enceinte de son thérapeute. Enceinte de *Brock*.

Je me souvenais encore du jour où ma petite amie initialement pas enceinte était rentrée après deux mois de désintox avec une surprise dans le ventre. Elle avait essayé de me convaincre que le bébé était de moi. Bordel, j'avais tout fait pour le croire. Mais quand j'étais allé avec elle à la visite de contrôle, la gynécologue avait révélé les dates. Cat était enceinte de six semaines, et l'enfant n'était pas le mien.

— Non, non, non, non.

Elle secoua violemment la tête, se lacérant le visage de ses ongles longs, striant ses joues de griffures sanglantes.

— Ne prends pas ma compassion pour des sentiments, dis-je, surpris de constater que toute rage m'avait quitté. Quand tu étais enceinte, je ne t'ai pas mise à la porte parce que je ne voulais pas que cette merde me pèse sur la conscience, pas parce que je t'aimais encore.

— Troy ! supplia-t-elle, agitant ses poings en sang sous mon nez et gémissant comme un animal torturé. Arrête ça tout de suite !

Mais c'était vrai.

Je m'étais senti coupable. Coupable de ne pas avoir pu lui

donner ce qu'elle voulait. Ce que nous voulions. Nos fiançailles étaient vides de sens, et nous le savions. J'allais épouser Sparrow Raynes, la pauvre petite fille du bout de la rue. L'argent, les vêtements, les restaurants, les vacances au soleil. Des mensonges, rien que des mensonges. Un enchaînement de distractions pour nous faire oublier qu'on ne se marierait jamais. Dans un sens, une part de moi – celle du premier amour – prenait la tromperie de Cat comme une punition. Je ne pouvais pas être exclusivement à elle. Pourquoi devrait-il en être autrement pour elle ?

Je me rappelais encore mon retour à l'appartement que Cat et moi partagions, après la rupture. Je voulais prendre quelques affaires, des habits. Je n'avais pas été surpris de constater que le gars qui l'avait mise en cloque avait fait le déplacement à Boston juste pour retremper son biscuit.

Elle était belle, brisée et prête à faire tout ce que voulait l'homme à ses côtés. C'était une combinaison létale pour la plupart des hommes, un cocktail auquel il était trop difficile de résister. Je le savais d'expérience.

Brock finit par rester à Boston, et je l'autorisai à bosser pour moi. Je lui avais donné un travail quelques mois avant le meurtre de mon père, pensant aider Cat – et Brock – à fonder une famille. J'avais cru que c'était ma façon de compenser. C'était fini entre nous, mais j'avais une chance de me racheter aux yeux de la seule femme que j'avais jamais aimée. Même si je ne pouvais pas l'avoir.

— On aurait dû arrêter ça il y a des années, putain, dis-je à Cat.

Elle avait du mal à reprendre son souffle, le visage gonflé de larmes et plus âgé que la dernière fois que je l'avais vue.

— Je t'aime. Il n'a toujours été qu'un jouet. Je t'aime, Troy.

Tentant une nouvelle approche, elle se cambra contre le mur en pierre, ses hanches venant se plaquer contre mon entrejambe.

Je reculai aussitôt. Bordel, elle pensait que j'allais la prendre ici et maintenant. Comment avais-je pu aimer quelqu'un d'aussi faible ?

J'inspirai profondément.

— Tu n'aimes que le danger et la bite. Il y a un abîme entre nous, et il a englouti tous les sentiments positifs que j'ai pu avoir à ton égard. Parce que même après que j'ai essayé de vous aider, toi et ton mari, tu as eu le culot d'aller lui raconter tous les secrets que je t'avais confiés.

Je lâchai ses poignets, dégoûté.

— Et ça a été la trahison ultime.

Catalina avait tout dit à Brock.

Sur les promesses auxquelles m'avait forcé mon père.

Sur Sparrow.

Sur tout, putain.

Elle m'avait mis dans une position vulnérable, et elle avait mis tout ce que j'avais construit en danger.

J'aurais aimé que Cat n'ait jamais rien dit à Brock. J'aurais aimé qu'il ne m'avoue pas qu'il savait. Un soir alcoolisé où nous étions tous les deux rentrés du chalet après avoir sevré la fille d'un client, Brock m'avait révélé que Cat avait déballé tous les secrets que je lui avais confiés. Il avait promis de ne rien dire.

Comme ce n'était pas une promesse amicale – c'était une menace.

— Voilà le marché, annonçai-je en posant mon bras au-dessus de la tête de Cat, les yeux braqués sur les siens. Je vais partir d'ici. La prochaine fois que je te vois, ce sera au bras de Brock, à jouer la bonne épouse. Tu ne me parleras pas, ne parleras pas de ça, et tu n'essayeras plus de me contacter, c'est compris ?

J'admets que j'y étais allé un peu fort pour me venger. Baiser Catalina sous le toit de son mari pour me sentir mieux ? Oublier tout ce que j'avais perdu ? La réduire à rien de plus qu'une chatte chaude dans laquelle m'enfouir de temps en temps ? C'était un coup sous la ceinture, mais j'avais besoin de reconstruire mon ego. J'avais eu besoin de la laisser aussi brisée que je l'étais quand elle m'avait trompé, en avait épousé un autre et avait craché mes secrets.

— Elle sait, dit Catalina avec un sourire fou, haineux. J'ai tout raconté à Sparrow pour nous. Ta femme est au courant.

— Si tu l'approches encore, je te tue de mes propres mains.

Je fis un pas en arrière et la regardai glisser le long du mur et s'effondrer sur l'herbe en pleurant.

Cela faisait des années que je me jouais cette scène dans ma tête. Le moment où je quitterais Catalina pour de bon. Où je me tirerais de ce bordel tant que j'avais l'avantage.

J'avais imaginé me sentir triomphant et fou de joie quand je la quitterais, lui briserais le cœur, mais alors que je sortai du cimetière, je ne ressentis qu'un vide intersidéral et une rage insupportable qu'elle ait parlé de Red.

J'espérais que Cat n'était pas de nouveau sous coke. Le pauvre Sam n'avait pas besoin de deux ratés pour parents.

Et alors que le tonnerre déchirait le ciel au-dessus de moi, annonçant un nouveau déluge, je me glissai dans la Maserati et mis la radio à fond. *Last Night I Dreamt that Somebody Loved Me* des Smiths retentit dans les haut-parleurs. Je sus que cette fois, la pluie chasserait tous mes souvenirs de Cat.

C'était fini. Pour de bon.

J'avais hâte d'entamer le chapitre suivant.

22

Troy

Flynn était mort.

Il était encore vivant quand j'avais quitté le chalet avec Brock le samedi. La désintox après Miami n'avait pas pris – sans grande surprise. J'avais reçu un appel de George Van Horn qui se plaignait que son fils avait replongé, et pas qu'un peu. J'avais ramené Flynn au chalet et l'avais laissé sous la responsabilité de Brock pour le week-end.

Comme prévu, j'y allai le lundi matin dès la première heure pour voir si tout allait bien.

Flynn avait bel et bien clamsé.

J'étais rongé par la culpabilité. Non pas que la mort me décontenance. J'étais responsable de la fin atroce de deux hommes, que j'avais supprimés sans ciller. Mais Flynn était innocent, et il était décédé parce que son père était trop fier pour envoyer son fils à l'hôpital et demander l'aide d'un professionnel.

Il était mort aussi parce que je me souciais plus de l'argent que de faire ce qu'il fallait.

Flynn était comme Sparrow. Tout le monde l'avait abandonné.

Ses parents. Sa famille. Ses amis. La seule différence était que Sparrow m'avait maintenant, et que je ne laisserais personne faire de mal à ma petite tourterelle. Si elle devait être brisée, ce serait par moi.

L'odeur de Flynn m'indiqua qu'il avait certes rendu l'âme, mais pas depuis suffisamment de temps pour commencer à dégager une odeur pestilentielle. Ce qui était logique : si Brock l'avait laissé seul, cela ne devait pas remonter à bien longtemps.

Je fis rouler Flynn sur le dos et posai deux doigts sur son cou pour chercher son pouls.

Ouais, il était mort.

Je soupirai et me passai une main dans les cheveux en regardant autour de moi. Brock était censé le sauver. Ça avait beau être un connard, il touchait sa bille côté désintox. Alors pourquoi avait-il abandonné le navire sans me prévenir, et comment allais-je l'expliquer à George, putain ?

Je passai mes pouces sur les paupières de Flynn pour lui fermer les yeux. Son regard de chiot perdu me fixait, et j'avais besoin de ne plus me sentir comme une merde.

J'appelai George Van Horn, lui annonçant la nouvelle de manière codée. Le colis s'était perdu. On ne pouvait pas le récupérer. Que voulait-il que je fasse ? Il me donna la réponse que j'espérais ne pas entendre.

— Je vois que le service postal est toujours aussi cher et peu fiable. (Il me lançait une pique.) Assurez-vous que personne d'autre ne trouve le colis.

Puis il raccrocha.

Van Horn voulait que je me débarrasse discrètement du corps de Flynn. Il n'avait même pas la foi de faire croire à une fausse overdose afin de donner de vraies funérailles à son fils. Bien sûr, cela aurait tué sa campagne politique. Mais les George Van Horn de notre monde, ceux qui compromettaient leurs valeurs morales – qui faisaient des crasses qu'ils n'assumaient pas –, découvraient un beau jour qu'ils étaient devenus des monstres.

Moi-même, je n'avais pas l'impression d'un être un. Je pensais sincèrement que ceux qui avaient tué mon père méritaient de mourir. J'étais cruel, mais je n'étais pas injuste. Jamais je ne tuerais quelqu'un de ma famille, jamais je ne leur refuserais un enterrement digne, juste pour assurer mon profit d'une manière ou d'une autre.

À part la mère de Sparrow, me rappelai-je. Elle pesait encore sur ma conscience, et je savais que Sparrow ne me le pardonnerait jamais si elle l'apprenait.

Je traînai le corps de Flynn à l'extérieur, m'enfonçant dans les bois, suffisamment loin du chalet pour que personne ne puisse faire le lien si jamais on le retrouvait – ce qui était assez peu probable –, mais pas trop loin, parce que tirer un corps n'était pas une promenade de santé, même quand il s'agissait d'un petit junkie tout maigrichon.

Cela ne servait à rien de l'emmener ailleurs dans les bois. Je n'arriverais pas à le mettre dans la Maserati et je ne pourrais jamais me débarrasser de toutes les preuves après coup.

Après l'avoir placé près d'un tronc, je retournai au chalet pour prendre une pelle, puis je revins pour creuser sa tombe. Je jetai le corps dans le trou et l'enterrai du mieux que je pus, conscient qu'il serait mieux de le brûler, mais incapable de m'y résoudre. C'était stupide. Il était déjà mort. Mais c'étaient mes valeurs morales tordues qui faisaient des leurs.

Je l'enterrai à côté d'*elle*, pour me rappeler où il était au cas où je devrais un jour le déterrer. Tout était calculé, comme d'habitude, et pourtant, j'avais l'impression que rien n'allait plus.

Surtout le fait qu'elle soit là, à quelques mètres de lui à peine. Sa fille avait besoin de savoir. Sa fille *devait* savoir.

De retour au chalet, je pris une douche puis jetai mes vêtements dans un petit brasero à l'arrière. Les yeux baissés, j'y lançai une allumette et regardai le feu passer des brindilles au tissu, les flammes léchant le bord du brasero, avalant la preuve de mon péché.

Tirant le canapé jusqu'au patio, comme pour évacuer ma culpabilité par la sueur, je l'arrosai d'essence et y mis le feu. Des flammes pestilentielles s'élevèrent vers le ciel gris, nuageux.

Je récurai le chalet de fond en comble, tout ce que Flynn avait touché, jusqu'à faire peler ma peau et saigner mes doigts. Cela nécessita bien quelques heures, mais je ne devais prendre aucun risque.

Sur le chemin retour pour Boston, je tentai de ne pas penser aux Van Horn. C'était la partie du métier que j'aimais le moins. En temps normal, j'étais un méchant qui traficotait avec des méchants. Mais de temps en temps, un Flynn apparaissait sur mes écrans radar, un innocent qui se trouvait juste au mauvais endroit ou, plus souvent, qui n'était pas né dans la bonne famille, et c'est là que ça se gâtait. Ce n'était pas mon style de la faire à l'envers à des personnes qui n'auraient pas dû subir mon courroux. J'avais ma propre justice, et je l'appliquais quand je le jugeais bon. J'essayais de me dire que c'était la vie. Que parfois on était Batman… et parfois, le Joker.

Flynn ne méritait pas de mourir, et j'aurais pu l'empêcher, mais cela m'aurait coûté un client et causé des ennuis. Autrement dit, assurer mes arrières était plus important que la vie de Flynn.

M'efforçant de chasser cette pensée et la confrontation imminente que je devrais avoir avec Brock, je composai le numéro de

Sparrow. Je savais qu'elle travaillait, mais je fus pris d'un besoin urgent d'entendre sa voix. Elle décrocha après la quatrième sonnerie.

— Pourquoi réponds-tu à ton téléphone ? Tu devrais être en train de bosser, aboyai-je.

Elle prenait son job au sérieux, et je savais qu'elle n'était pas heureuse au Rouge Bis. Sparrow était née pour être libre. Elle n'était pas faite pour servir sous le règne de gens comme Pierre. Ou moi. Et elle se fichait de la gastronomie. Elle était l'opposé de Catalina. Ce qu'elle aimait, c'était la *street food* réconfortante, chaleureuse et pleine d'huile. C'était une fille à pancakes.

— Si tu sais que je travaille, pourquoi tu m'appelles ?

— Pour te faire chier, bien sûr.

— Mission accomplie.

J'entendis son air amusé, puis un soupir et le bruit des casseroles.

— Pierre me met la misère.

— Celui qui a des saucisses à la place des doigts ?

Je fis rouler un cure-dents entre mes lèvres. Ça me déplaisait qu'elle en bave dans mon restaurant, mais j'étais heureux qu'elle n'ait pas baissé les bras.

— Tu fais du bon boulot.

— Je sais. C'est pour ça que ça me tue.

— Encaisse, lui intimai-je.

— Oh ! j'y compte bien. Je vais faire une descente dans ton bar dès que je rentre à la maison.

À la maison. Ce n'était pas la première fois qu'elle le disait. Au début, c'était toujours *ton* appartement, *tes* draps, *ta* cuisine. Ça me plaisait que ce soit devenu *notre* espace, même si j'avais le sentiment que c'était temporaire.

— Attends-moi. J'ai bien besoin d'un verre. Ou six.

— Encore une journée difficile au boulot ? demanda-t-elle.

— La pire.

— Tu devrais peut-être changer de métier.

— C'est ça, raillai-je. Pour faire quoi, au juste ? Assistant social ? Ou spécialiste de l'environnement ?

— Parfait. Je pensais à quelque chose style sauver les ours polaires ou les oiseaux sauvages. Un endroit loin de toute civilisation, ça t'irait bien.

— J'ai déjà sauvé un oiseau sauvage, lui rappelai-je. Et elle m'occupe vachement.

— Ah oui, *sauvé* ?

Elle rit, m'accusant sans le vouloir.

— Prends à manger au chinois pour ton oiseau sauvage avant de rentrer à la maison. J'ouvrirai une bouteille. À tout à l'heure.

Je fus presque tenté de tout lui avouer, au téléphone, comme ça. Heureusement, je me repris vite. Je savais que cela ne m'apporterait rien de bien – qu'elle ne me pardonnerait jamais. Ni à moi, ni à mon père, ni à sa mère. Elle ne pardonnerait à aucun de nous.

Je montai le son de la radio. *In My Head* de Queens of the Stone Age retentit à plein volume dans les haut-parleurs. Passer du temps dans ma femme était devenu mon passe-temps favori. J'avais enfin trouvé ma faiblesse et, évidemment, elle était entre les jambes de Red.

C'était là que je voulais vivre, et ça ne me dérangerait pas d'y mourir.

Mais il n'y avait pas que ça. J'étais toute chose à l'idée de me retrouver avec cette petite maligne ce soir. Je ne dirais pas que je me sentais heureux mais étrangement excité. Ça me hérissait le poil de l'apprécier. C'était un peu comme lui donner les clés de mon âme alors qu'elle était complètement torchée et lui dire de faire attention sur la route. Qui me disait qu'elle le ferait ?

Notre « accord » de baiser sans avoir d'autre forme de relation m'embrouillait totalement. Il n'y avait rien de romantique entre nous. On ne sortait pas, on ne s'offrait pas de cadeaux, on ne regardait pas Netflix ensemble. On ne faisait pas l'amour mais la guerre. Quand elle tirait, je mordais. Quand elle griffait, plantant ses ongles dans ma chair, j'allais plus fort, plus vite. Nos ébats étaient furieux, bruts, c'était bestial, sauvage… mais pas égoïste.

Ce qui me plaisait, ce n'était pas tant qui elle était, mais qui elle n'était pas. Elle n'était pas une femme qui me convoitait pour mon pouvoir, mon statut, mon job ou mon compte en banque.

Ça ne faisait que l'emmerder que je lui achète des choses et, croyez-moi, j'avais demandé à ce qu'on remplisse son dressing de robes et de chaussures de créateurs. Elle avait tout donné au refuge pour sans-abri du coin de la rue comme si ça ne valait rien. Il y a maintenant une SDF complètement folle qui se balade dans le centre-ville de Boston avec une robe Stella McCartney et une paire de Jimmy Choo, hurlant aux feux tricolores comme si elle était le Messie.

Oui. Red ignorait mes cadeaux tapageurs comme s'ils étaient contaminés, sales, indignes ou, pire, elle les calait sous son bras et allait les donner à des associations caritatives. J'avais envie de la tuer et de l'embrasser dans le même souffle.

Cela m'emmerdait et me ravissait à la fois.

Ce n'était pas une femme qui tenait à des saloperies superficielles ou qui était motivée par les mauvaises choses. C'était un tableau blanc, vierge, propre, sur lequel je pouvais gribouiller.

Et c'est ce que je faisais.

Sur ses lèvres, sa mâchoire, dans son cou, le long de sa clavicule. Je griffonnais ma faim pour elle en couleurs vives en suçant ses tétons roses, les effleurant avec mes dents, d'abord lentement et tout en douceur, puis avec plus de force, quand je me rendais compte qu'au fond de la petite Sparrow se cachait un oiseau sauvage attendant d'être libéré. Je la frictionnais presque jusqu'au sang, jusqu'à ce que ses gémissements deviennent des grognements. Je marquais mes initiales sur tout son corps en la léchant de haut en bas et lui faisais crier mon nom. Encore.

Et encore.

Et encore.

Et le plus tordu, c'était que je ne voulais pas qu'elle finisse. Je n'avais pas hâte de terminer, que ce soit à moi de jouir. Je la laissais s'amuser. Et puis, j'aimais la regarder sous mes paupières lourdes. Pour la première fois de ma vie, le sexe ne tournait pas autour de moi mais d'elle.

Putain. Je m'y étais mal pris pendant toutes ces années.

Tout cela ne me ressemblait pas. Je n'étais pas du genre attentionné. La dernière fois que je m'étais investi, j'avais laissé Brock, Catalina et quelques autres me bousiller la vie, et ça avait mal fini.

Sentant une vague de colère incandescente me parcourir la peau, je composai le numéro de Jensen. C'était le type à qui je faisais appel pour tout ce qui était piratage. Il avait accès au compte en banque de Sparrow, entre autres choses.

Il répondit mais ne dit rien. Oui, c'était ce genre de gars. Homme de peu de mots mais de beaucoup d'actions.

— Elle a déjà encaissé le chèque ? demandai-je.

L'argent de Paddy.

— Non. Toujours fauchée, comme quand tu l'as épousée.

— Magnifique. Préviens-moi si ça change.

Je raccrochai, satisfait de moi-même. Sparrow déposerait le chèque. Je n'en doutais pas une seule seconde. Mais elle le ferait quand elle s'enfuirait et aurait besoin d'argent. Après tout, elle ne savait toujours pas qu'elle serait riche quoi qu'il arrive, puisque mon père s'en était assuré dans son testament.

Je me laissai retomber contre le cuir de mon siège, au volant de ma voiture, et pris une profonde inspiration pour la première fois depuis que j'avais quitté le chalet. Pour l'instant, elle était là. Avec moi.

J'avais l'intention de m'assurer que ça ne change pas.

23

Sparrow

Je dus esquiver les avances de Brock pour un autre dîner. Il n'était pas revenu au travail depuis ma confrontation avec Catalina, mais il m'attendait à nouveau au coin de la rue après mon service du lundi soir.

— Oubliez, dis-je en passant devant lui sans lui adresser un regard.

Il me rattrapa, les mains dans les poches de son jean.

— Accorde-moi une minute. Je te jure que ça en vaut la peine.

— Vous n'arrêtez pas de répéter ça, dis-je entre mes dents serrées, la visite que sa femme m'avait rendue quelques jours plus tôt encore bien présente à mon esprit. Mais je ne crois pas que vous sachiez ce que ça veut dire. Écoutez, je suis désolée si ça ne marche pas entre Catalina et vous, mais je ne plongerai pas tête la première dans vos histoires. Vous êtes marié, et moi aussi.

C'était une déception de découvrir que le gentil, le beau Brock par qui j'avais d'abord été attirée, ne saisissait pas l'allusion, même si elle était grosse comme une maison.

C'était encore plus décevant de savoir que sa femme couchait avec mon mari jusqu'à il y a à peine quelques mois, alors que nous étions déjà mariés.

Évidemment, ce n'était pas à moi de le dire à Brock. J'essayais d'éteindre des incendies, pas de relancer une flambée qui nous brûlerait tous jusqu'en enfer, Sam y compris. C'est pourquoi je n'en avais pas parlé avec Troy depuis qu'elle était venue me voir. Je n'avais pas besoin de créer un drame qui n'était pas nécessaire. C'était fini entre eux. Il avait honoré sa part du contrat. Il n'y avait plus rien à dire.

— Ma belle, je ne veux pas que Troy te fasse du mal. Il est dangereux.

Il se foutait de moi ? Est-ce que j'avais l'air d'être une demoiselle en détresse ? Je pensais m'en tirer avec dignité, seule, même quand j'avais besoin d'aide. En l'occurrence, il n'était pas nécessaire de venir me sauver. Je tenais tête à Troy toute seule comme une grande.

— Viens avec moi. Je veux te montrer quelque chose.

Il s'arrêta devant une voiture, pas aussi clinquante que celle de Troy, mais quand même tape-à-l'œil, et il m'ouvrit la portière passager.

— Je te promets, si tu penses toujours que ça n'en vaut pas la peine, je te laisserai tranquille.

— La réponse est non.

J'accélérai, me mettant presque à courir.

— Au revoir.

Je rentrai en vitesse à l'appartement, essayant de me convaincre que je n'avais pas peur, que j'étais simplement furax. Que cela partait d'une bonne intention, mais que j'étais trop ivre de Troy pour me rendre compte que Brock tentait seulement de m'aider.

De retour à la maison, j'ouvris une bouteille de quelque chose de vieux et plaçai deux verres à vin près du tapis en laine blanche devant la cheminée. Je descendis les contenants juste pour me calmer après l'altercation avec Brock – ce type était à la limite du harcèlement. Puis j'allai dans la salle de bains de l'étage, celle que je partageais avec Troy, pour me brosser les cheveux et pour prendre une douche afin d'évacuer le reste de ma journée au Rouge Bis.

Cela me rendait triste de devoir tolérer les secrets de mon mari. Triste parce que je n'étais plus capable de nier la vérité. J'étais désespérément amoureuse de mon époux.

Chaque jour, il prenait un peu plus de place dans mon cœur. Il devenait à chaque instant plus difficile de respirer quand il n'était pas là. Mon amour pour Troy Brennan n'était pas romantique, ni tendre – il était violent et avide. C'était un cancer, qui se répandait dans mon corps et se multipliait en centaines et milliers de nouvelles cellules à chaque battement de mon cœur. Il n'existait pas de chimiothérapie, pas de remède miracle. À chaque battement de cœur, je chavirais un peu plus. Me noyais plus profondément. Je tombais un peu plus loin dans l'océan insondable de mes sentiments pour lui.

J'entendis la porte de la chambre claquer et je renversai la tête en arrière en fermant les yeux pour ne pas avoir à affronter mon reflet dans le miroir. Se faire face était difficile quand on s'abandonnait à un autre.

« Est-il possible de sentir son cœur se briser, même quand on tombe amoureuse ? »

Je brossais mes longs cheveux. *Oui*. Voilà que je tombais amoureuse et que j'avais le cœur brisé du même coup. Quand il frappa à la porte de la salle de bains, cela me rappela la première fois que nous avions parlé, le jour de notre mariage. Tant de choses avaient changé depuis. Et pourtant, certaines restaient les mêmes.

— Tu ferais mieux de ne pas être décente. J'arrive.

Il ouvrit la porte, remplissant le cadre de son impressionnante carrure. Son regard azur m'observa attentivement. Je baissai les yeux sur ses mains. Elles étaient abîmées, sa peau pelait. Il sentait la javel et l'essence. Je secouai la tête et dis d'une voix calme :

— T'es pas croyable.

— Ce n'est pas ce que tu crois, répondit-il avec un sourire en coin. Je n'ai pas oublié le chinois. C'est en bas.

Je montrai ses mains.

— Qu'est-ce que tu as encore fait ?

Ses yeux s'assombrirent, prudents, et ses épaules se crispèrent. Mais je ne regrettais pas d'avoir posé la question. S'il tuait des gens à tire-larigot comme si la vie était un film de Quentin Tarantino, il fallait que je le sache.

Il regarda ses paumes, l'air renfrogné. Cela ne lui ressemblait pas. Il savait couvrir ses arrières. C'était presque comme s'il voulait que je le découvre, consciemment ou pas.

— Troy, je n'ai plus envie de fermer les yeux sur ce que tu fais. Dis-moi.

— Sparrow, franchement.

Il voulut me caresser le bras. Je fis un pas en arrière.

— Maintenant, Troy.

Son sourire s'évanouit.

— Je vais être très honnête sur une chose, mais attention. Ce n'est pas joli, et je prends la trahison très au sérieux, donc je compte sur toi pour ne rien dire.

Je levai les yeux vers lui au moment où son torse venait me percuter. Il était tellement proche que je sentais l'odeur délicieuse de sa sueur et tout ce qu'il portait d'autre ce jour-là sous le mélange de javel et d'essence.

Je hochai la tête.

— Je ne te trahirai pas.

— Je sais. (Son ton était dur tout à coup.) Rappelle-toi, tu as exigé un semblant de vérité. Alors voilà ce que je veux que tu saches. Je ne suis pas un tueur à gages. Mon métier n'est pas de tuer des gens. On ne m'a jamais payé pour liquider quelqu'un, mais…

Il leva la main et fit tourner une mèche de mes cheveux autour de son doigt.

— Il n'y a pas de fumée sans feu. J'ai effectivement tué Billy. Et j'ai tué le père McGregor, aussi. Leurs morts ont été ignobles, mais ce qu'ils ont fait aussi.

Mes genoux cédèrent, et j'eus un haut-le-cœur, mais ce n'était pas sous l'effet de la peur. J'étais folle de joie. Il s'était confié à moi. Il craquait. Mon monstre, mon ravisseur, mon corrupteur. *Mon amoureux.*

— Qu'ont-ils fait pour mériter ça ? dis-je d'une voix rauque en regardant son doigt jouer avec ma boucle.

— Billy a tué mon père, un meurtre de sang-froid pour de l'argent. McGregor lui a dit où et quand le trouver, alors qu'il connaissait ses intentions. Ils m'ont pris la seule chose à laquelle je tenais.

Ses yeux, rivés sur son index entortillé dans mes cheveux, se dilatèrent, et sa voix était lointaine, comme s'il était perdu dans ses pensées.

— Ils devaient payer pour leurs péchés.

— Et tu es le Dieu de Boston, conclus-je d'une voix douce.

J'avais envie de pleurer, mais j'étais trop sonnée pour céder à un instinct si naturel et instinctif. Je n'aurais pas dû être surprise – les rumeurs m'avaient prévenue concernant mon mari depuis le début –, mais je l'étais. Comment pouvait-il vivre avec le fait qu'il avait pris non pas une, mais deux vies ?

Il faut dire que personne n'avait assassiné un de mes parents.

— Est-ce que ça te fait peur, petite tourterelle ? me souffla-t-il à l'oreille, son corps immense engloutissant le mien. De savoir que je suis capable de faire ça ? Je cherche encore la personne qui les a envoyés tuer mon père, tu sais. Je ne suis pas arrivé au bout de ma liste.

Troy lâcha mes cheveux pour sortir un petit morceau de papier jaune de sa poche et le presser contre ma poitrine. Je le pris pour le lire. Les noms de Crupti et de McGregor étaient barrés. Il ne savait pas qui était le troisième. Il y avait un point d'interrogation.

Je relevai les yeux vers lui.

— Est-ce que j'ai peur ? Non, dis-je, sereine. Parce que je sais que tu ne me ferais jamais de mal. Est-ce que je cautionne ce que tu as fait ? Non. Je suis déçue. Se prendre pour Dieu est immoral. Et dangereux.

Son expression se détendit tandis qu'il scrutait mon visage, y cherchant un signe de peur ou de dégoût. Il n'y en avait aucun. C'était un monstre, mais c'était *mon* monstre.

— Mon petit doigt m'a dit que mon ex-fiancée était venue te rendre visite il y a quelques jours. Sparrow…

Les lèvres encore entrouvertes, il s'apprêtait à ajouter quelque chose, mais je ne voulais pas qu'il croie que j'étais en colère. Surtout que je savais au fond de moi qu'il ne la voyait plus.

— Je m'en fiche, dis-je avec un sourire mauvais. Comme je l'ai décidé, ce n'est qu'un arrangement, tout ça, tu te rappelles ? Est-ce que tu honores ta part du contrat ? Ta bite reste dans ton pantalon quand tu n'es pas à la maison ?

La douceur dans ses yeux céda la place à la froideur.

— Oui. Ta chatte est toujours à moi ?

— Bien sûr, murmurai-je.

— T'es un peu tordue, Sparrow. Ça me plaît.

Il fit remonter sa main le long de mon bras et me poussa légèrement vers la douche.

Je vacillai en arrière, jusqu'à ce que mon dos heurte la porte vitrée, l'entrouvrant. Je me figeai, les yeux braqués sur lui, attendant de voir ce qu'il allait faire. Il plongea sa tête dans mon cou, me mordant et suçant ma peau, chassant la douleur. Ses lèvres chaudes descendirent dans mon décolleté, mais j'esquivai une autre morsure en reculant dans la douche, jusqu'à me retrouver le dos plaqué contre le carrelage noir.

— Bien essayé, mon pote, mais je suis encore écœurée par ta confession.

Mon cœur battait dans ma poitrine comme un pivert sous speed.

— Je suis pas ton pote.

Il montra les dents, se pencha en avant et alluma l'eau. Le pommeau de douche m'aspergea, trempant mes vêtements, et je poussai un cri.

— Je suis ton mari, et je vais te faire des choses très maritales, là tout de suite.

C'était inutile de résister – et qui aurait été assez bête pour dire non à ça, de toute façon ? Il prit de nouveau ma bouche d'assaut avec sa langue tiède, son corps en costume pressé contre le mien. Je me perdis dans ses baisers passionnés, me retrouvai dans ses petites morsures taquines et, malgré le froid de l'eau, chaque caresse de ses grandes mains me donnait chaud. Troy grogna contre mes lèvres, saisissant mes deux poignets pour les placer contre le chauffe-serviette au-dessus de ma tête. Il desserra sa cravate et m'attacha à une des barres, assez serré pour m'empêcher de me libérer, mais pas trop pour ne pas me faire mal.

— Bordel.

Je laissai tomber ma tête, la douce lumière se brouillant, les gouttes d'eau froide coulant sur mon corps. Mes vêtements devenaient lourds et trempés, mais je m'en fichais. Nous étions tous les deux habillés et dégoulinants.

— Daisy avait raison.

— J'imagine.

Il baissa violemment mon jean, ne mordant pas à l'hameçon. Ma culotte suivit de près, et je me retrouvai nue, prête pour lui. Ivre de désir.

— Elle dit qu'à en croire les rumeurs, tu aimes quand c'est un peu vicieux.

Son souffle chaud caressa ma peau entre mes seins, et je frémis quand il y fit glisser sa langue.

— J'aime quand c'est intéressant…

Il se laissa tomber, et son visage disparut entre mes cuisses. Il m'attrapa le genou et passa ma jambe par-dessus son épaule.

— J'aime quand c'est délicieux…, murmura-t-il contre mon sexe.

Sa langue, tellement chaude par contraste avec l'eau glaciale, décrivit des cercles, dure et affamée. Des ondes de choc se répandirent dans mes veines comme du miel chaud.

— J'aime quand c'est brutal…

Il effleura mon clitoris avec ses dents, de haut en bas, puis dans l'autre sens.

Je gémis, essayant de me libérer alors que sa langue dansait autour de mon centre nerveux sensible, mais le nœud était bien serré sur mes poignets. Mes longs cheveux se plaquaient à mes yeux et à mon front, et je n'y voyais pas grand-chose. Je jetai ma tête sur le côté, mais ils restèrent collés à mon visage. Ça lui plaisait, que je n'y voie rien. Ça lui plaisait, que je sois petite, inférieure, *désespérée.*

— Mais surtout, j'aime quand c'est avec toi…

Sa bouche poursuivit son mouvement implacable.

— J'y suis presque, haletai-je.

J'allais jouir. Et je ne pouvais rien faire pour l'empêcher. Je sentis l'orgasme m'envahir. Je me balançai d'avant en arrière, follement excitée.

Le robinet tourna légèrement derrière moi, et l'eau froide devint soudain plus chaude, puis brûlante. Quand il se redressa pour m'embrasser, je souris.

— J'aimerais te rendre la pareille, dis-je.

— Oh ! tu vas le faire.

Il attrapa une de mes cuisses, tenant mon genou au creux de son coude. Puis sans prévenir, il me pénétra vite et fort, me coupant le souffle. Putain, c'était trop bon. Troy me remplissait tant que je crus que j'allais de nouveau exploser.

— Quand as-tu eu le temps d'enlever ton pantalon ? demandai-je en riant pendant qu'il me baisait.

C'était fou, mais en quelques coups de reins rapides et puissants, je sentis déjà un autre orgasme monter en moi, chassant le premier et menaçant de me ravager encore plus. Il saisit un de mes seins à travers mon T-shirt mouillé et me pinça le téton, fort.

— Oh ! chéri…

Mes gémissements étaient d'un niveau sonore digne d'un concert de heavy metal, et il avala mes manifestations bruyantes et heureuses, étouffant ma voix, sa langue baisant ma bouche, ses lèvres scellées sur les miennes. Des baisers tout en dents, sales, des baisers avides et désespérés et voraces. Des baisers qui étaient bien plus que des baisers.

Tout cela n'avait rien de doux ni de romantique. Il était en train de me prendre sauvagement, de me baiser si fort, sa queue me pilonnait au plus profond de moi. Je sentis mon deuxième orgasme se propager de l'intérieur, me submerger comme un tsunami de chaleur, et mes bras retombèrent sans prévenir. Je faillis tomber au sol, mais Troy m'attrapa par le coude au dernier moment, alors que mes genoux étaient à quelques centimètres du carrelage.

— Rends-moi la pareille, m'ordonna sa voix tendue, et je sus tout de suite ce qu'il attendait de moi.

Je me penchai et baissai la tête à hauteur de son sexe, le prenant dans ma bouche. Impossible de dompter mon réflexe nauséeux, mais je retins mon souffle et couvris ce que je pouvais de son membre de mes lèvres. Je n'étais toujours pas très sûre de ma technique de fellation, ou de mon absence de technique, mais c'était inutile.

Avant que je sache quoi faire, il donna un coup de reins pour me baiser la bouche.

— Je peux ? demanda-t-il.

Je hochai la tête et fermai les yeux. J'avais toujours pensé que ce serait dégradant de faire une pipe à un homme, mais comment pourrais-je avoir cette impression avec lui, surtout après qu'il m'avait dévorée en me donnant le sentiment que j'étais la chose la plus délicieuse qu'il avait jamais goûtée ?

Je le sentis se crisper, convulser, puis l'épais liquide chaud me remplit la bouche. J'avalai, le corps parcouru d'un petit frisson. Levant les yeux, je vis son sourire quand sa tête retomba, ses cheveux noirs gouttant sur mon visage.

Il me caressa la tête deux fois de la main qui ne tenait pas son sexe et poussa un soupir ravi. Puis il dit :

— Putain.

Putain, en effet.

Malgré tout, Troy Brennan était humain. Et il était un humain de la pire sorte, par-dessus ça – assez charmant pour faire n'importe quoi en toute impunité. *Même tuer.*

On mangea les plats chinois froids en buvant des litres d'alcool devant la télé – je le forçai à regarder *Dix Bonnes Raisons de te larguer* avec moi. Enfin, il n'était pas très attentif. Il répondait à des mails sur son téléphone, faisait tourner une mèche de mes cheveux autour de son doigt, et, de temps en temps, levait les yeux au ciel quand Heath Ledger et Julia Stiles partageaient un moment romantique, mais c'était plus de bonheur domestique que j'en avais connu de toute ma vie. Nous étions allongés sur le tapis, lui en train de prendre une gorgée de Guinness, quand je me pelotonnai contre son torse, cherchant sa chaleur.

— Tu n'as pas besoin d'être autant anti amour. Tu peux apprendre deux, trois trucs des comédies romantiques, dis-je.

— Je ne suis pas anti amour.

Il se pencha pour m'embrasser, sa langue chaude caressant ma lèvre inférieure.

— Je suis anti conneries. Je te parie que si, dans la vraie vie, un mec sautait dans les gradins pour déclamer une chanson d'amour à une nana devant une bande d'adolescentes boutonneuses, elle le massacrerait.

Je ris.

— Faux. J'adorerais t'entendre chanter pour moi devant des lycéennes.

— J'adorerais que tu reviennes de ton service demain complètement nue, sans rien d'autre pour cacher tes parties intimes qu'un steak cru.

— Jamais ça n'arrivera.

— Et jamais je ne te chanterai de chanson devant des ados narquoises.

Il était normal. Et drôle. Pire, il me montrait une autre facette de lui à aimer. Une nouvelle couche de sa personnalité complexe à laquelle personne d'autre n'avait accès. Elle était si bien cachée, sous son apathie, sa brutalité et son agressivité, que me la dévoiler était presque comme réapprendre à marcher.

Il détestait cette partie de lui. Son côté plus doux, plus gentil. Et le fait qu'il la partage avec moi me donnait la sensation d'être spéciale. J'avais Troy, l'homme avec qui regarder des films de filles, et pas Troy, le type qui tue des prêtres et vous baise sans merci. Cette vieille version de lui qu'il servait à tous les autres. Avec moi, il était encore brut de décoffrage, mais il n'était pas entièrement mauvais non plus.

— Tu es impossible, dis-je en faisant la moue.

Mais bon sang, ce jeu de ping-pong entre nous m'amusait beaucoup.

— Et tu adores ça.

Il planta un baiser sur mon front, et me prit dans ses bras.

— Je suis moi-même. Je ne m'excuse pas pour qui je suis, et tu aimes ça, parce que tu me ressembles beaucoup. Tu es la fille qui a taquiné le fils d'un malfrat mort, le Réparateur, le jour de ton mariage. Tu assumes, peu importe les conséquences. T'es-tu déjà demandé pourquoi tes parents t'ont appelée Sparrow ?

— Hmm, voyons voir. Peut-être parce que mon père était un ivrogne et que ma mère était une hippie, et qu'ensemble, ils ont eu les idées de prénoms les plus débiles ?

Je faisais appel à l'humour pour dissimuler ma gêne. Mais intérieurement, j'avais le ventre noué. Tout mon entourage me surnommait Birdie, leur « petit oiseau », et Troy m'avait baptisée Red, pour « rouquine ». Personne ne m'appelait Sparrow, et ce n'était pas pour rien. C'était un prénom gênant, et je le détestais. Je rejetai ma chevelure en arrière, feignant l'ennui.

— Et puis, je me pose des questions sur des sujets plus importants, comme pourquoi ma mère m'a abandonnée, pas pourquoi elle m'a collé un prénom qui est une invitation à la persécution.

— Tu détestes ton prénom, dit-il.

Je me contorsionnai pour lui échapper, sentant mon visage s'empourprer. Se défaire de ses traumas n'était pas simple. Pas seulement pour Troy, mais pour moi, aussi.

— C'est que t'es futé, toi.

Je pris une grande gorgée de vin.

Il m'enveloppa de nouveau dans ses bras et me serra fort. Je sentis ses lèvres sourire contre ma peau.

Me trouvait-il adorable ?

— Tu ne devrais pas le détester. Il est parfait pour toi. Il symbolise la liberté et l'indépendance. Tu incarnes les deux.

— Je ne suis pas libre, lui rappelai-je.

Il me fit rouler sur le côté pour se mettre à califourchon sur moi. Je restai allongée entre ses cuisses musclées, admirant son corps puissant tout en sachant, au fond de moi, que j'étais de plus en plus à l'aise dans ma cage.

— Non, pas vis-à-vis de moi, concéda-t-il. Mais crois-moi, tourterelle. Si je te laissais sortir, tu reviendrais en un rien de temps.

C'était vrai, et c'était justement ce qui m'inquiétait.

On passa du temps à s'embrasser sur le tapis comme deux ados, puis il se leva et disparut dans son bureau. Il revint avec une petite boîte. Vert clair, simple. Le genre qu'on trouve dans les magasins pas chers. Il se mit à genoux à côté de moi et la plaça dans ma main.

— Ça fait un moment que je t'observe, dit-il. C'est comme si chaque jour j'allais en classe, et mes devoirs sont chacune de nos conversations. Et je crois que je sais maintenant ce que j'aurais choisi si nous nous étions connus avant de nous marier.

Mon cœur se mit à battre la chamade, mon pouls accéléra. C'était un moment de pur bonheur, et cela me terrifiait complètement. Je savais que beaucoup de temps s'écoulerait, peut-être même l'éternité, avant que je revive ce genre d'instant.

J'ouvris la boîte, craignant un peu d'y trouver quelque chose d'offensant. La dernière fois qu'il m'avait offert un cadeau, le jour de notre mariage, j'avais failli rendre mon repas de la veille sur ses genoux. Dans l'écrin se trouvait une bague. Elle était très différente de celle de mes fiançailles – un bijou bling-bling monstrueux visant à attirer l'attention. Non. Là, c'était un simple rubis rouge. On aurait dit une goutte de sang frais. Basique, magnifique, spéciale et originale. Surtout, elle était très, très rouge.

Je m'aperçus que cette bague correspondait à sa vision de moi. C'était sa manière de faire des efforts, et c'était pour moi. C'était sa façon d'être attentionné. Je levai les yeux, un sourire espiègle aux lèvres.

— Ma première bague de fiançailles a un diamant gros comme la lune. D'aucuns diraient que j'y perds au change.

— Crois-moi, tu y gagnes.

Il prit le bijou et le glissa à mon doigt, qu'il caressa avec son pouce.

— Et puis, le diamant sur la première n'est pas un vrai.

Mon sourire se transforma en *oh* surpris.

Il éclata de rire.

— Je plaisante, ma p'tite.

Quand le soir céda la place à la nuit, on passa au lit, et je me contorsionnai contre lui et criai son nom, comme il l'avait annoncé le soir de notre mariage. *Rebellion* d'Arcade Fire nous parvenait depuis la chaîne hi-fi, et l'ironie ne m'échappa pas.

J'étais amoureuse d'un assassin qui ne m'aimait pas en retour et qui ne m'avait jamais expliqué pourquoi il m'avait épousée. Ce n'était pas bien, ça ne me plaisait pas, mais c'était la vérité, aussi laide, gênante et pesante soit-elle.

Vu combien ma réalité était tordue, je commençais à comprendre pourquoi Troy m'avait offert quelque chose de plus pratique et de plus joli.

Il me donnait des mensonges, et je les avalais tout crus.

Il me donnait des mensonges, et pour lui, je fermais les yeux.

24

Sparrow

Je fis une pause pour observer les oiseaux qui migraient, quittant ma ville pluvieuse.

Ce fut ma première erreur.

Je ne m'arrêtai qu'une seconde, mais ce fut une seconde de trop, puisque dès que j'enlevai mes écouteurs, dans lesquels passait *Monster* de The Automatic, pour regarder les oiseaux fuir la pluie, mon destin fut scellé.

Je souris en pensant que, pour la première fois depuis que j'étais née, j'avais envie de rester là et non de m'envoler.

Mon bonheur se fêla, laissant place au renfrognement, quand je l'aperçus. Brock était planté devant moi, me bloquant le passage sur l'étroit trottoir entre les hauts immeubles en briques rouges.

Cette fois-ci, j'avais peur. Cela ressemblait de moins en moins à une coïncidence et de plus en plus à un épisode de *Fatal Attraction.* Boston n'était pas si petit, cela faisait quatre fois qu'il se pointait pile à l'endroit où je me trouvais.

C'était presque comme si Brock *savait* où je serais. Je ne voulais pas l'admettre, mais j'avais très envie de suivre le conseil de Troy

– *D'accord, son ordre* – et de rester loin de lui. Appuyé contre un lampadaire, il tirait sur sa cigarette. Quand il me vit, il s'écarta du poteau, son visage se fendant d'un sourire.

— Oh ! bonjour, dit-il en soufflant un nuage de fumée.

Je me retournai vers l'endroit d'où je venais, voulant reprendre mon jogging, mais il m'attrapa par le bras, et poursuivit d'une voix toujours aussi décontractée :

— Il faut que je te parle.

— Non, pas du tout, dis-je, à moins que ce ne soit en rapport avec le travail.

Les choses ne se passaient pas comme prévu au Rouge Bis. Pierre me détestait toujours autant, malgré tous mes efforts, et Brock cherchait encore à se rapprocher de moi. Pourtant, je savais qu'ils ne me vireraient ni l'un ni l'autre, même si une petite partie de moi avait envie de partir pour trouver mieux ailleurs.

Brock plongea sa main libre dans son épaisse veste en laine.

— C'est à propos de ton mari.

— Non, répétai-je en lui jetant un regard noir.

Pourquoi avais-je l'impression, chaque fois que Brock parlait de Troy, que mon pouls ralentissait et que ma respiration devenait superficielle ?

Parce que je sais qu'il sait. Il sait ce que je ne sais pas. Pourquoi il m'a épousée.

Je sortis mon téléphone de la poche de mon sweat à capuche dans l'intention d'appeler Troy, mais il me l'arracha des mains et le jeta dans une benne à ordures ouverte. Mes yeux faillirent sortir de leurs orbites, et je sentis le sang quitter mon visage.

— Qu'est-ce que vous faites ? hurlai-je.

Il ne répondit pas, mais son expression changea : Brock eut soudain l'air sérieux et méchamment en colère. Il me tira contre lui, mon torse heurtant le sien. Ce n'était plus le Brock décontracté et mièvre. Il en avait sa claque d'être gentil avec moi.

— Viens avec moi, grogna-t-il.

— Je ne vais nulle part avec vous, ducon.

Puis je le sentis. Il planta le canon d'un pistolet dans mon ventre, si fort que je sus qu'il laisserait une marque. Mais la peur engourdissait la douleur.

— Ma voiture est au bout de la rue. Ne dis rien, et ne me pousse pas à te faire plus mal que nécessaire.

Merde. Même sa façon de parler avait changé. Soudain, on aurait dit un local. Il avait un accent… *de Boston ?*

Je regardai autour de moi, essayant de repérer quelqu'un dans la rue, mais elle était déserte. Quelle idée aussi de faire son jogging tous les matins avant l'aube. Cela faisait au moins dix minutes que je n'avais croisé personne, si ce n'était une femme promenant son chien qui était partie dans la direction opposée.

J'étais seule. Non, pire : j'étais avec Brock.

— Brock, s'il vous plaît.

Je ne savais pas vraiment ce que je lui demandais. De me laisser partir ? Aucune chance, puisqu'il venait de me flanquer un pistolet dans le ventre.

Il me fit pivoter dans le sens inverse et me guida jusqu'à sa voiture, me poussant avec son arme. Je sentis son souffle dans ma nuque, et un frisson me parcourut l'échine. J'avais la bouche sèche et prenais sur moi pour ne pas paniquer.

— Monte côté passager, ordonna-t-il dans mon dos avant d'ouvrir la portière de son Audi.

Je m'exécutai.

Il gagna vivement son côté de la voiture et s'attacha, les doigts encore enroulés autour de la crosse de son arme.

— Tu vois ? Maintenant, nous sommes sur la même longueur

d'onde. C'est dommage que tu aies eu besoin que je te pousse un peu, Sparrow. Les hommes n'aiment pas trop les filles difficiles.

Je ne répondis pas, fixant le pistolet comme si c'était de son canon que sortait la voix de Brock.

— Il est beau, hein ? fit-il avec un sourire en admirant son revolver, qu'il souleva et fit tourner de droite à gauche pour me le montrer. J'adore le sentir dans ma main. Comme si j'avais le monde au creux de ma paume. C'est puissant, hein ?

Pas aussi puissant que mon mari, eus-je envie de répliquer.

— Les mains en l'air, ma belle.

Brock pointa son arme sur moi en l'agitant vers le haut. Je voulais protester, mais il pressa le canon froid contre ma tempe, l'acier me mordant la peau.

— Punaise, OK, c'est bon.

Je levai lentement les mains.

Brock se pencha vers moi pour ouvrir la boîte à gants. Il en sortit une seringue dont il retira le capuchon avec les dents, puis il me planta violemment l'aiguille dans la cuisse. Je criai et essayai d'attraper sa main, mais il me frappa le bras avec le pistolet. Puis il fit pareil dans mon autre jambe.

Horrifiée, je regardai les aiguilles plantées dans mes deux cuisses.

— Qu'est-ce que vous m'avez fait, bordel ?

Il chassa ma question d'un geste de la main et cala le pistolet entre ses jambes. Le fait qu'il soit moins sur ses gardes ne fit qu'accroître ma terreur.

— Une petite dose d'anesthésiant, répondit-il en pétrissant mes cuisses autour des aiguilles. Il faut bien répartir le produit. Ça paralysera tes jambes pendant le trajet. Je ne voudrais pas que tu sautes pour t'enfuir. Quand Connor est venu chercher son dernier chèque, il m'a parlé de ta petite cascade. Je me suis dit qu'il valait mieux être préparé. Mais ne t'inquiète pas, tu resteras complètement consciente.

Il démarra la voiture, une main sur le volant, l'autre enserrant ma cuisse.

— Mets-toi à l'aise, on va faire un peu de route.

Nous quittâmes la ville par les petites rues, et bientôt, la voiture roulait sur une deux-voies déserte, en direction de l'ouest. Plus nous nous éloignions de Boston, plus j'étais paralysée – et je ne parle pas seulement du poids mort de mes jambes.

Pourquoi étais-je sortie si tôt du lit ? Pourquoi tenais-je tant à courir à des heures pareilles ? Pourquoi empruntais-je toujours les ruelles désertes, à la recherche des petites pépites cachées de Boston, les endroits que personne ne connaissait et où personne ne passait ? Pourquoi avais-je insisté pour me débarrasser de mon garde du corps ? Pourquoi ne me trimballais-je pas en permanence avec une bombe au poivre pour faire fuir les agresseurs potentiels ?

Pourquoi ? Pourquoi ? Pourquoi ?

J'étais dans le pétrin. Un plus gros pétrin qu'épouser la mauvaise personne ou être abandonnée par un parent ou un père ivrogne. Brock était peut-être taré, c'était peut-être lui le psychopathe (et non mon mari, comme je l'avais soupçonné), mais il n'était pas stupide. Si Troy découvrait qu'il m'avait kidnappée, c'était un homme mort.

Ce qui voulait dire que Brock ne pouvait pas se permettre que Troy le sache. Quoi qu'il me réserve, je ne rentrerais pas à Boston avec lui.

Pour autant, cela valait la peine de lui rappeler les conséquences de ses actes, au cas où il aurait des doutes.

— Tu peux toujours me ramener, tu sais, dis-je en regardant droit devant moi.

Je ne sentais plus mes jambes, à ce stade. Mon esprit, en

revanche, était toujours aussi alerte – et j'aurais préféré qu'il ne le soit pas, parce que savoir ce qui allait se passer était accablant.

Nous nous enfoncions dans les bois, la faible lueur matinale filtrant à travers les hauts pins. Nous étions si loin de l'agitation de Boston que j'avais presque l'impression d'être sur une autre planète.

— Ne fais pas quelque chose que tu regretteras. Troy me cherchera sans relâche. Une fois qu'il m'aura trouvée, il te tuera.

Brock regardait lui aussi droit devant lui, un sourire aux lèvres, se frottant la barbe avec son pistolet.

— Pas si je le tue d'abord.

25

Troy

Patrick Rowan était mort.

J'étais bien obligé – et ravi – de lui rendre une dernière visite et d'assister à ses funérailles. Paddy était enterré à Weymouth, où il était né et où il avait grandi, en bordure de la ville. Son corps avait été rapatrié par avion depuis Miami. Jensen m'avait prévenu la veille.

L'enterrement attira toutes sortes de gars de la vieille époque. Des gens que mon père et Rowan avaient laissés dans leur sillage, des survivants du chaos qu'ils avaient créé de leurs propres mains. Abe Raynes était là, l'air de planer totalement et tout aussi incapable de former une phrase complète qu'à son habitude. Il n'allait pas mieux, malgré tout l'argent que je versais sur son compte depuis que j'avais épousé Sparrow.

J'échangeai de brèves salutations avec lui, et seulement parce que je tenais sa fille en estime.

Ignorant les autres proches du défunt, je me dirigeai droit vers le cercueil ouvert de Rowan et jetai un coup d'œil à l'intérieur pour m'assurer que cet enfoiré était bel et bien mort. Quelque part, j'aurais aimé que Red soit là pour le voir, mais je savais que je devais la protéger de ce genre de chose. Cela ne servirait à rien, de toute façon. Elle n'était pas un monstre, elle ne se shootait pas à la revanche et ne s'enivrait pas du pouvoir comme nous. Elle était forte mais innocente. Je n'avais pas le droit de la corrompre.

Moi, cependant, je comptais bien profiter au maximum de l'événement.

Je m'assis au premier rang, à côté de deux hommes âgés que je ne reconnaissais pas. Je les observai du coin de l'œil. À en croire leurs tenues, leurs tics et la légère odeur de naphtaline, les vieux n'étaient pas d'anciens mafieux. Ils avaient l'air très vieux, avec leurs cheveux blanc neige et leurs costumes en flanelle grise, et bien qu'ils soient probablement irlandais, ils ne se mêlaient pas au reste de la foule.

Des outsiders.

Parfait. Je n'étais pas d'humeur à supporter la faune habituelle.

Le prêtre prit la parole, et je déconnectai. Tara et sa mère, la seule famille qu'il restait à Paddy, étaient assises de l'autre côté de la nef. Tara pleurait et reniflait, serrant des morceaux de mouchoirs déchirés et humides dans ses poings, et bien que je sois navré pour elle, sachant qu'elle n'hériterait rien de son bon à rien de père, je campai sur mes positions. Sparrow méritait ce que Paddy possédait, plus que Tara. Ce n'était pas elle qu'il avait blessée.

Dès le début du service, je sus pourquoi l'endroit que j'avais choisi sur le banc à l'avant était libre. Les hommes à côté de moi comméraient comme des ados. Ils étaient à plein régime, ignorant le prêtre et tous les autres. Ils semblaient faire un inventaire de qui était là et qui n'était pas là, et même si je n'en avais pas envie, j'étais presque obligé de les écouter en douce. Enfin, pas tant en douce que ça, puisqu'ils parlaient assez fort pour qu'on les entende à l'autre bout de l'État.

— Qui d'autre n'est pas venu ? demanda l'un en faisant claquer sa langue.

— Ah, son ex-femme, Shona, répondit l'autre. Celle qu'il a épousée dans les années 1990. Elle n'est pas là non plus.

— Ça ne me surprend pas. Paddy lui a fait vivre un enfer.

— Ça, c'est bien vrai.

— Et le fils Kavanagh, ça m'étonne qu'il ne soit pas là.

— Je crois qu'il s'appelle Greystone maintenant. Il a changé de nom après la mort de son père. C'est ce que j'aurais fait aussi, après ce qui lui est arrivé.

— David Kavanagh a fait honte à sa famille. Tué par un trafiquant de drogue.

— Greystone devrait être ici, poursuivit le vieux en ignorant son ami. Paddy était son parrain, après tout. Il devrait faire preuve d'un peu de respect.

— Le fils Kavanagh habite à Boston maintenant, tu sais. Il est revenu y a cinq, six ans, je crois. Je l'ai vu traîner au bar préféré de son paternel quelquefois. On se demande pourquoi Kavanagh est pas venu alors qu'il habite à côté.

— Je t'ai dit qu'il s'appelait Greystone.

Les vieux ergotaient, ce n'était pas facile de suivre le fil de la conversation, mais j'avais retenu une chose. Combien existait-il de Greystone dans le monde, et surtout, de Greystone ayant emménagé à Boston cinq ou six ans plus tôt ?

Kavanagh. Greystone.

Kavanagh.

Greystone.

Fait honte à sa famille… vit à Boston aujourd'hui… Paddy était son parrain… Kavanagh.

David Kavanagh.

Puis je compris.

David Kavanagh. Un passage à tabac qui avait mal tourné. Cela s'était produit neuf ans plus tôt, quand les gangsters du pays avaient réalisé que l'industrie du recyclage était très peu réglementée et s'étaient fait du pognon en devenant écolos. Mon père avait fait tabasser Kavanagh parce qu'il avait essayé de voler un paquet de tuyaux recyclés et de fils de cuivre. Kavanagh avait sorti un couteau au lieu d'accepter sa punition, et il s'était retrouvé mort. Il y avait eu du sang. Partout.

Nettoyer les dégâts était l'une de mes premières missions en tant que Réparateur. J'avais fait passer ça pour un trafic de drogue en plaçant le corps de Kavanagh dans une ruelle avec son couteau, fier d'avoir géré les choses de manière si carrée pour mon père.

David Kavanagh. *Merde, merde. Putain de David Kavanagh.*

M'efforçant de ne pas me laisser gagner par la paranoïa, je m'adossai au banc d'église, mais c'était trop tard. J'étais tout ouïe, avide d'entendre ce qu'ils diraient ensuite.

Un des hommes aux cheveux blancs hochait la tête, et il cracha d'autres infos en même temps qu'un peu de salive sur le tapis bordeaux.

— Brock, dit-il avec conviction. Brock qu'il s'appelait le petit. Un bon garçon. Je crois qu'il est marié maintenant.

Ma main se faufila dans la poche de ma veste. Je serrai le morceau de papier jaune dans mon poing. Toutes les pièces s'assemblaient. Je fus saisi d'un moment de clarté, et je fermai les yeux, prenant une profonde respiration. Brock avait un mobile, et un point d'accès.

Putain.

Paddy était le parrain de Brock. Évidemment. C'est comme ça que Paddy avait su pour la mère de Red. Qu'il avait su pour la promesse, le mariage, pour tout.

Bordel de cul.

Et Brock ? Il s'était réinventé en tant que Greystone, donnant même un indice en adoptant un nom de famille – « pierre grise » – un peu morbide et très énervé. En tant que conseiller de désintox devenu gérant d'un restaurant. *En tant que gentil.*

Il savait que je garderais un œil sur lui, que je ne lui aurais jamais proposé de job si j'avais su qui il était. Ma clémence, mon hospitalité et mon amour pour Catalina avaient des limites infranchissables, même à l'époque. Merde, si j'avais su que Brock était le fils de Kavanagh, je l'aurais renvoyé d'où il venait. Son père n'était pas une innocente victime. Il avait vendu et volé notre came. Nous avait balancés. Il avait fait beaucoup de dégâts, il était même responsable de la mort de quelques personnes.

Brock Greystone n'était pas un Greystone, et il n'était pas non plus un étranger de la côte Ouest. C'était le fils de David Kavanagh, l'un d'entre nous. Un gamin irlandais de Boston qui se faisait passer pour un autre. Il avait même cet accent californien charmeur pour aller avec sa tignasse et son sourire Hollywood. Aucune trace de Boston dans la voix.

Comment avais-je pu ne pas voir que Brock était l'un des nôtres ?

Je l'avais laissé entrer dans ma vie sans même vérifier qui il était. J'étais tellement déboussolé par la perte de Cat, par sa trahison, par sa grossesse, et par le fait que le père de son enfant avait besoin d'un travail sur la côte Est, que j'avais été négligent. En moins de temps qu'il ne faut pour le dire, Brock avait eu accès à mes affaires, à mes secrets, à mon père.

Mon poing se serra autour de la liste. Je sortis un stylo et lissai le papier sur mon genou. Je barrai le troisième point de la liste et ajoutai le nom manquant.

1 – Billy Crupti
2 – Père McGregor

3 – L'enflure qui a engagé Billy ?
3 – Brock Kavanagh

Adressant un signe de tête poli aux deux hommes, je m'excusai et me levai, boutonnant ma veste et sortant de l'église au beau milieu du service. Les gens froncèrent les sourcils et me suivirent des yeux alors que je passais les doubles portes et disparaissais pour regagner ma voiture.

Après avoir allumé le moteur, je composai le numéro de Brock. Il ne répondit pas.

Quelque part, cela ne me surprit pas.

J'essayai de contacter Red aussitôt après. Je n'avais aucune envie qu'elle tombe entre ses griffes. Elle ne répondit pas non plus.

Je réessayai, encore, puis encore, un troublant sentiment d'angoisse me saisissant les bourses. Ma gorge me brûlait, et une sensation de chaleur se répandit dans mon ventre. Elle était censée être à la maison, ou, du moins, être disponible pour décrocher le téléphone. Elle ne travaillait pas ce jour-là, elle devait rentrer directement après son jogging, et si elle n'était pas à la maison, elle aurait dû être avec Lucy, avec Daisy, ou avec son père.

Son père était à l'enterrement. Il me restait deux options plus sensées, plus raisonnables.

Maudissant Brock en soufflant, je parvins à dégoter le numéro des amies de ma femme et les appelai. Daisy dit qu'elle n'avait pas de nouvelles depuis deux jours, et Lucy rapporta que Sparrow lui avait envoyé un message avant son jogging matinal. Elles devaient se voir plus tard. Sparrow n'était jamais venue à leur point de rencontre habituel.

Pas de panique.

J'appelai Maria, et retirai de son anglais approximatif que

Sparrow n'était pas à la maison. Sentant le sang se figer dans mes veines, je me jetai sur l'application GPS que j'avais installée sur le téléphone de ma femme quand je l'avais enlevée, avant même que nous soyons mariés. Le système de localisation indiquait qu'elle était dans le centre de Boston.

Ouf.

Putain, voilà que je pensais de manière irrationnelle à cause d'elle. Elle allait m'entendre quand je mettrais la main sur elle, à me faire des trucs pareils.

Une fois que j'eus la localisation, je l'appelai encore et encore, essayant de la contacter. Je le fis peut-être une trentaine de fois avant d'entendre sa sonnerie et de trouver son téléphone dans une benne à ordures, au milieu de cartons, de restes de fast-food et de mégots de cigarette.

Désespoir et désarroi se déversèrent dans mes veines. Je donnai un coup de pied si violent dans la benne que je la cabossai.

— Merde, merde, merde ! hurlai-je.

Je m'en fichais que les gens alentour soient témoins de mon pétage de câble public.

Elle ne s'était pas enfuie. Elle ne s'enfuirait pas. Je connaissais ma tourterelle – elle était du genre à se battre. Elle ne courait que pour avoir sa dose de cardio.

Non, le problème n'était pas qu'elle essayait de partir. C'était lui qui voulait se venger.

C'est là que je compris que, pour la première fois, Brock avait une longueur d'avance sur moi.

Et ce fut aussi le moment où je sus que je réduirais la ville en cendres et ne m'arrêterais devant rien pour retrouver ma femme.

Pas parce qu'elle m'appartenait (je ne l'avais jamais cru une seule seconde, de toute façon).

Mais j'avais été si occupé à dire à Sparrow qu'elle me voulait que j'avais oublié un petit détail : je voulais qu'elle revienne. Plus que tout.

26

Sparrow

EXT. FORÊT SAUVAGE – JOUR

Et voilà. C'était la fin. La scène finale de mon script si court.

Brock défit sa ceinture de sécurité et fourra deux chewing-gums dans sa bouche.

— Tu t'es déjà demandé pourquoi tu avais eu si peu d'expériences sexuelles avant de rencontrer Troy ?

— Qu-quoi ? bégayai-je.

Je ne voyais pas du tout de quoi il parlait. Je ne sentais plus mes jambes, et cela me terrifiait.

Il écrasa son poing sur le klaxon, et mon cœur fit un bond. *La vache.*

Quand mon crâne cogna contre le toit de la voiture, il laissa échapper un rire hystérique.

— Je t'ai demandé si tu t'étais déjà demandé pourquoi les mecs t'évitaient avant que tu épouses Troy.

La question n'avait aucun sens, mais le fait que Brock me kidnappe n'en avait pas non plus. Au moins, chaque instant passé à discuter était du temps de gagné. Cela laissait plus de temps à Troy pour se rendre compte que je n'étais jamais rentrée et se mettre à ma recherche. Même si je savais qu'il y avait peu de chances pour qu'il me trouve. Nous étions au milieu de nulle part, et je n'avais pas mon téléphone avec moi. Brock, en revanche, avait un pistolet chargé. Les événements ne jouaient pas en ma faveur..

— Oui, répondis-je enfin. Oui, je me suis posé la question.

— Eh bien…, commença Brock en se laissant aller contre son siège avec un air suffisant, comme si nous étions en train d'échanger des potins. C'est parce que Troy les a tous menacés. Tous les mecs célibataires qui s'approchaient un peu trop près de toi ou manifestaient leur intérêt. Il savait que tu serais à lui avant même que tu sois pubère. Il a fait en sorte que tu restes vierge pour être celui qui prendrait ta fleur.

— Je ne le savais pas.

Je déglutis bruyamment, essayant d'adopter un air contrarié. Dans une autre vie, je me serais empressée de poser des questions, mais même si cette révélation était choquante (et encore, si elle était vraie), les méthodes manipulatrices de Troy m'importaient peu dans l'immédiat.

— C'était le but.

Brock rit de plus belle et retira les seringues vides de mes cuisses.

Au moins, je recommençais à sentir mes pieds.

Il sortit et fit le tour de la voiture pour ouvrir ma portière. Un vrai gentleman.

— C'était une ombre noire qui planait au-dessus de ta petite tête pendant tout ce temps. Les mecs n'osaient même pas t'approcher, ils avaient trop peur de Troy. Sors.

Je m'exécutai en trébuchant et tombai dans la boue, tête la première. Brock prit une pelle dans le coffre, le pistolet dans son autre main. Il mit la pelle sur son épaule et vint me tirer par le bras pour me relever, puis il me fit pivoter pour que je sois dos à lui, comme dans la rue, un peu plus tôt. Plantant le flingue entre mes omoplates, il me fit avancer le long d'un chemin au milieu d'immenses arbres à moitié nus. Un épais tapis de feuilles rouge et orange craquait sous mes pieds traînants. La forêt était magnifique, mais une chose bien laide était sur le point de m'arriver.

Je voulais m'enfuir. Je me savais capable de courir très vite, mais pas aussi vite qu'une balle, et pas avec des jambes auxquelles j'avais l'impression qu'on avait attaché des blocs de béton. Je reprenais petit à petit un peu plus de contrôle sur mes pieds, mais je doutais de retrouver toutes mes sensations assez tôt pour me sauver.

Je n'abandonnerais pas, cela dit. Si je devais mourir, ce ne serait pas sans me battre.

Il faisait un froid de canard, et je ne portais que ma tenue de jogging. J'avais les dents qui claquaient, et mes cheveux, un peu mouillés à cause de l'exercice, étaient recouverts d'une fine couche de glace.

Nous avançâmes en silence. On n'entendait que le craquement des brindilles et le gazouillis occasionnel d'un oiseau, et seuls ces sons me rappelaient que le temps ne s'était pas arrêté.

Je sentis la bile me monter à la gorge et ma tête tourner, comme si j'allais tomber dans les pommes. J'avais rarement réfléchi à comment j'allais mourir, et jamais je n'aurais imaginé que ce serait ainsi. Mais dans l'immédiat, entre la pelle, le pistolet et l'expression de Brock, la rage et la cruauté dansant dans ses yeux, les chances que je quitte cet endroit en un seul morceau – ou que je quitte cet endroit tout court – étaient bien minces.

Nous nous arrêtâmes près d'une souche d'arbre marquée d'un coup de peinture blanche. Il y avait une tombe fraîche en dessous, soigneusement recouverte de terre. Brock me fourra la pelle dans les mains et pencha la tête vers le sol couvert de feuilles.

— Creuse.

Je baissai les yeux. La terre était tendre à cause de la pluie, mais la pelle était sacrément lourde, et mes jambes ne fonctionnaient toujours pas correctement, même si cela s'améliorait de seconde en seconde. Je savais très bien ce qu'il était en train de me demander. Il voulait que je creuse ma propre tombe. Relevant la tête, je sentis les larmes me monter aux yeux, mais je n'avais pas le temps de m'apitoyer sur mon sort.

Il fallait que je fasse quelque chose, et vite.

— Pourquoi fais-tu ça ? Je ne suis pas lui. Je ne suis pas Troy.

— Non, en effet, répliqua-t-il. Mais tu comptes pour lui. Si je ne peux pas te ravir, alors je vais faire en sorte qu'il ne t'ait pas non plus. C'est toi qui as choisi, dit-il en faisant claquer ses lèvres. J'ai tout fait pour le faire à la manière douce, mais tu n'as pas voulu de moi. Pas de bol.

— Je compte pour lui ? m'exclamai-je. Tu te trompes. Je ne compte pas pour lui.

— Bien sûr que si.

Il me poussa en avant et pointa son pistolet sur le sol.

— Maintenant, creuse.

Pourquoi Brock tenait-il tant à faire du mal à Troy ? C'était *lui* qui avait fini par épouser la copine de Troy et avait décroché un job auprès de lui après coup. Troy s'était peut-être comporté comme un salaud avec lui et sa famille, mais Troy se comportait comme un salaud avec tout le monde. C'était universel. Il ne discriminait pas.

Sauf s'il était au courant pour Troy et Catalina… mais bon, Brock lui-même avait dit qu'ils n'étaient que deux personnes vivant sous le même toit pour le bien de Sam.

Tout cela ne tenait pas debout.

Il n'y avait aucune logique dans ce scénario.

Ma vision se brouilla de larmes non versées. Le vert de la forêt et le marron de la gadoue s'étalèrent comme dans un mauvais tableau. Je ne bougeai pas. Je ne pouvais pas creuser ma propre tombe.

Brock me poussa à nouveau, mais cette fois-ci, je trébuchai. Je tombai dans la boue, mes genoux s'y plantant profondément. Je me les gelais, mon pantalon trempé collait à mes cuisses.

— Je t'en prie, ne me force pas à te torturer plus que de raison.

Sa voix était étonnamment calme pour quelqu'un qui venait d'insinuer qu'il allait me tuer.

— Ce n'est pas personnel. Enfin, pas contre toi, en tout cas. Allez, ma belle.

Je sentis sa main chaude me relever. J'étais incapable de le regarder en face, et je n'avais aucune envie qu'il le fasse et voie mon visage alors qu'il me brisait comme jamais personne ne l'avait fait auparavant.

— Je promets de faire ça vite et que ce soit le moins douloureux possible si tu coopères. Tu ne te rendras même pas compte de ce qu'il se passe.

Je m'étranglai avec ma salive, suffoquant.

Il s'approcha, sa chaleur contre mon corps glacé.

— Je le ferai quand tu ne t'y attendras pas, sans prévenir. Tu seras dos à moi. D'accord ?

27

Troy

Je déboulai au Rouge Bis, à la recherche de Brock.

Personne ne l'avait vu de la journée, et personne ne lui avait parlé ces dernières heures.

Débarquant dans son bureau, je me figeai sur place quand je remarquai le petit indice qu'il m'avait laissé.

Un cure-dents. Mon cure-dents. Tranquillement posé sur sa table en verre complètement vide. Un cure-dents auquel était encore accrochée une fibre verte de la moquette de la chambre de Brock et Catalina.

Son ordinateur avait disparu, tout comme les piles de papiers, les photos de famille, et tous les objets qui personnalisaient le bureau. Il n'y avait que mon cure-dents. Et je savais pourquoi il l'avait posé là.

Il avait compris que je baisais Catalina. Compris ce que je voulais à moitié qu'il découvre depuis des années. Et voilà que cela se retournait contre moi et me pétait à la gueule, et pas qu'un peu.

Il y avait trop de coïncidences aujourd'hui, et je savais que ces deux disparitions étaient forcément liées. Il l'avait enlevée.

Il avait enlevé ma femme.

J'avais envie de tout saccager dans la pièce, mais je n'avais pas le temps de craquer. Je devais au contraire être fort pour m'assurer que Red irait bien.

J'appelai mon petit pion à la police. John était l'un des enfoirés les plus cupides à mon service. Pour le juste prix, il aurait volontiers donné sa propre fille pour qu'elle soit découpée en morceaux et servie en steaks au Rouge Bis.

— Que puis-je faire pour vous ? s'enquit-il.

Je lui donnai le nom complet de Brock – les deux noms, au cas où – et lui demandai de lancer une alerte à toutes les patrouilles.

— Ça pourrait prendre un moment, dit-il aussitôt. Beaucoup de paperasse.

— Je payerai ce qu'il faut pour que ça aille vite.

Cela ne me ressemblait pas de négocier, mais je n'avais pas le temps.

J'appelai ensuite les amies de Sparrow.

Une demi-heure plus tard, Lucy passait la porte de service du Rouge Bis en furie, rouge écarlate.

— C'est votre faute. À vous, à son imbécile de père... Pour l'amour du ciel, jamais je n'ai rencontré quelqu'un qui ait aussi peu de chance que Birdie en matière d'hommes.

J'étais on ne peut plus d'accord avec elle ; je hochai donc la tête et lui jetai mes clés dans les mains. Elle les attrapa au vol et haussa un sourcil interrogateur.

Daisy, l'autre amie de Red, la suivit de près, et elle regarda autour d'elle comme si c'était la première fois qu'elle entrait dans une pièce. À la voir, les yeux écarquillés et toute souriante, personne n'aurait pu dire que son amie avait disparu.

— Allez voir si elle est à l'école de cuisine, chez son père, ou je ne sais où encore. Elle traîne où d'habitude ?

— Ouais, pourquoi tu le saurais ? grogna Lucy. T'es que son mari après tout, hein ?

Je vis que Sparrow avait appris la désobligeance à son amie. Je ne lui répondis pas, et j'ignorai Daisy quand elle me demanda combien coûtait le loyer du restaurant. Je me contentai de secouer la tête et fis les cent pas, tentant de déterminer mon prochain coup.

Mon instinct m'assurait que Red était avec Brock, mais j'essayais de me convaincre que j'étais parano de penser qu'il pouvait lui faire du mal. Peut-être avaient-ils simplement une aventure. Peut-être que la façade de modèle de vertu de Brock l'avait bernée, elle aussi. Mais je savais que ce n'était pas ça. Red était blindée contre les conneries. C'était une Bostonienne, une vraie de vraie, contrairement à Brock. Il ne fallait pas l'emmerder. Et impossible qu'elle ait une liaison avec lui.

Parce que je savais que mon nom était le seul qu'elle criait la nuit.

— Putain, Lucy, contente-toi de coopérer, d'accord ? Tu ne sais pas à quoi on a affaire.

Et moi non plus, m'abstins-je d'ajouter.

Lucy sortit son téléphone portable.

— C'est bon, j'appelle la police. C'est de ma meilleure amie qu'on parle.

Daisy, en train de regarder un tableau dans le restaurant, se tourna vivement vers Lucy, l'air perplexe.

— Je croyais que c'était moi, ta meilleure amie ?

Idiote.

— Personne n'appelle la police, dis-je calmement, même si j'avais l'impression que mon cœur allait exploser.

Je savais ce que je devais faire et je n'avais pas envie de le faire.

— Maintenant, magnez-vous d'aller à la voiture pour la chercher partout où vous pouvez. Dans notre ancien quartier. À son école de cuisine. Là où elle court habituellement. Faites ce que vous pouvez faire et tenez-moi au courant.

Ce fut l'ordre que je donnai à tous les autres. Employés. Collègues. Ex-hommes de main de la mafia. Tous ceux qui travaillaient pour moi étaient à la recherche de Brock et Red. S'ils étaient vraiment ensemble, on les retrouverait – de préférence avant que je pète complètement les plombs.

J'avais appelé les amies de Sparrow parce que j'avais peur de louper quelque chose, un endroit auquel je n'aurais pas pensé, un lieu où elle pouvait se réfugier. Même si je savais au fond de moi qu'elle ne s'était pas enfuie.

Un frisson me parcourut l'échine quand je composai le numéro de Jensen pour la quatrième fois ce jour-là.

— Des nouvelles ?

— Elle n'a pas encaissé le chèque. L'argent de Rowan est toujours là. Je n'arrive toujours pas à trouver la trace de la plaque d'immatriculation de Greystone. Peut-être a-t-il eu l'intelligence de ne pas prendre sa propre voiture, s'il l'a réellement kidnappée.

Le mot « kidnappée » seul me donnait envie de faire à Brock des choses qui ferait passer la mort de Billy Crupti pour de la gnognotte en comparaison.

— Brock n'est pas un criminel. Il n'y connaît rien à toutes ces conneries. Il sait seulement sevrer des toxicos.

Et encore, il n'était pas si doué pour ça non plus. Flynn en était le parfait exemple.

— Continue à creuser. Essaye les historiques de péages. Je te parie ce que tu veux qu'il conduit sa propre voiture.

Il y avait un moyen d'en être sûr, cela dit.

Je n'avais aucune envie de le faire, mais je n'avais pas le choix. Je me ruai dans un taxi et donnai l'adresse de Catalina au chauffeur. Lucy et Daisy avaient pris ma voiture, parce que quiconque verrait la Maserati penserait à moi et saurait qu'elles étaient appuyées par mon autorité. J'avais besoin d'autant d'yeux que possible dans Boston.

Je fourrai une poignée de billets dans la main du chauffeur.

— Et que ça ne traîne pas.

Le taxi fila si vite entre les gratte-ciel que je crus qu'on allait décoller.

Et alors que les rues défilaient de l'autre côté de ma vitre, je redoutais que cela ne suffise pas.

28

Sparrow

Je ne bougeais pas.

— Non, dis-je pour la millième fois. Je ne creuserai pas.

Si Brock voulait me tuer, il serait obligé d'employer la manière forte. Je refusais de coopérer, et pourquoi le ferais-je ? Même si tous ceux que je connaissais se mettaient à ma recherche, leurs chances de me trouver étaient quasiment nulles. Nous étions si loin de tout que je ne savais même pas comment Brock allait retrouver son chemin une fois que ce serait fait.

— Non ?

Il commençait enfin à perdre patience. Il me frappa en pleine figure avec la crosse de son pistolet, et je m'effondrai au sol. Du sang coula de mon front, dégoulinant dans mon œil, mais je ne me rendais compte de rien du tout. J'avais tellement froid que je ne sentais plus ma peau. J'étais merveilleusement engourdie. Peut-être que je n'éprouverais rien non plus quand la balle me transpercerait.

— Tu vas t'en prendre une autre si tu ne t'y mets pas, lança-t-il d'une voix guillerette en pointant le pistolet sur moi.

Bordel, comment avais-je fait pour ne pas me rendre compte que ce type était dérangé ? Il l'avait bien caché, voilà comment. Je pris appui sur la pelle pour me relever et la plantai dans la terre en réprimant un gémissement. Je lui refusais cette satisfaction.

— C'est ça. Et ne t'arrête pas de creuser, sinon je te cogne avec ce petit bébé.

Il embrassa son arme, puis il s'assit sur la souche marquée de peinture, jambes croisées.

Oui, Brock avait tout essayé pour que je l'apprécie. Ça avait presque fonctionné. Mais non. Malgré l'affreuse réputation de Troy et son comportement odieux, il m'intéressait plus que Brock.

Je creusai mon trou, grimaçant chaque fois que la pelle percutait le sol. Je n'avais presque plus de forces. J'étais faible, terrifiée et en rogne. La température de mon corps était si basse que j'avais peur de m'évanouir et que Brock me descende pendant que j'étais dans les vapes. C'était peut-être une bonne chose. Je ne sentirais rien, après tout.

— Bon boulot, dit-il.

— Va te faire foutre, marmonnai-je dans ma barbe.

Il l'entendit. Bien que je l'aie dit tout bas, Brock l'entendit.

— Qu'est-ce que t'as dit ?

Je lui tournai le dos, mais je le voyais du coin de l'œil, et c'était tant mieux, parce que ma rage faisait bouillonner mon sang, ramenant mon corps à une température suffisamment élevée pour que mes membres fonctionnent. Creuser aidait, aussi.

— J'ai dit, répondis-je lentement, essayant de maîtriser le claquement de mes dents et en enfonçant l'outil plus profondément dans la boue. Va. Te. Faire. Foutre.

Il se leva d'un bond et s'approcha de moi à grands pas. Pour la première fois depuis des mois, j'accueillis volontiers sa proximité. J'enfonçai la pelle dans son ventre de toutes mes forces.

L'impact me fit vaciller en arrière tandis qu'il valdinguait au sol, tombant les fesses dans la boue dans un bruit sourd qui me fit presque sourire. En le voyant se tenir le ventre, je sus que je lui avais fait mal. Je vis son pistolet tomber de ses mains et me jetai dessus. Je sentis mes doigts s'enrouler autour du métal froid, si proche de me sauver, si proche de la liberté…

Un coup de pied dans le ventre me renversa en arrière dans le trou peu profond. Quand je parvins enfin à chasser la terre que j'avais dans les yeux pour recouvrer la vue, Brock se dressait déjà au-dessus de moi.

Il me toisa, comme s'il avait envie d'écraser son pied sur mon visage. Son pistolet était coincé dans la ceinture de son jean, et la pelle, dans sa main.

— Gauche ou droite ? demanda-t-il, les dents serrées.

Merde.

Je déglutis.

— Ne t'embête pas. Je n'essayerai plus de m'enfuir.

— Putain, je te remercie, comme si j'allais te croire sur parole.

Il voulut rire, mais porta une main à ses côtes. Je lui avais vraiment fait mal.

— Tu t'en es bien tirée avec Connor, et j'aurais dû le faire avant même de te donner la pelle. Gauche. Ou. Droite ?

Je soupirai, fermant les yeux. Quoi qu'il veuille me faire, il le ferait avec ou sans ma permission. Je refusais de le supplier.

— Droite, répondis-je.

— Bon choix.

Il brandit la pelle en grognant et l'abattit à la verticale sur mon pied droit.

J'étais encore allongée dans le trou.

Je ne criai pas.

Je ne grimaçai même pas.

Une douleur vive me transperça le pied, sous la chaussure de sport, comme si quelque chose s'était fracassé ou brisé net. Un os, certainement. Je savais que c'était grave, mais la douleur semblait lointaine, distante. Je lui lançai un regard noir, comme absente, et attendis ses instructions. Le fait que je n'avais presque rien ressenti me fit plus de mal que le reste.

— Et maintenant ? demandai-je.

— Maintenant tu te lèves, et tu continues de creuser.

29

Troy

Où pouvaient-ils être ?

N'importe où. Un appartement que Brock avait loué et dont j'ignorais l'existence ? Un hôtel, un motel, une étable quelque part, dans les bois, à un lac, dans un sous-sol ? Les possibilités étaient infinies.

Où pouvaient-ils être, bordel ? Étaient-ils toujours à Boston ? Étaient-ils dans un avion pour une destination inconnue ? Non, ils n'étaient pas dans un avion. Je le saurais. C'était pour ça que je payais Jensen. Pour qu'il me donne ce genre d'infos. Et puis, Sparrow n'avait pas son passeport. C'était moi qui l'avais. Et son nouveau permis de conduire devait être dans son portefeuille. Et elle n'allait pas courir à 5 heures du matin avec un portefeuille.

Pourquoi perdais-je mon temps avec les avions ? Si elle était avec Brock, ce n'était pas de son plein gré. Ils n'allaient pas passer tranquillement le poste de sécurité d'un aéroport. J'étais persuadé qu'ils étaient dans un endroit accessible en voiture, mais où que ce soit, il fallait que je la trouve, et vite.

Le taxi s'arrêta devant chez Cat, et je sortis en trombe en

demandant au chauffeur de m'attendre. Je tambourinai à la porte d'entrée si violemment que les fenêtres tremblèrent. Cat ouvrit, les yeux écarquillés, manifestement surprise de me découvrir. Elle devait savoir que je n'étais pas là pour déconner, car elle semblait plus inquiète que contente de me voir.

— Que se passe-t-il ?

Son front se creusa, sa jupe courte et vulgaire se balançant encore autour de ses cuisses comme elle avait couru pour venir m'ouvrir.

— Où est ton mari ?

J'entrai sans demander. Cat serait bien capable de laisser Brock séquestrer Sparrow chez eux. Je n'avais aucune confiance en eux. J'étais peut-être parano, mais putain, ils me donnaient toutes les raisons de les soupçonner.

— Je n'en sais rien. Qu'est-ce que tu fous ? Pourquoi tu le cherches ?

Elle m'emboîta le pas alors que je montais les marches deux par deux et ouvrais les portes à la volée, y compris celle de la chambre de Sam. Quand elle claqua contre le mur, il eut l'air décontenancé. Il était assis à une table d'enfant en plastique, des petits camions soigneusement alignés devant lui.

— Euh, bonjour, monsieur Troy.

— Salut, Sam.

J'hésitai un instant, le temps de le regarder une dernière fois avant de faire une chose pour laquelle il pourrait me détester pour le restant de sa vie.

— Tu as vu ton papa dans le coin ?

— Pas aujourd'hui, murmura-t-il en faisant avancer un camion jusqu'au bord de la table.

Il le laissa tomber au sol en imitant le bruit d'une explosion avec sa bouche.

— Ça marche, mon pote. Sois sage.

Ne fais pas de conneries, eus-je envie d'ajouter. Ne fais pas ce que Brock et moi faisons. Ne fais pas ce que Cillian et David Kavanagh faisaient, non plus.

— D'accord.

Il me sourit et ramassa le camion au sol pour le reposer sur la table.

Merde. Il était tellement innocent. Et Brock n'était pas là. *Putain.*

Je me tournai vers Cat, qui nous observait depuis le couloir, et je la rejoignis en fermant la porte de la chambre de Sam pour ne pas qu'il entende.

— Tu traques ton mari par GPS ?

— Non. Pourquoi ?

— Je te repose la question.

Je passai ma main autour de son cou, sans appliquer trop de pression, mais m'en voulant de perdre si vite le contrôle de la situation.

— Peux-tu me dire où est son téléphone via le GPS, ou pas ? Je te déconseille de me mentir, Cat. Je ne serai pas si indulgent cette fois.

Elle baissa les yeux, se mordant les lèvres.

— C'est à propos d'elle ?

Putain de bordel de merde. Je n'avais pas le temps pour ces conneries.

— Catalina !

Je plantai mon poing dans le mur derrière elle. Heureusement, c'était celui qui était en face de la chambre de Sam, parce qu'on aurait dit qu'une bombe avait explosé.

— Réponds-moi avant que je démonte ta baraque !

— OK ! Oui ! Bien sûr que je peux savoir où il est grâce à son portable.

Je le savais. Si Cat et moi avions une chose en commun, c'était notre besoin de contrôler nos conjoints. Elle pistait Brock pour la même raison que je voulais savoir où se trouvait Red en tout temps. Nous savions tous les deux que nous n'étions pas assez bien.

— Va me chercher ton téléphone. Maintenant.

Elle fut assez stupide pour me faire signe de la suivre dans sa chambre, mais je restai dans le couloir. Faisant les cent pas, j'envoyai des messages à Lucy, à Daisy et à Jensen. Aucun d'entre eux n'avait de nouvelles, et je les détestais tous de ne m'être d'aucune aide. Ce n'était pas leur faute, mais je n'avais aucune piste sur l'endroit où elle pouvait se trouver. Elle n'était pas chez Abe. Elle n'était pas dans notre ancien quartier, elle n'était pas au Rouge Bis, ni à l'appartement, ni nulle part ailleurs.

Quand Cat me donna son téléphone et me montra l'application, j'eus un moment d'espoir. Je trouvai rapidement la localisation de Brock, mais c'était l'adresse du Rouge Bis. Cet enfoiré n'avait rien laissé au hasard. Il n'avait pas pris son portable.

— OK, Cat, écoute-moi, c'est le moment de te racheter, d'accord ? Toutes les crasses que tu m'as faites sont sur le point d'être effacées et pardonnées, et ta place au paradis garantie, si tu peux répondre à une seule question.

Je la tenais par les épaules, la plaquant contre le mur, le regard inflexible.

— Qui pourrait savoir où se trouve Brock en ce moment même ? Dis-moi tout ce qui pourrait aider. A-t-il des amis ? De la famille que je ne connais pas ?

Tic, tac. Tic, tac. Le temps s'écoulait comme du sable entre mes doigts. Je sentais les murs du couloir se refermer sur moi, me suffoquant. Je ne pouvais pas la perdre. Je ne la perdrais pas. Red était la seule chose que je ne laisserais jamais personne me prendre.

Cat réfléchit, se passant les mains dans les cheveux en soupirant bruyamment. Elle faisait du cinéma. Elle ne voulait pas que je réussisse. Elle ne voulait pas que je les retrouve. Elle savait que ce que je cherchais n'avait rien à voir avec elle et tout avec ma femme. Cela devait l'anéantir de savoir que j'étais passé à autre chose, en mieux. Qu'elle n'était plus au centre de ma vie personnelle.

— Cat, s'il te plaît…

C'était plus fort que moi, ma voix tremblait.

— Ma mère, finit-elle par dire d'un ton cassant. Maman pourrait savoir où il est. Ils sont proches. Elle l'aime, certainement plus qu'elle ne m'aime moi. C'est pour ça qu'elle te déteste autant.

Elle eut un sourire amer, clignant des yeux pour chasser ses larmes.

Je fermai les miens et pris une profonde inspiration.

— Merci, murmurai-je en déposant un baiser sur son front. Prends soin de Sam. Il est la meilleure chose qui te soit arrivée.

Qui nous *soit arrivée.*

— Quoi ? Attends, où vas-tu ? Pourquoi tu dis ça ?

Mais j'étais déjà sorti et sautai dans le taxi, jetant de l'argent au chauffeur.

Maria était chez moi.

Et elle allait devoir s'expliquer.

30

Sparrow

J'avais l'impression de creuser depuis des heures quand Brock me fit signe de lâcher la pelle.

— Je vais à la voiture chercher des antidouleurs, dit-il en se frottant les côtes. Pour moi, pas pour toi.

Il me traîna jusqu'à un arbre et m'attacha les mains au tronc.

Cela me fit gagner un peu de temps. Je gigotai et tirai sur la corde, en priant de tout mon cœur que, quelque part à Boston, Troy mette ce temps à profit pour essayer de me retrouver.

Quand j'entendis Brock revenir, je me laissai tomber au sol, faisant semblant d'avoir été inconsciente. Il me détacha et me força à me remettre au travail, mais il était d'humeur bavarde, à présent. Il s'assit sur la souche, portant de temps en temps une main à son flanc, mais, sinon, aussi joyeux qu'un putain de scout.

— Oh ! j'ai hâte que tu la trouves.

Frigorifiée et épuisée, je me sentais tellement mal que je ne fus pas certaine de l'avoir bien entendu. Je ne répondis pas.

— J'adore les réunions de famille, poursuivit-il, son visage illuminé d'un sourire.

— Putain, mais de quoi tu parles ? crachai-je.

Le sang sur mon front commençait à sécher et à me gratter. J'avais envie de l'essuyer, mais j'avais peur que l'autre taré ne pense que je tentais quelque chose et me tire dessus. Après tout, j'avais déjà fait le coup.

— Merde, j'avais oublié qu'il ne t'a rien dit, fit-il en posant une main sur sa bouche comme s'il était gêné d'avoir révélé un secret. Tu es en train de creuser la tombe dans laquelle ton mari a enterré ta mère.

Je secouai la tête, essayant de comprendre les mots de Brock. Troy ne connaissait même pas ma mère.

— Tu mens, sifflai-je en me tournant pour lui faire face.

Je ne pouvais pas m'appuyer sur mon pied blessé, mais je m'en fichais. De tout, franchement, à part de ce que je venais d'entendre.

— J'aimerais bien, ma belle.

Il posa ses mains sur son genou plié et se pencha en avant, m'adressant un de ses radieux sourires. Il était si calme. Si odieusement calme.

— Il l'a enveloppée dans un drap blanc, donc même si tu ne trouves pas son corps en décomposition et qu'il ne reste que ses os, tu devrais quand même pouvoir la repérer. Peut-être que tu trouveras un petit souvenir de ta chère maman. Bien sûr… (Il se frotta le front avec le canon du pistolet, pensif.) Cela ne te servira à rien, puisque tu ne vas pas vivre encore bien longtemps.

— Je sais qu'il ne l'a pas tuée, dis-je. (*Ni moi.*) Il n'avait que treize ans quand elle est partie.

— C'est vrai. Il ne l'a pas tuée. Il l'a seulement enterrée dans les bois, oh, à peu près quinze ans plus tard, pour que personne ne découvre que Cillian est mort dans le lit de sa maîtresse. C'est vrai, j'ai oublié que tu as encore pas mal de retard à rattraper. Ta mère ? Elle vous a quittés, ton bon à rien de père et toi, pour

Cillian Brennan. Robyn le retrouvait dans un chalet au milieu de nulle part, dans la forêt où nous sommes. Elle travaillait le midi dans un *diner* à Amherst, mais elle venait ici tous les mardis pour commencer son deuxième service en tant que chienne de Cillian. Ouais, c'était son royaume ici.

Il ouvrit les bras pour montrer la nature environnante.

— Elle devait vraiment être folle de lui, et qu'est-ce que ça lui a rapporté ? Après que Troy les a trouvés morts, assassinés, il l'a enterrée ici. À bien y réfléchir, tu ressembles beaucoup à Robyn, hein, Sparrow ? (Il s'avança vers moi.) Tu aimes cuisiner, et tu es sur le point d'être ensevelie ici à cause de Troy Brennan, le fils de Cillian. Bien sûr, toi, au moins, tu étais légalement sa femme.

— Je le suis toujours. Ne parle pas de moi au passé.

Brock passa doucement le pistolet le long de ma pommette, ses yeux détaillant mon visage.

— J'aime ton optimisme. C'est une qualité que peu de rats des villes possèdent.

Je n'étais pas obligée de le croire. Il fallait seulement que je le fasse parler. Et même s'il disait la vérité, cela n'avait plus aucune importance à présent. Étais-je ulcérée par ce que Troy avait potentiellement fait ? Oui. Mais même si mon mari ne m'avait pas fait languir et m'avait dit pourquoi ma mère était partie, où elle était et ce qu'il avait fait, cela n'avait pas d'importance parce que je ne serais bientôt plus capable de ressentir quoi que ce soit.

— Alors pourquoi Troy m'a-t-il épousée ? m'entendis-je demander à Brock.

Cela ne changeait pas grand-chose non plus, et c'est précisément pour ça que je posais la question.

Je pouvais encaisser, quelle que soit la souffrance, parce qu'elle ne durerait pas longtemps. Pas plus d'une heure, en tout cas. Et Brock semblait avoir envie de faire la conversation. C'était plus de temps parmi les vivants pour moi, et je ne m'y opposais pas spécialement.

Brock plissa le nez et agita son doigt en direction du trou que j'avais creusé, qui n'était toujours pas très profond.

— Continue et je te le dirai.

Je ramassai la pelle et fis seulement semblant de progresser, me contentant de remuer la terre dans le trou. Dans un coin de ma tête, je me rappelai qu'il m'avait dit qu'il me tuerait quand je m'y attendrais le moins.

Je savais que le chalet dont Brock parlait se situait quelque part dans le coin. C'est pour ça qu'il m'avait emmenée ici. Il voulait que Troy trouve mon cadavre.

— Bien que ta mère n'ait été que la maîtresse de Cillian, il l'aimait, apparemment. Mais elle avait du mal à quitter sa famille, à te quitter toi, en particulier. J'imagine que ça n'a pas été si difficile de quitter Abe. Ce n'était pas vraiment un bon parti, avec son alcoolisme et ses voyous d'amis. Mais toi… tu lui manquais. Elle parlait de toi sans arrêt. C'est du moins ce que Troy a dit à Cat et ce que Cat m'a rapporté.

— Cat ? m'étranglai-je.

Bien sûr. Le seul véritable amour de Troy. Pas moi, elle. Il lui disait tout, me rappelai-je, me torturant l'esprit.

Les moineaux peuvent-ils mourir de chagrin ?

— Oh ! oui…

Il sourit, penchant son visage tout près du mien, et murmura :

— Troy était tellement amoureux de ma femme qu'il lui a donné ses couilles sur un plateau d'argent, et Cat, comme la chatte de gouttière déloyale qu'elle est, m'a tout balancé sur l'oreiller, alors qu'elle était complètement shootée à la coke que j'avais moi-même introduite dans le centre de désintox où Troy l'avait installée, à Malibu.

Il rit à gorge déployée, jubilant.

— J'étais son conseiller. Bordel, ça a été si facile de le détruire. C'était Samson, et elle était sa Dalila.

Je ne savais pas que Cat était une toxicomane, mais une chose était sûre. Cela faisait longtemps que Brock préparait sa vengeance.

— Continue.

— Cillian a donc agi noblement et a fait jurer à Troy qu'il s'occuperait de la petite fille que sa maîtresse avait abandonnée pour lui. Qu'il t'épouserait, pour être précis. Tordu, hein ? Mais c'est ça, les mafieux. Et Cillian était sacrément taré. Le pire de tous.

— Tu le détestais, dis-je en me tournant vers lui.

— Évidemment que je le détestais, putain. Il a tué mon père, alors j'ai engagé quelqu'un pour le tuer.

Le nom manquant sur la liste de Troy. La réponse à sa question était Brock.

— Tu n'es même pas un peu triste ? demandai-je. Tu es devenu orphelin. Ton père a été tué. Puis tu as envoyé quelqu'un tuer le père de Troy, et maintenant…

Je me tus et expirai.

— Maintenant tu vas faire de Sam un orphelin, parce que nous savons tous les deux que Troy te traquera pour que tu sois plus mort que mort après ça. Qu'arrivera-t-il à Sam ? Et Cat ?

— Ne gaspille pas ta compassion avec Cat. Elle baise ton mari sous ton nez. Et ne t'inquiète pas pour mon fils.

Il s'approcha, s'arrêtant à quelques centimètres de moi, et m'arracha la pelle des mains.

— Quand Troy aura trouvé ta tombe et verra à quel point c'est symbolique que je t'aie enterrée près de ta mère, je compte le tuer aussi.

Ce fut à mon tour de sourire. C'était un rictus sinistre, mais je voulais marquer le coup.

— Oh ! Brock, fis-je avec un rire forcé. Tu es vraiment un bleu, même à mes yeux. Tu es tellement mort, putain.

— Toi d'abord.

Il planta la pelle dans le sol et se mit à creuser.

— Les femmes d'abord.

31

Troy

Maria faisait semblant de ne pas parler anglais, mais je voyais clair dans son jeu. Elle disait ça pour que personne ne s'adresse à elle. Ni chez ma mère, dans le quartier de Sparrow, où elle avait commencé à faire le ménage pour nous, ni chez moi, à Back Bay. Cela fonctionnait, de manière générale, mais je l'avais surprise au centre commercial, à parler parfaitement anglais avec un caissier. Elle avait presque avalé sa langue quand elle m'avait vu dans la queue derrière elle, mais je m'étais contenté de sourire et j'avais laissé couler.

Elle ne voulait pas discuter, et ce n'était pas comme si j'avais besoin de sa contribution intellectuelle dans ma vie.

Quand j'entrai dans mon appartement-terrasse et vis qu'elle n'était pas seule, je faillis péter complètement les plombs. C'est un miracle que j'aie réussi à me reprendre. Je mordis mon cure-dents si fort que le bois fut réduit en poudre.

— Monsieur Brennan…

Un homme de petite taille avec des vêtements sobres et de

minuscules yeux se leva du canapé – de mon putain de canapé – et tendit la main pour serrer la mienne.

— Je suis l'inspecteur Phil Stratham. Mon partenaire est en chemin. Je suis ici pour vous poser quelques questions sur la disparition de Flynn Van Horn.

Cette fois-ci, il me fallut moins d'une seconde pour faire les calculs.

Brock. Cet enfoiré avait rencardé la police concernant la mort de Flynn. C'était soigneusement orchestré. Ce n'était pas une coïncidence. Red était avec lui, et non seulement il ne voulait pas que je les trouve, mais il m'avait délibérément mis des bâtons dans les roues. Il me narguait.

Bien joué, Kavanagh. Dommage que ce soit moi qui ai inventé ce jeu.

— Nous avons des raisons de penser que Van Horn était avec vous durant les quelques heures qui ont précédé sa, hum, disparition.

L'inspecteur savait qu'il était mort… et j'avais le sentiment que c'était un « accident » délibéré de la part de Brock. On ne laisse pas un junkie en pleine désintox seul dans un chalet au milieu des bois. Son corps était encore frais quand je l'avais trouvé. Brock n'avait jamais répondu à mes appels.

Les murs se refermaient sur moi. *Encore… encore…*

— Avez-vous un mandat ?

Je pinçai les lèvres et allai droit vers Maria. Ses yeux s'écarquillèrent. Bien. Elle avait peur. Peut-être savait-elle quelque chose.

— Écoutez, nous avons eu une info, et…

— Avez. Vous. Un. Mandat ? répétai-je lentement, voyant les poils se dresser sur ses bras. Sinon, dégagez de chez moi sur-le-champ. Je ne vous le demanderai pas deux fois.

— Brennan… (Sa voix était montée dans les aigus.) Ne me parlez pas de la sorte. Je suis seulement là pour…

— On vous a raconté un tissu de mensonges, dis-je, lui coupant la parole. Je ne sais pas si Brock Greystone vous a appelés, ou s'il a envoyé quelqu'un d'autre réaliser son sale boulot, mais je n'ai rien fait à Flynn Van Horn, si ce n'est le livrer à Greystone. C'est lui qui s'occupait de sa cure de désintox, pas moi.

C'était vrai. Certes, je m'étais débarrassé du corps mais, évidemment, ce n'était pas un sujet que j'allais mettre sur le tapis.

— Écoutez, j'ai vraiment un tas de trucs à faire. Notre petite discussion amicale devra attendre.

Sur ce, je tirai Maria par le bras jusqu'à la chambre d'amis, et tant pis si ça faisait tiquer. Je la plaquai contre le placard et approchai mon visage tout près du sien, ouvrant grand les yeux, lui offrant ma plus belle expression de psychopathe.

— Où est votre gendre ?

— *Qué ?*

— Arrêtez vos conneries. Je sais que vous me comprenez très bien, que vous parlez anglais quand ça vous chante, et il vaudrait mieux que ce soit le cas, là, maintenant, si vous voulez sortir d'ici sans avoir la langue arrachée. Dites-moi où il est.

Maria se mit à bafouiller, un mélange d'anglais et d'espagnol, en jetant des coups d'œil derrière moi, espérant que l'inspecteur Tête de Nœud viendrait la sauver. J'étais en train de perdre patience, je sombrais un peu plus profondément dans le découragement. Où pouvait-il être, putain ? Où l'avait-il emmenée ?

— Je ne sais pas ! s'écria-t-elle. Je ne sais pas ! Il dit jamais rien à moi !

— Vous mentez, lui hurlai-je au visage, perdant le peu de contrôle qu'il me restait.

Le temps jouait contre moi. Et il n'était pas le seul, bordel.

— Vous mentez, et la vie de Sparrow est en danger à cause

de ce salaud. Répondez-moi maintenant, salope ! Répondez ! hurlai-je en frappant le mur du plat de la main.

Je n'en fus pas fier, bien sûr. Maria avait deux fois mon âge et, de toute façon, le mot « salope » n'était pas vraiment dans mon vocabulaire. Je versais davantage dans le « putain ». Mais j'étais hors de moi. Officiellement et sincèrement hors de moi.

— Vous ne plus voir ma Catalina ?

Elle me regarda en battant des cils. Était-elle en train de me faire chanter ? Ma femme de ménage négociait-elle pour que je ne voie plus sa fille ?

— Il y a des mois que je ne la fréquente plus. C'est fini. Maria. Écoutez, s'il vous plaît…

Je tentai une autre approche, pressant mes mains l'une contre l'autre. Bordel, je me serais mis à genoux si ça avait pu aider à quelque chose.

— Dites-moi n'importe quoi. Dites-moi. J'ai besoin de savoir où il est. S'il vous plaît. Juste… S'il vous plaît.

Elle regarda à gauche et à droite, honteuse, tendue. *Enfin*, j'avançais. Elle allait me donner quelque chose. C'était mieux que rien. À ce stade, je prenais *tout*.

— Il est venu samedi à maison…

Elle s'éclaircit la gorge, toussa un peu.

— Ma maison. Il a pris la chose.

Elle fit le geste de creuser avec ses mains.

— Puis lui partit.

— La quoi ? La quoi ? La pelle ? Il a pris une pelle ?

Elle me regarda sans ciller, démunie. Je sortis mon téléphone de ma poche – la batterie était presque morte – et je tapai le mot « pelle » dans le moteur de recherche. Je lui fourrai l'image sous le nez.

— C'est ça qu'il a pris ? C'est avec ça qu'il est parti ?

Elle hocha lentement la tête et déglutit.

— Ça, acquiesça-t-elle.

Putain.

Il l'avait emmenée dans les bois. Certainement à l'endroit où j'avais enterré toute chance pour nous de réussir en tant que couple. Il l'avait emmenée dans les bois, et je savais exactement où, parce que c'était le dernier endroit où je voulais qu'elle aille. C'était le lieu qui lui ferait le plus de mal.

Je sortis de la chambre comme un boulet de canon, espérant que l'inspecteur Face de Bite n'ait pas quitté l'immeuble. Ce n'était pas le cas. Il était encore dans mon salon, les bras croisés sur la poitrine, planté sur mon canapé comme un gamin mis au coin. Punaise. C'était un gars chargé de trouver des criminels et meurtriers potentiels ? Pas étonnant que je sois encore dans la nature.

— Vous pouvez m'accorder cinq minutes ? demanda-t-il en se levant d'un bond pour venir vers moi.

Je hochai la tête en le dépassant pour me diriger droit vers la porte d'entrée.

— Je peux même vous en accorder davantage, mais il me faut votre voiture et j'en ai besoin maintenant.

32

Sparrow

— Fini.

Brock se redressa et essuya la sueur qui lui couvrait le front.

Cela faisait environ deux heures qu'il avait pris le relais pour creuser la tombe. Il avait fini par se rendre compte que je n'étais pas en état de m'en occuper moi-même, surtout s'il voulait que le trou soit assez profond pour moi, et avant Thanksgiving.

Il avait aussi trouvé ce foutu drap blanc et me l'avait jeté, avec un air triomphant sur son visage qui ne m'inspira que du dégoût. Le tissu n'était plus si blanc, mais il était là.

J'essayai de sentir le tissu, bruni par la terre et la boue, cherchant à tout prix à la retrouver, à connecter avec quelque chose qui pourrait être encore là. En vain. Je ne ressentis que de la déception. J'étais déçue par ma mère, par mon mari.

— Pourquoi fais-tu cela ?

Brock était appuyé contre un grand arbre et se tirait les cheveux, à cran. Il faut dire qu'il s'apprêtait à prendre une vie. Ma vie. Il me jaugea, me regardant de haut. Assise sur le sol, mon front avait arrêté de saigner, et le sang séché faisait coller mes cheveux à ma peau. Mon pied palpitait comme si on était en train de le couper tout doucement à la tronçonneuse. Je n'étais pas en train de vivre le meilleur moment de ma vie, c'était le moins qu'on puisse dire.

— Je comprends que tu détestes Troy, que tu haïsses les Brennan. Mais pourquoi ressens-tu le besoin de me faire du mal ?

— Je ne sais pas trop.

Il se pinça les sourcils, y réfléchissant sincèrement.

— Peut-être qu'il s'agit juste de mon ego fragile ? Je suis plus beau et bien plus sympa que Troy Brennan. Et pourtant, c'est toujours lui qui attire les nanas. (Il pouffa.) Ouais, c'est ça. Peut-être que ça me rend amer que tu sois si aveugle sur ce qu'il est et ce que je suis.

— Vous êtes aussi mauvais l'un que l'autre, répliquai-je. Tous les deux des monstres venus de l'enfer.

Mais je me rendis compte en le disant que je ne le pensais pas. Parce que, même après la révélation de tous ses secrets, même après la découverte de ce qu'il avait fait à ma mère et ce qu'il s'était passé, je restais incapable de détester Troy autant que je haïssais Brock. Troy n'était pas malveillant. Ou peut-être l'était-il, mais pas envers moi. Brock, en revanche… il avait eu largement l'occasion d'empêcher ce bain de sang et tout ce qu'il s'était passé, en grande partie du moins, mais il avait continué à faire tourner le musée des horreurs.

— Oh ! fit-il en posant une main sur son cœur. Ça devient franchement insultant. Des dernières paroles, madame Brennan ?

— Oui, dis-je en lâchant le drap blanc, que je regardai tomber au sol. Il y a quelqu'un derrière toi.

Brock tourna sur lui-même pour voir qui arrivait et hoqueta de surprise quand Troy, haletant, émergea des hauts buissons en furie.

Il pointa son pistolet sur la tête de Brock et cria :

— Ne la tue pas !

Brock lâcha son flingue, bouche bée, prenant conscience de ce qui était en train de se passer. C'était fini pour lui.

— Ne fais pas ça ! s'écria Troy.

Je ne comprenais pas. *Quoi ?* Brock avait lâché son arme.

— Espèce de démon, murmura Brock à l'intention de mon mari. Je te garderai une place en enfer.

— Ne m'attends pas, répondit Troy à voix basse. J'arriverai très tard.

Puis, avec un sourire, Troy poussa un cri paniqué :

— Je t'ai dit de lâcher ton arme !

Un coup de feu retentit. Brock tomba au sol, son corps chutant dans un bruit sourd qui résonna entre les immenses arbres. Je relevai vivement la tête. Toute tremblante, je le regardai étalé près de moi, à plat ventre, son visage tordu dans une expression horrifiée. Je vis la surprise dans ses yeux alors qu'une tache de sang rouge foncé s'étalait sur sa veste gris souris, se répandant comme une flaque de pétrole à chaque seconde qui passait.

Trop sonnée et trop faible pour me lever, je restai allongée près du trou qu'il avait creusé pour moi.

Puis je vis les chaussures de Troy qui s'arrêtait à quelques centimètres de moi. Je fus submergée de soulagement. Je sanglotai, libérant les larmes que j'avais retenues toute la journée. Il était là. Troy était là et, soudain, tout allait bien. Malgré ce que j'avais appris, ce que je ne voulais pas savoir, malgré le fait que ma vie avec lui était finie, tout allait bien. J'étais sûre que j'irais bien.

J'en avais tellement marre d'être forte. Qu'on s'occupe de moi était une concession que j'étais ravie de faire, même si c'était lui qui s'en chargeait.

— Désolé, Red.

Il ramassa le pistolet de Brock avec un mouchoir et alla à l'endroit où Brock se tenait juste avant que la balle l'atteigne.

— Je te promets de ne même pas t'écorcher l'oreille.

Puis il me tira dessus.

Troy Brennan, mon époux, me tira dessus.

Il manqua mon oreille de quelques centimètres à peine, mais je sentis la chaleur émaner de la balle lorsqu'elle me frôla. L'odeur de la poudre me brûlait les narines, et mes yeux roulèrent dans leurs orbites.

Je déconnectai un instant, remarquant à peine les bras de Troy qui se refermaient sur moi. Puis il me souleva de terre. Il me porta comme s'il était un enfant de chœur et moi, sa croix. Enroulant mes bras autour de son cou, me serrant fort contre lui comme si je pouvais m'évaporer à tout moment.

J'agrippai le drap blanc de ma mère et sanglotai. Je n'étais pas certaine qu'il ait remarqué le drap. Je ne suis même pas certaine de ce que *moi*, je faisais, à ce stade. Il s'était passé tellement de choses, tellement vite, que j'avais presque l'impression d'être une étrangère en train d'observer une réalité qui n'était pas vraiment la mienne.

Une deuxième personne courait vers nous entre les arbres. Un petit homme avec un nez pointu et des vêtements fonctionnels. *Un flic.* Il se précipita auprès du corps de Brock et chercha son pouls.

J'étais encore dans les vapes et incohérente, mais je remarquai que le pistolet de Brock était de nouveau dans sa main.

Mon mari, le Réparateur.

— Vous l'avez tué ? hurla l'homme à Troy.

Troy resserra son étreinte autour de moi d'un geste protecteur. Je commençais à avoir mal. Au front et au pied. Partout. J'avais l'impression d'être brisée de partout. Surtout au cœur.

— Légitime défense, dit Troy. Il a tiré sur ma femme, il ne l'a loupée que de quelques centimètres, et il allait recommencer.

C'était faux. Brock n'avait pas fait ça. C'était Troy qui lui avait tiré dessus et c'était Troy qui s'était servi du flingue de Brock. Bien sûr, je n'en dis pas un mot au policier. Je laissai Troy me porter jusqu'au SUV noir que je ne reconnaissais pas, mes bras pendant comme s'ils ne faisaient plus partie de mon corps. Le drap glissa, mais Troy se pencha, le ramassa et le jeta par-dessus son épaule. Il savait que je savais et, étrangement, cela me rendit encore plus triste.

— Putain, je suis vraiment désolé, Red.

Il n'arrêta pas de le répéter, plus pour lui-même qu'à moi.

— Je sais tout, murmurai-je contre son torse. Comment as-tu pu faire ça à ma mère ? Comment as-tu pu nous faire ça, à *nous* ?

Ses muscles se crispèrent autour de mon corps. Son torse, ses biceps, même ses doigts se raidirent.

— Sparrow…

Je m'évanouis à l'instant où il me déposa sur le siège et, pour la première fois depuis le début de toute cette affaire, cela m'était égal de me réveiller ou non. Plus rien ne semblait avoir d'importance. Rien.

Je revins à moi à l'hôpital et, même là, tout était flou. Pendant les premières minutes, je crus que j'étais toujours dans les bois, avec Brock ou, pire encore, morte. Puis je sentis l'aiguille dans mon poignet et l'odeur de l'antiseptique et des anesthésiants qui me chatouillait le nez. Clignant lentement des yeux, essayant de retrouver un peu le contrôle de ma vue, je repérai une silhouette brumeuse assise à côté de mon lit. Je compris que c'était Pa, la tête entre les mains. Son corps était secoué de tremblements ; il pleurait.

Lucy était perchée sur le rebord de la fenêtre, les yeux rivés au-dehors, l'air inquiet.

Daisy enlevait des saletés sous son ongle d'un air absent, appuyée contre un mur, faisant éclater son chewing-gum rose.

Je trouvai du réconfort dans la simplicité qui m'entourait. Les parois étaient à nu, et tout était blanc, ou clair. Le lino au sol, les meubles tout simples, les fenêtres couvertes de stores. C'était ennuyant, c'était dépouillé, et cela me plaisait beaucoup. Dans mon état actuel, j'étais incapable de gérer trop de détails ou de supporter quoi que ce soit de plus compliqué que ce que j'avais devant moi.

Et, surtout, j'étais entourée par les seules personnes importantes de ma vie.

Mon époux ne figurait plus sur cette liste. Pas après ce qu'il avait fait.

Pa et Lucy avaient dû m'entendre siffler quand j'avais essayé de bouger le pied – en vain, au passage –, puisqu'ils quittèrent leur poste pour se ruer à mon chevet.

— Je suis désolée, ma chérie. Tu t'es cassé le pied.

— En réalité, c'est Brock qui me l'a cassé.

Je grimaçai mais abandonnai l'idée de bouger ma jambe. Elle me faisait tellement mal que toute la morphine du monde ne suffirait pas à calmer la douleur.

À en croire leurs expressions paumées, ils n'étaient pas au courant de tout. Je me demandai ce qu'ils savaient.

— Où est Troy ?

Je me léchai l'intérieur de la bouche pour éviter qu'elle soit trop sèche.

Lucy et Daisy échangèrent des regards, et je n'aimai pas ce que je lus sur leur visage. Cela m'attristait d'admettre que, même si Troy avait fait des choses impensables à beaucoup de gens, y compris à la femme qui m'avait donné naissance, je tenais à lui.

Je ne voulais pas qu'il ait des ennuis. Même si je ne pouvais pas être avec lui, cela ne le rendait pas moins important à mes yeux.

Au contraire, cela ne faisait qu'accroître mon inquiétude à son sujet. Le cancer s'était répandu dans tout mon corps. J'étais infectée des pieds à la tête. Résistant à tous les médicaments, immunisée contre tout ce qu'il pourrait faire. En réalité, je savais que, même si la balle qu'il avait tirée m'avait transpercé la peau, je l'aimerais encore. Beaucoup. Ce qui était naze, parce que je savais que je ne pouvais pas lui pardonner.

C'était aussi naze de savoir qu'il était peut-être libre mais qu'il n'était pas dans la pièce, parce qu'il ne voulait plus de moi.

Pa fut celui qui annonça la nouvelle, puisque Lucy et Daisy éprouvaient trop d'empathie pour le faire.

— Il est au commissariat, dit-il sans ciller. Il donne sa déposition sur ce qu'il s'est passé.

Je regardai par la fenêtre. Il faisait nuit noire dehors, seul un lampadaire illuminait le brouillard et la pluie.

— Quelle heure est-il ?

— Une heure du matin.

Bon sang, cela faisait presque vingt-quatre heures que j'étais tombée sur Brock pendant mon jogging, mais j'avais l'impression qu'il s'était passé des années.

— Et Brock ?

Cette fois-ci, Lucy n'eut aucun mal à annoncer la nouvelle.

— Il est mort. Ne t'inquiète pas. Ma pauvre chérie. Tu étais dans un état pas possible quand Troy t'a trouvée. Je n'arrive pas à croire que Brock t'ait kidnappée parce qu'il est tombé amoureux de toi et qu'il était incapable d'accepter que tu étais mariée. Quel psychopathe.

Ah, il avait une couverture, lui aussi.

— Comment Troy m'a-t-il retrouvée ?

— La femme de ménage, répondirent-ils à l'unisson.

Maria.

Je laissai retomber ma tête sur l'oreiller, baissai les paupières et chassai les larmes qui me brûlaient les yeux. Pourquoi pleurais-je maintenant ? Parce que j'avais retrouvé ma vie. Parce que j'avais ma famille autour de moi. Parce que tout était censé aller bien, et que ce n'était pas le cas. Ce ne serait jamais le cas. Troy avait raison : j'allais forcément le fuir. Je *devais* le fuir. Il était impossible de réparer notre relation après ce qu'il avait fait.

Même le Réparateur ne pouvait pas réparer ça.

— Tu as besoin de quelque chose ? demanda Daisy en tirant sur son chewing-gum avant de l'enrouler autour de son doigt.

Je faillis sourire. Faillis.

— Un chocolat chaud, dis-je, et elle sortit de la chambre en un éclair.

— C'est pas joli-joli, ton front, commenta Lucy en passant sa main sur ma tempe dans un geste maternel.

— Je parie que mon pied n'est pas au top non plus.

— Non, répondit-elle.

Je fronçai les sourcils.

— Tu veux dire que ma carrière de mannequin pieds est terminée ?

— J'en ai bien peur.

On éclata tous les trois de rire – Lucy, Pa et moi –, et c'était bon de sentir de nouveau un sourire sur mes lèvres. Pas naturel, mais bon.

Il me faudrait du temps avant de rire à nouveau, pour de vrai, ou de me sentir heureuse, mais c'était un début.

J'y allais un pas après l'autre – mais avec un pied cassé et un cœur brisé.

33

Troy

J'avais tout réparé.

Du moi tout craché. J'étais le Réparateur.

Sparrow était de nouveau en sécurité. J'avais réussi à tuer Brock et à empêcher l'enquête sur Flynn – d'une pierre, deux coups. J'avais honoré la promesse faite à mon père. J'avais barré le dernier nom sur ma liste. La tombe de Flynn avait été trouvée par la police, ainsi que les empreintes négligentes de Brock partout dans le chalet où il s'était occupé de lui.

Il n'avait pas été trop difficile de les convaincre que c'était également lui qui avait creusé la tombe. D'autant que sa belle-mère avait avoué qu'il avait emporté une pelle dans les bois.

Le corps en décomposition de Robyn Raynes fut retrouvé – et l'inspecteur Débilos et son équipe ne furent que trop heureux de mettre ça sur le dos de Brock.

Et je fis passer la mort de Brock pour de la légitime défense. Il y avait encore une tonne de paperasse à faire, et je savais que ça me coûterait une coquette somme, mais j'avais tout arrangé. Tout était bien carré. J'avais un témoin fiable – l'inspecteur Stratham – qui avait vu le flingue dans la main de Brock et la tombe qu'il avait creusée pour Red. On pouvait difficilement nier qu'il comptait nous faire du mal, et mes intentions étaient bonnes aux yeux de la loi. J'étais blindé. Sparrow, bien que secouée, serait bientôt sur pied.

Tout était réparé.

À part le plus important.

Je descendis le couloir de l'hôpital comme si j'étais dans le couloir de la mort. Chaque porte que je passais me rapprochait un peu plus de celle à laquelle je n'avais pas envie de frapper. Je n'avais pas peur : j'étais pétrifié.

Pour la première fois de ma vie, j'allais faire ce qu'il fallait et j'espérais que je me sentirais mieux après parce que, franchement, j'étais terriblement mal. C'était l'enfer, une torture, j'avais l'impression qu'on m'enfonçait un couteau de boucher dans la poitrine pour me transpercer le cœur avant de le retirer lentement, cassant toutes mes côtes au passage.

Je frappai doucement à la porte. Si elle dormait, je ne voulais pas la réveiller. Elle avait semblé si fragile quand je l'avais trouvée. Avec du sang coulant le long de son visage tel un voile, sa jambe complètement bousillée et tordue, le pied gros comme un ballon de basket. Et elle était frigorifiée, dans son pantalon de sport et son T-shirt Dri-Fit.

Un oiseau blessé.

J'avais eu envie de la soigner d'abord, puis de tuer Brock, de lui donner une mort lente et douloureuse.

Mais je n'avais pas pu faire les choses comme je l'avais voulu. Parce qu'il fallait que Brock soit supprimé avant de pouvoir révéler que j'avais enterré Robyn et Flynn ici, dans les bois. J'étais certain qu'il cracherait le morceau à Stratham dès que le flic le mettrait en garde à vue. Tant qu'il était en vie et susceptible de parler à l'inspecteur, ma vie en tant qu'homme libre était en danger.

Ce n'était pas grave. Quand j'arrêtai le véhicule de l'inspecteur Impuissant au milieu des bois et me ruai au-dehors, mon besoin – mon désir – de vengeance n'avait plus aucune importance.

Ma quête était inutile et sans intérêt.

Il n'y avait pas le temps pour se venger.

Tout s'assombrit, et la seule chose qui brillait, c'était *elle*.

Alors je le tuai vite, froidement, avec efficacité mais sans joie. Pourtant, pour rien au monde je ne reviendrais dessus, parce que j'avais réussi à sauver Red, et c'était tout ce qui comptait.

— Entrez, dit-elle de l'autre côté de la porte.

À la tension dans sa voix, je compris qu'elle savait que c'était moi.

Je lui avais laissé le chiffon pourri dans lequel j'avais enveloppé sa mère avant de l'enterrer. En un sens, creuser des tombes pour sa mère et Flynn était les moments les plus sombres de ma vie. Ni l'un ni l'autre ne méritait ça. Même si ce n'était pas moi qui les avais tués, je leur avais refusé un enterrement digne de ce nom, et ce n'était pas rien.

C'était même si lourd que, quelque part, ne pas faire preuve de respect envers Robyn Raynes m'avait tout coûté.

Et plus spécifiquement : sa fille.

Je poussai la porte et m'approchai de son lit. Elle avait des tas de tubes qui lui sortaient des poignets et la jambe dans le plâtre. Elle n'en était pas moins divine. Ma nana, mon inséparable, ma tourterelle. La plus belle. Pas parce qu'elle avait les lèvres les plus roses ou les yeux les plus verts, mais parce qu'elle était faite pour moi. Faite sur mesure pour me faire rire, me faire chier, me faire perdre mon sang-froid. Bordel, me faire *éprouver*.

Je posai la boîte de chocolats sur sa table de chevet, et les glaïeuls orange à côté. La fleuriste à qui je les avais achetés m'avait dit qu'ils représentaient la force de caractère.

Je lui avais répondu qu'elle n'avait pas idée.

Du chocolat et des fleurs. Des conneries cucul la praline. Mais seulement pour ce soir, et seulement pour Red. J'espérais qu'elle trouverait ça amusant, avec son sens de l'humour sarcastique. J'avais envie de sauter dans les gradins pour lui chanter une chanson. Elle méritait tout le tintouin.

Mais je savais aussi que c'était trop tard.

Elle regarda les fleurs et le chocolat, et ferma les yeux, prenant une profonde inspiration.

— Merci, dit-elle d'une voix rauque.

Elle me remerciait de lui avoir sauvé la vie, pas de lui avoir offert ces conneries.

Je m'assis à côté du lit, les yeux rivés sur mes mains, ou peut-être mes chaussures. Je ne savais même pas ce que je regardais, mais ce n'était pas dans ses yeux, parce que je ne pouvais pas affronter ce qui se cachait derrière.

— Pas de souci.

J'allais le faire. J'allais vraiment faire quelque chose d'altruiste pour la première fois depuis que Cat et Brock s'étaient mis ensemble. La dernière fois que je l'avais été, cela avait causé ma perte. Je m'apprêtais à recommencer, en sachant que cela serait mille fois plus douloureux qu'à l'époque où j'avais mis fin à mes fiançailles avec Cat. Parce que, avec le recul, la douleur de l'infidélité de Cat n'était rien comparée à celle que je ressentais en sachant que j'infligeais le malheur à ma femme.

Et j'allais quand même le faire, précisément pour cette raison.

J'étais vraiment maso.

— Tu es tiré d'affaire avec la police et tout ça ?

Elle semblait inquiète, mais je ne me fis pas d'illusions.

— Oui.

Je pris une profonde inspiration, fermai les paupières et me laissai tomber contre le dossier de la chaise.

— Ça ira.

En quelque sorte.

J'ouvris les yeux et la regardai pour la première fois depuis que j'étais entré dans la chambre. Elle humecta ses lèvres sèches, le regard posé sur la boîte de chocolats. Voilà ce que nous étions devenus. Après avoir fait l'impossible et être dorénavant quelque chose l'un pour l'autre, nous étions deux étrangers dans une chambre clinique, cherchant des mots qui ne rendraient pas justice à ce que nous avions à dire. Encore.

— Ma mère… (Elle soupira.) Je n'arrive pas à croire que tu lui aies fait ça.

— Moi non plus, Red.

— Ton père t'a forcé à m'épouser. Pourquoi l'as-tu fait ? Il y avait de l'argent en jeu ?

Je hochai la tête, retirant une couche de peau morte de ma paume.

— Le testament disait que je n'aurais rien avant de t'épouser. Si nous divorçons, tu auras plus de la moitié.

Elle lâcha un rire sarcastique.

— Je n'ai pas besoin de l'argent de ta famille. Tout ce que les Brennan touchent est terni.

— Foutaises. Cette somme est à toi. Elle sera toujours à toi.

— Laisse-moi partir, dit-elle doucement, sa voix se brisant. J'ai besoin de partir.

Je hochai la tête, je savais qu'elle avait raison même si j'aurais voulu qu'elle ait tort. Sparrow était mon inséparable, et je ne pouvais plus lui couper les ailes. Je l'avais fait plier par le poids de mes actions et de mes mensonges ces derniers mois, et elle avait tout encaissé sans sourciller, mais c'était la goutte d'eau de trop. Si je la faisais encore plus plier, elle se romprait. La forcer à rester était trop dangereux pour moi et trop destructeur pour elle.

On disait que les inséparables pouvaient mourir de chagrin. C'était ce que racontait la légende, en tout cas. Je n'avais pas creusé le sujet, mais je connaissais mon inséparable, ma Sparrow. Elle avait besoin de liberté, parce que même si elle était très douée pour accepter mes conneries, c'était pousser le bouchon un peu trop loin, même pour elle. Je ne pouvais plus la retenir, même si j'en avais envie. Aujourd'hui plus que jamais.

Elle était ma belle, et j'étais sa bête. Mais nous n'étions pas dans un film Disney. Dans la vraie vie, la bête repartait vers sa vie solitaire, un monstre qui se tapit dans l'ombre et regarde sa belle retourner dans les bras de sa famille.

Elle était ma seule chance d'avoir un semblant de normalité et de bonheur, et je devais la laisser partir.

M'avachissant, la tête si basse que mon nez touchait presque mon genou, je dis d'une voix rauque :

— Tu es libre.

Les mots les plus douloureux qu'il m'ait été donné de prononcer. Sparrow pouvait partir, ouvrir ses ailes pour voler. Je lui cèderais tout, comme l'ordonnait le testament de mon père. Et ce serait moins douloureux que la voir s'en aller.

— Je suis tellement désolé, putain. Je sais que ça paraît absurde, vu tout ce qu'on a traversé, mais je ne voulais pas te faire de mal.

— Je sais.

Sa voix était glaciale. Elle s'éloignait déjà de moi. De nous.

— Ma porte est toujours ouverte, dis-je, comme si ça changeait quoi que ce soit.

Elle hocha lentement la tête.

— Je le sais aussi. Maintenant pars, s'il te plaît.

Je me levai. En arrivant, je croyais que je ne voudrais jamais tourner les talons pour m'en aller. Je pensais exploiter cette conversation jusqu'à la corde, prendre plus de temps avec elle une dernière fois avant qu'on se fasse nos adieux. Mais, en réalité, quand on tenait aux autres, ça ne fonctionnait pas comme ça. Sa douleur occupait toute la pièce, envahissant mon espace et me mettant sur le cul, et je ne pouvais pas le supporter sans sentir mon pouls ralentir et mon sang se figer.

Je tendis la main vers la porte, m'apprêtant à la quitter pour toujours.

— Par curiosité… tu aurais fait les choses différemment, tout bien considéré ? demanda-t-elle de sa si jolie voix.

— Tout bien considéré, répondis-je sans me retourner.

Parce que je savais que je craquerais si je la regardais et que je ferais ce que j'ai toujours fait. J'essaierais de la persuader, de la menacer, de la forcer à rester, en étant persuadé qu'elle devait partir.

— Si j'avais su, je n'aurais pas patienté si longtemps, je n'aurais pas attendu que nos parents soient morts. Je t'aurais demandé de m'épouser quand tu avais neuf ans, sur la piste au mariage de Paddy, quand tu as dansé ton premier slow, et au diable les conséquences.

Elle rit.

Elle pensait que c'était une blague.

Ce n'en était pas une. C'est ce que j'aurais dû faire. Nous n'aurions pas dû vivre loin l'un de l'autre tant que nous avions une chance. Rien de mal ne serait jamais arrivé si j'avais dit à la Sparrow de neuf ans qu'elle était à moi.

Pas de Paddy.

Pas de Catalina.

Pas de Brock.

Je n'aurais jamais touché un cheveu de sa mère et je l'aurais encore moins enterrée dans les bois.

Et, maintenant, nous allions passer le reste de nos vies loin l'un de l'autre. Maudit *Saving All My Love for You.*

34

Troy

Deux semaines plus tard

La dernière fois que je l'avais vu, Paddy Rowan m'avait rappelé que je ne pouvais pas échapper à mon passé. Il avait raison. La vérité courait vite, et elle finissait toujours par vous rattraper. Elle l'avait rattrapée. Elle m'avait rattrapé. Elle fut servie froide, comme la vengeance, sur un plat de malheur, à ma merveilleuse, coléreuse, innocente femme aux yeux de biche.

J'aurais aimé pouvoir rouler tous mes mensonges en boule pour me les fourrer au fond de ma gorge et avaler la douleur qu'elle ressentait, pour la soulager. Mais je ne pouvais pas.

Quand je l'avais épousée, je ne lui avais pas dit que c'était mon père qui était à l'origine du mariage, parce que je ne voulais pas que cela couvre ma famille, ma mère, moi-même, de honte. Je ne voulais pas qu'elle aille tout raconter à la police. Je n'avais même pas l'impression de lui être redevable de quoi que ce soit. La vérité m'appartenait, et je devais y songer. *Seul.*

Je ne supportais même pas le fait que Brock et Catalina soient au courant.

Puis on s'était rapprochés, et tout avait changé. Je me moquais de la stupide fierté Brennan. Mais ce n'est pas pour autant que je la lui avais dit. Elle n'avait pas besoin de savoir que sa mère l'avait abandonnée pour un homme marié. Elle ne méritait pas de se coltiner davantage d'injustice et de douleur. Pour ce qu'elle en savait, sa mère pouvait avoir été kidnappée ou tuée, ou juste viré complètement tarée et vivait avec un troupeau de chats au milieu des bois. Je ne voulais pas rouvrir cette vieille plaie. La relation parent-enfant était la chose la plus complexe du genre humain, je le savais d'expérience, et la croûte était trop profonde et sensible pour qu'on la gratte. Il y avait beaucoup de pus et de sang dans cette vieille blessure. Ça lui ferait un mal de chien.

J'ignorais ce qui était le pire pour Sparrow : que j'aie caché sa mère, que je me sois débarrassé des preuves ou que je ne lui ai pas raconté tout ça dès le départ. Une chose était certaine et compréhensible : elle n'acceptait pas mes excuses.

Deux semaines après que j'avais quitté sa chambre d'hôpital, ce que je redoutais arriva.

J'attendais ce coup de fil, mais cela ne voulait pas dire que ce n'était pas douloureux. Je répondis d'une main, enfonçant de l'autre la tête d'un type dans une cuvette de toilette publique remplie de merde.

Ce n'était pas la partie de mon boulot que je préférais, mais c'était toujours mieux que de croupir toute la journée dans un bureau sous des néons blafards.

Je lui relevai la tête et lui grognai à l'oreille :

— Dernière chance, mon pote. Dis-moi où trouver l'enfoiré qui a violé la fille de Don, et je te laisse tes couilles.

Jensen, qui m'avait appelé, répondit à l'autre bout du fil :

— Je ne connais pas de violeurs.

L'arnaqueur dont j'étais en train de m'occuper ne répondant pas, je lui enfonçai la tête plus loin dans les toilettes et l'y laissai plus longtemps. Que le privilège de respirer de l'oxygène lui manque. Peut-être que cela lui rafraîchirait la mémoire et qu'il se rappellerait où était le mec qui avait violé la fille de mon client. On m'avait raconté qu'il avait été payé pour l'aider à se cacher.

— Je ne te parlais pas, dis-je à Jensen. Quoi de beau ?

— Le compte en banque de ta future ex-femme, siffla-t-il. Voilà ce qui est beau. Il vient de se renflouer de 600 000 dollars.

Elle avait encaissé le chèque de Paddy.

— Merci.

Je raccrochai et jetai mon téléphone contre le mur sale et tout tagué en poussant quelques jurons bien juteux, avant de relever la tête de l'homme. Il avait viré au violet mais pas assez à mon goût.

— Je viens de recevoir une très mauvaise nouvelle et je ne suis vraiment pas d'humeur à te torturer. Une dernière fois, où est ce salaud ?

— D'accord, d'accord, je vais tout vous dire, geignit-il.

La déception m'accabla. Il allait coopérer, après tout. Dommage. J'espérais lui casser la gueule pour m'amuser un peu.

Puis je me rappelai que plus rien ne m'amusait.

Plus rien ne valait la peine quand Red n'était pas là.

La seule chose que je voulais me faire, sans le pouvoir, c'était elle.

35

Sparrow

Six semaines plus tard

— Celui-là est parfait ! On peut le prendre ? S'il te plaît, dis-moi qu'on peut le prendre. Il est trop mignon. Je le veux. Il serait parfait pour nous. Alors, on peut ? Je t'en prie, dis-moi qu'on peut. Lucy, dis-lui que c'est le mieux. Sparrow, il faut qu'on l'achète.

Appuyée contre la voiture de location de Lucy, bras croisés, je ris dans ma tasse jetable remplie de bonheur en regardant Daisy faire presque un câlin au food-truck blanc et rose. Il était vraiment joli et, franchement, il était parfait pour un commerce de pancakes. Tout doux et sucré. Je ne serais pas surprise que Daisy se mette à le lécher tant il avait l'air délicieux.

— Tu n'es pas obligée de prendre une décision tout de suite, dit Lucy en me donnant un petit coup d'épaule, avant d'éclater de rire en voyant Daisy danser autour du camion comme une hippie soûle.

Nous étions au milieu du parking du concessionnaire, à regarder les véhicules potentiels pour notre nouvelle affaire.

J'étais riche de quelques milliers de dollars de plus que lorsque j'avais marché jusqu'à l'autel mais aussi mille fois moins heureuse que je l'étais juste avant que notre mariage se désagrège. Fidèle à sa promesse, Troy ne m'avait jamais recontactée après m'avoir rendu visite à l'hôpital. Pas directement, du moins. Il n'avait pas lancé la procédure pour le divorce, non plus. Mais je savais que ce n'était pas une question d'argent.

On s'en foutait, de l'argent. C'était une affaire de trahison.

Après ma démission de chez Rouge Bis, il m'avait envoyé un chèque chez mon père. Je parie qu'il savait que je ne vivais plus là, que j'avais emménagé avec Lucy, puisque je pouvais désormais me permettre de payer un loyer, mais j'avais apprécié qu'il ne trahisse pas le fait qu'il me surveillait toujours.

Ou avait-il arrêté ?

C'était mal de vouloir qu'il me suive partout. C'était pire d'espérer croiser un de ses employés, juste pour sentir encore sa présence dans ma vie. Mais, en toute honnêteté, c'était pile ce que je voulais. Je le voulais, lui, mais j'étais trop consciente du gouffre entre nous. De sa profondeur. De la gravité des mensonges sur lesquels notre relation avait été bâtie.

Il avait enterré ma mère dans une forêt et ne me l'avait pas dit.

Il avait su où elle était pendant toutes ces années et il s'était toujours tu.

Il m'avait forcée à l'épouser pour pouvoir hériter de la fortune de son père.

C'était un monstre.

Et pourtant, j'aurais tout donné pour qu'il plante à nouveau ses griffes dans ma chair, pose ses yeux glacials sur mon visage. Les discussions, les chamailleries et tout ce que ce monstre me faisait ressentir me manquaient. Troy était le diable, mais il était mon oxygène.

— La Terre pour Birdie.

Daisy fit claquer ses doigts, ses ongles rouge pétant dansant devant mon visage, me rappelant la bague rubis que j'avais retirée il n'y avait pas si longtemps. Son poids à mon doigt était insupportable sans Troy dans ma vie.

— Oui, oui, on va le prendre.

J'agitai la main, et Lucy et Daisy se mirent à sauter sur place en applaudissant.

— Câlin de groupe ! annonça Daisy et, tout à coup, je me retrouvai ensevelie entre les bras de mes amies.

Je respirai leur odeur, féminine et pleine d'espoir, et fermai les yeux, priant pour que leur bonheur s'insinue en moi. Bien sûr, j'étais excitée à l'idée de réaliser mon rêve. C'était mon objectif avant qu'*il* débarque dans ma vie. Mais, maintenant, même avec cette opportunité, ces amies, cet argent – suffisant non seulement pour bâtir la carrière que je voulais, mais aussi pour faire un don au foyer pour sans-abri au bout de la rue –, la vie avait un drôle d'arrière-goût. Comme si rien ne serait plus jamais délicieux. Plus rien ne serait comme des pancakes à la myrtille et un chocolat chaud par temps de pluie.

Rien.

— Je cours au bureau leur dire que celui-ci n'est plus à vendre.

Daisy partit en trombe en direction de la caravane blanche d'où les vendeurs nous regardaient à travers les lattes de leurs stores.

Ils n'en étaient jamais sortis pour venir nous proposer de l'aide. Ils devaient penser que nous étions folles. Le camion était hideux pour quelqu'un qui ne lançait pas un commerce de *saloperies sucrées*. Je parie qu'il avait passé des lustres à prendre la poussière avant qu'on déboule pour l'acheter.

Quand Daisy disparut à travers la porte de la caravane, Lucy se tourna vers moi.

— Comment va ta jambe ? Ton pied va bien ?

Je baissai les yeux sur mon plâtre. Chaque fois que je le regardais, que je marchais ou que je l'enveloppais pour prendre une douche, je pensais à Brock. Son décès aurait certainement dû plus me bouleverser – après tout, il était mort sous mes yeux. Mais la vérité, c'est qu'il avait eu ce qu'il méritait. Les seules choses que je n'arrivais pas encore à comprendre, c'étaient pourquoi ma mère avait décidé de nous abandonner et pourquoi Troy m'avait caché ces affreux secrets.

— Oui, bien mieux.

Lucy grimaça, comme si elle savait très bien ce qui n'allait pas *bien mieux*. Ce truc qui ne battait pour personne dans ma poitrine.

— C'est légitime qu'il te manque. C'est le syndrome de Stockholm. Ça passera.

Ça ne passera pas. Je le sais.

— Bien sûr, répondis-je avec un petit sourire.

Lucy me tendit la main, et je la pris, et elle m'aida à boitiller jusqu'au bureau pour signer les papiers.

Nous allions avoir notre propre entreprise.

Nous allions réaliser un rêve d'enfance.

Nous allions faire des foutus pancakes.

Alors pourquoi tout cela me paraissait si triste et vain ?

— Et si ce n'était pas le syndrome de Stockholm, Lucy ? Et si c'était l'homme de ma vie ?

— Dans ce cas, ma chérie, dit-elle avec patience, le destin trouvera un moyen de vous réunir. Le véritable amour ne disparaît pas. Il peut se transformer en haine, la haine en amour, mais ces sentiments ne deviendront jamais de l'indifférence.

Elle avait raison. Le véritable amour était comme un cancer. Il se répandait en vous en un clin d'œil et vous consumait comme un feu de forêt.

Mais ce n'était pas grave, parce que j'avais le sentiment que, contrairement au cancer, le véritable amour ne mourait jamais.

36

Sparrow

Six mois plus tard

— Trois… quatre… cinq pancakes à la myrtille.

Lucy poussa les assiettes en carton vers moi, et je me penchai en avant pour les tendre aux deux femmes à l'avant de la longue queue qui s'était formée devant notre food-truck. Jenna et Barbara. Elles étaient secrétaires juridiques et se rendaient ici deux fois par semaine. Elles viendraient plus souvent, si elles ne faisaient pas attention à leur ligne, disaient-elles. Elles en achetaient toujours un peu plus pour leurs collègues. *Ou c'était du moins ce qu'elles prétendaient.*

— Merci, Birdie. On sait que quelque chose est bon quand on pense que ça vaut les calories même *après* l'avoir mangé, fit Barbara en riant. Maintenant je dois juste avoir le courage de monter sur la balance. Je l'évite comme la peste depuis que j'ai découvert votre camion.

— Oh ! ne commence pas, plaisanta Jenna en tapant les fesses de Barbara. Il faudrait mettre un avertissement. Je vais finir avec du diabète de type 2 si ça continue comme ça.

Barbara et Jenna filèrent pour me laisser servir les personnes suivantes. Une femme et un homme. Ils avaient l'air amoureux, et je fis de mon mieux pour ne pas les détester.

— Va aider Lucy, m'ordonna Daisy en me poussant sur le côté sans prévenir.

Je haussai les sourcils. Nous travaillions d'une certaine manière et nous ne changions jamais de place. Je préparais la pâte avant l'ouverture et prenais les commandes, Lucy faisait les pancakes, et Daisy nous donnait un coup de main quand cela était nécessaire. Mais je n'avais pas besoin de son aide.

— C'est bon, dis-je, mais Daisy me prit par la manche pour essayer de me tirer jusqu'à Lucy dans la petite cuisine.

— Tu peux rester ici.

Je la poussai d'un coup de fesses.

— Pourquoi je ne peux pas…

Mais je n'eus pas besoin de finir la phrase. Je savais déjà. Mon cœur tomba si bas que je le sentis palpiter dans mes orteils. Si l'hiver était un sentiment, il ressemblerait à ça. Tout se figea, et je fus prise de court. Mon dos et mes bras furent parcourus de frissons, me donnant la chair de poule.

Une sensation étrange me submergea, pas désagréable, mais pas agréable non plus. C'était comme s'il m'avait attrapée par la gorge et avait serré, me privant d'oxygène, tout en me donnant la folle impression d'être en vie. Je n'osais plus respirer, cligner des yeux ou bouger. Je me contentai de rester plantée là à le regarder, la bouche entrouverte. Les yeux écarquillés. Le cœur complètement brisé. *Mon monstre.*

— Vous servez encore ? demanda une femme dans la queue d'un air renfrogné, et Daisy s'empressa de prendre sa commande.

Je restai plantée là, incapable de bouger, alors que je ne demandais que ça. Je voulais aller le voir, dire quelque chose.

Je voulais lui parler.

Je ne voulais pas lui parler.

Il n'a même pas encore remarqué le camion.

Ces derniers mois, j'avais pris toutes mes précautions pour éviter les journaux locaux et les sites Internet. J'avais tout fait, à part quitter le pays. Mon pire cauchemar était de tomber sur une photo de Troy avec une de ses Catalina à son bras. Je savais que cela réduirait mon âme à néant. Physiquement, j'allais bien. Ma tempe était guérie, tout comme mon pied. Je ne portais plus de plâtre et je m'étais même remise à courir. Mais, intérieurement, le néant rongeait chaque recoin de mon être. Une montagne de pancakes à la myrtille ne suffirait pas à combler ce vide. Croyez-moi, j'avais essayé.

Lucy vint me voir, pointant sa spatule sous mon nez.

— Va. Lui parler. Arrête d'être une mauviette.

Mais j'en étais incapable. Il se tenait à côté d'un homme qui avait deux fois son âge. Ils portaient tous les deux des costumes impeccables et étaient en pleine conversation, parlant certainement boulot, et je ne voulais pas les interrompre. Oui, j'étais encore son épouse. Je n'avais jamais rempli les papiers du divorce, je me fichais de l'argent que je méritais, soi-disant. Troy n'avait rien fait pour mettre un terme à notre mariage non plus. Mais j'avais l'impression que nous étions ensemble il y a des siècles. D'une certaine manière, j'avais presque peur qu'il ne soit devenu une tout autre personne.

L'homme et Troy se serrèrent la main, puis l'homme tourna les talons et disparut dans la foule. Troy prit la direction opposée, marchant vers notre camion. Je n'arrivais plus à respirer. Je regardai autour de moi. Il était impossible qu'il me remarque. La queue était immense, et il y avait une certaine distance entre lui et moi.

Mais Troy alla se placer directement dans la file d'attente, l'air résolu. Il sortit son téléphone de sa poche et pianota dessus, un sourire aux lèvres.

— Bordel, marmonnai-je.

— Il sait.

Daisy sourit tout en continuant de servir les clients avec qui j'étais à présent incapable de communiquer.

Je la gênais. La fenêtre était trop étroite pour nous deux, mais elle savait à quel point j'avais envie de le revoir. *Besoin* de le revoir.

Troy ne leva pas une seule fois les yeux de son téléphone. Il continua à pianoter dessus à une vitesse folle, ses deux pouces voletant sur l'écran tactile.

Peut-être ne savait-il pas ? Mais bien sûr que si. Jamais il n'aurait pris un pancake à la myrtille dans un food-truck, sinon. Ce n'était pas son style. Non. Il savait.

Plus près…

Plus proche…

Plus Troy avançait dans la queue, plus j'avais l'impression de perdre mon emprise sur la réalité. Tout devenait brumeux autour de sa silhouette, mes yeux rivés sur lui seul.

Peut-être que tu n'es pas encore prête à lui faire face, me nargua une petite voix intérieure. *Peut-être que tu devrais te retourner et aider Lucy, comme Daisy te l'a demandé.*

— Respire, me souffla Lucy sans lever les yeux de la plaque où elle cuisait ses pancakes.

Mais j'en étais incapable. Il était du sable mouvant, et je m'y noyais. Je ne me débattais même pas. Je cédais.

— Tu veux prendre sa commande ? demanda Daisy quand il ne resta plus qu'une personne devant lui dans la file.

Je sentis ma tête osciller pour dire oui. Je ne pouvais pas lui échapper. Ce n'était pas nous. Quand il me mettait au défi, je répondais présente. Et, en venant ici, il attendait que je réagisse. C'était ce que j'avais l'intention de faire.

— S'il veut le meilleur pancake de Boston, c'est ce qu'il va avoir.

Je me plantai au centre de la fenêtre. La personne avant lui prit son assiette en carton et s'en alla, et il avança. J'avais oublié à quel point il était grand. Il n'eut même pas besoin de lever la tête pour croiser mon regard.

— Bonjour, dit-il en me regardant droit dans les yeux, le visage dénué d'expression.

Daisy disparut au fond du camion pour nous laisser seuls. Enfin, si on oubliait les dizaines de personnes qui faisaient la queue derrière lui.

— Salut, dis-je, la gorge serrée.

Il posa ses coudes sur la fenêtre et me regarda droit dans les yeux avec une familiarité qu'on ne pouvait pas simuler. Je me sentis tellement à nu, c'était presque comme s'il m'avait enlevé mon haut et mon soutien-gorge, et que je me retrouvais nue devant la foule.

— Un pancake à la myrtille, s'il te plaît.

Son ton était neutre. Plat.

À quoi jouait-il ? Je n'en avais pas la moindre idée.

Déviant le regard, je tapai la commande sur la caisse. J'étais déçue. Perdue, aussi.

— Crème chantilly ?

Il secoua lentement la tête. Ses yeux ne quittaient pas mon visage, à la fois scrutateur et circonspect, comme si j'étais un griffon légendaire, ailé et prêt à frapper.

— Une *saloperie sucrée*, ça arrive, dis-je.

Ses lèvres tiquèrent, comme s'il réprimait un sourire. En fait, il se contentait de suivre mes moindres mouvements. Pourquoi restait-il impassible ? Il adorait que je le taquine, il se délectait de mes reparties. C'était grâce à ça qu'il m'avait remarquée, au départ. Avant que je lui réponde, je faisais partie des meubles.

Lucy me tendit une assiette. Elle avait l'air aussi perplexe que moi. Pourquoi se comportait-il comme si nous étions de parfaits inconnus ? J'avais envie de l'étrangler et de l'embrasser, de lui sauter dans les bras et de le tuer, tout ça à la fois. Son influence sur moi était encore dangereuse. Mes sentiments envers lui étaient toujours aussi frais qu'une matinée de printemps.

— Et voilà.

Je relevai la tête pour croiser son regard.

Il plongea sa main dans sa poche et plaqua le montant exact de sa commande sur le comptoir. Comment savait-il combien ça coûtait ? Avait-il planifié son coup ? Et il était venu jusqu'ici pour… quoi ? Pour me montrer que ça ne lui faisait plus rien ? C'était bas, même pour lui.

— Garde l'argent. Achète-toi quelque chose de joli, lui dis-je, aussi stoïque que possible dans ces circonstances.

Il ne rit pas à ma blague, ne bougea pas d'un pouce. La queue grandissait derrière lui, les gens commençaient à s'impatienter, tendant le cou pour voir ce qui prenait autant de temps. Je ne dis rien, ne voulant pas le chasser, mais pas assez courageuse pour lui demander de rester.

Il me regardait toujours. Pourquoi le faisait-il comme ça ?

— Hé, mec, t'as fini ? Ma pause déjeuner est presque terminée, indiqua un homme derrière lui dans la file en lui donnant un petit coup dans le dos.

On ne lui prêta aucune attention.

— Tu sais comment va Sam ? demandai-je à voix basse.

Mon menton était collé à ma poitrine, mes yeux rivés sur le sol du camion. J'avais beaucoup pensé à Sam au cours des derniers mois. Je savais que sa mère n'était pas la plus dévouée au monde. Je mentirais si je disais que je n'étais pas inquiète.

— Il va bien. Il vit chez Maria et Cat. Cat voit un psy. Elle s'améliore dans son rôle de parent.

Il me l'annonça platement, sans aucune émotion dans la voix.

— Eh ! vous ! Demandez-lui son numéro et finissez-en ! cria quelqu'un à l'autre bout de la queue.

— Alors tu es resté en contact avec elle.

J'inspirai. Ça piquait.

Mais il se contenta de me sourire, décontracté, en prenant son assiette.

— C'était bon de te voir, Red.

Il me fit un clin d'œil et partit.

C'était la deuxième fois que mon faux mari, qui m'avait forcée à l'épouser, me quittait. C'était aussi la deuxième fois qu'il emportait mon cœur avec lui.

Mais c'était la première fois que je me rendais compte que je ne le récupérerais jamais.

Il était à lui, il le tenait dans son poing de fer.

Et, parfois, je le savais, il serrait un peu trop fort.

Une heure plus tard, on remballa nos affaires et on ferma pour la journée. Bien que Lucy et Daisy fassent de leur mieux pour m'empêcher de penser à lui, essayant de me convaincre d'aller boire quelques bières au bar du coin, je rentrai directement à la maison. Je n'étais pas d'humeur à faire quoi que ce soit, à part courir. Curieusement, la rencontre fortuite avec Brock ne m'avait pas dégoûtée de mon sport préféré. Je courais encore mais, pour l'instant, je n'empruntais que les rues principales et sortais en fin de journée, quand la ville fourmillait de monde. De *vie*.

Quand je rentrai ce soir-là, je m'adossai contre la porte de l'appartement et fermai les yeux. Jamais je n'aurais pensé tomber amoureuse d'un homme comme Troy Brennan. Il s'avérait que l'amour se foutait des préférences personnelles.

Sortant mon téléphone de ma poche arrière pour le jeter sur le canapé, je remarquai que j'avais un SMS. Il avait été envoyé vers midi. Je dus me frotter les yeux pour m'assurer que je n'étais pas en train d'halluciner quand je vis le nom du contact au-dessus du message. Une boule d'excitation se formant dans mon ventre, j'ouvris le SMS, les mains tremblantes.

Troy : Je voulais faire ce qu'il fallait. Vraiment, putain. Puis j'ai compris que, pour ça, je devais être une bonne personne. Je ne le suis pas, et nous le savons tous les deux. Je t'ai observée ces derniers mois. J'ai essayé de me dire que je ne faisais que veiller sur toi, m'assurer que tu allais bien. C'étaient des conneries. Je savais que tu irais bien dès que Brock serait sur la touche. Je t'ai observée parce que je te voulais pour moi seul, parce que ta place est à mes côtés.

Mon cœur se mit à battre plus vite, plus fort, tambourinant dans ma poitrine, et je me laissai tomber sur une chaise pour essayer de me rappeler comment on faisait pour respirer. Il m'avait envoyé un autre message. Je l'ouvris tout de suite.

Troy : J'ai changé d'avis. Tu n'es pas libre. Pas si tu t'envoles sans nulle part où aller, et pour les mauvaises raisons. Que veux-tu vraiment ? Ne réponds pas. Je m'apprête à le découvrir. Je fais la queue pour voir comment tu vas réagir en me revoyant. Parce que,

Red, si tu voulais vraiment te débarrasser de moi, tu ne retarderais pas le divorce, sachant tout l'argent qu'il y a à la clé. Tu n'aurais pas gardé mes secrets pour toi. Alors, qu'est-ce que ce sera ? Vais-je voir de la peur et de la haine dans ces yeux verts, ou du désir et de l'envie ? Est-ce que tu vas être franche avec moi ? Te défendre ? Me jeter ? On le saura dans 3… 2… 1…

C'était tout. Il n'y avait que ces deux messages. Pardon ? N'avait-il pas vu que je me languissais de lui ? Que je le voulais ? Que j'étais parfaitement incapable de former une phrase cohérente en sa présence ? Je me levai d'un bond, il fallait que je fasse quelque chose, n'importe quoi, pour me distraire. J'enfilai ma tenue de jogging, calai mon téléphone dans mon pantalon de yoga et me ruai dehors.

Courant avec *Sympathy for the Devil* dans les oreilles, j'essayai de brûler toute l'énergie générée par la lecture de ses messages. Mon esprit était trop occupé pour dire à mes jambes où m'emmener. Je courais sans direction précise, sans but. Je le faisais parce que c'était mieux que rester à ne rien faire et affronter tous ces sentiments.

L'affronter, lui.

Pourquoi étais-je si déçue qu'il ne m'ait pas écrit après notre échange ? Je ne lui avais toujours pas pardonné. Ni pour ce qu'il avait fait à ma mère, et certainement pas pour m'avoir caché tous ces secrets après que nous avions déjà établi une relation sincère.

Le pardon.

Je ne pardonnais jamais à personne. Pas nécessairement parce que j'étais rancunière, mais parce que personne parmi ceux qui m'avaient déçue ne me l'avait demandé.

Étais-je prête à pardonner à Troy ? Je m'arrêtai au coin de la rue, m'appuyant contre un immeuble industriel pour reprendre mon souffle. Sortant mon téléphone, je tapai rapidement un message et l'envoyai avant de laisser place au doute, à mon ego et à la logique.

Moi : Tu aurais pu me dire pourquoi tu m'as épousée. Ce que tu as fait à ma mère. Tu n'as jamais essayé d'avouer et de t'excuser.

Je replaçai le téléphone dans l'élastique de mon pantalon et me remis à courir. Inutile d'attendre sa réponse. Je ne savais même pas s'il allait répondre. Je m'éloignai plus encore de mon appartement, les rues se fondant en rien de plus qu'un décor effacé. Mes pensées étaient plus puissantes que ma vue. Mon téléphone vibra contre ma peau humide, et je baissai les yeux, balayant l'écran pour lire son message.

Troy : Je ne voulais pas que tu saches que c'était ma famille qui était responsable de l'effondrement de la tienne. Quand nous sommes devenus quelque chose, je ne voulais pas que cette histoire pèse sur notre relation. Te faire du mal était la dernière chose que je souhaitais, Red. La première était de te garder. Et tu sais ce que j'ai vu aujourd'hui derrière tes yeux verts ? De l'envie. Tu veux encore de moi.

Je grimaçai et lui renvoyai un message :

Moi : Nous ne pouvons pas être ensemble.

J'accélérai la cadence mais je n'entendais plus la musique dans mes oreilles. Où courais-je comme ça ? Je n'en avais aucune idée. Peut-être que si j'allais plus vite, plus fort, plus loin, mon pouls noierait tout le bruit dans ma tête. C'était insensé. Nous avions rompu six mois plus tôt. Je n'avais pas couru après le divorce, et alors ? J'avais seulement besoin d'un peu de temps pour me remettre les idées en place. J'avais connu une expérience de vie ou de mort avec Brock dans les bois. Puis j'avais vu mon mari le tuer. Puis il m'avait *tiré dessus*.

Bien sûr, c'était un excellent tireur, mais ça n'excusait pas tout. J'avais seulement besoin de plus de temps pour m'en remettre.

Troy : On peut. Et on devrait. Tu penses que ça importait à ta mère de savoir où elle serait enterrée ? Elle aimait juste être à mon père et elle voulait que tu connaisses la même chose. Ils savaient. C'est leur héritage.

Moi : C'est insensé. Ma mère était une femme sans cœur qui m'a abandonnée, et ton père était un mari infidèle qui nous a forcés à nous marier.

Comme je courais vite et sans faire attention, mon pied blessé commençait à me faire de nouveau boitiller. Mais je ne sentais plus la douleur. Mon corps essayait de tenir la cadence de mon esprit.

Troy : Ta mère était amoureuse, et mon père aussi. Et toi aussi.

Je m'arrêtai, prenant conscience de l'endroit où je me trouvais. Devant son immeuble. Devant la porte à tambour. Je la regardai, les yeux grands ouverts, sachant au fond de moi que Troy en sortirait dans quelques secondes.

Et il le fit.

C'était délirant, mais il était là. Je n'eus même pas le temps de reprendre mon souffle quand je le vis sortir, son téléphone à la main. Pourquoi étais-je venue jusqu'ici ? Comment savait-il que je serais là ?

Il leva la tête de son écran, les coins de ses lèvres se soulevant pour former un sourire, et il baissa à nouveau les yeux pour taper.

Troy : Et moi aussi.

Je me figeai et le regardai qui approchait. Il portait un caban noir, un jean ajusté et des derbys assortis. Ses cheveux couleur charbon, si épais et si soyeux, étaient nonchalamment lissés en arrière. Il arrivait encore à faire voleter mon cœur. Que ce soit de peur, de colère ou d'amour. Mon cœur battait toujours plus vite pour lui. Mes genoux faiblissaient juste pour lui. Il avait raison. Il faisait des choses atroces, mais c'était lui que je voulais. Toujours lui et lui seul.

Troy s'arrêta quand nous fûmes face à face. Nez à nez. J'aimais tant observer ses yeux de si près. Ils étaient d'un bleu océan, pas étonnant que je m'y noie.

— Je t'aime, Red. Je t'aime déterminée, forte, innocente, tenace…

Il fronça les sourcils en me dévisageant, caressant la courbe de mon visage du bout de ses doigts calleux.

— Je t'aime brisée, doutant, terrifiée, furieuse et énervée…

Il s'autorisa un petit sourire.

Je le sentis, bien qu'il soit sur ses lèvres.

— J'aime chaque partie de toi, le bon et le mauvais, le désespéré et l'affirmé. Et on ne fait pas qu'aimer. On se guérit l'un l'autre à chaque contact et on se complète à chaque baiser. Et, putain, je sais que c'est foutrement cucul, mais c'est de ça que j'ai besoin. C'est de toi que j'ai besoin.

Mes paupières se fermèrent, une larme solitaire pendue au bout d'un cil.

— Nous n'avons pas de mots ordinaires entre nous. Tu enflammes mon cerveau chaque fois que tu me parles. Nous n'avons même pas de silences ordinaires. J'ai toujours l'impression de jouer avec toi ou que tu te moques de moi quand tu es là. Et je refuse de te laisser renoncer à ça, à nous.

Il prit mon visage entre ses mains, et je posai les miennes par-dessus, le maintenant fermement en place. Je ne voulais plus qu'il me lâche, jamais. Il pencha la tête, mettant son front contre le mien. Je savais qu'il avait raison. Je savais que je lui avais déjà pardonné. Certainement même avant de savoir ce qu'il avait fait, quand nous vivions encore ensemble. Bordel, probablement déjà sur cette piste de danse, quand j'avais neuf ans.

Mon ravisseur.

Mon monstre.

Mon *sauveur.*

— Je suis un enfoiré et j'ai bien l'intention d'en rester un. C'est dans mon ADN. Mais je suis *ton* enfoiré. Je peux être bon avec toi. Peut-être même génial. Pour toi, j'empêcherais la pluie de tomber et le tonnerre de résonner, et le vent de souffler. Et oui, j'étais persuadé que tu reviendrais. Tu es revenue droit dans mes bras, tu es retournée au nid, ma tourterelle. Pourquoi l'aurais-tu fait si tu ne m'aimais pas à la folie ?

Mes yeux cherchèrent son visage. C'était délicieux de sentir ses mains sur mon corps. C'était comme s'il m'insufflait la vie du bout des doigts. Comme s'il me rendait entière avant même que je sache quelles parties de moi manquaient.

C'était mal. Tout était mal. De savoir ce qu'il avait fait. De le cacher à la police, à mes amies, à mon père. De porter son fardeau pour lui dans mes entrailles.

C'était mal… *mais c'était à nous.*

Troy attendit que je dise quelque chose. Ses yeux n'étaient pas suppliants – il ne supplierait jamais – mais, bon sang, ils étaient curieux et remplis de sentiments beaux, laids, crus.

— Tu restes un enfoiré, conclus-je.

Il éclata de rire. C'était la plus belle chanson qu'il m'ait été donné d'entendre, un son que je voulais en boucle dans mes écouteurs.

Je ris aussi. Pour la première fois depuis des mois, ce son était sincère dans ma bouche.

— Un enfoiré cruel. Peu de femmes peuvent supporter un truc pareil. Mais moi, je pourrais peut-être.

— Putain, que je t'aime, Red.

— Putain, que je t'aime, Brennan.

Sa bouche avide trouva la mienne, exigeant de revenir là où était sa place. Sa langue écarta mes lèvres, chaude, familière, addictive. Ses bras descendirent le long de mon corps, et il plaça une de ses mains sur mon cœur. Son baiser me disait non seulement que je prenais la bonne décision – que j'étais faite pour pardonner à cet homme –, mais aussi que c'était le bout du chemin. Jamais je ne trouverais mieux. Je ne voulais être nulle part ailleurs qu'ici avec lui.

Son baiser était possessif, la chaleur de son souffle à la fois rassurant et excitant. Je penchai la tête sur le côté pour sentir son parfum, le laissant infiltrer mon corps affamé. Sa peau sur la mienne était un pur bonheur, et un moment rare de félicité m'envahit. J'étais tellement heureuse que j'avais envie de crier. Tellement heureuse que c'en était douloureux. Tellement heureuse que je ne pouvais plus contenir ma joie.

En théorie, cela aurait dû finir dans le drame.

En théorie, sortir de ce bazar en ayant l'avantage signifiait dénoncer Troy Brennan aux autorités. Dire à mon père ce que sa famille lui avait fait, *nous* avait fait.

En théorie, la situation était très compliquée. Tout le monde devait payer pour ses péchés, je devais faire le deuil de la femme qui m'avait donné la vie, Troy devait se rendre, et d'autres vies devaient être gâchées.

La réalité, en revanche, était simple.

J'étais à lui, il était à moi, et tout le reste, tout ce que nous avions fait ou pas fait, ne comptait pas.

C'était notre passé.

Épilogue

Troy

Sam attrape un de mes orteils et le tire du sable blanc dans lequel il est enterré d'un air victorieux. *Le visage de Brock.* J'agite mon doigt de pied comme si c'était un genre de petit animal qui essayait de s'échapper. Le rire de Sam m'emplit les oreilles, noyant le son des vagues s'abattant sur la plage, la musique d'un bar voisin et les conversations des vacanciers.

— Je l'ai attrapé ! Je l'ai attrapé !

— C'est bien.

Sparrow redresse les épaules et regarde l'océan droit devant elle, les mains sur les hanches dans son petit bikini bleu marine. Sa voix est douce, sérieuse.

— Maintenant, allons nourrir les requins.

— Euh…

Sam fronce les sourcils, inquiet tout à coup.

— Non merci. Je préfère… je ne sais pas, construire un château de sable. Je ne veux pas faire de mal à tonton Troy. Je ne lui ferais jamais de mal.

C'est fou comme les enfants peuvent être cléments. Il y a neuf mois, je reconnaissais à peine sa présence. Aujourd'hui, il est en vacances avec nous à Miami. Enfin, pas seulement avec Sparrow et moi. Maria est là aussi.

— D'accord, dit Sparrow en feignant d'être déçue. Mais je vais donner ses orteils à manger aux requins un jour ou l'autre.

Sam sourit et la regarde comme si elle était la vie même.

— Non, tu ne le feras pas, affirme-t-il alors que Maria approche avec des sandwichs pour eux et une bière pour moi. Tu aiiiiiiiiimes tonton Troy.

Je ris, parce que je ne peux pas m'en empêcher. Maria prend Sam par la main et l'emmène jusqu'à une charrette avec un parasol pour aller chercher une boisson fraîche. J'ai récemment découvert qu'il est très déterminé sur ce qu'il aime boire. L'eau, très peu pour lui. Il préfère les breuvages à bulles.

C'est Red qui a eu l'idée de rompre le cercle vicieux des fils tuant des pères. Des fils vengeant leurs pères.

Un soir, alors qu'elle était dans mes bras, et que j'inhalais ses cheveux qui sentaient la cerise, elle a dit :

— Il faut que tu sois dans la vie de Sam. Tu le lui dois. Jamais tu ne seras son père, mais il mérite quelqu'un. Quelqu'un d'autre que Maria et Catalina.

Ce qu'elle ne dit pas, c'était que si je ne voulais pas finir comme mon père, comme David Kavanagh et comme Brock, je devais réparer ce que j'avais brisé dans la vie de Sam quand j'avais tué son père.

Il ignore ce qu'il s'est passé, pas encore, mais ce n'est pas un secret non plus. Le moment venu, il saura qui a appuyé sur la gâchette. Et je ne veux pas qu'il vive avec la haine qui remuait dans mon ventre, la haine qui avait poussé son père à tout perdre. Elle vous mange tout cru, vous ronge de l'intérieur, brûle dans votre poitrine, c'est un vide que l'on remplit de désirs sombres, d'une vengeance qui vous hante. Le gamin ne mérite pas ça. Un jour, cet enfant sera un homme. Cette version de lui ne mérite pas ça non plus.

Je dirai à cet homme que je n'ai pas tué son père pour venger le mien. J'ai éliminé son père pour protéger la femme merveilleuse qui lui fait des pancakes de temps en temps et qui a du soleil dans son rire, même face à la tempête. Même pendant l'été le plus froid jamais enregistré à Boston.

C'est pour ça que je vois Sam un week-end sur deux. On va au fast-food (la faute à Sparrow), à des matchs des Patriots, et on a même décidé de faire ce petit séjour à Miami pendant que Cat restait à Boston pour trouver un nouvel appartement, juste pour Sam et elle.

Red roule sur le sable jusqu'à ce que son épaule vienne percuter la mienne. Elle rit comme une folle, et même si je garde un visage stoïque, je suis loin de l'être. Putain, qu'est-ce que j'aime cette femme.

— Alors…

Elle enfouit son nez dans mon cou et passe ses bras autour de mes épaules.

— Tu vas m'emmener dans ce restaurant chic où tu avais réservé la dernière fois que nous sommes venus à Miami ?

— Oh que non. C'était avant que je sache que tu étais du genre McMeal. Je peux t'emmener chez Wendy's, si ça te dit.

— Disons IHOP, et c'est d'accord. Ils ont des pancakes *et* du chocolat chaud.

— Tu as vraiment la classe. Et je parie que tu écarteras quand même les cuisses après.

— Certainement. Je ne vous utilise que pour votre corps, monsieur Brennan.

— Et pour le fric. N'oublie pas le fric.

— Nan, je gagne ma propre croûte, merci bien.

Elle plante un baiser sur ma mâchoire et je souris comme un idiot, parce qu'elle a raison. Red travaille maintenant. Son entreprise ne nous rendra pas millionnaires, mais son affaire de pancakes tient la route.

Je me penche sur un coude pour l'embrasser. Je glisse une main sur son ventre tendu, encore plat et magnifiquement pâle malgré le soleil de Miami.

— Comment va mon p'tit gars ?

— Ça pourrait être une fille.

— J'aimerais bien. Les garçons, c'est l'enfer. Tu es bien placée pour le savoir.

Mais je plaisante. Je n'ai pas de préférence, dans un sens ou dans l'autre. Tout ce que je sais, c'est que je n'étais pas prêt à être père jusqu'à ce qu'elle m'annonce que j'allais le devenir. Et maintenant ? J'ai hâte, putain.

Même les méchants connaissent une fin heureuse de temps en temps.

— Sparrow Raynes, je prendrai avec joie tout ce que tu me donneras.

Je fais vraiment andouille sentimentale mais, parfois, il faut évacuer un peu l'amour qu'on a dans le cœur pour ménager de la place pour la prochaine vague de bonheur. Le nôtre est prévu pour l'automne suivant. La date du terme est le 11 octobre.

— Je suis Sparrow Brennan maintenant, corrige-t-elle. Je n'étais Sparrow Raynes que quand j'étais ton pire cauchemar.

— Tu n'as jamais été un cauchemar. Au début, tu étais une transaction…

Je souris, écartant mes doigts sur son ventre.

— Puis, à un moment donné, tu es devenue mon plaisir.

— Et que suis-je aujourd'hui ?

Elle pose sa main sur la mienne et la serre fort.

— Aujourd'hui, ma tourterelle, tu es mon tout.

Remerciements

Il y a tellement de gens qui ont rendu *Sparrow* possible que je sais que je vais me planter et en oublier, mais je vais essayer de nommer tous ceux qui m'ont aidée au cours de cette aventure. Amour, remerciements et câlins aux personnes suivantes :

Mon mari, qui s'est nourri de burgers In N'Out pendant cinq mois. Je suis désolée, je t'ai payé un abonnement à la salle de sport pour te témoigner ma reconnaissance.

Mon fils, qui a supporté une maman bordélique qui partait dans tous les sens (j'ai possiblement inventé un nouveau jeu intitulé « Revoyons le manuscrit de maman une dernière fois ». Mais ça n'a pas trop pris).

Ma géniale équipe sur le terrain, qui a fait tout le marketing de *Sparrow* pour moi : Lin, Sabrina, Hen, Avivit, Donna, Dana et Mandy. Merci aussi à ma publiciste, Amanda Faulkner, pour sa patience et son soutien, même pendant mes craquages et mes crises de panique. Tu es vraiment la meilleure.

J'aimerais remercier mes bêta-lectrices, qui ont rendu cette histoire bien meilleure qu'elle ne l'était au départ. Aux géniales Cat, Amy, Eliya, Bree et Ilanit. Un merci particulier à Lilian, qui a lu ce livre un milliard de fois avec la patience de revenir sur chaque petit détail. Merci à toutes pour vos excellentes suggestions. Vous avez mis tout votre cœur et votre âme dans Sparrow et Troy, et ça se voit. Je ne l'oublierai jamais.

Les merveilleuses personnes qui saupoudrent mes livres de magie : Karen l'éditrice, Sofie l'illustratrice, Cassie la maquettiste et Cat la correctrice. Je ne sais pas ce que j'aurais fait sans vous et je n'ai aucune envie de le découvrir.

Enfin et surtout, je voudrais vous remercier, mes lectrices, vous qui permettez que mon rêve soit une réalité. Sans vous, je n'aurais pas besoin d'équipe sur le terrain, de bêta-lectrices, d'éditrice ou de maquettiste. Vous rendez tout cela possible en achetant mes livres. Chacune d'entre vous compte.

Note de l'autrice

J'ai commencé à rédiger *Sparrow* quand je suis tombée enceinte. J'écrivais tous les soirs et fomentais l'intrigue tous les matins. J'avais du temps, beaucoup de temps, et il m'a servi à m'obnubiler et à ajuster chaque mot.

Puis le bébé est arrivé, et le temps est devenu un luxe précieux que je ne possédais plus.

Mais j'ai continué à écrire. Et à éditer. Et à voler des instants – pour réécrire et m'obséder.

Pourquoi est-ce que je vous raconte tout ça ? Parce que, après avoir renoncé à ma vie, à ma santé mentale et à mes heures de sommeil, j'ai besoin de savoir ce que vous en pensez. Ce que vous en pensez *vraiment*. Écrire des livres est un métier solitaire, vos seuls compagnons sont quatre murs, un clavier et un café tiède. C'est pourquoi, maintenant, je meurs d'envie de savoir ce qui vous est passé par la tête pendant votre lecture.

Merci de me laisser un commentaire sincère si vous en avez le temps. Pas seulement pour ce livre, mais pour tous les livres. Les auteurs apprécient.

Beaucoup.

Maintenant si vous voulez bien m'excuser, j'ai environ sept cents heures de sommeil à rattraper.

Bises,

L. J. Shen

Vous avez aimé *Sparrow* ?
Découvrez les histoires de Sailor, Sam et leur cercle très fermé dans la saga des Boston Belles

Disponibles en poche en janvier 2024

Tournez vite la page pour découvrir un extrait !

Harper Collins POCHE

1

Hunter

Présent

— C'est l'heure de se réveiller, Capitaine McMorpions ! décréta Knight Cole, mon ange gardien, tout en posant un pied sur mon épaule pour me secouer.

À en croire la surface dure sous mes muscles endoloris, je m'étais encore écrasé sur le sol. Et, à en croire la sensation collante entre mes jambes et la brise qui caressait mes poils pubiens soigneusement taillés, j'avais fourré ma queue là où je n'aurais pas dû et j'étais magnifiquement nu.

Je grognai, fermai les yeux et roulai sur un autre corps nu et chaud. *Des seins*. Je sentis des seins contre mon visage. Ronds, dodus et naturels. Sans ouvrir les yeux, je pris un téton dans ma bouche et me mis à le sucer distraitement.

— Tu veux du café avec ton lait ? demanda Knight.

Ma main descendit le long du ventre de la fille, jusqu'à son Saint-Graal. Elle était déjà mouillée et chaude, et elle cambra le dos, les cuisses tremblant de désir. Je caressai son clitoris enflé pour la préparer. Ma queue se dressa paresseusement en demi-molle quand un autre corps se colla contre mon dos.

Jackpot.

— Mettre du lait dans son café, c'est comme faire un cunni avec une capote sur la langue. Les Italiens t'exileraient pour moins que ça, murmurai-je, les yeux fermés, les lèvres contre la peau de la première fille.

— Merci pour cette image, lança Vaughn Spencer, mon autre ami, d'un ton blasé.

— Ne faites pas attention à moi, les gars, répondis-je.

De ma main libre, je touchai à tâtons la cuisse de la fille derrière moi pour enrouler sa jambe autour de ma taille. *Où sont mes capotes, bordel ?* Pourquoi Knight et Vaughn me proposaient-ils du café et une conversation au lieu d'un préservatif ? Ils méritaient d'être virés et remplacés par de nouveaux potes qui m'aideraient vraiment à conclure – même si je n'avais pas besoin d'aide dans ce domaine.

— Eh, Vaughn, balance-moi une capote avant de partir, please !

— Donne un temps mort à ta bite et lève-toi, tocard.

Une chaussure boueuse s'écrasa sur ma tempe, menaçant de me broyer le crâne.

Vaughn, alias le diable qui murmurait à mon oreille.

Ou bien à celle de n'importe qui, d'ailleurs.

J'entretenais une relation entre amour et haine avec cet enfoiré.

Amour, parce qu'il était, après tout, un de mes meilleurs amis.

Haine, parce qu'il était, malgré le titre susnommé, un connard de première.

J'ouvris les yeux. Mon cerveau enregistra l'information – décevante – que cette orgie allait connaître une fin prématurée, et je pris conscience des grains de sable et de terre qui se collaient à ma tempe, sous la rangers de Vaughn, puis de mes narines qui se dilataient, et mon pouls s'accéléra.

La fille face à moi, Alice, sourit lascivement en cambrant le dos pour plaquer ses seins contre mon torse, comme pour m'encourager. *Merde.* J'étais encore en train de la doigter. Difficile de m'en empêcher, avec les délicieux gémissements qu'elle poussait. Je retirai ma main de son sexe à contrecœur. La fille dans mon dos eut au moins la décence d'arrêter de se frotter contre moi comme un cochon d'Inde qui viendrait tout juste de découvrir ses organes génitaux.

— Dégage ta chaussure dégueulasse de mon visage avant que je t'arrache la colonne vertébrale pour m'en faire une écharpe, sifflai-je entre mes dents.

Vaughn et moi savions tous les deux que c'était une menace en l'air. Mes mains manucurées n'aimaient pas la violence. D'ailleurs, je ne ferais pas de mal à la fourmi qui aurait tué toute ma famille. Je serais en colère, oui. *Furieux*, même. Et je lui collerais un procès pour préjudice moral. Mais me salir les mains ? Très peu pour moi.

Ce n'était pas la peur de me battre qui m'en empêchait, mais la pure indolence héritée de mon éducation aristocratique. En tant que fils de Gerald Fitzpatrick, propriétaire et P-DG de Royal Pipelines, la plus grande entreprise pétrolière des États-Unis, j'avais rarement besoin de régler mes propres problèmes. La famille Fitzpatrick était la quatrième plus riche des États-Unis, ce qui faisait de moi un petit con paresseux qui se croyait tout permis.

— Avec un autre mec, vous vous êtes tapé cinq filles hier, dit Vaughn sans retirer son pied de ma tempe.

Cet acte de violence était certainement le temps fort de sa semaine. Ça me dépassait, qu'il soit si peu enclin à apprécier les joies simples de la vie – à savoir l'alcool, les femmes et les fringues hors de prix de rappeurs en fin de carrière. Tout semblait si compliqué avec lui.

— Sérieux ?

Ma surprise était réelle, tout comme la fierté qui me gonfla la poitrine. Je demandai :

— Les gens du *Guinness des records* sont en chemin ? Ils apportent de la Guinness ? Je préfère de loin la bière brune à la blonde.

— Défonce-lui le crâne. Il le mérite, grogna Knight.

C'était gonflé, venant de lui. Avec son historique d'alcoolique, il pourrait rivaliser avec Lord Byron et Benjamin Franklin à un openbar de Ko Samui. Si jamais il se reproduisait avec sa petite amie, maintenant qu'il en avait une, je craignais qu'elle ne donne naissance à une bouteille de tequila et deux tickets pour Coachella.

— Je répondrai mieux si vous m'appelez « Mon Dieu » ou « La vache, Hunter, elle est énorme », marmonnai-je.

J'avais presque envie de piquer un petit somme sous la rangers de Vaughn. Ce n'était pas comme s'il appuyait pour de vrai.

Les deux filles se détachèrent de moi, leurs gémissements laissant place à des bruits de fond – elles ramassaient leurs vêtements et s'habillaient. Je regardai autour de moi pour la première fois depuis que j'avais émergé. À en croire les luxuriants tissus crème, les lustres imposants et les lampes en laiton à huit mille dollars pièce, je me trouvais dans le salon de Vaughn.

Le tapis était couvert de taches suspectes et les stores déchirés. Quand ils découvriraient les dégâts, papa et maman Spencer seraient ravis de se débarrasser de leur connard de fils, qui s'envolerait bientôt pour l'Angleterre pour son stage.

— Hunter, t'es vraiment baisé, cette fois.

Knight m'arracha à la botte de Vaughn et me poussa sur le

canapé, avant de me jeter un édredon pour couvrir mon sexe qui se dressait à présent dans toute sa splendeur.

Il évitait de me regarder, comme si c'était ma faute si j'avais été doté d'une queue de vingt centimètres et d'un physique incroyable qui méritait que je sois constamment nu.

— Tout ce que j'ai entendu c'est le mot « baiser », et je suis partant, dis-je.

Je tâtonnai sur la table à côté du canapé, trouvai un briquet et un paquet de cigarettes qui n'étaient pas à moi et m'en grillai une, soufflant la fumée vers le haut. Je ne fumais que ponctuellement, mais je ne pouvais pas résister à la tentation de passer pour un connard quand l'occasion se présentait.

— Pourquoi vous m'avez cassé mon coup ? demandai-je en pointant ma cigarette sur mes amis debout devant moi.

Vaughn me fusilla du regard avant de lâcher :

— Il y a eu une fuite.

— Ce n'est qu'une décharge naturelle destinée à te faire comprendre que le corps féminin est prêt à l'accouplement, répondis-je. Tu le saurais si tu baisais des femmes vivantes. Tu t'inquiètes pour la moquette de tes parents ? J'enverrai la facture à Syllie.

Syllie – Sylvester Lewis – était le bras droit de mon père et directeur général de son entreprise à Boston. Je pouvais compter sur lui. Son job était, entre autres, de me maintenir en vie et loin des ennuis, une mission vouée à l'échec. Je ne l'appelais pas souvent mais, quand je le faisais, c'était pour qu'il me tire d'une situation abominable dans laquelle je m'étais fourré.

Mes parents détestaient que je leur fasse mauvaise presse.

Jusqu'à présent, Syllie m'avait aidé à régler des amendes, à éviter une accusation de conduite en état d'ivresse et à gérer une sordide histoire de morpions en toute discrétion.

— Une fuite sur les réseaux sociaux, espèce de débile, clarifia Knight en me donnant un coup à l'arrière de la tête.

Cela ne ressemblait pas à mes amis d'être si sérieux – inquiets, même. Je m'assis et fixai l'édredon autour de ma taille, puis posai le menton sur mes doigts, pensif.

— Je vous écoute.

Je ne les écoutais pas. Je me demandais quelle fille j'allais baiser ce soir.

Peut-être Arabella.

Oui, Arabella, incontestablement. C'était la plus chaude de toutes.

— Pour résumer, dit Knight en tapant dans ses mains, hier, après la soirée pour fêter le stage de Vaughn, on est revenus s'éclater ici. Tu t'es fait une orgie avec cinq nanas au rez-de-chaussée. À un moment donné, un autre mec s'est fourré dans le tas, mais c'était surtout toi qui fourrais – t'as compris le jeu de mots ? Puisque vous n'étiez pas dans la salle de jeu, aucun téléphone n'avait été confisqué. Vaughn et moi, on était à l'étage et on n'a pas pu te sauver de ta propre connerie.

Knight se tourna vers Vaughn et lui fit un signe de tête pour qu'il raconte la fin de l'histoire.

Vaughn croisa les bras et prit le relais.

— Je vais t'épargner le récit détaillé de cette histoire longue et sordide, mais retiens qu'une douzaine de personnes ont filmé ce qui s'est passé avec leur téléphone. Certaines ont posté leur vidéo sur YouTube, d'autres sur Twitter, d'autres sur Snapchat. Elles ont été retirées, d'après ce qu'on sait. Mais celles qui ont été mises sur les sites pornos sont toujours disponibles. Et disons qu'il semblerait que tu rattrapes ta médiocrité scolaire par des talents reconnus d'acteur X.

Dès que Vaughn eut fini sa phrase, Knight me tendit son téléphone, son navigateur ouvert sur la page Internet avec ladite sextape. C'était le site le plus populaire sur Internet, et il était gratuit, ce qui, à en croire les rumeurs, était apprécié par la classe moyenne.

La vidéo comptabilisait déjà un million deux cent mille vues et un taux de satisfaction de quatre-vingt-neuf pour cent.

Bordel.

Les hashtags de la vidéo incluaient : #FratParty #Orgie #Chaudasses #Cheerleaders #Milliardaire #Anal #Oral #69 #Creampie #GangBang #BestFriendsEx

Et moi, je n'avais qu'une chose en tête : *J'ai réussi à faire tout ça en l'espace de vingt minutes avec une seule bite ? Énorme !*

Sérieux, les mecs du *Guinness des records* étaient en route ou quoi ?

La vidéo était intitulée « Prince du Polo Milliardaire Baise Cinq Nanas ».

J'adorais le « prince » : ça faisait noble, genre mec au-dessus des autres. Le polo n'était pas ma passion, mais j'y jouais pour contenter mon père jamais-content. Tout le reste de la description était plutôt juste, sauf cette histoire de « FratParty ». Comme nous étions tous majeurs (je connaissais toutes les filles de la soirée), ce serait un enfer de faire retirer cette vidéo.

J'appuyai sur lecture. Sur l'écran, Alice, Stacee, et Sophia – trois filles fraîchement diplômées du lycée, comme moi – regardaient l'objectif en gloussant, puis venaient jusqu'à moi en tortillant du cul, perchées sur leurs talons hauts. J'étais sur le canapé, en train de me faire sucer par une certaine Kylie tandis qu'une autre fille, Bianca, me léchait les tétons avec son piercing à la langue. Je portais un blouson d'université ouvert sur mon torse nu, et mon jean était descendu jusqu'à mes tibias. La caméra fit un zoom arrière. Le mec qui filmait avait l'air de s'éclater autant que moi : quand il baissa le téléphone, je compris qu'il était en train de prendre Kylie par-derrière pendant qu'elle me suçait. Il éjacula sur son dos, recula d'un pas et rangea sa demi-molle dans son froc. Après cinq minutes d'acrobaties, je parvins d'une manière ou d'une autre à m'occuper des cinq filles en même temps avec mes mains, ma bouche et ma queue.

La vidéo durait presque vingt minutes, et – à mon humble avis – était carrément torride. Une fois le visionnage terminé, je levai les yeux et rendis son téléphone à Knight. Il y eut un moment de silence tandis que mes amis attendaient que j'enregistre l'information qu'ils avaient martelée dans mon cerveau en pleine gueule de bois.

— C'était qui, l'autre mec ? demandai-je en bâillant.

Knight plissa le nez.

— Brian quelque chose.

— Branson, compléta Vaughn.

— Brian Branson ? (Je clignai des yeux. *Quel nom pourri !*) Ses parents doivent le détester encore plus que les miens.

— Pas après le gros tas de porno que t'as laissé comme une merde sur leur paillasson ce matin, commenta Knight.

Je n'avais jamais entendu parler de Brian Branson avant aujourd'hui, mais j'avais partagé une partie de jambes en l'air avec lui. Ce que je pouvais dire de la majorité des habitants de Todos Santos, d'ailleurs. Je me frappai la cuisse, passant à la suite.

— Bon, on va petit-déjeuner chez Benny ou… ?

— Abruti ! lança Knight en serrant son téléphone dans son poing, résistant à l'envie de me le jeter à la figure. T'es dans la merde. Stacee, Kylie et Bianca portent plainte contre toi. Elles sont déjà au commissariat. On vient de l'apprendre par message.

Ce qui expliquait pourquoi Alice et Sophia étaient les seules à être encore là ce matin.

— Elles portent plainte pour quoi ? Ce n'est pas moi qui

filmais. D'ailleurs, je suis tout autant une victime qu'elles, dis-je en écrasant ma cigarette à moitié entamée sur son paquet pour l'éteindre, de la fumée s'élevant de ma bouche. Et puis, elles ne peuvent pas dire que ce n'était pas consenti. Enfin…

D'un geste, je montrai le téléphone de Knight : dans la vidéo, Stacee me laissait me retirer, enlever la capote et lui faire une faciale. Elle léchait le sperme chaud sur sa joue et gloussait de plaisir, tandis que Kylie me suçait si fort qu'elle avalait presque mon engin. Sans parler de Bianca, qui faisait tout le travail en position de la balançoire, et de Kylie, assise sur mon visage, à rebondir dessus comme sur un trampoline.

— T'es con comme un balai et, malheureusement, aussi attachant que stupide, pesta Vaughn avec gravité, avant de se mettre à soulever des affaires, à la recherche de quelque chose. Hunter, tu es l'héritier d'une entreprise multimillionnaire : elles n'ont pas besoin d'une raison pour essayer de te coller un procès. Tu leur éternues dessus ? Elles diront que tu leur as refilé la grippe porcine. Tu les prends dans tes bras ? Elles clameront que tu leur as brisé les os. Tu les baises…

Vaughn se tut, ayant trouvé ce qu'il cherchait sur une des lampes – mon jean. Il me le lança, et je l'attrapai au vol.

— Allez, habille-toi. Je vais devoir remeubler toute la baraque après ton festival de MST d'hier soir. Et passer les murs à la javel.

— Faut que je passe mes *yeux* à la javel, ajouta Knight.

— Faut que j'efface mon cerveau comme dans *Men in Black*, renchérit Vaughn.

Knight se saisit d'une télécommande imaginaire et fit semblant de cliquer en direction de Vaughn.

— Si tu pouvais effacer aussi le cerveau de Hunter pour qu'il oublie comment utiliser sa queue, ça nous éviterait d'autres orgies publiques.

Extrait

Ricanant sèchement, je fourrai une jambe dans mon jean. La situation ne me paraissait pas aussi catastrophique que les gars semblaient le penser ; comme d'habitude, Syllie allait me sortir de là. Ou, à défaut, mon oncle et ma tante, Jean et Michael Brady. (Oui, comme le *Brady Bunch* et, oui, je trouvais ça toujours aussi amusant, puisque mes parents m'avaient envoyé chez eux dans l'espoir qu'ils arriveraient à me convertir aux manières bourgeoises que les écoles privées n'avaient jamais pu m'inculquer.)

En bref, quelqu'un était toujours là pour me tirer d'affaire, et, immanquablement, ce quelqu'un n'était *pas moi.* Régler les problèmes semblait être une tâche bien trop pénible – et je ne voulais même pas penser au côté paperasse.

Cela dit, j'avais compris la leçon. À partir de maintenant, je ferais attention au théâtre de mes orgies. L'imprudence avait ses limites. Il était temps d'être plus vigilant. Et tant qu'on y était peut-être devrais-je me limiter à trois filles à la fois.

Je me levai, serrai ma ceinture Louboutin en cuir clouté et me tournai vers Knight.

— Bon. Je crois que je suis prêt pour ce café maintenant.

Knight me donna une tape à l'arrière de la tête. *Encore.*

— T'as toujours pas pigé, hein ? (Son front se creusa.) Bon, je dois appeler qui ? Tu connais le nom de ton avocat au moins ?

— Punaise, mec. Pourquoi cet air si sérieux ? T'as besoin d'un verre de *purple drank.*

Autrement dit, de codéine. Autrement dit, de ce que Knight considérait comme de l'eau, avant de devenir clean. Je savais que c'était salaud de mentionner son problème de drogue, mais il laissa passer. Et puis, il s'était bien repris en main. Vaughn et lui avaient réussi à trouver les études de leurs rêves, à savoir ce qu'ils voulaient faire de leur vie. Moi, je rapatriais mon petit cul à Boston pour étudier à Harvard, spécialité affaires, économie, et toutes ces conneries qui donnent envie de se jeter du haut d'un gratte-ciel. Ne me demandez pas comment j'étais entré à Harvard ; papa avait dû faire un don suffisant à nourrir tout l'État du Massachusetts pendant dix ans. J'étais déjà bien incapable d'écrire une liste de courses, alors un dossier de candidature…

Je n'avais pas non plus hâte d'être en stage forcé chez Royal Pipelines tous les étés.

— Ton père ? Ta mère ? Ton frère ? Ta sœur ? Qui dois-je appeler ? Les Brady, peut-être ?

Knight agitait la main devant mon visage. J'étais sur le point de répondre, quand on frappa à la porte. Vaughn alla ouvrir. Une seconde plus tard, trois policiers entraient. Je jure que l'un d'eux contractait ses biceps – ils étaient en plein ego trip. Le plus baraqué, un roux aux cheveux ras dont le visage me faisait penser à un babouin constipé, récita mes droits Miranda en me saisissant les deux mains pour me menotter.

— Hunter Ernest Vincent Fitzpatrick, vous êtes en état d'arrestation pour harcèlement sexuel, atteinte sexuelle sur mineures et entrave à la justice. Vous avez le droit de garder le silence. Tout ce que vous direz pourra être et sera utilisé contre vous devant une cour de justice. Vous avez le droit de parler à un avocat, et à la présence d'un avocat lors de tout interrogatoire. Si vous n'en avez pas les moyens…

Le policier s'arrêta et pouffa de façon grotesque. Les deux autres éclatèrent de rire.

Ouais, ouais, je suis pété de thunes. C'est tordant.

— Si… si…, dit-il de nouveau, avant de renverser la tête en arrière, tellement hilare qu'on aurait cru que c'était lui qui était plein aux as. Si vous n'en avez pas les moyens, un avocat vous sera commis d'office par le gouvernement, conclut-il enfin en essuyant une larme au coin de son œil.

Extrait

Je le fusillai du regard, mâchoire crispée, sentant la colère pulser dans mes veines pour la première fois depuis mon réveil. Je n'avais ni violé ni harcelé ces filles. Ni *aucune* fille, jamais. C'était un coup monté.

L'agent de police plongea une main dans sa poche pour en sortir un billet de cinquante dollars qu'il plaqua dans la paume ouverte de son collègue.

— Bon sang, j'ai pas réussi à le dire en restant sérieux, Mo.

Ils avaient parié sur mon arrestation. Sympa. Les menottes froides me mordaient inutilement la peau. Je ne risquais pas de m'échapper ni de me jeter sur la policière plantée là dans toute sa gloire – elle perdait ses cheveux, avait des cicatrices d'acné, et il lui manquait trois dents.

Knight et Vaughn vinrent à mes côtés.

— Eh, les trouducs, vous voulez bien ne pas justifier tous les clichés sur la violence policière ? lança Vaughn. Et toi, fit-il en me désignant du menton. J'appelle mon père. Il est en Virginie avec ma mère, mais il sautera dans un avion, au besoin.

Knight redemanda :

— Qui j'appelle, mec ? Dis-moi.

La réponse était Jean et Michael, bien sûr. Je les considérais davantage comme mes parents que ceux qui m'avaient éloigné de Boston dès que j'avais su faire sur le pot. Les policiers me poussèrent vers la porte.

Vaughn nous suivit, me sifflant :

— Ne leur parle pas, tu m'entends ?

Je hochai la tête.

— Dis à Knight de ne pas appeler mon père.

— Quoi ?

Les policiers m'entraînèrent vers la voiture.

— Pas mon père ! hurlai-je juste avant qu'ils m'appuient sur le crâne pour me forcer à m'asseoir sur la banquette arrière. Appelle qui tu veux, mais surtout pas lui !

Knight leva les deux pouces en l'air et hocha la tête depuis le seuil de la maison.

— Pas de problème, mec. J'appelle ton père !

— Non, il ne faut *pas* appeler mon père ! m'écriai-je alors que la portière de la voiture de police me claquait au visage.

Knight ne m'entendit pas.

Merde.

— C'est l'accusation d'agression sexuelle sur mineures qui m'inquiétait le plus, mais elle ne tenait pas la route, en définitive. Vous avez tous les six plus de dix-huit ans. Les flics n'ont même pas eu le bon sens de vérifier les cartes d'identité des plaignantes quand ils ont rédigé leur rapport, ce qui veut dire non seulement qu'ils vont abandonner ces charges, mais que nous pouvons aussi leur taper sur les doigts – c'est toujours un bon moyen de limiter les dégâts.

Baron « Vicious » Spencer, le père de Vaughn, était assis en face de moi dans le grenier étouffant de mon oncle et ma tante, et feuilletait mon épais dossier. À cause de ma grande taille, j'étais obligé de me recroqueviller sur ma chaise, comme Arnold Schwarzenegger dans une maison de poupée.

Vingt-quatre heures s'étaient écoulées depuis mon arrestation, et je n'avais toujours pas pris de douche, je n'étais pas allé aux toilettes et je ne m'étais pas non plus branlé pour décompresser. Baron était avocat, mais il ne pratiquait pas le droit pénal. Cela dit, j'avais cru comprendre qu'il aidait parfois sa famille ou ses proches amis sur des questions juridiques. J'avais également cru comprendre qu'il facturait cinq mille dollars de l'heure pour justifier sa réputation de connard de première – en réalité, ce mec avait besoin d'argent comme Kylie Jenner de lèvres plus pulpeuses.

« Juste pour que tu voies ce que c'est de se faire baiser. On ne peut pas passer sa vie à baiser les autres », m'avait-il dit de but en blanc à son arrivée, une heure plus tôt, après que Jean et Michael avaient payé ma caution. Il avait clairement l'intention de me faire payer plein pot.

Je pris une gorgée de bière au goulot en tirant sur mon collier en cuir duquel pendait mon cheval de Dalécarlie en bois.

— Et concernant les autres accusations ?

— Ils vont avoir du mal à arguer le harcèlement sexuel, puisque les filles semblent lucides, actives et conscientes. Tu es également accusé d'entrave à la justice parce que M. Cole a confisqué le téléphone de Bianca. D'après Mlle Evans, c'est toi qui en as donné l'ordre. Heureusement pour toi, quand elle est entrée dans la salle de jeu pour faire la fête avec le reste des étudiants à qui on avait confisqué leur téléphone, l'orgie était terminée depuis belle lurette, et tu étais dans les vapes, ta bite déjà plus molle qu'un chamallow. Plusieurs témoins peuvent attester de ce laps de temps. En d'autres termes, ton manque d'endurance te sauve.

Il leva la tête de sa pile de documents, ses yeux bleu arctique faisant baisser la température de la pièce de dix degrés.

— Toujours ravi d'être un loser. *Sláinte*[1].

Je levai ma bière dans les airs avant d'en prendre une autre gorgée.

Baron avait les mêmes cheveux noir d'encre que son fils, les mêmes yeux glacials, et cette soif de succès, de pouvoir, de grandeur. Je me demandais ce que ça faisait d'être un Spencer – doué, déterminé, motivé. *Talentueux.*

1 « À la tienne », en gaélique. (NdT) (Toutes les notes sont de la traductrice.)

Extrait

Je n'étais rien de tout ça. J'avais de l'argent, oui – plus que je ne pourrais jamais en dépenser – et le physique qui allait avec. Mais ces caractéristiques superficielles mises à part, je n'étais rien. Un bocal vide. Mon père m'avait prévenu : bientôt, ma frivolité me serait reprochée. Je le croyais.

C'est pourquoi je redoutais mon retour à Boston, mes débuts à la fac – et la cohabitation avec ma famille. Mais je ne pouvais pas faire autrement : Royal Pipelines se transmettait de père en fils depuis six générations.

Inutile de dire que ça m'intéressait moins de diriger une entreprise que d'organiser une autre orgie publique, même si ça me valait un petit séjour en cellule. Mais je ne pouvais échapper à la réalité : Cillian, mon frère aîné, deviendrait P-DG de Royal Pipelines dès que notre père mourrait, et j'en serais le directeur général.

— C'est quand le procès ? demandai-je.

— Jamais.

Baron ferma mon dossier et noua ses doigts sur le bureau.

— Un procès serait public, ferait tache, prendrait du temps et, surtout, ferait mauvaise presse. Ces dames – si je puis dire – n'ont pas plus envie que toi de déballer à la barre les détails sordides d'une orgie. J'ai proposé un arrangement généreux à chacune. Elles sont satisfaites de conclure un accord, tout comme leurs familles. Il comprend un chèque de compensation de deux millions de dollars et la prise en charge de tous leurs frais universitaires. Ton père et ton frère sont heureux que l'affaire soit réglée.

Je n'imaginais pas une seule seconde que l'enthousiasme de mon père vis-à-vis de cet accord ait quoi que ce soit à voir avec moi. C'étaient les gros titres qui l'inquiétaient. Quant à Cillian, si ça ne tenait qu'à lui, je serais attaché en laisse et enfermé dans le sous-sol d'Avebury Court Manor, le manoir de mes parents.

Je me rassis, jouant avec le cheval porte-bonheur pendu à mon cou.

— Pourquoi passons-nous un accord ? Je n'ai rien fait. Vous l'avez dit vous-même. Ils n'ont rien contre moi.

— Malgré cela, un procès nuirait à l'image de ta famille ainsi qu'à la tienne et emmerderait les actionnaires de Royal Pipelines.

— Alors je dois céder parce que mon papounet tient un grand magasin ? demandai-je, renfrogné.

— En gros, oui.

— Non, rétorquai-je, catégorique.

Baron consulta son téléphone, parfaitement indifférent à mon refus.

— Si nous allons face aux jurés, il est impossible de savoir comment ils réagiront. Un milliardaire blanc pris dans un gigantesque scandale sexuel n'est pas la créature qui inspire le plus d'empathie.

— Je ne les ai pas violées. Je ne les ai même pas draguées. Ce sont elles qui sont venues à *moi*.

Baron se leva et rassembla ses documents dans sa serviette en cuir. Cette conversation et ma frustration ne le concernaient plus.

— Mieux vaut être un escroc qu'un idiot. Le plus intelligent est d'accepter le marché et de leur faire signer un contrat de non-divulgation. Dès que ton précieux ego aura besoin d'une bonne branlette, tu te connecteras sur ce site porno pour te rappeler que la personne qui épousera ces filles te verra toujours comme le mec qui a réussi à les faire jouir alors qu'il était à moitié conscient.

— Il me faut un alcool plus fort, dis-je soudain en secouant la tête.

— Ce qu'il te faut, c'est une bonne fessée.

Je portai de nouveau la bouteille à mes lèvres et soupirai.

— Bordel, vous avez raison. Une bonne baise salace avec

fessée, c'est pile ce qu'il me faut. Mais dans une chambre fermée à double tour, cette fois-ci.

Baron me toisa avec condescendance avant de se diriger vers la porte. J'aurais dû le remercier pour tout ce qu'il avait fait pour moi, mais je n'étais pas d'humeur aux politesses. Et puis, le chèque de papa lui paierait un autre yacht.

— Oh ! et, Hunter ? demanda Baron depuis la porte.

Je levai les yeux, toujours assis derrière le bureau.

— Oui ?

— Bonne chance pour ton prochain rendez-vous. Tu vas en avoir besoin.

Composé et édité par HarperCollins France.

Achevé d'imprimer en octobre 2023.

CPI
FIRMIN-DIDOT

à Mesnil-sur-l'Estrée (Eure)

Dépôt légal : novembre 2023.

Pour limiter l'empreinte environnementale de ses livres, HarperCollins France s'engage à n'utiliser que du papier fabriqué à partir de bois provenant de forêts gérées durablement et de manière responsable.

Imprimé en France